ATÉ EU TE ENCONTRAR

E se a sua alma gêmea não fosse quem você sonhava?

Coordenação Editorial: Ana Cristina Melo
Assistente editorial: Juliana Pellegrinetti
Projeto gráfico e direção de arte: Idée Arte
Revisão: Gerusa Bondan
3ª edição: agosto/2019 – 2ª impressão: novembro/2021

M474f

Mayrink, Graciela
Até eu te encontrar: e se a sua alma gêmea não fosse quem você sonhava? / Graciela Mayrink. – 3. ed. – Rio de Janeiro : Bambolê, 2019.
320 p. ; 21 cm.

ISBN 978-85-69470-68-7

1. Literatura brasileira - Romance. I. Título.

199-15-19 CDD : 869.93

Dados Internacionais de Catalogação na Publicação (CIP)
Fabio Osmar de Oliveira Maciel – CRB-7 6284

 O texto deste livro contempla a grafia determinada pelo Acordo Ortográfico da Língua Portuguesa, vigente no Brasil desde 1º de janeiro de 2009.

Bambolê

comercial@editorabambole.com.br
http://www.editorabambole.com.br

Impresso no Brasil

Graciela Mayrink

Autora de *O som de um coração vazio*

ATÉ EU TE ENCONTRAR

E se a sua alma gêmea não fosse quem você sonhava?

3ª Edição

Bambolê

Rio de Janeiro, 2021

ESTE LIVRO É DEDICADO À MINHA IRMÃ, FLÁVIA, QUE TORNOU ESTE SONHO REALIDADE. OBRIGADA PELO INCENTIVO, APOIO INCONDICIONAL, CRÍTICAS E SUGESTÕES.

SEM VOCÊ, MINHA INSPIRAÇÃO JAMAIS SERIA POSSÍVEL.

AGRADEÇO O APOIO DE MEUS PAIS,
JOÃO CARLOS E ANA LÚCIA,
E PELA EMPOLGAÇÃO DESDE QUE
SOUBERAM DESTE PROJETO.

Prólogo

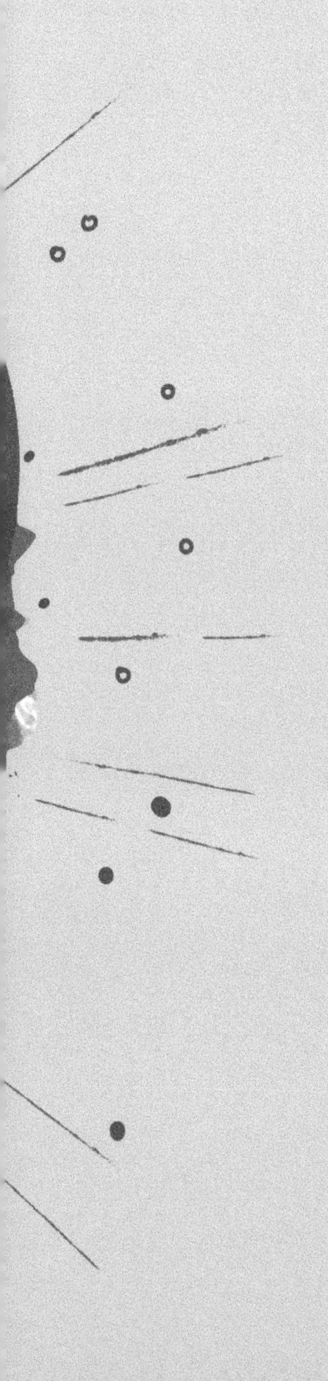

Ela acordou sentindo uma dor imensa por todo o corpo. A luz do sol batia forte em seu rosto, impedindo que abrisse os olhos por alguns instantes. Enquanto isso, foi percebendo tudo ao seu redor. Sentiu a terra levemente úmida embaixo das costas e dos braços e algumas folhas secas que estavam caídas no chão, além do barulho da água da cachoeira. Depois de muito esforço, conseguiu abrir lentamente os olhos, até se acostumar com a luz forte do sol. A primeira coisa que viu foi a copa das árvores. Não fazia ideia de quanto tempo ficou desmaiada, apenas sentia aquela dor latejando da ponta do pé até o topo da cabeça. De repente, se lembrou de onde estava, do que acontecera.

— Luigi! — disse baixinho. Até o movimento dos lábios causava dor. O próprio ato de respirar doía. Moveu a cabeça levemente para a esquerda e viu Luigi ao seu lado. Ele também estava deitado com as costas no chão. Sua cabeça pendia para o lado direito do corpo e ela notou a linha fina de sangue que escorria pela sua testa. — Meu Deus! — disse em um sussurro, rezando para que ele estivesse apenas inconsciente. Fechou os olhos e não conseguiu evitar que algumas lágrimas escorressem. *Minha culpa, tudo minha culpa*, pensou. Sabia que o que acontecera até aquele momento estava relacionado com sua vida e sua ida para aquele lugar. Sabia exatamente quando começara.

Capítulo 1

Flávia acordou, mas não abriu os olhos. A cama estava uma delícia e poderia ter ficado o dia todo ali. O quarto estava escuro por causa do blecaute que ela pôs por baixo da cortina. Abriu os olhos lentamente, apertando o travesseiro. Macio, ele havia sido uma boa aquisição para a nova casa e a vida que começava. Passou mentalmente o que aquele primeiro dia de aula, em uma universidade e em uma cidade diferente, significaria para ela. Tudo novo, vida nova, uma mudança geral e... o rádio relógio marcava 00:00. Flávia ficou alguns segundos observando os números vermelhos piscarem até se dar conta.

— Ai, meu Deus, não acredito que faltou luz justamente esta noite! — disse ela rápido, jogando a coberta de lado e abrindo a cortina para que o sol entrasse no quarto. Andou até a cômoda e pegou o celular. 7:50. — Impossível chegar até a UFV às oito. Preciso começar a usar meu celular como despertador.

Vestiu a roupa e agradeceu por ter deixado separado na noite anterior o que iria usar no primeiro dia de aula. Nada que ela adorasse muito, afinal, não sabia se conseguiria salvar alguma coisa após o trote nos calouros. Juntou os cadernos, pegou a chave do carro e saiu pela porta o mais rápido que pôde.

Após encontrar uma vaga no estacionamento entre o PVA, o prédio principal de aulas da Universidade Federal de Viçosa, e o prédio de Economia Rural, ela foi rapidamente para o primeiro, procurando sua sala. Tentava não parecer caloura, para não ser pega no trote já tão cedo, mas parecia que ninguém se importava. Havia poucas pessoas ali, estava apenas dez minutos atrasada. Entrou rapidamente no prédio, em formato de H deitado, foi até o final do corredor principal e virou à esquerda, conforme indicavam os números grandes das salas, pintados nas paredes. Chegou à porta da sala em que iria ter aula, respirou fundo e, quando ia abri-la, sentiu alguém tocar seu ombro direito.

— Eu, se fosse você, não entraria aí.

Flávia olhou para o lado e viu um rapaz alto, talvez de mais ou menos um metro e noventa. Ele não era o cara mais bonito que ela já havia visto, mas chamou atenção, talvez pela altura. Mas foi o lindo e largo sorriso dele que prendeu seus olhos.

— Eu tenho aula aqui hoje.

— Calouros... Todos iguais... — ele virou os olhos e puxou seu braço. — Vem cá.

— Não estou entendendo... — Flávia olhou para os lados e não viu ninguém.

— Olha, primeiro dia de aula na parte da manhã não precisa vir para o PVA. Nenhum professor consegue dar aula, os veteranos fazem uma farra danada no trote. O que vai rolar aí agora — explicou ele, inclinando a cabeça na direção da sala. — é uma aula-trote. Um veterano vai entrar fingindo ser o professor de Cálculo I, marcar prova, passar milhões de livros.

— Ah... — Flávia o encarou, desconfiada. — E você decidiu me contar isso por quê?

— Não sei, de verdade — ele demonstrou pouco interesse. — Acho que eu fiquei com pena de você, fui com a sua cara. Talvez esteja querendo apenas fazer uma boa ação.

— Sei — ela virou-se para a porta da sala. — E quem me garante que essa nossa conversa aqui não é um trote? — ela cerrou os olhos.

— Isso eu não tenho como garantir, você tem de confiar em mim — ele deu de ombros, como se aquilo não importasse.

Quando ela ia responder, chegou outro rapaz.

— Felipe, está tudo arrumado lá na frente, o pessoal já trouxe a tinta — ele viu Flávia. — É caloura?

Felipe olhou para Flávia e Bernardo, seu colega de curso. Ele estava parecendo uma raposa querendo levar uma ovelhinha para o abatedouro.

— Essa caloura é minha, Bernardo, tira os olhos.

— Ok, ok. — Bernardo levantou as mãos. — Bom, deixa eu dar minha aula-trote de Cálculo — ele foi andando em direção à sala na qual Flávia ia entrar.

— O que foi que te falei? — Felipe deu um sorriso. Flávia respirou aliviada.

— Quer dizer que eu sou sua caloura? O que isto significa basicamente?

— Não significa nada. Foi um modo de ele te deixar em paz. — Felipe puxou Flávia pelo braço. — Vem, vou te tirar desse prédio antes que fique mais difícil. — Deu uma parada antes de entrar no corredor principal do PVA e tirou um potinho azul do bolso. — Mas deixa dar uma disfarçada. — Felipe colocou um dedo dentro do pote e o levou em direção ao rosto de Flávia.

— Ei, o que é isto? — ela deu um passo para trás. Ele sorriu, aquele sorriso lindo e largo que já havia dado anteriormente.

— Calma, é tinta guache. É só lavar que sai. É para disfarçar, né, você não vai sair daqui sem nenhuma pinturazinha, senão o povo lá fora vai te esfolar.

— Você é ótimo para tranquilizar as pessoas — ela levantou os cachos ruivos que caíam sobre seu rosto. Felipe fez umas listras nas bochechas e a pegou pelo braço.

— Não sai de perto de mim enquanto eu não mandar. — Não soou como um conselho e sim como uma ordem.

Flávia tentou se manter próxima a ele enquanto iam em direção à entrada principal. Foi um pouco difícil acompanhar os largos passos que Felipe dava, por causa de suas compridas pernas. Ao chegarem à porta, viram um grupo de vinte pessoas pintando alguns calouros atrasados.

— Ei, Felipe! — Uma voz chamou do canto esquerdo. Flávia viu outro rapaz, também bastante alto, mas um pouco menor que Felipe, acenando. Ele estava sozinho, encostado no corrimão que tinha na lateral da rampa de acesso do PVA.

— Grande Mauro, achei que você tinha ido para o prédio da Veterinária.

— Felipe foi em direção a ele e Flávia foi atrás, olhando para os veteranos, que aparentemente não a viram.

— Eu ia, mas desisti. Fiquei com preguiça — ele olhou para Flávia. — Caloura de quê?

— Agronomia — respondeu ela.

— Prazer, eu sou o Mauro. Divido república com o Felipão aqui. A República Máfia.

— Flávia.

— Verdade, nem tinha perguntado seu nome ainda... Flávia... — Felipe balançou a cabeça.

— Você está mantendo a menina como refém? — Mauro riu. — Não é porque nossa república se chama Máfia que você tem de agir como um gângster.

— Ei, estou ajudando a menina — disse Felipe, apontando para Flávia.

— Sei... Toma cuidado, viu, Flávia — comentou Mauro um pouco baixo, como se fosse uma confidência.

— Qual é, Mauro, já foi difícil convencê-la de que a aula de Cálculo ia ser trote.

— Hum... Pobres calouros. — Mauro ficou imaginando como estaria a aula de Cálculo neste momento, com Bernardo fingindo ser o professor da matéria.

— Esse Bernardo é o que da universidade? — perguntou Flávia

— Apenas um estudante sem nada para fazer — respondeu Mauro.

— O Bernardo é o maior cara de pau que existe. Ele estuda comigo, veio de Goiás e adora aprontar, principalmente com calouros desavisados — disse Felipe. Ele olhou para Flávia. — Você tem aula onde às dez horas?

— No prédio de Biologia.

— Sabe onde é?

— Sei.

— Ok, então vem comigo, vou com você até ali no RU, o restaurante universitário, e você vai já para a Biologia e fica no prédio esperando a aula. Chegando na Bio, você lava o rosto. Ninguém vai te perturbar lá.

— Meu carro está no estacionamento aqui do lado.

— Ah... Bom, então vamos, você lava o rosto na Economia Rural. Os dois se despediram de Mauro e foram andando para o prédio.

— Não entendo por que você está me ajudando.

— Sei lá... Também não sei. Acho que fui com a sua cara — ele a olhou.

— De onde você é?

— Lavras, fica no sul de Minas. Sabe onde é?

— Se sei onde é? Eu sou de Alfenas!

— Puxa, pertinho.

— Viu? Eu senti que você era vizinha e por isso fui te ajudar.

— Sei — ela sorriu. Ele também.

— Mas por que veio fazer Agronomia aqui em Viçosa? Na UFLA não tem?

— Tem, mas eu quis mudar de ares.

— Hum...

— Você faz o quê?

— Engenharia de Alimentos. Estou no meu terceiro ano.

Eles chegaram ao prédio de Economia Rural e Felipe mostrou onde era o banheiro.

— Está entregue. A gente se esbarra — ele acenou e saiu.

Flávia entrou no banheiro, lavou o rosto e ficou um tempo olhando para o espelho. Não sabia se estava feliz por ter escapado do trote ou triste por não ter participado da experiência. Ela balançou a cabeça e saiu.

Pegou o carro e foi para o Departamento de Biologia. Ao entrar no prédio, viu outro rapaz sentado em um dos bancos que tinha logo à frente da entrada principal.

— Calouro também?

— Não tem como disfarçar — ele riu, passando a mão na cabeça onde o cabelo crescia após ter sido raspado.

— Agronomia também?

— Sim. Gustavo — ele levantou a mão para cumprimentá-la.

— Flávia — ela se sentou ao seu lado.

— Fugitiva do PVA?

— Digamos que fui mandada embora. E você?

— Meu primo estudou aqui, se formou no final do ano passado. Então já sou vacinado com relação ao trote da UFV — disse ele, vitorioso e feliz por ter escapado do trote. — De onde você é?

— Lavras, no sul de Minas.

— Sou de Ribeirão Preto, em São Paulo — ele a olhou. — Não quer ir até o *trailer* que tem aqui atrás do prédio comer algo? Podemos ficar lá enquanto a aula de Biologia Celular não começa.

— É uma boa. Acordei atrasada e nem comi nada ainda. Os dois foram em direção ao *trailer*.

— E aí? Escolheu Viçosa por quê? — perguntou Gustavo.

— Queria mudar de ares. E você?

— Porque a UFV é uma das melhores em Agronomia... Se não for a melhor, não sei como anda a cotação das universidades.

— Mas a ESALQ também é uma das melhores. Piracicaba não é perto de Ribeirão?

— Perto demais. — Os dois riram. — Eu me inscrevi para Lavras também, mas perdi a hora no dia da prova, acredita? Ainda bem que tinha me inscrito aqui para Viçosa. Foram as únicas que tentei.

— Você só fez dois vestibulares?

— É, minha mãe falou que eu era doido. Ela quase morreu quando soube que eu não me inscrevi na ESALQ.

— Bom, não se sinta doido. Eu só fiz aqui para Viçosa.

— Então você é mais doida que eu.

— Para mim, só servia aqui — ela deu de ombros.

Chegaram ao *trailer* e compraram pão de queijo e café. Sentaram-se em uma das três mesas que havia ali.

— Você também tem a quinta-feira livre, sem aulas?

— Sim.

— Seria melhor se fosse sexta, né?

— Ah, Gustavo, aí você quer demais — eles riram.

— Você vai hoje à calourada?

— Que calourada?

— Você é bem aérea, né? Não sabe da calourada que vai ter esta semana?

— Não faço ideia — ela balançou a cabeça.

— Tem calourada até sexta em frente ao ginásio. Montam palco no estacionamento, vêm as bandas da região tocar, rola bebida, dança, essas coisas.

— Hum... Acho que não vou não. — Flávia se mostrou desanimada.

— Ah, vai sim. Nem que eu precise te buscar em casa. É nossa entrada na universidade.

— Hoje não rola. Estou cansada ainda, viajei ontem para cá, ainda nem arrumei minha casa. Quem sabe outro dia.

— Eu vou cobrar.

— Pode cobrar.

Ficaram conversando até a hora da aula. Gustavo falava bastante e isto agradou Flávia. Era fácil se sentir confortável ao lado dele. Ela ficou feliz ao perceber que havia feito um amigo para todo o período em que ficasse em Viçosa. E para depois que saísse de lá também.

Capítulo 2

A semana correu tranquila. A amizade com Gustavo crescia a cada dia e Flávia ficou contente por tê-lo conhecido logo. Ela aproveitou a ausência de aulas no seu horário na quinta-feira para colocar a casa em ordem. Havia decidido comprar um apartamento em Viçosa com parte da herança de sua mãe, que falecera em um acidente de carro junto com seu pai quando ela tinha cinco anos. Optara pela compra porque possuía dinheiro para isto, era melhor do que ficar pagando aluguel, afinal, ficaria na cidade por, pelo menos, cinco anos. Encontrou um simpático apartamento de dois quartos quase no final da Santa Rita, uma larga avenida com duas pistas separadas por um grande canteiro central. O que mais lhe agradou foi a sacadinha que ele possuía. Não era muito grande, mas deu para colocar uma poltrona confortável e aconchegante, onde poderia descansar no final da tarde vendo o movimento da rua.

Flávia acordou por volta das dez da manhã, desencaixotou algumas coisas e depois fez um macarrão com molho de tomate para almoçar. Descansou e retomou a arrumação. No final da tarde, decidiu ir até uma padaria próxima comprar algumas coisas para lanchar e para o café da manhã do dia seguinte.

Saiu de seu apartamento e se assustou com uma pequena lambida na sua perna. Olhou para baixo e viu um maltês muito branco abanando o rabo.

— Rabisco! — Uma mulher de cerca de quarenta anos falou em tom de repreensão. — Desculpa, ele te assustou?

— Não, imagina. — Flávia se abaixou para brincar com o cachorro, que aceitou prontamente suas carícias.

— Ele não é assim, geralmente é bem desconfiado. Acho que gostou de você.

— Não tem problema, adoro cachorros. E fico feliz em saber que ele gostou de mim. — Flávia se levantou.

— Eu me chamo Sônia, sou sua vizinha de andar.

— Flávia.

As duas se cumprimentaram e Sônia ficou olhando para Flávia.

— Bonito colar.

Flávia olhou para baixo e tocou o pequeno pingente que havia no colar que usava.

— Presente da minha mãe... É um pentagrama.

— Sim, eu sei.

— Minha mãe adorava pentagramas. Gostava de vários símbolos, mas o pentagrama era o que gostava mais. Embora eu fosse muito pequena quando ela me deu, lembro que disse que era para dar sorte.

Sônia sorriu.

— Eu tenho uma loja de produtos esotéricos aqui na Santa Rita mesmo. Chama MinaZen. Se quiser, passa lá depois.

— Ah, sim, já tinha visto. Estava mesmo nos meus planos. Adoro incenso, velas aromáticas.

— Estarei te esperando lá, então. — Sônia se despediu. — Vem, Rabisco.

— Chamou ela e Rabisco saiu saltitando, abanando o rabinho.

Flávia ficou um tempo parada no corredor, lembrando-se dos pais, do acidente terrível e do quanto seus tios foram bondosos cuidando dela esses anos todos. Balançou a cabeça e foi em direção à padaria, que ficava perto de sua casa. Lá, parou diante do vidro do balcão e observou a variedade de pães e doces.

— Indecisa, caloura? — uma voz falou alto. Flávia olhou rapidamente para trás e viu Felipe parado, encostado na entrada da padaria, com as mãos no bolso. Ele exibia aquele lindo e largo sorriso no rosto.

— Isso, fala mais alto, que o pessoal em Belo Horizonte não ouviu que eu sou caloura.

— Relaxa, a fase de trotes já passou — ele se aproximou e deu um beijo em sua testa.

— Não tenho medo de trotes.

— Então segunda eu devia ter te deixado lá entregue aos tubarões.

— Hum, vou ter de ficar te agradecendo para o resto da vida?

— Não, me convidar para lanchar na sua casa com tudo pago já basta — ele aumentou o sorriso, se é que isto era possível.

— Ok, está convidado. Deixa só eu escolher o que comprar.

— Leva o pão de queijo. É bom demais.

— Ei, eu convido, eu escolho o cardápio.

— Ah, mas o pão de queijo daqui é maravilhoso. Eles colocam queijo por cima do pão antes de assar. Fica muito bom.

— Tá, já me convenceu. — Flávia suspirou. Levou vários pãezinhos de queijo, muçarela, presunto e pão de sal.

— Não sei para que tanta coisa, você vai ver, vamos comer só o pão de queijo — disse Felipe, pegando as sacolas das mãos de Flávia.

— Você parece uma criança, sabia?

— Sabia — ele riu. — Está de carro?

— Não, moro aqui pertinho, na Santa Rita mesmo.

— Sério? Eu moro ali, na rua de cima — ele apontou. — Você sempre mora perto de mim. Acho que está me perseguindo.

— Nem vou comentar esta.

Chegaram à casa de Flávia e Felipe reparou no sofá-cama azul que havia na sala encostado à parede esquerda, em frente a uma televisão, que estava em um *rack* à direita. Uma mesinha de jantar pequena, para quatro pessoas, ficava ao lado do sofá, atrás da porta que Flávia havia fechado.

— Podemos comer o pão de queijo vendo TV?

— Criança. — Flávia não conseguia parar de rir de Felipe. Ao mesmo tempo em que parecia um homem, fazia coisas que lhe lembravam um menino.

— Eu juro que não deixo cair nem um farelo no chão.

— Ok. O que você quer beber?

— O que você tem?

— Suco, refrigerante, leite.

— Cerveja?

— Cerveja não combina com pão de queijo.

— Cerveja combina com tudo.

Flávia virou os olhos.

— Hum, tem suco de uva? — perguntou ele.

— Não.

— Não? Você disse que tinha suco.

— Mas não de uva. Eu não gosto de suco de uva.

— Mas por quê?

— Sei lá... Não gosto, não tem um motivo.

— Que ser humano não gosta de suco de uva?

— Eu, Felipe, eu. Vou trazer refrigerante.

Flávia foi para a cozinha e trouxe dois copos e a garrafa de refrigerante e colocou tudo em cima de uma pequena mesinha de vidro que ficava entre o sofá e a TV.

— Você mora sozinha?

— Sim — respondeu ela, sentando-se ao lado dele no sofá.

— Não sente solidão?

— Bom, não tem nem uma semana que estou aqui, então ainda é cedo para falar.

Ele balançou a cabeça, concordando.

— Eu sou a primeira visita que você recebe?

— Sim.

— Hum, que honra!

— E você? Mora só com o Mauro?

— Não, sou eu, o Mauro, o Luigi e o Ricardo. — Felipe rapidamente mudou de assunto. — Vai à calourada hoje? Eu não te vi lá essa semana.

— Eu não fui.

— O quê? Não foi? Tá doida? Em Viçosa não se perde nenhuma festa!

— Eu tinha muita coisa para fazer, estava um pouco cansada da mudança, desanimada.

— Não, não, você tem de ir. Acaba amanhã.

— Eu sei, amanhã eu vou, já combinei com o Gustavo.

— Gustavo? Quem é esse? Seu namorado? — perguntou ele, em tom malicioso.

— Não, meu amigo de curso. Ele também tentou me persuadir a ir à calourada todos esses dias.

— Bom, você o acompanha amanhã, hoje você vai comigo.

— Ah... Não sei se estou a fim. — Flávia fez uma careta para ele.

— Não tem de estar, tem de ir. Nós vamos lanchar aqui, você se arruma, depois vamos lá para casa, que é aqui perto, eu troco de roupa e vamos para a UFV.

— Você já tem o plano todo esquematizado, né?

— Sim, não adianta dizer não.

Flávia suspirou e Felipe entendeu isto como um sim. Ficaram vendo TV enquanto comiam e depois Flávia foi se arrumar. Após o banho, vestiu uma calça jeans e uma blusinha azul de alça. Voltou para a sala e encontrou Felipe deitado no sofá-cama.

— Vejo que já está à vontade.

— Esse sofá é bom demais! — disse ele, se levantando e dobrando o sofá.

— Posso dormir aqui algum dia desses?

— Tudo para te deixar feliz.

— Legal — ele colocou aquele sorriso no rosto.

— Só não espere café da manhã na cama.

— Não tem problema. Tendo esse pão de queijo, está bom demais.

Eles desceram e Flávia abriu a porta do seu carro. Entraram e Flávia seguiu para a casa de Felipe.

— Eu tinha um carro aqui até o ano passado — disse Felipe, um pouco nostálgico.

— O que aconteceu?

Ele não respondeu, apenas levantou o dedo.

— Minha casa é aquela ali. Aquele é o esconderijo da Máfia — brincou Felipe. Estacionaram em frente a uma casa marrom bem claro. — Vem, o Mauro deve estar na sala vendo TV, vocês ficam conversando enquanto eu me arrumo.

— Ele vai também?

— Não, o Mauro é casado.

Entraram e encontraram Mauro vendo TV. A sala possuía dois sofás verdes-claros, dispostos formando um L, um para três e outro para duas pessoas. A TV estava de frente para o sofá maior, que ficava embaixo da janela, enquanto o menor era encostado na parede de frente para a porta de entrada. Atrás dele, na parede, havia um pôster do filme "O Poderoso Chefão". Flávia percebeu a alusão à república. Não havia mais nada ali.

— Não falei que ele estaria vendo TV? Totalmente previsível — disse Felipe, indo para seu quarto. Flávia e Mauro se cumprimentaram e ela sentou-se no meio do sofá maior. Mauro estava deitado no menor.

— Indo para a calourada? — perguntou Mauro.

— Sim. Não quer ir conosco?

— Não, vou ficar em casa, mais tarde vou falar com a Bruna, ela ficou de me ligar.

— Ah... O Felipe disse que você é casado...

— É. Não sei se casado seria a melhor palavra. Eu e a Bruna estamos juntos há muito tempo. Nós temos uma filha.

— Que fofo. Mas você não sai por isso?

— Eu saio, sim, mas não sempre, igual os meninos daqui de casa. Sem a Bruna não tem muita graça. Sabe, ela engravidou, sem estar planejado. Mas decidimos arriscar. Eu a amo demais.

— Fico feliz em ver que deu certo. — Flávia olhou para os lados. — Ainda não conheço os companheiros de república de vocês.

— Companheiros? Não, tem só o Luigi, mas ele trancou esse ano, volta só ano que vem.

— Ah. O Felipe disse que eram dois.

Mauro se sentou no sofá e espiou pelo corredor para ver se Felipe vinha. Ele começou a falar baixo.

— Ele devia estar se referindo ao Ricardo, melhor amigo dele.

— Isso, era esse o nome. — Flávia se sentou na ponta do sofá em que estava para escutar direito o que Mauro falava.

— O Ricardo morreu ano passado, em um acidente de carro.

— Nossa! — ela arregalou os olhos.

— É. Era o carro do Felipe, ele que estava dirigindo. Ele ficou arrasado. Às vezes é difícil para ele agir como se o Ricardo não estivesse mais aqui. É por isso que o Felipe não perde mais nenhuma festa, nada. Vive como se fosse para ele e para o amigo.

— Entendi.

— O Ricardo era a pessoa mais alegre que eu já conheci, sabe? Era aquele cara amigo mesmo, animado demais. Nunca vi o cara triste. E você podia contar com o Ricardo para qualquer coisa. — Mauro deu outra espiada em direção ao corredor, mas a porta do quarto de Felipe ainda estava fechada. — O Luigi é irmão do Ricardo. Ele ficou mais arrasado ainda com o acidente. Estavam os três no carro. Ele trancou esse ano e foi viajar, acho que pela Europa, com a mãe, para tentar espairecer, parece que a mãe dele não está nada bem com isso tudo. E ele também. Era apegado demais ao irmão. Os três, o Felipe, o Luigi e o Ricardo, cresceram juntos em Alfenas e vieram para cá. Quando o Ricardo e o Felipe passaram no vestibular, o Luigi veio junto, fazer o terceiro ano aqui.

— Deve ter sido uma coisa horrível para eles.

— Se foi. O acidente aconteceu no final do ano, depois das aulas. Eles estavam vindo de Ubá, teve uma festa de uma amiga da Carla, a namorada do Luigi, lá. Ela também estava no carro. Eles se machucaram muito, apenas o Ricardo não sobreviveu. Todos ficaram arrasados. O Felipe ficou um tempo se culpando por tudo. Acho que ele ainda se culpa, por isso age dessa forma, fazendo tudo que pensa que o Ricardo gostaria de fazer.

— Puxa, não tinha ideia de uma coisa dessas. Ele parece uma pessoa tão feliz.

— É. Ele sempre foi, não tanto quanto o Ricardo. Acho que agora ele absorveu a alegria dos dois e tenta viver pelos dois.

Flávia olhou na direção do corredor e sentiu um aperto no peito por Felipe. Este chegou na sala quando eles terminaram de conversar.

— Vamos? — perguntou, com o sorriso largo no rosto. Flávia ficou feliz por ele não ter escutado nada da conversa.

— Bom, divirtam-se — disse Mauro.

Flávia e Felipe estavam parados no estacionamento do ginásio, de frente para o palco, mas a uma longa distância, onde as pessoas não estavam tão apertadas umas às outras e dava para andar sem esbarrar nos outros, além de poderem dançar livremente. E também onde dava para ficar parado, sem fazer nada, ou apenas conversando, como eles faziam. Felipe bebia uma latinha de cerveja enquanto batucava o pé esquerdo. Flávia estava ao seu lado, com os polegares enfiados nos bolsos da sua calça jeans, os outros dedos livres no ar. A banda tocava rock nacional e ela estava feliz por ter ido.

— Valeu por me trazer. Estou curtindo.

Felipe sorriu para ela, um sorriso lindo e largo.

— Eu sabia que você ia curtir, caloura — ele bebeu mais um gole da latinha e ofereceu para Flávia, que aceitou. — Domingo vou te levar no Leão.

— O que seria isto? — perguntou ela, bebendo a cerveja e fazendo um pouco de careta. Ainda não conseguia se acostumar com o gosto azedo da cevada.

— É um bar muito legal que tem aqui. Domingo rola música ao vivo, lota demais. A rua em frente fica entupida, carro sofre para passar lá.

— Parece interessante — ela se contorceu ao pensar no tumulto que devia ser o local. Não curtia muito confusões, gente se acotovelando ao seu redor e aquela sensação claustrofóbica de estar rodeada a milhas e milhas por várias pessoas.

— É legal, sim. — Felipe começou a rir. — Não precisa ficar lá no meio da multidão. Dá para ficar mais atrás, igual estamos aqui. Bom, eu te levo lá e você decide se gosta ou não. De qualquer forma, tem de ir para conhecer, aposto que você vai gostar.

— Acho que não vou ter mesmo como fugir de você domingo.

— Certamente que não. Mas o legal de lá é ir durante a semana, no final da noite. Ou seria no início da madrugada — ele deu de ombros. — É bom terminar a noite lá, jogar sinuca. Te falei que tem mesa de sinuca lá dentro? — ele a olhou e Flávia balançou a cabeça negativamente. — Muito legal. Jogar sinuca, tomar um feijão amigo.

— Caldinho de feijão?

— Sim. — O rosto dele se iluminou. Flávia percebeu a facilidade de deixar Felipe alegre. Ele realmente era uma pessoa fácil de agradar.

— Eu adoro caldinho de feijão. E sinuca!

— Você joga? Não acredito! — Felipe se espantou.

— Sim. Meu tio é viciado, digamos assim. Ele colocou uma mesa na fazenda. Sempre que vamos para lá, matamos o tempo jogando sinuca.

— Hum, então vamos fazer um torneio entre nós para ver quem é o melhor.

— Ah, só nós dois não tem graça.

— Bom, não sei se consigo tirar o Mauro de casa tanto assim para render nosso torneio. O Luigi e o Ricardo não estão aqui...

Flávia percebeu a expressão de Felipe mudar e ela não queria vê-lo triste.

— O que mais tem para fazer aqui? Além do Leão? — A estratégia deu certo. A pergunta fez o rosto de Felipe mudar e voltar a exibir aquele sorriso de que ela tanto gostava.

— Tem coisa demais, é só procurar. Sempre rola festa da UFV. Dos formandos, sabe, mas também dos cursos. Churrasco na casa dos amigos também.

Quando não tem nada para fazer, o povo arruma algo. Acho que o fato de estar todo mundo longe de casa ajuda. Tem também o Galpão. Nossa, eu amo aquele lugar. Tem o Lenha, ali perto de casa, na sua rua, você já deve ter visto. De dia é restaurante a quilo, de noite também funciona como restaurante mais para barzinho, às vezes tem música ao vivo. É bom que dá para voltar a pé bêbado para casa. — Os dois riram.

— Já vi que você é uma espécie de agenda cultural de Viçosa.

— Querendo saber de festas, basta falar comigo. — Felipe olhou para ela, orgulhoso. — E em Lavras? Você saía muito lá?

— Mais ou menos.

— Eu já fui muito lá, antes de passar no vestibular aqui em Viçosa.

— Sério? — Flávia gostou do que escutou. Era bom saber que alguém naquele lugar possuía uma ligação com sua antiga vida, de alguma forma. Nem que fosse com sua cidade.

— É. Você conhece o Macarrão?

— Quem em Lavras não conhece o Macarrão?!

— Pois é. Eu namorei a Samantha, a irmã dele.

— Oh. — Flávia não conseguiu esconder dele o espanto no rosto. — Então você é o cara de Alfenas que ela namorou. Eu me lembro de você!

— Jura?

— Sim! Eu sabia que já tinha te visto em algum lugar, mas não associei.

— Faz muito tempo — ele deu de ombros novamente.

— Sim... — ela olhou para ele um pouco hesitante. — Posso fazer uma pergunta?

Felipe balançou a cabeça.

— Você jura que não vai se ofender?

— É difícil eu me ofender.

— Como você aguentou a Samantha tanto tempo? Ela é insuportável! Felipe olhou para Flávia por alguns segundos e começou a rir. Ele não conseguia se controlar e ria cada vez mais alto, fazendo as pessoas em volta olharem para ele. Flávia olhou ao redor, com um sorriso sem graça no rosto.

— Essa é boa — ele tentou recuperar o fôlego. — Sabia que você não é a primeira a me perguntar isso? O Ricardo e o Luigi não a suportavam e viviam me perguntando como eu aguentava a Sam. — Felipe parou de falar, com a mão no peito, ainda tentando recuperar o ar depois de rir tanto. — Sei lá, caloura.

Acho que essas coisas de se apaixonar fazem isso com você. Simplesmente não vemos os defeitos das pessoas enquanto estamos junto delas.

— Ah... Então você foi apaixonado por ela?

— Eu acho que sim. Bom, foi namorico de adolescente, primeiro namoro, mas hoje não tem mais importância. Aliás, hoje acho que consigo ver como ela tinha algumas atitudes chatas mesmo.

— Algumas? Deus me livre, aquela garota é uma mala sem alça.

Felipe continuou rindo de Flávia. A cerveja acabou, mas ele não foi pegar outra logo em seguida. Olhou para Flávia e parecia que ia começar a falar algo quando ela percebeu uma mudança em sua expressão. Virou para trás e percebeu uma garota se aproximando dos dois. Era um pouco mais alta que Flávia, mas não muito, e tinha o cabelo comprido, liso e loiro. Ela parou ao lado de Flávia, mas a ignorando completamente.

— Felipe, Felipe, você não perde uma. — A voz era em um tom de desaprovação e Flávia pensou por alguns segundos quem era ela, afinal, para falar com Felipe daquele jeito. Uma ex-namorada? Prima? Irmã?

— Qual é, Carla, seu namorado está a quilômetros de distância. Não me torra. — A expressão dele era de raiva.

Carla. Flávia se lembrava deste nome da conversa com Mauro, e, pelo que Felipe falou, ela fez facilmente a associação. Era a namorada do tal Luigi, o irmão do Ricardo.

— Ih, está estressadinho já na primeira semana de aula? — Carla desviou o olhar de Felipe e pousou-o em Flávia. Ela a olhou de cima a baixo, analisando cada centímetro seu, com uma cara de desprezo maior ainda do que quando chegou ali.

— Rolo? — perguntou ela, ainda olhando para Flávia, mas era para Felipe a pergunta.

— O que isso te interessa? — Felipe suspirou. — Essa é a Flávia, caloura de Agro.

Flávia ia responder "prazer", embora não tivesse nenhum em conhecer aquela garota que até agora só foi irritante, mas Carla rapidamente tirou os olhos dela e voltou a falar com Felipe, como se ela não estivesse ali.

— Você falou com o Luigi esses dias?

— Falei ontem, por quê? — Felipe revirou os olhos.

— Tem alguns dias que ele não me liga...

— Ele disse que vai te ligar no fim de semana, então, se eu fosse você, ficaria em casa sábado e domingo, o dia todo, ao lado do telefone, esperando.

Carla esboçou um sorriso, mas percebeu que Felipe estava curtindo com sua a cara. Ela cerrou os olhos e não fez questão de esconder a raiva que sentiu dele. Saiu de perto dos dois pisando fundo e Felipe soltou uma gargalhada.

— Pega a vassoura que você deixou estacionada em frente ao RU, viu? —

disse ele alto, mas provavelmente Carla não ouviu.

— Quem é ela? — perguntou Flávia, já sabendo a resposta. Foi mais uma reação automática a toda aquela cena a que assistiu. Felipe suspirou, olhando na direção de Carla.

— É a mala da namorada do Luigi. Essa, sim, é mala.

— Simpática, ela. — Flávia foi sarcástica.

— Demais... Eu não sei o que o Luigi viu nela. Parece até que a garota fez macumba e enfeitiçou o coitado. Nem o Ricardo a aguentava.

— Bom, lembra da Samantha?

Felipe balançou a cabeça e ficou alguns segundos pensando.

— É, agora eu entendo meus amigos. Mas, cara... Essa Carla é muito mais insuportável que a Sam.

— Depende do ponto de vista. O tal do Luigi, pelo visto, não acha.

— Eu não sei o que deu no meu amigo. Eu pensei que agora, ele longe, o namoro ia acabar, mas parece que só piora. E o cara lá na Europa, cuidando da mãe, a menina não dá um sossego.

Flávia ficou alguns minutos quieta. Não queria pensar no sofrimento da família de Luigi com a perda de Ricardo. Devia ter sido algo bem difícil. Apesar de ser muito nova na época do acidente de seus pais, se lembrava da dor e do vazio que sentiu durante muito tempo. Ela balançou a cabeça, tentando mudar seus pensamentos, e se lembrou da atitude de Carla. Será que o tal Luigi era tão chato quanto a namorada? Esperava que não, afinal, ele morava com Felipe, era um de seus melhores amigos e Flávia sabia que, quando ele voltasse, teria de conviver muito tempo junto dele. Seus pensamentos foram interrompidos por uma mão que cutucou seu ombro.

— O que você está fazendo aqui?

— Gustavo! — Flávia pulou no pescoço do amigo. — Nossa! Eu estava te procurando.

— Custei para acreditar que era você mesma.

— Bom, não tive muita escolha, fui sequestrada na padaria pelo Felipe, que me trouxe aqui — ela apresentou os dois, que trocaram um cumprimento de mãos.

— Aí, Felipe, você conseguiu o impossível.

— Ai, credo, Gust, você falando até parece que sou uma freira.

— Não uma freira... Mas você fica hibernando em casa e isto não está certo.

— Concordo plenamente, cara — comentou Felipe — ela disse que você ia trazê-la amanhã, mas amanhã está longe demais, então resolvi trazer hoje.

— Fez bem.

— Ei, isso é um complô contra minha pessoa? Eu estou aqui ouvindo tudo. Gustavo puxou a cabeça de Flávia contra seu peito, dando um abraço na

amiga. Uma garota morena, alta e muito bonita, se aproximou de Felipe.

— Oi, Felipe.

— Olá, Letícia.

— Não te vi ontem.

— Eu estava por aí.

Os dois ficaram se encarando e Flávia e Gustavo trocaram um olhar rápido, percebendo o que estava rolando.

— Felipe, eu vou até ali com o Gustavo falar com algumas pessoas da nossa turma.

Felipe a olhou.

— Ok, caloura. Amanhã a gente se vê, ok? — ele deu uma piscadinha para Flávia.

— Ok — ela saiu rindo, balançando a cabeça.

Capítulo 3

Era sexta-feira e Flávia voltava para casa em seu último dia de aula na primeira semana em Viçosa. Estava cansada, mas feliz pelos amigos que fizera e pela forma como tudo estava acontecendo até o momento. Não se arrependia da decisão que tomara, de sair de Lavras e construir sua nova vida em um lugar diferente, com pessoas diferentes das quais estava acostumada nos seus dezoito anos de existência. Ela dirigia pela reta principal da UFV, perdida em seus pensamentos, quando viu Mauro ali, indo em direção às quatro pilastras, a entrada principal da universidade. Flávia encostou o carro, deu uma buzinada e abaixou o vidro do lado do passageiro.

— Ei, Mauro, entra aí que eu te levo para casa.

— Oi, vou aceitar sim, estou um pouco cansado — disse ele, entrando no carro. — Como foi a calourada ontem?

— Foi legal, gostei de ter ido.

— As festas aqui sempre são boas.

— O Felipe me falou.

— Ah, sim, festa é com o cara mesmo. Nunca o vi recusar um convite para uma.

— É, ele parece bem à vontade nas festas — disse Flávia, lembrando de Felipe com Letícia no dia anterior.

— Bom, digamos que ele fica mesmo.

Mauro ficou pensativo. Flávia o observou e hesitou um pouco.

— Conheci a Carla ontem...

— Ah, a bruxa.

— Bruxa?

— Bom, não é bem bruxa. É só que ela... — Agora foi a vez de Mauro hesitar e olhar para Flávia. — O que você achou dela?

— Er... Bem, eu... — ela não conseguia encontrar uma palavra para definir Carla. Lembrou do olhar de desprezo dela e isso irritou Flávia novamente.

— Foi o que eu pensei. Bruxa. Bom, na verdade bruxa é como eu, o Felipe e o Ricardo a chamávamos lá em casa. Mas na zoação, sabe. A gente zoava, dizia que ela enfeitiçou o Luigi.

— O Felipe falou isso mesmo ontem.

— Pois é, a gente falava isso. Brincava que ela fez uma poção para encantá-lo porque, pelo amor de Deus, ela é chata demais. Mas o Luigi não enxerga, é apaixonado por ela. Então, para ele ter ficado apaixonado assim, só pode ser feitiço.

Flávia riu e balançou a cabeça.

— Ei, eu também não acredito nisso, mas era engraçado zoar. A gente ficava tentando imaginar quais foram os ingredientes que ela usou.

— Ingredientes? — Flávia franziu a testa.

— É, para a poção. Duas patas de sapo, cinco asas de morcego, três lágrimas de cobra, pedaços de unha do Luigi, fios de cabelo, essas coisas.

— Vocês não prestam.

— Bom, quando se junta três caras que não vão com a cara de uma chata, já pode imaginar o que sai.

— E o que o Luigi achava dos ingredientes?

— Nós não falávamos isso para ele. O cara ficava bravo demais quando a gente criticava a Carla. Mas ela é chata, não é?

— Bom, ela não é das mais simpáticas.

— Pois é.

— O que ela faz na UFV?

— Ela ainda não está na universidade. Ela faz Coluni.

— Coluni? O que é isso?

— É o colégio da UFV. Fica dentro da universidade.

— Ah, não sabia que a UFV tem uma escola universitária.

— Sim. Fica ali atrás do prédio de Laticínios. Aquele ao lado da Economia Rural. — explicou Mauro, vendo que Flávia não sabia onde era. Ela estacionou em frente à casa dele. — Quer entrar?

— Não, obrigada. Vou para casa tomar um banho e descansar um pouco para ir novamente à calourada. Você vai hoje?

— Talvez — ele deu um beijo na bochecha dela e saiu.

A República Máfia ficava no início da Rua Gomes Barbosa, que é paralela a Santa Rita, sendo que Flávia morava quase no seu final, então ela resolveu pegar a primeira transversal, que ligava as duas ruas. Parou na esquina, se preparando para virar à esquerda, quando viu a loja de Sônia, a MinaZen. Decidiu encostar o carro e visitar a vizinha. Desde que chegara em Viçosa que tinha vontade de entrar ali, mas nunca encontrava tempo. Desceu do carro e ficou olhando um pouco os artigos através do vidro. Vários incensos, velas, pedras, livros e outros artigos estavam espalhados, enfeitando a vitrine. Flávia empurrou a porta e viu Sônia atrás do balcão e Carla na frente dela. Percebeu que as duas discutiam e chegou a pegar o final da conversa delas.

— Eu não acredito nestas besteiras! — gritou Carla.

— Não é besteira e você sabe disso. Você sabe que é verdade e que é isto que vai acontecer. Ninguém pode contra o verdadeiro amor.

As duas olharam para Flávia, que estava parada na porta, receosa se entrava ou não. Carla fuzilou Flávia com os olhos, virou-se para Sônia, pegou o embrulho que havia em sua mão e saiu, esbarrando bruscamente no braço de Flávia, que se apoiou para não cair. Sentiu um frio na espinha na hora em que Carla passou por ela. Não lembrava se havia sentido esse mesmo frio na noite anterior, quando a conhecera.

— Nossa! — disse Flávia, esfregando o braço, que começou a latejar um pouco.

— Não repara, não. Ela é um pouco estourada. — Sônia suspirou. Flávia fez uma careta.

— Ela é estranha — disse, se lembrando do frio na espinha.

— Eu também me sinto assim com a Carla.

— Como você sabe? — Flávia estava confusa e espantada. Sônia deu de ombros.

— Na verdade ela está nervosa porque o namorado está longe e sabe o que vai acontecer.

— Como assim?

Sônia hesitou um pouco e resolveu mudar de assunto.

— Besteiras do coração. Mas o que te traz aqui?

— Resolvi comprar alguns incensos.

— Hum, quais você quer?

— Eu não sei... Alguns cheirosos? — As duas riram. — Eu não entendo de incenso, minha tia é alérgica, então não podia acender lá em casa. Mas sempre gostei e quero aproveitar agora, que moro sozinha, para poder acender.

— Entendi... Vamos ver, o que você precisa no momento? Proteção, dinheiro, saúde, amor?

— Acho que no momento nada em especial. — Flávia deu de ombros. — Eu achei que se escolhia incenso pelo cheiro.

— Não. — Sônia deu um sorriso que fez Flávia se lembrar de sua mãe. Ela levou Flávia até a estante onde ficavam os incensos. — Geralmente se escolhe pelo que ele traz, mas tem gente que vai pelo cheiro mesmo. Se você não precisa de nada em especial no momento, pode escolher pelo cheiro, ou então leva alguns para proteção, paz, felicidade, afinal, isto nunca é demais.

— Verdade. — Flávia começou a cheirar alguns incensos que Sônia ia lhe dando.

— Vamos ver. Alfazema e canela, para tranquilidade; Cânfora, para eliminar energia negativa; Manjericão, que traz sorte, felicidade, prosperidade e proteção; Angélica, para proteção; Violeta, que ajuda a espantar as energias negativas e Anis Estrelado, para atrair boa sorte. Acho que está bom.

— Está sim! — disse Flávia. Sônia levou tudo para o balcão. — Agora tenho incenso para acender sempre.

— Mais alguma coisa?

— Não sei... — Flávia olhou em volta.

— Fique à vontade. — Sônia sorriu. Ficou observando Flávia, que olhava tudo ao redor. Ela reparou nos longos cabelos ruivos da menina, que caíam em cachos pelos ombros e iam até a cintura. A pele dela não era branca demais e isto ajudava a não deixá-la com uma aparência muito pálida. Na verdade, todo o conjunto era harmonioso e dava uma beleza diferente a Flávia.

— Acho que por hoje é só — disse ela, pegando a sacola com os incensos das mãos de Sônia.

— Está indo para casa?

— Sim.

— Eu vou para lá também. Se quiser, é minha convidada para lanchar comigo. Fiz um bolo de fubá hoje após o almoço, deve estar pronto para comer agora.

— Hum... Acho que não vou dispensar. Adoro bolo de fubá.

— Então vamos lá para casa. Soraia! — disse Sônia um pouco mais alto, e uma jovem de cabelos escuros e compridos apareceu por uma porta, que deveria levar ao depósito da loja. Flávia reparou o quanto ela era alta e magra. — Eu vou indo para casa. Feche tudo direitinho quando sair.

— Não se preocupe, Dona Sônia, sempre fecho tudo direitinho.

Soraia sorriu e as duas saíram. Flávia deu carona para Sônia, embora a loja fosse perto do prédio delas. Chegaram ao apartamento de Sônia e Rabisco recebeu as duas saltitando.

— Ei, Rabisco. — Flávia pegou o cachorrinho no colo.

— Hoje ele acordou um pouco adoentado.

— Sério? O que ele tem?

— Nada demais, o veterinário disse que é só uma indisposição. Nem o levei para a loja hoje, achei melhor deixá-lo descansar.

— Dando susto na gente, Rabisco?

O cachorrinho lambeu o queixo de Flávia, que riu e colocou-o no chão. Ela foi para a cozinha, onde Sônia já colocava a água para ferver para fazer o café. Flávia se sentou em uma das quatro cadeiras que havia ali, rodeando uma pequena mesa quadrada.

— Aqui está — disse Sônia, colocando pratinhos na mesa. Ela destampou o bolo e seu cheiro tomou toda a cozinha.

— A cara dele está boa e o cheiro maravilhoso — comentou Flávia.

— Espero que o gosto também — Sônia sentou de frente para Flávia, esperando a água ferver. — Daqui a pouco o George, meu marido, chega. Não sei se você já o conheceu.

— Ainda não.

— Ele é dono do Lenha, o restaurante que tem aqui perto.

— Ah, já ouvi falar muito bem de lá. Mas ainda não fui.

— Eu sou suspeita, mas a comida de lá é muito boa. — Sônia ficou alguns minutos quieta, hesitando se tocava em um assunto que queria conversar com Flávia desde que a conheceu. — Desculpa perguntar... Você disse algo sobre morar com sua tia... É que você me parece familiar.

— Não tem problema. — Respondeu Flávia. — Meus pais morreram quando eu tinha cinco anos. Meus tios já moravam em Lavras, eles me pegaram para criar. Meu tio é irmão do meu pai e a mulher dele não pode ter filhos.

— Eu sinto muito. — Sônia não estava mentindo e Flávia sentiu a sinceridade nas palavras dela. — Seus pais são de Lavras?

— Meu pai. Minha mãe era de Ponte Nova, que fica aqui pertinho.

— Sério?

— Sim. Ela se chamava Elizabeth Callaghan Cotta. Sônia olhou assustada para Flávia. Ela se levantou.

— Não acredito que você é filha da Lizzy! Meu Deus, eu sabia que te conhecia de algum lugar. Você lembra demais ela!

— Você conheceu minha mãe? — Os olhos de Flávia encheram de lágrimas.

— Sim, a conheci! Nós éramos amigas.

— Nossa... Não acredito. — Flávia não conseguiu conter e as lágrimas rolaram pelo seu rosto.

Sônia deu um beijo em sua testa e foi até o fogão, onde a água já estava fervendo. Ela ia falando conforme terminava de fazer o café.

— Seu avô dava aula de Agronomia na UFV. Sua mãe às vezes vinha junto para cá.

— Meu avô era agrônomo? — Flávia não conseguiu conter o espanto. Ela sentia todo o corpo tremer.

— Você não sabia?

— Não... Na verdade não sei nada da família da minha mãe. Meus pais morreram quando eu era bem pequena, nunca tive contato com ninguém da família dela...

— Hum... — Sônia parou por alguns minutos. Depois serviu o café para

Flávia. — Você nunca esteve em Ponte Nova?

— Não. Pelo menos que eu me lembre... Meus tios sempre falaram que não havia mais ninguém da família da minha mãe lá.

— De fato, seus avós já faleceram... Minha mãe era muito amiga da sua avó. Acabei me tornando amiga da sua mãe. Quando ela foi para Lavras com seu pai, fomos perdendo contato. Naquela época não era tão fácil se comunicar, não havia internet, as estradas eram bem piores do que hoje em dia. E com os afazeres do dia a dia, fica difícil manter contato por carta, até mesmo por telefone.

— Puxa, não acredito que vim morar no mesmo prédio de uma antiga amiga de minha mãe. É coincidência demais.

— Coincidências não existem — disse Sônia. — O que acontece é que a vida sempre nos leva na direção de certas pessoas. Bom, mas não vou começar a filosofar agora. Temos muito que conversar.

— Sim, eu quero saber de tudo. Tudo que você sabe da minha mãe, do meu pai. Você o conheceu?

— Sim. Henrique era um rapaz tão bonito. Sua mãe o conheceu em uma das vezes em que veio com seu avô aqui. Seu pai era aluno do seu avô, Lizzy o acompanhou até a universidade em uma das aulas e eles se conheceram. Os dois se apaixonaram logo.

— Que romântico... Eu nunca soube como foi. Meus tios não falam muito deles. Toda vez que eu puxo assunto, eles mudam ou falam outra coisa que não tem nada a ver. Minha tia, então, é a que menos fala. Meu tio costuma contar só mesmo casos de quando meus pais já estavam em Lavras.

— Bom, seus pais começaram a namorar logo. Seu avô o achava um bom rapaz. Quando Henrique se formou, eles se casaram e foram para Lavras. Eu fiquei sabendo do seu nascimento, depois do acidente deles. Muito triste...

— E meus avós?

— Sua avó faleceu logo depois que sua mãe foi embora. Seu avô foi um ou dois anos depois, não me lembro ao certo. Seus pais vieram para o velório dos dois. No do seu avô, sua mãe já tinha você, mas como você era pequena, ficou com seus tios em Lavras.

— Puxa... Não imaginei que iria descobrir tanta coisa quando viesse para cá. — Flávia ficou pensativa por alguns instantes. — Na verdade, acho que esperava por isso. Esperava que, estando perto de Ponte Nova, conseguisse algo.

— Você pensa em ir lá?

— Quem sabe?

As duas ficaram conversando o resto do dia, e Sônia contou vários casos de quando era jovem e sobre a amizade com Elizabeth. Flávia se sentiu feliz e desistiu de ir à calourada. Não queria parar a conversa com Sônia. Agora, ela se sentia mais em casa do que nunca.

Capítulo 4

Era quarta-feira e Flávia voltava da UFV após mais um dia de aula. Estacionou em frente ao seu prédio. Ficou alguns minutos quieta, lembrando de tudo que aconteceu naquele quase um mês em que estava em Viçosa. Sabia que não podia pedir mais do que estava ganhando. Estava feliz com o novo apartamento, a amizade com Sônia e George e, é claro, com Gustavo, Mauro e, principalmente, Felipe. Ela sorriu ao se lembrar do lindo e largo sorriso de que tanto gostava e que sempre estava presente em seu rosto. Saiu do carro e subiu as escadas até o primeiro andar. Antes de abrir sua porta, Sônia apareceu, vindo do outro lado do corredor.

— Oi. Onde está o Rabisco? — Flávia estranhou não ver o cachorrinho. Rabisco era presença constante ao lado de Sônia.

— Levei ao veterinário. Sábado vai ter um jantar aqui em casa e ele precisava de um banho.

— Ah, sim — disse Flávia. Ia abrir sua porta, mas Sônia interrompeu.

— Se quiser vir, é mais do que convidada. Só vamos ser eu, o George e um casal de amigos, e a filha deles, que deve regular em idade com você. Mas não se sinta pressionada, tá?

— Ok, vou fazer de tudo para ir, sim.

— Eles conheceram seus pais. Vão gostar de te conhecer também.

— Eu irei. — Flávia sorriu.

— Que bom, ficaremos aguardando — disse Sônia gentilmente. — Flávia, você já leu algum livro da Anne Rice?

— Hum... Eu acho que não.

— Você gosta de ler?

— Sim, adoro.

— Ela tem bons livros. As histórias... Digamos que são um pouco diferentes.

— Diferentes?

— É, sobre vampiros, múmias, bruxas...

— Ah, sim. Acho que eu sei de quem você está falando. Ela escreveu *Entrevista com o Vampiro*, certo?

— Sim, essa mesma.

— Bom, eu vi o filme no DVD. Serve? Sônia riu.

— Bom, Tom Cruise, Brad Pitt e Antonio Banderas podem deixar o mundo dos vampiros bem atraente. Mas na verdade estava pensando em outra história dela. Espere um momento. — Sônia entrou em casa e voltou rapidamente com quatro livros nas mãos. — Estava pensando nestes — ela entregou um dos livros para Flávia.

— *A Hora das Bruxas*?

— São quatro livros contando a história da família *Mayfair* ao longo de várias gerações. Bom, o mais correto seria dizer a história das Bruxas *Mayfair*. Eu pensei que você pudesse gostar...

— Obrigada. Eu vou ler.

— Só se você quiser. Apenas pensei que você pudesse gostar...

— Sério, prometo que vou ler. Acho que será uma leitura... Interessante. Flávia se despediu de Sônia e entrou em casa. Colocou seu material em cima da mesa que havia na sala e foi para o sofá, com os quatro livros nas mãos.

Ela olhou as capas e os títulos: *A Hora das Bruxas Volume I* e *II*, *Lasher* e *Taltos*. Ergueu a sobrancelha e começou a folhear o primeiro livro. Decidiu ler. Se gostasse, continuaria a história através dos outros livros.

Quando ia começar o primeiro capítulo, sua leitura foi interrompida pela campainha. Foi abrir, pensando que podia ser Sônia novamente, mas se surpreendeu com Felipe na porta. Ele exibia seu sorriso e segurava duas sacolas nas mãos.

— Olá, caloura, o lanche hoje é por minha conta — disse ele, levantando as sacolas e dando um beijo na bochecha dela.

Flávia tirou o material de cima da mesa. Ela foi até o sofá e pegou os livros também, levando tudo para o quarto.

— Pode colocar as compras aí em cima da mesa — gritou. Flávia voltou para a sala, mas não viu Felipe. Encontrou-o na cozinha.

— Fui pegar copos — disse ele, mostrando os copos, sorrindo mais ainda, e ligou a TV.

— O que você trouxe de bom? — Flávia começou a abrir as sacolas e tirou o pacote com os pães de queijo.

— O pão de queijo, que é bom demais, e refrigerante. Achei que era uma boa forma de retribuir todos os lanches que você já me ofereceu neste primeiro mês de uma convivência pacífica.

— Pacífica? Você esperava brigar comigo?

— Nahhh, é modo de falar — ele balançou a cabeça e foi para o sofá. — Também vim com um segundo interesse.

— Hum, devia ter desconfiado que você estava bonzinho demais. — Flávia sentou ao lado dele e o empurrou com o braço. — Diz aí o que você quer.

— Estava pensando em te raptar esta noite, ir até o Leão jogar sinuca.

— Hoje? — Flávia fez uma careta.

— Qual o problema de hoje? É quarta-feira, eu sei que amanhã você não tem aula.

— Sei lá... Isso não estava programado na minha cabeça.

— O melhor é fazer as coisas quando elas não estão programadas. — Felipe piscou para ela.

— Ok, ok, podemos ir lá hoje, sim.

— Valeu. — Felipe pegou um pão de queijo de dentro do pacote, mas não comeu. — Tem outra coisa...

— O que é? — Flávia riu.

— Eu posso dormir aqui hoje? No sofá-cama?

Flávia olhou para ele. Parecia uma criança pedindo para os pais levá-la ao parque. Seus olhos brilhavam e ela podia sentir a empolgação dele pulsando por todo o corpo.

— Pode — disse em um suspiro.

— Oba! — disse ele alto e Flávia balançou a cabeça, rindo.

— Você parece criança, sabia?

— Eu sei, você já falou isso mil vezes — ele beijou seu rosto e continuou comendo.

Flávia olhou o amigo. Apesar de toda a felicidade que Felipe sempre demonstrou, era nítido que algo o incomodava. Ela se lembrou de Ricardo, de tudo que Mauro havia lhe contado. Quis falar do assunto, mas não sabia como começar, então decidiu não falar nada.

— Você vai ficar aqui na Semana Santa? — A pergunta de Felipe puxou Flávia de seus pensamentos.

— Não... Eu acho que não. Devo ir a Lavras, ver meus tios.

— Ah... Vai para a fazenda?

— Sim. Eu adoro aquele lugar. É uma forma de estar perto dos meus pais. Meu pai amava aquela fazenda. Sempre íamos lá.

Felipe sorriu, mas não disse mais nada. Ficou olhando para a TV.

— Você vai para Alfenas?

— Não. — Felipe suspirou. — Meus pais vão para Curitiba, minha prima teve bebê há pouco tempo, minha mãe está irrequieta para conhecer. Como não vai ter ninguém em casa, é melhor ficar por aqui. Alfenas sem o Ricardo e o Luigi também não tem graça.

Flávia sorriu e ia perguntar sobre Ricardo, mas Felipe continuou falando.

— Eu te perguntei porque o Mauro vai ficar aqui. A esposa dele vem com a filha, vamos fazer um churrasco lá em casa. Se você não fosse viajar, poderia ir lá.

— Fica para uma próxima. — Flávia decidiu não falar de Ricardo, pelo menos até que Felipe tocasse no assunto. Neste quase um mês de amizade, ele apenas falou do amigo como se estivesse fora, igual Luigi. Resolveu que não deveria se intrometer.

— Esse Luigi, que você tanto fala... Volta quando?

— Acho que só ano que vem. Pelo menos foi o que ele planejou. — Felipe virou para Flávia. — Você tem de conhecer o Luigi. Ele é muito gente boa, o cara é o máximo. Muito legal.

Flávia apenas sorriu e virou para a TV. Os dois ficaram conversando sobre a UFV até quase meia-noite.

— Acho que já podemos ir — disse Felipe, se levantando e esticando as pernas e os braços.

— Você que manda. — Flávia também se levantou e desligou a TV. Pegou a chave do carro. — Hoje não vai estar aquele tumulto de domingo, né?

— Não. Hoje você consegue parar na porta.

Felipe estava certo e, em uma quarta-feira, naquele horário, Flávia conseguiu uma excelente vaga, bem em frente ao Bar do Leão. Os dois desceram e Felipe foi logo em direção à mesa de sinuca. Havia poucas pessoas no bar, algumas jogando, outras apenas conversando.

— Hoje vou te dar uma aula de sinuca — disse ele, pegando um taco e mantendo o sorriso no rosto.

— Veremos. — Flávia deu um sorriso malicioso e Felipe soltou uma gargalhada.

— Damas primeiro — ele se afastou e foi até o bar. Voltou com uma garrafa de cerveja e dois copos. — Brindemos à minha vitória.

— Ainda é cedo demais para se garantir. — Flávia pegou o taco, cerrou os olhos e acertou a primeira bola. Logo, duas caíram na caçapa.

— Não acredito — comentou Felipe, completamente desanimado.

— Eu disse que era muito cedo para cantar vitória — comentou Flávia.

— Mas não se preocupe, vou errar de propósito para te dar uma chance.

— Caloura, você está muito abusada. — Felipe começou a rir. — Não preciso dos seus erros. Vamos ver o que você pode fazer.

Flávia se preparou para jogar novamente, mas Felipe esbarrou no taco dela, fazendo-a errar.

— Ops. Foi mal. — Seu rosto mostrou uma falsa expressão de quem sentia muito.

— Ei, essa não valeu.

— Valeu sim, você tocou na bola.

— Você esbarrou em mim.

— Foi sem querer — ele levantou os ombros.

— Hum, se você quer jogar sujo, eu sei jogar sujo.

— Você é uma ótima adversária. — Felipe se preparou para jogar, mas acabou errando.

— Castigo dos céus por ter trapaceado. — Flávia começou a rir.

— Eu tenho a noite inteira. — Felipe virou o copo de uma vez e o encheu de novo.

Flávia acordou, mas não abriu os olhos. Ficou deitada na cama, sentindo a maciez do colchão. Gostava das quintas-feiras sem aula. Era um modo de descansar dos outros dias da semana. Apertou o travesseiro e abriu os olhos devagar. O quarto estava escuro, por causa do blecaute na cortina. Olhou o relógio digital, que marcava 12:53. Deu um longo suspiro e se levantou vagarosamente. Era bom não ter de acordar cedo por causa de alguma aula.

Ao invés de acender a luz do quarto, abriu a porta e caminhou pelo pequeno corredor, indo em direção à sala. Encontrou o sofá-cama arrumado, com os lençóis dobrados embaixo de um travesseiro. Em cima da mesa da sala havia um bilhete.

Caloura,

Hoje vai ter revanche na sinuca, me espere!

Felipe

PS: Seu sofá-cama realmente é muito bom!!!

Flávia devolveu o bilhete para cima da mesa e sorriu. Lembrou-se de como Felipe saiu do Leão resmungando por ter perdido na sinuca. Ele recusou tomar o "feijão-amigo" de que gostava antes de sair do bar, de tanta decepção que sentia. Ou seria teimosia? Não sabia, mas também não se importou. Felipe era igual a uma criança e ela gostava desse lado divertido dele.

Foi até a cozinha e colocou uma fatia de pão de forma na torradeira. Enquanto esperava, preparou um copo de leite com chocolate em pó. Depois que a torrada ficou pronta, passou manteiga e foi para a sala. Sentou no sofá e ligou a TV. Ficou mudando de canal, sem prestar atenção em nada. Quando acabou de comer, desligou a TV e ficou alguns minutos quieta. Resolveu acender um incenso e pegou o livro que Sônia havia emprestado.

Flávia não percebeu que as horas haviam passado até ouvir a campainha tocando. Virou o rosto para a janela e se deu conta de que ficara o dia todo lendo. Já estava escuro lá fora, havia parado de ler apenas poucas horas para comer algo e acender a luz da sala. A história das bruxas *Mayfair* estava em sua cabeça, estava completamente envolvida e queria saber mais sobre Stella, Antha, Deirdre, Michael, Julien, Lasher, todos que faziam parte da incrível "herança" (ou seria maldição a palavra certa?) passada por várias gerações da família.

Olhou para a porta e fechou o livro para atender à campainha, que já tocava insistentemente. Abriu a porta e viu Felipe sorrindo. Ela não conseguiu segurar o riso também, se lembrando da expressão de decepção no rosto dele na noite passada. Ele parecia totalmente esquecido daquilo naquele momento.

— Ei, caloura, vim te dar uma surra na sinuca hoje.

— Será? — Flávia fez sinal para Felipe entrar.

— Um dia você tem de perder. Eu sou paciente.

— É bom ser mesmo.

— Hum, estou vendo que o sucesso já subiu à sua cabeça.

— Não conte com isto. Apenas sou mais tranquila e menos convencida que você. — Flávia deu de ombros.

— Sei — ele olhou ao redor. — O que fez de bom hoje, em seu dia de folga da UFV?

— Li o dia todo.

Felipe levantou as sobrancelhas e arregalou os olhos.

— Tá brincando?

— Não. Peguei um livro com minha vizinha e não consegui parar de ler. — disse, apontando o livro que estava em cima do sofá. Felipe foi até lá e o pegou, olhando para a capa.

— *A Hora das Bruxas*? Está lendo sobre a vida da Carla? Flávia começou a rir.

— Coitada da garota!

— Coitado do Luigi, que foi enfeitiçado. E de mim, que tenho de aguentá-la. Flávia balançou a cabeça.

— Você é implicante, sabia?

— Eu? Vai conviver com a Carla para você ver!

— Eu não tenho de conviver com essa menina.

— Sorte sua. — Felipe suspirou. — Mas e aí? O que vamos fazer até uma hora da manhã? São nove da noite ainda.

— Que tal uma pipoca? Eu já estava pensando em fazer um pouco para comer.

— Beleza.

— Ok, então serve o refrigerante para nós que eu faço a pipoca e trago em poucos minutos. — Flávia foi em direção à cozinha e Felipe a seguiu.

— Só pôr o pacote no micro-ondas. — disse ele, abrindo a geladeira e servindo os refrigerantes.

— Prefiro fazer na panela, é mais gostoso.

— Ih, já vi que vai demorar.

— Fique à vontade enquanto eu faço.

Felipe saiu da cozinha com dois copos nas mãos. Olhou para a sala, mas resolveu dar uma volta pelo apartamento.

Flávia havia feito o primeiro quarto de escritório, com uma mesa para o computador, que ficava logo à direita, de costas para a janela e ao lado da porta, e outra para estudar, que ficava na parede, à esquerda. Na direção da mesa de estudar, na parede oposta, havia uma estante com alguns livros.

Ele seguiu adiante e viu o banheiro, em frente. Ao lado do escritório era o quarto dela. A cama de Flávia ficava na parede oposta à porta, encostada embaixo da janela. Ao lado direito da porta havia o armário e na parede esquerda uma cômoda, com um aparelho de som portátil em cima. Felipe sorriu e entrou, colocando os copos com refrigerante em cima da cômoda. Ligou o som e pegou seu copo, sentando na cama, e colocando-o em cima de uma mesinha de cabeceira que havia ao lado.

Flávia entrou no quarto segurando duas grandes vasilhas para pipocas bem cheias.

— Uau, você fez pipoca para a UFV inteira! — disse Felipe, espantado.

— Se você não aguentar tudo, eu termino — ela deu de ombros. — Amo pipoca.

— Dá para ver. — Felipe pegou uma das vasilhas das mãos de Flávia. Ela sentou ao lado dele na cama. — Sua cama é muito boa.

— Obrigada. Eu acho — ela fez uma careta e ele riu.

— Esse CD aí é legalzinho, mas eu tenho um que você vai gostar mais.

— Mais que Barão Vermelho? Impossível!

— Pode ser que mais não. Talvez tanto quanto.

— Felipe, não existe nenhum CD que me agrade mais que Barão. A voz do Frejat é tudo.

Felipe suspirou.

— Você é bem teimosa, sabia?

— Sabia — ela balançou a cabeça. — Mas diz aí, qual CD tão maravilhoso é esse?

— *O Grande Encontro*. Conhece?

— Não...

— Elba Ramalho, Alceu Valença, Geraldo Azevedo e Zé Ramalho juntos.

— Um grande time.

— Sim. Que resultou em um grande encontro — ele abriu o largo sorriso. — É um CD antigo, meu pai escutava muito quando eu era criança. Depois te empresto.

Felipe ficou um longo tempo encarando-a, até Flávia se sentir incomodada com o olhar penetrante dele.

— O que você tanto olha?

— Eu descobri uma coisa... — ele sorriu maliciosamente.

— O quê? — ela estava intrigada. E, ao mesmo tempo, o olhar dele a deixava irrequieta.

— Eu descobri que você namorou o P.C.

— Oh! — Flávia arregalou os olhos. — Isso? Meu namoro com o Paulo

César? O que isto tem de mais? — ela levantou os ombros.

— Nada. Só achei interessante.

— Não entendi.

— Eu conheço o P.C. — Felipe mantinha o sorriso malicioso no rosto. Flávia não gostou do jeito dele, preferia quando exibia seu largo sorriso.

— Conhece? O que você está me escondendo?

— Bom, você sabe que eu fui de frequentar Lavras...

— Sim, quando namorou a Samantha. — Flávia revirou os olhos. Felipe só balançou a cabeça, concordando. Ele ficou um tempo quieto, comendo pipoca.

— E? Anda, Felipe, diz logo o que você quer dizer.

— Eu não quero dizer nada — ele gargalhou alto. Ela deu um soco no braço dele.

— Claro que quer. Você está doido para me contar algo do Paulo César — ela hesitou. — Você vai falar o quê? Que já o viu me traindo?

Felipe se assustou. Olhou para ela.

— Não, não. Não sei se ele te traiu... É só que... Bem, nós meio que já brigamos.

— Meio que já brigaram? Como assim?

Felipe deu um longo suspirou e começou a gargalhar novamente. Olhou para Flávia, que estava espantada e irritada ao mesmo tempo com a demora dele em falar.

— Uma vez, em Alfenas... — Felipe começou a falar. — Bom, em uma festa lá, um grupo de Lavras foi, e o P.C. tava no meio. O Macarrão também, mas você conhece o Macarrão, ele não briga com ninguém. Ele tava chapadão de cerveja, junto com o Ricardo. Os dois estavam lá, quase caindo, abraçados e cantando como se fossem amigos de infância. — Felipe parou para tomar fôlego e rir mais um pouco. Flávia continuou ouvindo. — O grupo estava interagindo, né, Lavras e Alfenas. A galera se conhecia. Aí o P.C., que também já estava chapado, resolveu encrencar com o Ricardo à toa. Não lembro bem qual o motivo, ninguém estava dando fé de nada. O Ric não tinha como se defender porque já estava bem bêbado, começou a falar um monte de coisa sem nexo e o P.C. quis partir para cima. Ele chegou a dar um chute na canela do Ric, que caiu no chão. Bom, nessa hora não preciso dizer mais nada. Eu e o Luigi chegamos metralhando o cara, sabe, de porrada mesmo. Aí foi uma confusão.

— Eu me lembro desse caso! — Flávia arregalou os olhos, horrorizada. Felipe só ria.

— Uns amigos do P.C. se meteram, mas eu e o Luigi demos conta do recado. Claro, não saímos ilesos, mas eles saíram pior.

— Então eram vocês? Eu me lembro disso. Não estava mais com o Paulo na época dessa confusão, mas lembro de ele todo quebrado lá em Lavras.

— É, nós demos um trato bem legal no cara. Ele mereceu.

Flávia continuou olhando para Felipe, séria, até começar a rir. Ele estranhou.

— Do que você está rindo?

— Eu não sei. Acho que é a coincidência — ela ficou parada, lembrando-se das palavras de Sônia, de que não existia coincidência, mas sim de que certas pessoas eram colocadas em seu caminho por determinadas razões. — Felipe, você já reparou que estivemos perto várias vezes?

— Como assim? — ele não entendeu o ponto de vista dela.

— Nós já estivemos próximos. Você ia muito a Lavras, eu me lembro de você namorando a Sam. Bom, não exatamente da sua cara, lembro que ela tinha um namorado de Alfenas.

— Sim, é verdade — ele sorriu. — E precisamos vir para cá para nos conhecermos, né? É isso que você está falando?

— Sim. Engraçado isso.

— Bom, vai acontecer o mesmo com o Luigi — ele deu de ombros. Ela o olhou sem entender. — Você vai conhecê-lo, e ele já esteve perto de você algumas vezes, em Lavras, quando ia lá comigo. Ele e o Ric. Você vai gostar dele. Pena que você não tenha tido chances de conhecer o Ric. — Felipe esboçou um sorriso melancólico. — Você teria gostado dele.

— Você gosta muito dele, né? Deles — corrigiu.

— Sim. Os dois são os irmãos que eu nunca tive. — Felipe parou e Flávia reparou que ele lutava para não chorar.

— Se você não quiser falar sobre isso, tudo bem.

— Não, não tem problema. Se você não se importar de ver um cara de um metro e noventa chorar... — ele sorriu sem graça e Flávia sorriu de volta, dando espaço para ele falar, se quisesse. — Nossos pais eram amigos de infância. Só se separaram quando meu pai foi estudar Direito em Belo Horizonte. Meu pai ficou mais uns anos em BH, casou... Aí ele convenceu minha mãe a ir para Alfenas. Assumiu o fórum lá, como juiz, enquanto o pai dos meninos tocava a fazenda deles. A amizade nunca acabou. Eu e o Ric nascemos quase na mesma época, o Luigi veio mais ou menos um ano depois. Desde moleques que somos unidos, como três irmãos. Sempre onde um estava, os outros estavam junto. Claro, eu era mais grudado no Ric porque sempre estudamos juntos, na mesma sala, o Luigi era um ano atrás. Sabe, os dois são os caras mais incríveis que já conheci. Tudo está sempre bom para eles, são aquelas pessoas animadas e leais, que você pode contar a qualquer hora e em qualquer lugar.

Felipe parou por alguns segundos. Ou minutos, Flávia não teve noção do tempo que ele ficou quieto, apenas deixando algumas lágrimas rolarem em seu rosto. Ele deu um longo suspiro e continuou.

— Quando eu decidi fazer Engenharia de Alimentos em Viçosa, o Ric não pensou duas vezes. Veio fazer Agronomia. Não tinha jeito de cada um ir para um lado. O Luigi veio junto, fazer o terceiro ano aqui. Foi uma confusão na casa deles, a mãe não queria de jeito nenhum que ele viesse também. — Felipe parou e riu, lembrando-se de algumas coisas do passado. — Mas quem ia tirar a ideia da cabeça do moleque? O Luigi é teimoso que só ele. Acho que viria até fugido, e a mãe dele sabia disso. Não teve outra alternativa a não ser concordar. Foram dois anos muito bons, os melhores das nossas vidas, talvez pela liberdade, pelo fato de finalmente estarmos os três juntos em uma mesma casa. Incrível como o Mauro se adaptou, embora nem sempre estivesse conosco. Aí veio o acidente.

Felipe engasgou e ficou mais um tempo parado. O sofrimento era evidente em seu rosto e Flávia segurou uma de suas mãos, em compreensão e solidariedade. Sem olhar na direção dela, ele sorriu em agradecimento. Ficou mais alguns instantes quieto até voltar a falar, com a voz ainda engasgada.

— Era tarde, de madrugada, quando estávamos voltando de Ubá. Eu não estava cansado, tinha passado aquele dia todo dormindo. Também não tinha bebido uma gota de álcool na festa, sou responsável nessas coisas, embora as pessoas duvidem. Ainda hoje sinto alguns olhares de reprovação para cima de mim na UFV. Claro, todo mundo aqui amava o Ricardo, não tinha como ser diferente. Nunca conheci alguém que não gostasse dele... Talvez a Carla. A Carla... Ela e o Luigi discutiam no banco de trás, ela cismou que ele deu conversa para algumas garotas na festa. Até parece, ele só tem olhos para a Carla.

Felipe encostou a cabeça na janela, com o corpo apoiado na parede. Suspirou profundamente algumas vezes.

— O Ric estava no banco do carona, apagado. Estava hipercansado, acho que nunca o vi se divertir tanto quanto naquela festa. Parecia estar adivinhando que era sua última. Ele... Eu... Não sei o que aconteceu, foi tudo tão rápido. Em um minuto tudo tinha acabado, eu perdi a direção do carro, bati. Não me lembro de mais nada, só de acordar no hospital com o Luigi do meu lado, aos prantos. Não precisou falar nada, eu sabia o que tinha acontecido só de olhar para ele.

— Felipe olhou para Flávia. — Eu matei o meu amigo. Meu melhor amigo.

— Não foi sua culpa, Felipe! Não diga isso.

Felipe começou a soluçar forte e abraçou Flávia. Apesar de não ter dimensão do sofrimento dele, se sentia angustiada por ouvir a história. Ela retribuiu o abraço o mais forte que conseguiu e sentiu algumas lágrimas rolando também pelo seu rosto. Uma dor enorme estava dentro de seu peito e sabia que a dor que Felipe carregava era maior ainda.

Capítulo 5

Flávia despertou sentindo uma enorme pressão no corpo. Abriu os olhos e a única coisa que conseguiu enxergar, na escuridão do quarto, foi o relógio digital marcando 5:46. Tentou se mover e a pressão aumentou. Lembrou-se da noite anterior e percebeu que era o braço de Felipe que estava sobre seu tórax, apertando-a. Tentou tirá-lo, mas Felipe se moveu e a abraçou.

— Sua cama é ainda melhor que o sofá — disse ele. Embora estivesse completamente escuro no quarto, sabia que ele sorria.

— Claro, se não fosse melhor, eu dormiria no sofá — retrucou, tentando inutilmente tirar o braço dele de cima de seu corpo.

— Hum, a caloura acorda de mau humor.

— Só estou tentando respirar.

Felipe deu uma gargalhada e soltou-a. Flávia sentou na cama e acendeu o abajur, que havia em cima da mesa de cabeceira. Olhou para baixo e percebeu que havia dormido com a roupa que estava usando na noite anterior. Ela se levantou e Felipe apertou os olhos, virando para o canto.

— Você vai para a UFV hoje? — perguntou ela, mexendo no armário.

— Agora de manhã, não. Que horas são?

— Quase seis. — Flávia suspirou e tirou uma calça jeans e uma blusa do armário.

— Cedo demais, por que você não volta para a cama?

— Seria um convite tentador, se você fosse meu namorado. Mas vou aproveitar que acordei e tomar um banho, chegar na UFV mais cedo, com calma.

— Como quiser — ele virou para ela e abriu um pouco os olhos. — Posso ficar aqui?

Flávia ficou quieta alguns segundos o observando.

— Eu ia falar à vontade, mas mais à vontade do que você está, impossível

— ela balançou a mão, virando de volta para o armário.

— Mais à vontade só se eu tirasse minha roupa — brincou ele.

— Não sei se esta é uma visão que eu gostaria de ter uma hora dessas. — Flávia continuou na brincadeira. — Vou tomar banho e sair. Na hora que você acordar, bate a porta e deixa a chave embaixo do capacho lá no corredor.

— Beleza — ele levantou a cabeça. — Valeu por ontem — disse, um pouco sem graça.

— Imagina.

Felipe ainda a observava e Flávia ia sair do quarto quando ele a chamou.

— Vai ter revanche na sinuca hoje?

— Hoje vou até a casa do Gustavo estudar.

— Estudar na sexta-feira à noite?

— Estou com umas dúvidas de Cálculo. Ele não vai fazer nada hoje, então vou lá.

— Hum... — disse Felipe maliciosamente.

— Ai, nada a ver. Ele é tão meu amigo quanto você é. Não rola nada.

— Você não tem de me dar explicação.

— Eu sei. Nem sei mesmo por que estou explicando. — Flávia foi em direção ao abajur, mas Felipe segurou sua mão antes que ela apagasse a luz.

— Revanche amanhã?

— Amanhã vou jantar na casa da Sônia, a minha vizinha.

— Você está fugindo. Está com medo!

— Medo? Eu? Vai sonhando! Você que perdeu da última vez.

— Nem sempre a gente perde, nem sempre a gente ganha.

— Vai dormir. A manhã não te faz muito bem — ela apagou a luz, mas antes de sair do quarto, Felipe falou alto:

— Você bem que podia trazer café da manhã na cama para mim, né?

Ela não respondeu. Apenas fechou a porta do quarto e ele sabia que não ganharia nada.

Flávia foi para o banheiro e escovou os dentes. Entrou debaixo do chuveiro e deixou a água quente cair por todo o corpo. Ainda estava cansada, havia dormido mal, dividindo a cama com Felipe, que era grande e espaçoso. Terminou o banho, se enxugou, colocou a roupa e depois ajeitou os cachos ruivos, para que não ficassem muito rebeldes ao longo do dia. Foi direto para a cozinha, comer algo antes de ir para a universidade. Entrou no quarto para pegar sua bolsa, Felipe já dormia, ela percebeu que ele nem notou sua presença lá. Passou no outro quarto, seu escritório, pegou os cadernos e foi para a sala. Antes de sair, pegou o livro de Sônia em cima do sofá. Como ia chegar cedo na UFV, haveria tempo para uma leitura antes da aula.

O dia passou voando, Flávia mal percebeu. Oscilava entre o que Felipe havia lhe contado, sobre sua amizade com os irmãos Ricardo e Luigi e o acidente que tirou a vida de Ricardo. Imaginava o quanto doloroso havia sido, o quanto Felipe havia sofrido, e o próprio Luigi, que ela não conhecia ainda, além dos pais de Ricardo. Flávia tentava imaginar como era o rosto dele e o de Luigi. Não entendia por que os dois a fascinavam tanto e percebeu que nunca havia visto uma foto deles. Talvez este fosse o motivo, ouvir tanto sem ter nada concreto a que se pegar. Não tinha tanta certeza quando Felipe falava que ela iria adorar Luigi. A julgar pela namorada dele, Flávia receava que não fosse haver uma amizade como a que tinha com Felipe. Provavelmente seriam apenas "ois" e "tchaus" nas ocasiões em que se encontrassem.

O outro motivo que tirou a atenção de Flávia foi a história da família *Mayfair*. Ela se encantou de imediato, e não conseguia parar de pensar nas várias bruxas ao longo de gerações da família. Para ela, esta era uma incrível jornada, sempre uma bruxa comandando uma geração, com o espírito Lasher ao seu lado. Queria terminar logo o primeiro livro e não conseguiu prestar atenção às aulas de Introdução a Agronomia e Biologia Básica, que teve na parte da tarde. Quando o professor de Biologia dispensou a turma, Gustavo teve de cutucar o braço de Flávia para que ela interrompesse a leitura e arrumasse seu material.

— Está voando?

— Sim. Estou viajando entre Nova Orleans e Donnelaith. — disse Flávia, fechando o livro e juntando seus cadernos.

— Hã?

— Minha fuga — disse ela, sorrindo, exibindo o livro para ele.

— Você é doida de ficar lendo na aula. O professor olhou umas cem vezes para você, achei que uma hora ele ia arrancar o livro da sua mão.

Ela deu de ombros. Foram caminhando até o estacionamento em frente ao RU, onde Flávia havia parado o carro.

— E aí, Gust? Vai querer estudar na Biblioteca ou na sua casa? Ou na minha?

— Hum... — Gustavo se apoiou no carro de Flávia, ao lado da porta do passageiro e olhou para ela, que abria a porta. — O que você acha de passarmos no Quero Mais, comer um superssanduíche e depois ir lá para casa?

— Acho uma boa! — a boca de Flávia encheu de água só de pensar nos sanduíches da lanchonete Quero Mais.

— Então vamos. Apesar de que talvez seja melhor irmos para a sua casa. O pessoal da minha república deve estar lá fazendo uma bagunça... — Gustavo fez uma careta. Flávia ligou o motor e deu partida no carro.

— Você não se adaptou lá, né?

— Não mesmo. Não pela bagunça, pelas farras. Mas sei lá, os caras são estranhos, folgados demais. Não posso comprar nada que eles comem, assaltam a geladeira e o armário na cara de pau. Entram no meu quarto e pegam minhas roupas para usar sem pedir.

— Isso é chato.

— Se é. Andei pensando em mudar, mas tem um mês que vim para cá, dá uma preguiça... Talvez semestre que vem eu mude, se continuar não dando certo. Tem um dos caras que está formando agora no meio do ano, pode ser que melhore.

Flávia e Gustavo lancharam e depois foram para o apartamento dela. Encontraram Sônia, no corredor, saindo de casa. Flávia supôs que ela havia deixado a loja para Soraia fechar e estava indo encontrar George no Lenha.

— Oi, Flávia! — disse, dando um beijo na vizinha.

— Oi, Sônia — ela retribuiu o carinho. — Este é o Gustavo, meu amigo da UFV.

Sônia olhou para Gustavo quieta um momento e depois sorriu.

— Olá — ela segurou a mão dele e ficou alguns segundos parada. — Você vai conhecer alguém muito especial, que vai mexer com seu coração. Esteja preparado. — Sônia sorriu para os dois, que olhavam espantados, sem entender nada, e saiu.

— O que foi isso? — perguntou Gustavo, entrando no apartamento de

Flávia. Ele colocou suas coisas em cima da mesa que havia na sala.

— Não sei. Nunca vi a Sônia fazer isso.

— Parecia mais uma dessas ciganas que te param na rua para ler seu futuro — disse ele, um pouco sem graça.

— Estranho mesmo... Bom, ela tem uma loja de coisas esotéricas aqui na Santa Rita, não sei se isso interfere no jeito dela.

— Hum, então ela é meio bruxa?

— Bruxa? Não sei.

Flávia ficou olhando o amigo, quieta. Para ela, bruxa sempre foi aquela mulher velha, com uma verruga no nariz, cozinhando em seu caldeirão alguma poção para fazer maldade a alguém. Mas ultimamente vinha ouvindo muito esta palavra para definir outros tipos de pessoa. Carla, as mulheres da família *Mayfair* e agora Sônia.

— É. Uma bruxa, uma vidente, que prevê o futuro.

— Então você vai encontrar sua cara metade em breve? — perguntou Flávia. Gustavo fez uma careta.

— Não acredito nessa bobagem. E você?

— Não sei. Nunca parei direito para pensar nisso.

— Ah, fala sério? Toda garota sonha em encontrar o príncipe encantado um dia.

— Estou falando sério. Nunca fui muito de namorar... Não sei se existe isso, cara metade, alma gêmea.

Os dois sentaram nas cadeiras da mesa e Flávia começou a folhear a apostila de Cálculo. Gustavo ficou olhando fixamente para ela.

— Posso fazer uma pergunta?

— Pode. Se eu puder não responder. — Os dois riram.

— Sério — ele hesitou. — Qual é a do Felipe? A sua e a dele?

— Como assim?

— Eu sempre vejo vocês juntos, você mesma falou que às vezes saem juntos, que ele dormiu aqui essa noite.

— Oh. — Flávia não conseguiu esconder o espanto. Ela balançou a cabeça. — Nada a ver, Gust. Ele é só um amigo.

— Sei... — Gustavo encostou-se à cadeira e cruzou os braços, não se mostrando muito convencido.

— É sim, igual a você.

— Eu nunca dormi aqui.

— Isso não muda nada. Não aconteceu nada entre a gente e nem tem por que acontecer. — Flávia fez uma careta, o que divertiu Gustavo.

— Por que não?

— Porque ele é meu amigo, apenas isso. Não tem nada a ver. Seria a mesma coisa que eu te namorasse. — Flávia olhou para ele com outra careta no rosto.

— Não imaginei que me namorar seria algo tão ruim.

— Ai, Gust, não! — Flávia ficou perplexa. — Não é isso que eu quis falar. Olha, só não tem nada a ver, você sabe disso. É como se ele fosse meu irmão, se você fosse meu irmão. Por exemplo, nós dois somos amigos, saímos juntos, mas eu sei que você não sente atração por mim desta forma e eu por você. Com o Felipe é a mesma coisa.

Gustavo balançou a cabeça, concordando com Flávia, mas ainda estava hesitante.

— Mas o apego de vocês é um pouco diferente.

— Acho que é porque o Felipe é um pouco carente, sei lá. Esse lance que te falei, da morte do amigo dele, parece que é algo forte em sua vida e algo que mexe com ele.

— Acho que entendi... — ele ficou quieto alguns segundos. — É engraçado como a amizade aqui, de um mês apenas, é algo bem forte, né? Parece que eu te conheço minha vida toda.

— É... Acho que talvez isto aconteça pelo fato de nós ficarmos praticamente todos os dias, o dia todo, juntos na UFV. E pelo fato de todo mundo estar longe de casa. Isso deixa as pessoas mais vulneráveis.

— Verdade. — Gustavo batucava os dedos na mesa. Flávia percebeu que ele estava longe.

— Pensando na sua alma gêmea que vai surgir em breve? — brincou e ele ficou com o semblante sério.

— Vamos estudar Cálculo que dá mais futuro para nós — disse ele, abrindo o caderno e mostrando que não queria mais tocar no assunto.

Flávia passou o sábado em casa. Acendeu um incenso que comprou na MinaZen, como vinha fazendo quase todos os dias, estudou um pouco de Biologia Celular e Química Orgânica e depois ficou lendo *A Hora das Bruxas I*. Quando escureceu, resolveu deixar os "arquivos *Mayfair*" de lado e foi se arrumar para o jantar na casa de Sônia.

A expectativa para saber mais sobre seus pais estava deixando-a inquieta. Sempre fora grata aos seus tios por terem lhe criado, mas a falta de informações sobre seu passado a incomodava muito. Toda vez que tocava no assunto, seus tios se esquivavam das perguntas, davam respostas vagas ou simplesmente mudavam de assunto, principalmente quando era sobre sua mãe.

Flávia saiu do banho e foi para o quarto. Não teve pressa em se arrumar, embora a vontade fosse de sair correndo e entrar logo no apartamento de Sônia, mas sabia que era melhor esperar o casal amigo de sua vizinha chegar.

Ela se arrumou com calma, colocando um vestido preto de alças, que descia justo até a cintura e depois abria em uma saia levemente rodada. O decote era quadrado, discreto. Colocou um brinco de argolas médias e uma fina pulseira de prata. Calçou as sandálias de salto e ajeitou seus cachos. Pôs o perfume, pegou a bolsa e deu uma última olhada no espelho, sentindo a ansiedade e o nervosismo crescerem no estômago. Estava pronta. Pronta para saber mais sobre seus pais, pronta para saber toda a história de sua família materna, todo o seu passado, algo que ela não esperava mais descobrir. Respirou fundo e deixou seu apartamento em direção ao de Sônia. Tocou a campainha e esperou apenas alguns segundos. Sônia abriu a porta sorridente, com Rabisco correndo em direção a Flávia.

— Ei, Rabisco, de gravatinha! — Flávia pegou o cachorrinho no colo, reparando no pequeno adereço que ele ostentava em torno do pescoço.

— É claro, ele precisa receber as visitas elegantemente. — Sônia sorriu e abriu espaço para que Flávia entrasse. Ela reparou no casal que estava sentado no sofá. A mulher devia regular em idade com Sônia, tinha os cabelos pretos, lisos, cortados na altura do ombro, enquanto o homem era um pouco mais velho e tinha a pele bem branca. Flávia não precisou de muito tempo para perceber que era estrangeiro, mesmo antes de ele falar um português carregado no sotaque inglês.

— Esta é a Laura e este é o Phill. — Sônia apresentou o casal. — Esta é Lauren, filha deles.

Flávia virou na direção do corredor do apartamento e viu Lauren vindo lá de dentro. Ela parecia ter a sua idade. Tinha o cabelo loiro escuro bem escorrido e pequenas sardas nas bochechas.

— Não repara na criatividade do nome, mas meu pai é inglês e os dois resolveram fazer uma homenagem à minha mãe — brincou Lauren.

— Eu achei bonito — disse Flávia, com sinceridade. Ela se sentou em uma poltrona que havia de frente para o sofá, enquanto Lauren se acomodou ao lado de seus pais.

— O George está na cozinha, inventando algum cardápio maluco para jantarmos — comentou Sônia, sentando em outra poltrona ao lado de Flávia.

— Tudo que ele faz é ótimo — comentou Laura.

— É verdade... — Phill balançou a cabeça, concordando com sua esposa. Ele se levantou. — Se vocês me dão licença, vou até lá ver se ele precisa de um provador oficial — disse e deixou a sala, para que as mulheres ficassem mais à vontade. Laura ficou olhando Flávia por um longo tempo.

— É impressionante como você lembra sua mãe.

— A Sônia me falou que você a conheceu também — Flávia sorriu.

— Sim, conheci Lizzy e seu pai. Era um casal tão bonito...

— Eu quero que vocês me contem tudo que sabem sobre ela.

Sônia e Laura se entreolharam, mas Flávia não percebeu. Sua euforia não deixava que percebesse nada além de que estava em uma reunião com antigos amigos de seus pais.

— Bom, não tem muita coisa para contar, além do que eu já te falei — esclareceu Sônia.

— Sua mãe era uma pessoa adorável. Seu pai era bem galanteador, que o Phill não me escute. — Laura riu. Lauren revirou os olhos. — Os dois eram tão perfeitos juntos... Lembro da alegria de sua mãe quando ficou grávida e depois quando você nasceu...

— Você chegou a me conhecer? — perguntou Flávia.

— Não... A última vez que vi sua mãe foi quando ela veio para o enterro do seu avô. Muito triste, ele era uma pessoa adorada aqui na UFV, quase todos de Viçosa foram até Ponte Nova para o enterro. Depois disto, não a vi mais. — Laura deu um longo suspiro. O celular de Lauren começou a tocar e ela, que estava ao lado da mãe, se levantou e foi para a varanda atender. Laura continuou a falar. — Você precisa ir a Ponte Nova, Sônia me disse que você nunca foi lá.

— Não... Mas tenho curiosidade. Só que não conheço ninguém lá.

— Ah, isso se dá um jeito. Você não conhece ninguém da família da Lizzy lá, Sônia? Mesmo que um parente distante?

— Não sei, acho que não. — Sônia ficou pensativa. — Tem tempos que não vou lá, perdi contato com todo mundo. Mas, se você quiser, posso tentar me lembrar de alguém, Flávia.

— Ah, sim, por favor, eu quero muito, Sônia.

— Vou ver o que consigo. Tenho algumas poucas clientes de Ponte Nova, elas devem saber algo — Sônia sorriu.

— Mesmo que não vá conversar com ninguém, pelo menos conhecer a cidade. Tem de ir, ver o jardim de Palmeiras, seu avô que projetou!

— Sério? — Flávia ficou interessada.

— Palmeiras é um bairro de Ponte Nova. O seu avô fez o projeto do jardim da praça do bairro. Muito bonito.

— Fiquei curiosa para conhecer... Por falar em conhecer, como você conheceu minha mãe, Laura?

— Através da Sônia. Nós éramos amigas já e depois fiquei amiga da sua mãe. Nós formávamos um quarteto, lembra, Sônia? — perguntou Laura, enquanto Sônia concordava com a cabeça.

— Quarteto? Quem era a outra? Ou outro? — Flávia estava curiosa. Qualquer coisa vinda da sua mãe lhe interessava. Por não conhecer nenhum parente do lado materno, qualquer assunto relacionado a isto lhe despertava a atenção.

— Era a Carmem. Ela também é daqui de Viçosa.

— Eu acho que você não a conhece, Flávia — explicou Sônia e se lembrou de algo. — Mas acredito que você conheça a filha dela. A Carla, ela estava saindo da minha loja naquele dia que você foi comprar incenso.

— A Carla? — Flávia se espantou.

— É, ela é estranha, né? — comentou Laura. — Minha filha que diz que ela não se dá muito bem com o pessoal da escola. Acho que é culpa da Carmem. Ela ficou muito estranha depois da morte do marido, com essas coisas todas.

Sônia olhou para Laura com um olhar de reprovação e ela percebeu que falou demais.

— Como assim? Não entendi — perguntou Flávia.

— Ah, besteiras de uma mulher viúva, de querer proteger a filha, mimar, dar tudo que ela quer, essas coisas. — Laura desconversou. — Depois você tem de ir à minha casa, tenho várias fotos antigas da gente para te mostrar.

— Puxa, quero ver, sim.

— Você não tem nada aí, Sônia?

— Ih, Laura, acho que não. Você sabe como eu sou com essas coisas, não sou de guardar.

— Ah, não tem problema, eu tenho várias, guardo tudo em álbuns, adoro fotografias. Vou falar com a Lauren para marcar com você, quem sabe amanhã mesmo?

— Se não for incomodar... — Flávia estava feliz em ver Laura tão atenciosa e eufórica. Parecia que estava mais eufórica que ela mesma.

— Imagina, não vai incomodar nada!

Lauren colocou a cabeça para dentro da sala.

— Flávia, se já tiver terminado de conversar aí, vem aqui, tá?

— Sim, já estou indo. — Flávia se levantou e foi até a varanda.

— Impressionante como ela lembra demais a Lizzy, não paro de repetir isso. — disse Laura, olhando na direção em que Flávia foi.

— Sim, eu havia lhe falado. — Sônia abaixou o tom de voz. — Só cuidado com o que fala, ela ainda não sabe tudo da mãe, temos de ir aos poucos.

— Eu sei... Mas ela vai ter de saber. Ela é igual à Lizzy.

— Sim. E a força, você sentiu?

— Sim, maior que a da Lizzy. Incrível. Ela teria muito orgulho da filha. As duas ficaram balançando a cabeça, concordando em silêncio.

❦

Na varanda, Flávia estava parada ao lado de Lauren, que encerrava seu telefonema.

— Era uma amiga da escola. Ela chamou para ir até o Galpão, parece que a festa lá vai ser boa hoje. Quer ir?

— Você vai agora? — perguntou Flávia, se debruçando na grade, ao lado de Lauren.

— Não, minha mãe me mataria se eu saísse antes do jantar. E a festa também começa mais tarde. Eu pensei em jantarmos e irmos para lá.

— Pode ser. Não tenho nada planejado para depois do jantar — elas ficaram em silêncio. — Você estuda onde?

— No Coluni. Sabe onde é?

— Acho que sim. É dentro da UFV, né?

— Sim, atrás do prédio de Laticínios.

— Você gosta de lá?

— Adoro. Tem muita gente legal. Claro, como todo lugar, tem gente chata também. Mas é bom, o ensino é bom demais, e o mais legal é estar dentro da UFV, já sentir o clima de universidade dali.

— Você pretende estudar lá depois?

— Sim, quero fazer Nutrição, igual à minha mãe.

As duas sorriram. Lauren continuou falando das qualidades do Coluni, enquanto Flávia apenas a observava. Ela sentiu, assim como foi com Felipe e Gustavo, que ali estava nascendo uma grande amizade. As duas foram interrompidas por alguém chamando lá embaixo na rua.

— Fala, caloura, o que você faz no apartamento dos outros?

Flávia olhou para baixo e viu Felipe parado, sorrindo, com as mãos no bolso da calça jeans.

— Ei, Felipe. Eu te falei que tinha um jantar hoje na casa da minha vizinha.

— Ah, é mesmo... — Felipe balançou os ombros. Olhou para Lauren e a reconheceu. — Mas o que a minha vizinha faz aí na sua vizinha?

Lauren apenas sorriu, acenando para ele. Flávia olhou para ela e novamente para Felipe.

— Não sabia que vocês se conheciam.

— Ela mora em frente à minha casa — disse Felipe.

— Eu não, você que mora em frente à minha. Eu já morava lá quando você veio para cá. — Lauren corrigiu.

— Verdade — ele balançou a cabeça. — Mas então, caloura, o que acha de ir ao Galpão hoje?

— Eu e a Lauren estávamos mesmo falando disso agora há pouco.

— Beleza, então você vai?

— Sim.

— A gente se encontra lá.

Felipe ia saindo, quando Flávia o chamou.

— Você veio aqui só para isso? Não era mais fácil ligar para o meu celular?

— Estou ali no Lenha com o Mauro e o Bernardo, como é pertinho não custava nada vir até aqui.

— Ah... — Flávia balançou a cabeça de leve. — Então, até mais tarde.

Felipe acenou para as duas e saiu, indo em direção ao Lenha.

— Quer dizer que você mora em frente ao Felipe? — perguntou Flávia, surpresa.

— Moro, naquela casa branca que tem bem em frente à deles — disse Lauren. — Não sabia que vocês eram amigos.

— Sim.

— Mas você é amiga dele ou do Luigi? Porque você faz Agronomia, né? O Felipe não faz Engenharia de Alimentos?

— Sim, não somos colegas de curso. Digamos que o Felipe me salvou do trote este ano.

— Ah, entendi. Ele é muito comédia, né?

— Ele é um amor — comentou Flávia.

— Hum, senti algo aí?

— Não, imagina. Ele é só meu amigo.

Lauren ficou olhando para ela, sem acreditar muito.

— É sério, ninguém acredita nisso. Pode, sim, haver uma amizade entre homens e mulheres sem segundas intenções.

— Eu sei, estou só te enchendo. — Lauren riu de Flávia. Ficou pensativa por alguns instantes. — Você chegou a conhecer o Ricardo?

— Não. Só mesmo do que o Felipe fala dele.

— Nossa, o Ricardo era lindo demais, Flávia, um espetáculo da natureza! Eu adorava ficar observando ele da varanda da minha casa. O quarto dele era de frente, ele sempre deixava a janela aberta. Que homem lindo!

Flávia riu do jeito de Lauren falar.

— Eu nunca vi uma foto dele, acredita?

— Sério? Nossa, você tem de ver, ele era lindo demais. Um desperdício o que aconteceu. E uma pena. Ele era muito legal.

— O Felipe não cansa de repetir isso.

— É, parece que eles eram muito unidos.

— Eram sim. O Felipe fala que o Ricardo era o irmão que nunca teve. Ele e o Luigi. — Flávia fez uma careta quando falou o nome de Luigi.

— Você não gosta do Luigi? — Lauren se espantou. Flávia ficou alguns segundos quieta, refletindo sobre o que ela havia falado. Nunca havia parado para pensar nisso, mas realmente nutria uma antipatia por Luigi, sem nem saber por quê.

— Não... Eu acho que não. — Flávia sorriu nervosamente. Com a pergunta de Lauren e seu comentário antes, ela reparou que cada vez que ouvia o nome dele, isso a irritava.

— Parece que sim. Você é a primeira pessoa que eu conheço que não gosta dele. O que ele te fez? — Lauren estava curiosa.

— Na verdade, nada. Eu nem o conheço. Não posso dizer que não gosto dele.

— Hum...

— O que foi?

— Sei lá. É estranho, porque pelo jeito que você falou, parece que não vai com a cara dele.

— Eu nem sei como é a cara dele. — Flávia riu. Realmente aquilo soava muito estúpido. — Eu acho que não tenho nada contra ele. Mas é que o Felipe só fala dele. É Luigi isso, Luigi aquilo. O menino já tem um nome meio esnobe e ainda tem uma namorada...

— A Carla? Você a conhece? — disse Lauren alto. Flávia se arrependeu de ter tocado neste assunto. Elas estudavam na mesma escola, provavelmente Lauren a conhecia, podiam até ser amigas.

— Não, bem, eu, é... — Flávia não sabia o que falar.

— Relaxa, eu também não curto ela muito. Aliás, ao contrário do namorado, é difícil achar alguém que goste dela. Acho que só ele mesmo.

Flávia sentiu um pouco de alívio com o que Lauren falou. Tinha gostado dela e queria que a amizade crescesse. Podia sentir que as duas seriam grandes amigas, mas não pretendia estragar tudo no primeiro dia que se conheciam.

— É, o Felipe também não é muito fã dela. Nem o Mauro.

— Sério, aquela menina é estranha demais, meio doente... O Luigi tá enfeitiçado por ela.

— O Felipe fala isso — disse Flávia, sem dar atenção ao assunto.

— Fala? O que ele sabe sobre isso? — Lauren se espantou. Ela fez a pergunta um pouco mais baixo do que seu tom de voz normal.

— Sabe sobre o quê?

— Sobre o lance de ela ter enfeitiçado o Luigi. Flávia estranhou a pergunta e sorriu.

— É só uma brincadeira dos meninos da casa dele. Eles não gostam da Carla e brincam com isso, dizendo que ela fez macumba, feitiço, sei lá o quê, para que o Luigi se apaixonasse por ela. Eles a chamam de bruxa. — Flávia começou a rir, lembrando das conversas que tivera sobre o assunto com Felipe e Mauro.

— Mas isso não é brincadeira, isso é assunto sério.

Flávia parou de rir. Ela percebeu que Lauren não estava rindo.

— Ah, qual é, você não acredita nisto?

— Nunca duvide de nada.

— Fala sério, essas coisas de bruxaria, feitiço, isso não existe.

Lauren ia responder quando George chegou na varanda.

— Meninas, o jantar está pronto. Venham se deliciar.

Lauren decidiu dar o assunto por encerrado, percebendo que Flávia já havia esquecido o que elas falavam há poucos instantes. Percebeu que era melhor deixar aquilo tudo de lado. Pelo menos por enquanto.

❧❁☙

Após o jantar, Flávia e Lauren se despediram de todos na casa de Sônia e saíram. Chegaram ao Galpão por volta de meia-noite e meia. A porta tinha um pequeno movimento, mas não estava muito cheia e conseguiram entrar facilmente. Subiram a escada ao ar livre e Flávia reparou como o local era agradável. À direita havia algumas mesas e a entrada para o salão, de onde vinha a música, e à esquerda algumas pessoas conversando. Elas encontraram Felipe sentado em uma das mesas, com uma garota. Ele acenou e as meninas foram em sua direção.

— Oi, caloura, finalmente você chegou. — Felipe levantou, cumprimentando Flávia. Ele olhou para Lauren. — Vizinha.

— Oi, Felipe. Onde estão os meninos? — perguntou Flávia.

— Lá dentro. — Felipe olhou para a garota que estava sentada ao seu lado. — Esta é a Paola.

As duas cumprimentaram a garota, que as olhou de cima a baixo com uma expressão não muito amigável. Flávia e Lauren se despediram de Felipe e entraram no salão, onde havia um bar. À esquerda havia outro espaço, com o palco ao fundo. A banda tocava rock nacional e várias pessoas dançavam. O espaço era bem rústico, mas Flávia achou bastante diferente e agradável, assim como a parte ao ar livre. Viu Mauro no bar e foi em direção a ele.

— Oi, Mauro — disse Flávia.

— Oi, você veio — ele abraçou a amiga. Lauren o cumprimentou apenas balançando a cabeça. Não conhecia Mauro muito bem.

— Está sozinho aí?

— O Bernardo e o Felipe já se arranjaram, fiquei sozinho. Sempre sozinho, a não ser quando a Bruna vem me visitar.

— É isso aí, tem de se manter fiel à namorada — disse Flávia. — Mas agora você não está sozinho, nós iremos lhe fazer companhia. Você conhece a Lauren?

— Sim, minha vizinha de frente — ele sorriu e Lauren retribuiu. — Na verdade conheço mais só de cumprimentar. Você estuda no Coluni, certo?

— Sim. E você na UFV.

— Faço Veterinária.

— Eu pretendo fazer Nutrição.

— Legal — disse Mauro. — Mas e aí? Vocês não bebem nada?

— Bebemos, claro. Está muito quente aqui dentro. — Lauren concordou.

— Dudu, manda mais duas latinhas aí e dois copos — pediu Mauro a um rapaz atrás do balcão, que rapidamente trouxe as bebidas. Mauro serviu as duas meninas e completou seu copo também. — Um brinde a nós.

Os três bateram os copos plásticos, quando Flávia sentiu uma mão no seu ombro. Ela olhou para trás e viu Gustavo, de mãos dadas com uma garota.

— Flavinha, que bom te ver aqui! Achei que você tinha um jantar hoje.

— Gustavo abraçou-a.

— Eu tive, mas vim para cá depois.

— Legal — ele sorriu. — Esta é a Mirela.

Flávia cumprimentou a garota, que estava sorridente. Ela reparou na diferença entre a atitude dela e a de Paola.

— Que bom te conhecer, o Gustavo não para de falar em você.

— A Flavinha é a irmã que eu não tive.

— Posso dizer o mesmo dele. — Flávia virou para trás. — Este é o Mauro e esta é a Lauren, meus amigos.

Lauren virou-se para ver quem Flávia a apresentava e prendeu o fôlego. Ficou olhando para aquele garoto de cabelo castanho claro, todo arrepiado com auxílio de um gel, que usava uma blusa preta e calça jeans. Ele não era lindo, mas era bem charmoso e ela sentiu as pernas bambas. Nunca havia passado por algo assim antes e se lembrou de Sônia, que sempre dizia que ela conheceria alguém especial através de uma amiga. Havia chegado o dia e, assim como Sônia falou, ela o reconheceu de imediato. Na época, achara isso tudo muito estranho, pois conhecia todos os amigos de suas amigas, mas sabia que Sônia nunca errava em suas previsões. Ela estava certa.

Gustavo cumprimentou Lauren e Mauro. Lauren foi acordada de seus pensamentos por Mirela, que a chamava.

— Oi, Lauren, não sabia que você vinha — ela deu um beijo na bochecha de Lauren.

— Vocês se conhecem? — perguntou Gustavo, sem se mostrar muito interessado.

— Ela estuda comigo no Coluni. — Mirela sorriu. Lauren tentou retribuir, mas não conseguiu sorrir muito. Gustavo mexia com ela de um jeito estranho, mas estava acompanhado. E por Mirela, uma garota bonita e bem legal, de quem Lauren sempre gostou.

— Que bom, assim fica tudo em família — disse Gustavo, dando um beijo na boca de Mirela. Lauren não gostou do que viu.

— O que vocês acham de dançar um pouco? — perguntou Flávia.

Todos concordaram e foram para mais perto do palco, sentir a vibração da banda. Lauren às vezes olhava para Gustavo, que parecia encantado com Mirela. Ela sentia um pouco de ciúmes, mas iria esperar. Ele seria dela, disso tinha certeza desde o momento em que o vira. Já havia esperado até aquele dia para ele aparecer em sua vida, podia esperar mais algum tempo.

Capítulo 6

Flávia acordou com o celular tocando. Virou-se para pegá-lo, sem abrir os olhos.

— Alô? — perguntou, tentando disfarçar a voz de sono.

— Te acordei? — Era Lauren.

— Não, pode falar.

— Ai, desculpa, não sabia que você estava dormindo.

— Não tem problema — Flávia se levantou. Olhou para o relógio digital, que não estava funcionando. Havia desligado para limpar e esquecera-se de arrumá-lo. — Que horas são? — perguntou, abrindo a cortina.

— Umas duas e meia da tarde.

— Nossa, dormi muito!

— Isso costuma acontecer aos domingos. — Lauren riu. — Estou te ligando para confirmar se você vem mesmo aqui em casa.

— Vou sim.

— Que bom, assim a gente conversa mais. Deixa contar para minha mãe, ela já separou vários álbuns de fotografia aqui e daqui a pouco vai preparar um lanche para nós.

— Ok, vou tomar um banho, me arrumar rápido e vou aí, tá?

— Tá, vem logo.

Flávia desligou o telefone e foi se arrumar. Colocou uma calça jeans e uma blusinha branca. Resolveu ir a pé, já que Lauren morava perto de sua casa. Gostava de caminhar e tentava fazer isto sempre que podia. Em menos de dez minutos ela chegou à casa da amiga, que atendeu a porta.

— Vem, vamos para o meu quarto.

Lauren puxou Flávia. Antes de entrar, ela olhou para frente, mas não viu nem Mauro nem Felipe na casa deles. Seguiu Lauren até seu quarto. Laura chegou logo depois.

— Querida, que bom que você veio — ela deu um abraço em Flávia e foi até a mesa de estudos da filha. — Separei estes álbuns para você ver.

— Obrigada — agradeceu Flávia, pegando o primeiro de quatro álbuns e sentou na cama de Lauren, ao lado dela. Laura ficou em pé, ao seu lado. Começou a olhá-lo e logo viu fotos de seus pais.

— Seus pais, claro, não preciso falar, eu, a Sônia. Este é o Armando, meu namorado na época. E esta é a Carmem e o Onofre, marido dela, só que nesta época eles eram só amigos. Mas o Onofre já gostava dela.

Flávia reparou como Carmem lembrava muito Carla.

— Fique à vontade vendo os álbuns, qualquer coisa pergunta para Lauren. Eu vou até a cozinha ver como está meu bolo.

— Por favor, não quero incomodar.

— Imagina, querida, não é incômodo nenhum — disse ela e saiu.

— Realmente você é uma cópia da sua mãe — disse Lauren, olhando algumas fotos.

— É. Fico feliz por isto — Flávia sorriu.

— Acho tão lindo essa história dos dois se apaixonarem à primeira vista. Com meus pais também foi assim. Minha mãe estava com esse cara aí, mas meu pai apareceu e os dois se apaixonaram. E minha mãe trocou o Armando pelo meu pai, para desespero dos meus avós.

— Mas por quê? Eles não gostavam do Phill?

— Eles tinham o pé atrás, pelo fato de o meu pai ser estrangeiro. Acho que pensavam que ele iria "roubar" minha mãe, levá-la para longe e nunca mais trazer de volta. Sossegaram só quando meu pai falou que não voltaria para a Inglaterra.

— Como foi que eles se conheceram? — perguntou Flávia, com curiosidade. Desviou os olhos do álbum para Lauren.

— Meu pai veio da Inglaterra para Viçosa dar uma palestra na universidade. Minha mãe estava andando na UFV, com a Sônia e a sua mãe. Elas iam lá para sua mãe se encontrar com seu pai. Aí meus pais se viram e se apaixonaram logo. Meu pai não pensou duas vezes antes de largar tudo e vir para cá. Hoje, ele dá aula na UFV.

— Aula de quê?

— De Fitopatologia. Doença de plantas.

— Sim, sei o que é. — Flávia voltou a olhar os álbuns. — Sua mãe fez Nutrição, certo?

— Fez. Mas foi mais tarde, eu já tinha nascido. Ela também dá aula na UFV e um dia eu vou ser aluna dela.

— Se Deus quiser. — Flávia olhou para a amiga e ficou quieta. — Eu não pensava que essas coisas de amor à primeira vista aconteciam.

— Eu sempre acreditei nisso, por causa da história dos meus pais. E da dos seus, que eu já conhecia da minha mãe contar.

— Deve ser algo interessante de se sentir.

— Se é. — Lauren suspirou e ficou olhando para frente. Flávia reparou no tom de voz diferente dela.

— Isso já aconteceu com você? — Flávia se espantou. Ela fechou o álbum que segurava.

— Sim e não. — Lauren sentiu seu rosto corar. Lembrou da noite anterior, quando viu Gustavo pela primeira vez.

— Sim e não?

— Sim porque eu me apaixonei à primeira vista. Não porque ele não se apaixonou ainda.

— Nossa... Que coisa... Achei que os dois se apaixonavam juntos.

— Nem sempre. — Lauren fez uma careta — ele está com alguém. Bom, não sei se ele está namorando, mas quando eu o vi pela primeira vez, ele estava acompanhado.

— Mas sua mãe também estava acompanhada quando viu seu pai pela primeira vez.

— É, mas ela não estava envolvida. — Lauren percebeu que Flávia não entendia o que ela queria falar. — Deixa eu te explicar. Se a pessoa está com alguém, se está envolvida, mesmo que seja empolgação de momento, ela não vai perceber você na hora. Pode levar um tempo, essas coisas de amor não são precisas.

— Sei como é. Mas como você sabe que ele é o seu amor?

— Eu não sei explicar, apenas sei. Você sente algo diferente. Não tem como explicar, Flávia, só sentindo mesmo, e na hora você sente. Você simplesmente olha para a pessoa e sabe que ela é a sua alma gêmea.

Flávia balançou a cabeça, concordando. Estava perdida em seus pensamentos.

— Você falou alma gêmea, isso me lembrou de algo. Algo que a Sônia falou.

— Então ela também já falou para você?

— Como?

— A Sônia tem o poder, digamos assim, de adivinhar, prever algumas coisas que vão acontecer. Mas o que ela mais gosta é de falar sobre amor com as pessoas.

— Que bom que ela também encontrou o amor dela.

— Pois é, mas ela demorou. A Sônia custou para dar papo para o George, achava que ele não gostava mesmo dela, que só queria fazer hora.

— Engraçado, logo ela que prevê essas coisas.

— É, ela diz que com os outros é mais fácil. Que o futuro dela, ela não vê com clareza, mas o dos outros sim. Comigo foi assim, a Sônia disse que eu iria conhecer minha alma gêmea em breve. Ela falou isso no réveillon.

— Hum, então é isso. Eu a vi fazendo algo parecido uma vez, mas não comigo. Foi com o Gustavo.

— Com o Gustavo? — Lauren se espantou, mas Flávia não percebeu.

— É, na sexta ele foi estudar lá em casa e ela falou algo do tipo, que ele iria encontrar em breve a alma gêmea dele.

— Ah... — Lauren sorriu, feliz com o que Flávia havia dito para ela.

— Eu até brinquei com o Gustavo, mas ele não pareceu acreditar muito. Eu também não acreditava, até saber dessas histórias dos nossos pais.

— Quem sabe um dia a Sônia faz essa previsão para você?

— Quem sabe? — concordou e voltou a olhar os álbuns de fotografia.

Flávia ficou a tarde toda na casa de Lauren, conversando. Gostou do ambiente de lá, de ficar junto com uma família de verdade, de ver o modo carinhoso com que todos se tratavam. Ficara horas observando o jeito gentil de Phill com Laura, dava para perceber o quanto eles se amavam. Flávia tentou imaginar se com seus pais era assim também.

Quando escureceu, ela e Lauren decidiram ir até o Leão. Chegando lá, encontraram Gustavo junto com Mirela, encostados em um carro parado na rua. Lauren novamente não gostou da cena, ainda mais pelo fato de Mirela ser sempre simpática.

— E aí, Flavinha, estudou Cálculo hoje? — perguntou Gustavo, abraçando a amiga, sem soltar a mão da namorada.

— Não, fiquei o dia todo na casa da Lauren.

— Tem prova sábado que vem.

— Eu sei, mas a prova é só sábado, hoje ainda é domingo.

— Gente, vou lá dentro comprar um refrigerante — disse Lauren. Queria dar uma volta, sair dali um pouco. Flávia pensou em ir junto, mas olhou para dentro do Leão e o bar estava lotado. Para chegar até sua porta, havia uma multidão e isto a desanimou.

— Eu vou com você, também estou com sede — disse Mirela, sorrindo. Lauren ficou parada, congelada. — Vamos? — perguntou Mirela, dando um selinho em Gustavo e puxando Lauren pela mão para dentro do bar.

— Esse bar é desanimador de entrar aos domingos — comentou Gustavo.

— Nem fala, estava pensando exatamente isto. Detesto muvuca.

— Eu também — ele fez uma careta. Flávia olhou para ele.

— Então, encontrou sua alma gêmea? — ela riu. Ele virou os olhos.

— Você não esquece isso, não é mesmo?

— Não. Ainda mais que hoje eu e a Lauren estávamos comentando sobre isso.

— É? O que vocês falaram?

— Ela falou da Sônia, que ela costuma mesmo prever esse tipo de coisa. Ela falou isso para a Lauren e aconteceu.

— Sério? A Lauren encontrou a alma gêmea dela? — Gustavo estava interessado no assunto. Parecia levar aquilo um pouco a sério agora.

— Encontrou.

— E cadê a alma dela? — perguntou Gustavo, como se procurasse entre as pessoas.

— Não funciona assim, eu acho. — Flávia riu, dando um tapa no braço dele — ela já conheceu o cara, sentiu que é ele, mas o cara tem namorada.

— Hum, aí é brabo.

— Mas você não respondeu a minha pergunta... A Mirela? É ela?

— Não sei. — Gustavo deu de ombros. — Espero que seja. Eu gosto dela.

— Hum, acredite em mim, não deve ser ela.

— Como você sabe?

— Essa sua falta de convicção, Gust. Acho que, se fosse, você estaria mais empolgado.

— Não me importo. Eu a acho legal, ela é divertida. Não me importo se não for ela. Enquanto a pessoa certa não aparece, vou me divertindo com as erradas.

Flávia balançou a cabeça, rindo. Mirela e Lauren voltaram.

— O Felipe está ali — disse Lauren, mostrando Felipe para Flávia.

— Ah, vou lá falar um oi para ele. — Flávia foi andando, deixando Lauren com Gustavo e Mirela. Ela olhou para os dois.

— Eu vou ali falar com uma amiga. — Lauren saiu de perto. Não queria ficar segurando vela, logo de Gustavo.

Flávia se aproximou de Felipe e percebeu que ele estava acompanhando. Ela viu que conhecia a garota.

— Ei, caloura. — Felipe sorriu. Flávia o abraçou e olhou para a menina que estava ao lado de Felipe. Esta sorriu.

— Oi, tudo bom? — disse a garota.

— Oi, Paola, tudo. — Flávia a cumprimentou de volta.

— Paola? Meu nome é Letícia. Você não se lembra de mim, da calourada? Flávia ficou parada, com os olhos arregalados. Estava sem graça e só então reparou que não era a mesma garota da noite anterior. Lembrou-se do primeiro dia que havia ido à calourada, de Letícia com Felipe lá. Atrás de Letícia, Felipe não parava de rir.

— Sim, Letícia, desculpa, eu me enganei. Sou péssima com nomes. — disse Flávia, envergonhada. Percebeu que Letícia não acreditou muito no que ela falou.

— Quem é Paola? — perguntou Letícia para Felipe. — Aposto que é mais uma de suas conquistas, uma qualquer, assim como eu.

— Eu não sei quem é Paola. — Felipe balançou os ombros, rindo.

— Desculpa, foi um erro meu, realmente não sou boa para guardar nomes. Letícia olhou para Flávia e riu.

— Não tem problema, já estou acostumada com esse aqui; cada dia é uma garota nova, não é mesmo?

Flávia apenas deu um sorriso amarelo e saiu de perto deles. Balançou a cabeça, com raiva dela mesma, quando sentiu seu braço sendo segurado por alguém. Era Mauro.

— Oi, Mauro.

— E aí, Flávia? Gostou de ontem? — perguntou ele, dando um beijo na bochecha dela.

— Sim, o Galpão é bem legal.

— Fico feliz por você ter gostado. E por ter ido me fazer companhia.

— Imagina, sempre que quiser e precisar.

— Bom, sempre que precisar será toda vez que sair com o Felipe. Ele está sempre me trocando por alguma garota, não que eu esperasse que ele ficasse comigo. — Mauro riu. Flávia se lembrou do acontecimento recente com Letícia.

— Nem fala nisso. Acabei de dar um fora imenso com a menina que está junto dele agora.

Mauro olhou para Felipe.

— A Letícia. Ela é legal.

— Pois é. Eu achei que a conhecia de algum lugar, não lembrava que tinha sido da calourada. Pensei que era a mesma garota de ontem. Chamei-a de Paola.

Mauro começou a rir sem parar.

— Só você mesmo, Flávia, para me fazer rir assim.

— Você ri, né? Queria ver se tivesse sido com você.

— E ela?

— Parece não ter ligado. Disse que já está acostumada.

— É verdade. Para estar com o Felipe, tem de se acostumar. Ele não fica direto com ninguém.

— Eu já percebi isso.

— Precisava ver ele junto do Ricardo. Eles não levavam as garotas a sério.

— Ai, que horror.

— Ah, mas a maioria já sabia que não iria ter futuro ao lado deles. E com o Felipe é como eu disse: tem que saber que ali é difícil conseguir um namoro.

— Posso imaginar — disse Flávia. Lauren veio em direção aos dois e cumprimentou Mauro.

— Flávia, já tô pensando em ir embora.

— Já? Chegamos tem pouco tempo.

— Eu sei — disse Lauren desanimada. Espiou Gustavo e Mirela com o canto dos olhos. — Eu é que estou um pouco cansada, dormi mal esta noite.

— É, aqui está bem cheio, está desanimando. — Flávia concordou.

— Se vocês forem embora, posso ir junto? Aqui já deu o que tinha de dar — disse Mauro.

— Por mim, tudo bem. — Flávia deu de ombros.

— Vocês estão com fome? Pensei em ir até o Lenha comer uma pizza, o que acham? — Mauro sugeriu.

— Eu acho uma boa — disse Lauren.

— Eu também. — Flávia concordou.

Capítulo 7

A véspera da Semana Santa chegou rápida. Era quarta-feira à noite e Flávia estava no quarto de Lauren, observando-a arrumar a mala.

— Vocês não vão ficar mesmo em Itabira até domingo? — perguntou Flávia.

— Minha mãe até queria, mas não estou com vontade. Minha tia é chata demais, só estou indo porque minha mãe insistiu.

— Ela não ficou brava porque você quis voltar antes de domingo?

— Não, ela entendeu. Sabe que não dá certo ficar muito tempo com minha tia, que reclama demais da vida e é uma pessoa extremamente negativa. Ninguém aguenta alguém assim.

— Isso é verdade.

— Nem minha mãe aguenta, embora seja sua irmã. Ela mesma não quer ficar muito tempo em Itabira. Dá para aguentar uns dois dias, que é quanto a gente vai ficar na cidade. Tem também a minha prima, que é outra chata. Por isso vamos amanhã e voltamos sábado. Ainda pego o churrasco na casa dos meninos. — Lauren deu uma piscada para Flávia.

— Todo mundo vai neste churrasco, menos eu. Você, os meninos, claro, o Gust.

— O Gustavo vai? — O rosto de Lauren se iluminou, mas Flávia não percebeu. Ela estava folheando uma revista, desanimadamente, enquanto Lauren ia colocando algumas roupas na mala.

— Vai, o Felipe convidou e ele se animou.

— A Mirela vai? — Lauren ficou com medo da resposta, mas precisava fazer aquela pergunta.

— Não, ela vai para Ouro Preto visitar os avós.

— Ah! — Lauren sentiu um grande alívio dentro dela.

— Incrível este namoro dele estar durando. Quase um mês! — comentou Flávia, largando a revista e olhando para a mala de Lauren. Estava aliviada porque já havia feito a sua. Não gostava muito de arrumar malas, então decidiu levar apenas algumas roupas para Lavras. Se precisasse de algo mais, usava o que tinha deixado lá antes de ir para Viçosa.

— Vai ver ela é a alma gêmea dele, a que a Sônia falou. — Lauren tentou arriscar, para ver o que Flávia falava.

— Duvido muito. O Gustavo não está apaixonado. Se fosse ela, com certeza ele estaria.

Lauren abriu um sorriso e continuou arrumando sua mala, desta vez mais empolgada. Era o que precisava ouvir para lhe dar ânimo de enfrentar a viagem do dia seguinte e os dois dias que passaria com sua tia.

— Eu vou indo. Vou ver se ligo para os meus tios e durmo cedo. Amanhã tenho um longo caminho até Lavras.

— Ok, vai lá. Boa viagem para você.

As duas se abraçaram em despedida e Flávia saiu. Olhou para a República Máfia, em frente à casa de Lauren. Estava tudo apagado, quieto. Ela foi em direção ao seu carro e observou um papel preso ao para-brisa. Flávia o tirou dali e abriu a folha. Era um bilhete de Felipe.

> *Caloura,*
> *Eu e o Mauro estamos tomando uma no Lenha.*
> *Quando terminar a fofoca aí com a Lauren,*
> *vai lá nos encontrar.*
> *Até!!*

Flávia sorriu e guardou o bilhete dentro da sua bolsa. Entrou no carro e dirigiu até o Lenha. A rua estava movimentada, por causa da véspera de feriado, e Flávia não conseguiu encontrar nenhuma vaga em frente ao restaurante de estilo rústico, remetendo às antigas fazendas de Minas Gerais. Decidiu guardar o carro na garagem do seu prédio e depois foi encontrar Felipe e Mauro.

Assim que se aproximou do restaurante, viu os meninos em uma mesa na espaçosa varanda. Ficou feliz por eles já estarem ali, pois o Lenha estava lotado. Do lado de fora, algumas pessoas aguardavam por uma mesa. No salão de dentro, uma banda tocava MPB. As mesas ali também estavam ocupadas.

— Olá, meninos — disse Flávia, cumprimentando Felipe e Mauro.

— Até que não demorou muito para terminar a fofoca com a Lauren — brincou Felipe.

— Ai, ai. Sabia que o ruim de você morar em frente a ela é que agora você adora controlar meus passos?

— Repara não, o Felipe é chato assim sempre — disse Mauro. Ele chamou o garçom e pediu mais um copo.

— Não, não vou beber cerveja. Traz um suco de laranja para mim, por favor — pediu ela ao garçom.

— Está na lei seca?

— Eu não vou beber, né, vou dirigir amanhã.

— Certo, tem de ser responsável. — Mauro concordou.

— Um copo não mata ninguém. Você vai viajar só amanhã, não agora.

— Mas eu sei que não vou querer ficar só em um copo. E quero dormir cedo e tranquilamente.

— Ok, ok — disse Felipe.

— Pena que você não vai conhecer a Bruna e a Cecília — disse Mauro, triste.

— É, eu estava curiosa para conhecê-las, mas fica para a próxima.

— Elas chegam agora à noite, vamos ficar aqui até a hora. O ônibus deve chegar meia-noite, uma da manhã.

— Pena que é tarde, essa hora já quero estar dormindo. Mas mande um beijo para elas, Mauro. — O garçom chegou com o suco de Flávia, que olhou para Felipe. — Não vai querer mesmo uma carona até Lavras? De lá para Alfenas é perto.

— Não, não vai ter ninguém lá em casa, meus pais estão indo mesmo para Curitiba. Fica para as férias, aí eu aceito a carona quando você for em julho.

— Cuidado, não oferece muito que ele vai aceitar sempre.

— É bom que faço companhia para ela. — Felipe abriu ainda mais seu sorriso. Mauro virou os olhos e Flávia começou a rir. Olhou para o lado de fora do Lenha e viu Gustavo passando. Flávia o chamou e ele foi até a mesa deles.

— Oi, Flavinha, estava indo na sua casa.

— Nós a trouxemos para um brinde de despedida, mas ela quis brindar com suco de laranja. — Felipe fez uma careta. — Senta aí, cara, e toma uma com a gente.

— Não dá, vou até a casa da Mirela. Não dá para chegar na casa da namorada cheirando a cerveja.

— Ei, você não disse que ia lá em casa? Gustavo sorriu envergonhado.

— Sabe o que é, Flavinha, eu estava indo na sua casa me despedir de você, e depois ia até a casa da Mirela me despedir dela.

— Sei, isso está parecendo mais o contrário, que você vai é se despedir dela, mas como minha casa é no caminho, resolveu dar um oi.

— Ou então que ele só resolveu dar o oi porque te viu aqui — provocou Felipe. Mauro começou a rir e Flávia também.

— Valeu, Felipe — disse Gustavo.

— Liga não, Gustavo, não esquento com isso. Sei que o que você quer é ficar com a Mirela e está mais que certo. — Flávia terminou de tomar o suco.

— Gente, vou indo, quero dormir cedo.

— Eu vou com você. — Gustavo se levantou.

— Pode deixar que o suco é por minha conta hoje. Aproveita — disse Felipe.

— Grande coisa, como se custasse uma fortuna. — Mauro tentou provocar Felipe.

— Não desdenhe de mim, estou sendo cavalheiro. — Felipe olhou para Flávia. — Fica como um presente de despedida.

Flávia deu um abraço em Felipe e outro em Mauro e depois foi com Gustavo até seu prédio, onde pararam na porta.

— Vai querer subir?

— Acho que não. Não quero chegar tarde na casa da Mirela.

— Verdade. Pega mal, né?

— Nem fala, o pai dela é uma fera.

— E como vai o namoro?

— Vai indo — disse ele, suspirando e chutando uma pedra que estava na calçada.

— Não senti muita empolgação.

— E não tem mesmo. Gosto dela, mas não é aquela coisa. Mas é legal ficar junto dela.

— Ai, credo, Gustavo, então termina. Fica aí enrolando a garota.

— Não estou enrolando, gosto de ficar com a Mirela. Só não a amo.

— Entendi. E ela?

— Sei lá. Acho que está um pouco empolgada.

— Mais um motivo para terminar.

— Não quero terminar. Não agora. Quero curtir um pouco mais.

— Você que sabe. Só não vai brincar com os sentimentos dela.

— Pode deixar. Mas agora deixa eu ir logo lá. — Gustavo deu um abraço em Flávia. — Boa viagem e vai com calma na estrada, que deverá estar cheia.

— Eu sempre dirijo com cuidado. — Flávia ficou observando Gustavo e entrou no prédio. Antes de ir para seu apartamento, tocou a campainha de Sônia. George atendeu a porta.

— Oi, George, acabei de vir do Lenha.

— Estou indo para lá agora — disse ele. Flávia entrou no apartamento.

— Está lotado, como sempre.

— Véspera de feriado sempre é dia de bom movimento.

— É verdade. As pessoas estão mais felizes, sempre saem, não querem ficar em casa — ela sorriu e olhou para os lados. — A Sônia está?

— Sim, está lá no quarto, vai lá. Eu tenho mesmo de ir para o Lenha. Flávia se despediu de George, que saiu. Foi andando até o quarto de Sônia, e a encontrou sentada na cama, falando ao telefone. Rabisco, que estava ao seu lado, levantou assim que viu Flávia.

— Oi, Rabisco. — Disse ela, pegando o cachorrinho no colo. Sônia fez um sinal para esperar e desligou o telefone. — Desculpa, Sônia, o George falou que eu podia entrar, não sabia que você estava ao telefone.

— Não tem problema, já estava desligando mesmo. Era uma amiga combinando de ir ao clube amanhã, aproveitar a piscina. Se fizer sol, é claro. — Sônia sorriu e Flávia retribuiu. Colocou Rabisco de volta na cama.

— Eu vim me despedir.

— É mesmo, amanhã você vai para Lavras.

— Sim. É bom ir para casa. Já estou com saudades dos meus tios, da fazenda.

— Vá lá e aproveite bastante. Volte com as baterias recarregadas.

— É o que eu espero. Bom, vim mesmo só dizer um tchau. Domingo estou de volta.

As duas se abraçaram e Flávia foi para seu apartamento, indo direto para o quarto. Ligou o som, tirou a roupa, colocou o pijama e deitou. Ainda era cedo, mas ela sentia o corpo cansado, queria esticá-lo em sua cama e só se levantar no dia seguinte. Sem perceber, dormiu rapidamente.

Flávia estava eufórica na quinta-feira da Semana Santa. Ia viajar para ver seus tios e estava empolgada para voltar a Lavras, já fazia quase dois meses que não ia para casa. Lembrou-se dos amigos que deixara lá. Verdade que eram poucos, mas mesmo assim lhe faziam falta. Ficou pensando na fazenda, nos bons momentos que teve quando criança, de quando andava com seu pai pela plantação de café, aos cinco anos de idade, junto dele no cavalo, e depois, desta cena se repetindo sempre com seu tio, até completar 10 anos e ganhar seu próprio cavalo para ir atrás do tio nas vistorias semanais que ele dava pela plantação. Flávia adorava o cheiro do café torrado ali mesmo, da terra molhada em dia de chuva, de ficar simplesmente na varanda grande que contornava a casa da fazenda, apenas sentada, olhando a paisagem de montanhas, pensando em nada.

Ela levantou e se arrumou rapidamente. Tomou apenas um copo de suco, iria passar na padaria antes de pegar a estrada e comprar um pouco de pão de queijo para comer no caminho. Felipe a havia viciado no pão de queijo daquela padaria. Lembrou-se dele, de Gustavo, de Lauren, todos que ficariam em Viçosa naquele feriado. Tinha vontade de ficar também, de participar do churrasco no sábado na República Máfia, de conhecer a esposa e a filha de Mauro, mas a vontade de ir para Lavras rever seus tios e sua fazenda era maior.

Apressadamente, Flávia desceu as escadas do prédio, segurando apenas uma pequena mala. Não precisava levar muita coisa, havia deixado algumas roupas em Lavras. Só precisava lembrar-se de trazer mais roupas de frio, sabia que o inverno em Viçosa era rigoroso, um pouco menos que o de Lavras, mas fazia muito frio lá e em breve a temperatura iria cair. De noite já conseguia sentir um leve friozinho.

Jogou a mala no banco de trás do carro e sentou na frente. Ligou o veículo e seguiu em direção à padaria. O dia estava amanhecendo, queria pegar a estrada cedo, para chegar a Lavras antes do almoço. A passagem na padaria foi rápida, não havia muito movimento e ficou feliz por comprar os pães de queijo bem quentinhos, recém-saídos do forno. Essa era a recompensa por ter acordado cedo. Foi saboreando-os aos poucos, enquanto pegava o caminho em direção a Rio Pomba.

Apesar do feriado, a estrada não estava muito cheia, apenas no trecho da BR-040 e depois quando entrou em Barbacena. Dali até São João Del Rei, passando por Tiradentes, havia muito movimento, devido ao fato de ser Semana Santa e estas cidades receberem muitos turistas nesta época do ano. Ela fez uma anotação mental de um dia voltar à pequena Tiradentes, nem que fosse por um fim de semana. Esteve ali poucas vezes, embora fosse perto de Lavras, mas adorava a cidadezinha, suas pousadas aconchegantes e sua bela igreja no alto. Quem sabe não conseguiria juntar seus amigos de Viçosa para ir lá algum fim de semana ou feriado? Poderia também convidar outros de Lavras.

Embora a estrada estivesse cheia e mal conservada, chegou a Lavras na hora que havia planejado. Tinha falado com seus tios que chegaria apenas no final do dia para poder fazer uma surpresa a eles.

Flávia sentiu o coração bater mais rápido quando começou a entrar na cidade. As ruas conhecidas lhe traziam sempre boas lembranças. É claro, havia também algumas ruins, mas tentava deixá-las de lado. Gostava muito da cidade, de seu povo. Não planejara sair de lá para estudar, mas sabia que isto estava lhe fazendo bem. Seu objetivo era retornar para Lavras quando se formasse, para poder assumir com segurança a fazenda, embora já ajudasse seu tio a administrá-la. Era reconfortante saber que a fazenda, que um dia pertencera a seu pai, estava em boas mãos enquanto estivesse fora. Seu tio era um homem bom, assim como sua tia, embora ela fosse um pouco mais fechada e ranzinza.

Passou em frente à loja de roupas que sua tia possuía na Rua Francisco Salles, mas não conseguiu ver se ela estava lá dentro. Provavelmente não, já devia estar em casa, supervisionando o que teria para o almoço. Flávia passou em frente ao Instituto Gammon, sua antiga escola, e se lembrou de Verônica. Ia ligar depois para a amiga, combinar de fazer algo à noite. Quem sabe ir até o Miliorelli e comer o delicioso frango na chapa, coberto com queijo e bacon, e batata frita que ela tanto adorava.

Flávia fez a volta para entrar na Firmino Sales e estacionou em frente à sua casa. Sentiu uma vibração estranha, uma angústia dentro do peito. Estranhou a sensação, pensou que ficaria feliz ao chegar em casa, mas sua reação foi outra. Talvez tenha sido pelo fato de ter ficado muito tempo longe. Balançou a cabeça, afastando qualquer pensamento ruim, e desceu do carro. Não tinha com o que se preocupar, seria um fim de semana tranquilo, onde mataria a saudade de tudo e de todos.

Com a mala na mão esquerda, abriu o pequeno portão de ferro que havia na entrada da sua casa. Subiu os três degraus e foi até a porta. Respirou fundo e, antes de entrar, ouviu sua tia conversando na sala com seu tio. Espiou pela janela, sem que eles a vissem. Só assim conseguiu se dar conta da saudade que sentia deles. Não queria mais esperar para entrar, mas ouviu sua tia falar seu nome e em seguida de sua mãe. Automaticamente, Flávia congelou ali, atrás da janela. Sentia-se mal por estar naquela situação, não gostava de ficar ouvindo conversas por trás da porta, mas também não conseguia sair do lugar. Era como se algo forte estivesse prendendo seus pés ao chão.

— Eu ainda não concordo com isso, Heitor. Ela não podia ter ido para tão perto de Ponte Nova. — Sua tia falava bem alto.

— Para com isso, Tereza. Não aguento mais você falando desse assunto. É isso todo dia agora, sempre antes do almoço, quando chego da fazenda, essa mesma discussão que não leva a lugar nenhum.

— Não é uma discussão, é o meu ponto de vista, minha opinião.

— A Flávia é maior de idade, pode ir morar onde quiser. E ela vai chegar hoje à noite, então pare de falar disso.

— Você não consegue enxergar a real gravidade do assunto, é disto que venho falando este tempo todo. Deixa de ser cabeça dura e para um pouco para pensar. Ela está muito perto da verdade.

— Que verdade, mulher? Você fica criando estas besteiras na cabeça e passa a achar que tudo é realidade.

— Não é besteira e você sabe disso. Você sabe muito bem o poder que Elizabeth tinha.

— A Elizabeth está morta, deixe-a em paz. E deixe a Flávia em paz. Você sabe que ela é uma boa menina.

— Vocês todos estão brincando com fogo, depois não diga que eu não avisei. — Tereza levantou e se aproximou de seu marido. — Aproveita que ela vem para cá este fim de semana e tente convencê-la a transferir a matrícula para cá. É a melhor coisa a se fazer. Daqui a pouco o semestre acaba e ela volta para cá, antes que vá a Ponte Nova, antes que conheça a verdadeira história de sua mãe. Isso se já não tiver ido, já não estiver sabendo de tudo.

— Você é neurótica demais. Eu não vou convencê-la de nada. A Flávia estuda onde quiser. — Heitor foi para dentro da casa, provavelmente para seu quarto. Tereza ficou na sala, sentada no sofá, olhando para o nada. Flávia ainda estava parada do lado de fora, tentando absorver a conversa que ouvira.

Instintivamente, correu para o carro, entrou e virou a chave na ignição. Sua respiração estava ofegante e sua cabeça tinha vários pensamentos e dúvidas. Afinal, sobre o que eles falavam, qual era a verdade sobre sua mãe? Por que não podia estudar em Viçosa e pensar em um dia visitar Ponte Nova? Agora fazia sentido o porquê de sua tia ser totalmente contra quando Flávia havia passado para Viçosa. Pensou que sua tia estava triste porque ela não fez vestibular para Lavras, que a tristeza era porque iria se mudar, ficar longe da família, e não porque estava indo para Ponte Nova, para perto das origens de sua mãe. Afinal de contas, qual era o grande segredo que sua tia parecia saber sobre sua mãe? E que poder era aquele que ela mencionara?

Sem se dar conta e pensar, Flávia saiu dirigindo, pegando o caminho de volta para Viçosa. Não sabia o que fazer, só sabia que não podia nem queria ficar ali, não naquele fim de semana, depois de tudo que ouviu. Precisava pensar, organizar suas ideias e sabia o que tinha de fazer naquele momento. Precisava procurar Sônia. A antiga amiga de sua mãe tinha algumas respostas a lhe dar e ela iria procurar por isso.

Flávia fez o trajeto de volta automaticamente. Chegou em Viçosa no final do dia, seguindo direto para casa. Estacionou em frente ao seu prédio, desligou o carro e ficou alguns instantes ali dentro, parada, quando começou a sentir um grande cansaço. Não havia pensado nisso até aquele momento. Foi um dia exaustivo, mas não havia sentido cansaço nenhum durante a viagem de volta e não queria sentir agora.

Precisava falar com Sônia. Balançou a cabeça, pegou a mala e entrou no prédio, subindo o lance de escadas para chegar ao primeiro andar. Respirou fundo e tocou a campainha. Logo em seguida, Sônia abriu a porta.

— Flávia? Você não tinha ido para Lavras? — Sônia estranhou e abriu caminho para que Flávia entrasse. Ela colocou sua mala em um canto da sala e se abaixou para falar rapidamente com Rabisco, que chegou pulando em suas pernas.

— Eu fui. Mas voltei. — Flávia se sentou no sofá. — Sônia, pega um copo de água para mim, por favor.

— Sim, claro. — Sônia franziu a testa e foi até a cozinha. — O que aconteceu? Eu estou preocupada.

— Preciso falar com você, sobre a minha mãe.

Sônia congelou. Entregou o copo para Flávia e ficou parada ao seu lado. Flávia sentiu sua hesitação e esperou que ela falasse algo, mas Sônia permanecia muda. Bebeu a água e olhou para sua vizinha.

— Eu fui até Lavras e quando cheguei lá ouvi uma conversa estranha entre meus tios. Minha tia falava da minha mãe e da minha vinda para cá.

Sônia prestava atenção a tudo e Flávia percebeu o quanto estava rígida. Ela se sentou em uma das poltronas em frente à Flávia.

— E? — perguntou Sônia.

— Bom, ela disse que eu não devia ter vindo para cá, que não podia ir até Ponte Nova, que não podia descobrir sobre minha mãe. — Flávia cerrou os olhos. — O que isto significa? Você deve saber alguma coisa, você era amiga dela.

— Flávia, eu... Eu não sei o que falar.

— Que mistério é esse? O que aconteceu com minha mãe? O que ela fez?

— Não aconteceu nada, ela não fez nada de mais.

— Eu sempre achei minha tia um pouco estranha no que se referia à minha mãe, mas pensei que poderia ser implicância de cunhada, inveja ou ciúme porque minha mãe me teve e minha tia nunca pôde ter filhos, mas o que ela falou foi bem estranho.

— Sua mãe era uma pessoa boa, você tem de acreditar e entender isso.

— Eu acredito, mas é que... É estranho o que ela falou e só você pode me ajudar, porque, pelo que vi, você conhecia minha mãe muito bem.

— Sim. Nós éramos muito unidas.

— E você não vai me contar por que minha tia tem tanto medo que eu viva aqui e descubra algo sobre o passado da minha mãe?

Sônia olhou para Flávia, que mostrava aflição e ansiedade. Seus olhos eram de súplica e percebeu que Sônia se sentiu um pouco mal por aquilo.

— Eu não sei se você está pronta para saber.

— Mas o que há de tão horrível assim que você sabe?

— Não é nada horrível.

— Então por que você não me conta?

Sônia ficou muda. Flávia se levantou e aproximou-se dela, se abaixando à sua frente, de modo que seus olhos ficassem na mesma altura.

— Por favor. Minha tia falou em algo como uma força que minha mãe tinha. O que é isto tudo, afinal?

— Eu te conto, mas amanhã. Amanhã te conto toda a história da sua mãe, da sua avó, da sua família. Acho que você não está em condições de assimilar nada hoje.

— Eu preciso saber.

— Amanhã. O que você precisa agora é descansar, você passou o dia todo na estrada, dirigindo, com certeza está cansada.

Flávia não podia negar isso. O que mais queria naquele momento era tomar um banho quente e deitar, para descansar seu corpo. Sentia todos os seus músculos rígidos e doloridos.

— Não sei se aguento esperar até amanhã.

— Aguenta, sim. Quando você deitar, vai apagar.

Flávia ficou hesitante por alguns segundos, mas percebeu que não conseguiria arrancar nada de Sônia naquele momento.

— Vamos fazer o seguinte: você toma um banho, deita e, se não conseguir dormir, a gente conversa.

— Ok — concordou Flávia, sem muito ânimo. Ficou em pé, sem saber o que fazer.

— Você pode ficar aqui, se preferir.

— Não, vou para o meu apartamento. Preciso ligar para os meus tios e dar uma desculpa. Eles devem estar me esperando lá.

Flávia pegou sua mala e foi para casa. Ainda não estava convencida de que deveria esperar pelo dia seguinte, mas o cansaço estava chegando forte e não tinha condições de pensar em nada naquele momento. Telefonou para seus tios e inventou que estava com febre, por isso não havia ido para Lavras. Prometeu ir lá algum outro dia, mas não tinha certeza se iria antes das férias de julho. Foi para o banheiro, tomou um banho bem quente e depois deitou. Não demorou muito para que estivesse dormindo, dominada pelo cansaço.

Capítulo 8

Pela manhã, Flávia ainda se sentia um pouco cansada. Levantou e viu que passava do meio-dia. Havia dormido muito, mas, depois do que aconteceu, isso foi a melhor coisa que fez. Na cozinha, preparou um queijo-quente, pois não havia se alimentado direito no dia anterior e estava com fome. Enquanto esperava o sanduíche ficar pronto, ligou para Sônia, que prometeu ir até sua casa assim que terminasse de almoçar.

Flávia pegou o queijo-quente e foi para a sala. Sentou no sofá, sem ligar a TV. Comeu, ficou ali pensando em tudo o que estava acontecendo e depois foi para seu quarto. Resolveu desfazer a mala para passar o tempo. A campainha tocou e Flávia foi atender. Era Sônia.

— Oi, Sônia. Estou desfazendo a mala, vem até aqui no meu quarto. Sônia seguiu-a e sentou na cama de Flávia, que terminou de guardar as últimas peças de roupa que estavam para fora. Ela também sentou na cama, em frente à Sônia, que respirou fundo.

— Você já leu os livros que te emprestei?

Flávia franziu a testa. Não entendeu a pergunta, mas achou que Sônia poderia estar tentando começar a conversa com outro assunto.

— Terminei o terceiro já. Ainda falta o quarto, *Taltos*.

— O que você achou?

— Sônia, não entendo o que isto tem a ver. Quero falar da minha mãe, da conversa de ontem dos meus tios.

— Eu sei. Mas responda a minha pergunta antes.

— Eu gostei. Achei uma narrativa interessante, gostei da ideia central.

— Das bruxas?

— É, achei legal o modo como a Anne Rice expôs este assunto. Porque se pensa em bruxa como alguém que só quer fazer o mal. Tudo bem que algumas das bruxas *Mayfair* eram más, mas a maioria não. Algumas eu achei interessante. — Flávia olhou para Sônia. — Afinal de contas, o que isso tem a ver com a minha mãe? Eu não entendo a conexão entre essa família e a minha.

— Flávia parou de falar e sentiu um frio percorrer sua espinha. Olhou assustada para Sônia. — Oh! Não vai me dizer que a família Callaghan é parecida com a *Mayfair*, amaldiçoada?

— Não, não. — Sônia achou graça do medo de Flávia. — Não é isso. Mas tem uma conexão, de certa forma, por isso lhe emprestei os livros, para você entender melhor o que vou lhe contar... Flávia, você já ouviu falar de *Wicca*?

— *Wicca*? Não... O que é isto?

— É uma religião. Você tem alguma religião?

— Não. Minha tia é católica, eu cresci indo às missas, mas nunca me identifiquei muito. Nunca tive muita paciência para missas, não consigo acreditar em santos. Acredito apenas que existe uma grande força que, digamos, rege nossas vidas. Pode-se dizer que eu acredito em Deus, apenas Nele.

— Interessante. — Sônia ficou alguns segundos quieta. — Na *Wicca*, nós acreditamos que existem duas divindades. A Deusa e o Deus. Mas reverenciamos principalmente a Deusa, a Mãe Natureza. Ela é a fonte de tudo. Nós não temos hierarquia ou dogmas, alguém a obedecer, digamos assim. Não temos mandamentos, apenas promovemos o respeito e a diversidade. Temos como lei fazermos o que quisermos, desde que isto não prejudique ninguém.

Flávia ouvia atentamente, mas ainda estava confusa e perdida.

— Realmente não estou entendendo nada. O que minha família, minha mãe, as bruxas *Mayfair* e essa *Wicca* têm em comum?

— *Wicca* é o que se pode chamar de bruxaria. Mas não leve ao pé da letra.
Flávia ficou quieta, tentado assimilar o que Sônia falava.

— Você está me dizendo que você é uma bruxa?

— Basicamente isto.

Flávia olhou fixamente para a vizinha e começou a rir descontroladamente.

— Desculpa, mas eu realmente não acredito nisto.

— Entendo. Para alguém de fora, que nunca ouviu falar, é estranho mesmo.

— Mas você é uma bruxa que faz feitiços, poções? Tem poderes? — Flávia tentava controlar o riso, mas não conseguia. — Desculpa, mas isso tudo é um pouco estranho.

— Não é bem assim. Eu não tenho poder de sumir, me transformar ou transformar os outros ou coisas, isso não existe. Apenas tenho meus pressentimentos do futuro, mas isso se pode chamar de poder mediúnico. Poções? Não faço poções do mal, para enfeitiçar as pessoas. Eu faço rituais, para celebrar os *sabbats*, uma espécie de celebração dos estágios cíclicos da natureza, que são as estações do ano. Os *sabbats* compõem a Roda do Ano.

— Espera um minuto. Não estou entendendo nada. Rituais? Como assim?

— Rituais de agradecimento, nada mais que isto. Não rituais onde eu mato uma galinha, ou bebo sangue de criança para adorar o diabo. São rituais de celebração pelo que conseguimos e pelo que iremos conseguir. Pela estação do ano que começa e pela que termina. — Sônia olhou para Flávia. — Eu sei que é difícil entender. A bruxaria, ou antiga religião, foi muito deturpada pela Igreja Católica durante a Inquisição. Fomos mostrados como pessoas do mal, nossos rituais foram distorcidos. Mas não é bem assim.

Sônia parou de falar e olhou para Flávia, que tentava entender o que ela estava contando.

— Ok. Eu acho que consigo tentar assimilar algumas coisas, embora tudo seja muito surreal para mim... Mas onde a minha mãe se encaixa nisso?

— Sua mãe fazia parte da *Wicca* também.

— Você está dizendo que minha mãe era uma bruxa? — Flávia estava espantada demais. Nunca havia lhe passado pela cabeça, nunca ninguém havia lhe falado algo do tipo.

— Foi assim que eu conheci sua mãe. Sua avó, Emily, e Elizabeth faziam parte desta religião, eu e minha mãe também.

Flávia ficou olhando para Sônia, balançando a cabeça.

— Isso tudo é fantasioso demais.

— Eu sei que parece assim para você. É porque você não conheceu sua família materna, não sabe sua história. Seus bisavós vieram da Irlanda para o Brasil muitos anos atrás, sua avó era criança ainda. Sua bisavó já era uma bruxa poderosa na Irlanda, mas sofria muito preconceito do povo de lá. Ela não quis criar sua avó sob os olhares maldosos das pessoas, que sempre as apontavam na rua. Então seu bisavô decidiu vir para o Brasil e se instalou aqui, na Zona da Mata de Minas Gerais, mais precisamente em Rio Casca. Sua avó casou-se com seu avô e eles foram morar em Ponte Nova.

Sônia segurou as mãos de Flávia. Elas estavam geladas.

— Eu e Lizzy fomos amigas desde o primeiro instante em que nos vimos. Sempre pensamos de modo parecido, tivemos os mesmos interesses. Carmem e Laura eram minhas amigas. Eu as trouxe para a *Wicca*. Nós quatro formávamos o nosso grupo, sempre estávamos juntas. Às vezes, Lizzy ficava dias hospedada na minha casa, às vezes nós íamos para Ponte Nova, as três, para encontrá-la, ou às vezes só uma ou duas. Sempre fizemos os rituais, os *sabbats*, juntas. Nós falávamos que éramos um *coven*, mas sem alguém como a Alta Sacerdotisa.

— O que é *coven*? — Flávia ainda se mostrava confusa, mas já estava começando a entender o que Sônia falava.

— *Coven* é um grupo de bruxas. A Alta Sacerdotisa podemos chamar de líder do *coven*.

Flávia balançou a cabeça, concordando.

— Nunca tivemos problemas entre nós, até Laura começar a namorar Armando, que estudava na UFV. Ele era da turma dois anos à frente da de Henrique, seu pai. Quando Carmem o conheceu, enlouqueceu, por assim dizer. Ela se apaixonou por ele, mas não falou nada para nós, muito menos para Laura. Não aceitava que ele preferisse Laura a ela. Ainda mais porque Laura não estava tão empolgada com o namoro quanto ele. Então Carmem decidiu se afastar da gente. Não entendemos nada e demorou até que descobríssemos tudo. Eu e Lizzy, porque Laura nunca soube o que de fato aconteceu. Ela acha que Carmem se afastou porque cansou da *Wicca* e depois porque se casou, teve Carla e, por fim, perdeu o marido.

— Que história! — sussurrou Flávia.

— Você ainda não ouviu nada. — Sônia recuperou o fôlego e continuou.

— Carmem fez várias simpatias para atrair a alma gêmea de Laura. Acho que isto acabou "trazendo" Phill aqui mais cedo do que deveria. Mas isto não foi ruim. O pior foi quando ela começou a fazer feitiços contra nós. Uma época, Elizabeth ficou doente e nenhum médico conseguia descobrir o que era. Laura começou a sofrer com um ciúme doentio de Armando, o que antes não existia, sem contar o modo rude com que ele começou a tratá-la. Ela tentava terminar, mas ele se dizia arrependido e ela dava mais uma chance. Foi estranho, porque ela sempre estava decidida a terminar, não aguentava mais ele, mas quando se encontravam, mudava completamente.

— Vocês não desconfiavam que houvesse algo errado? — Flávia quis saber.

— Não. Éramos muito novas, não tínhamos malícia e não podíamos imaginar que nossa amiga estava fazendo aquilo conosco. Na época, minha mãe era a dona da MinaZen, mas eu já ajudava na loja, que sempre teve um bom lucro. Mas, de uma hora para outra, a vizinhança começou a reclamar da loja, queriam nos despejar, já não tínhamos mais lucro. Minha mãe comentou que estava tudo dando errado para todas nós e que parecia até feitiço de alguém. Eu comecei a ficar desconfiada e fui investigar. Descobri que Carmem estava tendo um caso com Armando, mesmo ele ainda estando com Laura. Por sorte, Phill apareceu aqui alguns dias depois. Laura nunca soube deste caso, só sua mãe. Eu contei para Lizzy e decidimos não contar nada para ela, ainda mais porque logo depois que sua mãe soube, Phill chegou e Laura já não queria mais saber de Armando.

— Nossa, que história! Parece novela, filme...

— É, mas isso infelizmente acontece na vida real também. — Sônia parou um pouco de contar, para ter certeza de que Flávia estava acompanhando e entendendo tudo. — Armando não aceitava que Laura o tivesse largado, ainda mais por Phill, que era mais velho. Ele tinha trinta e três anos e Laura vinte. Armando começou a culpar Carmem e os dois viviam brigando. Ele se formou logo depois e foi embora, deixando Carmem grávida. Nunca mais soubemos dele. A sorte dela foi Onofre, que sempre havia sido apaixonado por ela, ter aceitado se casar e criar Carla como se fosse dele. Laura também não sabe disto, pensa que Carla é realmente filha de Onofre. Bom, depois disso tudo, e da morte de Onofre, Carmem nunca mais foi a mesma. Ela já não estava muito bem antes.

— O que aconteceu com a Carmem?

— Não sei ao certo, porque nos afastamos. Mas acho que ela não soube lidar com nada do que aconteceu desde que Laura começou a namorar Armando. Parece ter ido enlouquecendo aos poucos, por assim dizer. Não que seja louca, maluca, mas não é cem por cento normal. Acho que nunca foi. Não é à toa que Carla também seja um pouco estranha. Carmem a criou com a obsessão de que ela tem de ter o homem que ama a qualquer custo.

— Mas isso ela tem — disse Flávia, lembrando de Luigi. — Não?

— Sim, não há dúvidas que ela ame o namorado, mas a que preço foi isso?

— O que você quer dizer?

Sônia balançou a cabeça e respirou fundo.

— Eu não estou aqui para falar da Carla, mas sim de sua mãe — ela olhou para Flávia. — O que sua tia quis falar é isso. Sua tia sabia o que sua mãe era. Mas ela não entendia, nunca entendeu. As pessoas distorcem o que somos, acham que fazemos o mal, que queremos prejudicar os outros para nos darmos bem, mas isso não é verdade. As pessoas que praticam *Wicca* não fazem mal, porque nosso lema diz justamente o contrário e acreditamos na lei tríplice, de que tudo que se faz, vem para você em triplo. Ou seja, se você faz o mal, você receberá o mal três vezes maior do que você fez. Ninguém quer isto para si próprio.

Flávia ouviu o que Sônia falou e tudo começou a fazer sentido agora. A conversa de seus tios sobre sua ida para Viçosa, sobre o passado de sua mãe e o poder dela.

— O poder. Minha tia falou do poder da minha mãe. Que poder era esse?

— Sua mãe tinha o poder de conseguir o que desejava. Ela tinha um pensamento muito forte. Se pensava em algo, imaginava a cena dela conseguindo aquela coisa, isso acabava acontecendo. Também tinha uma grande intuição sobre as pessoas, para saber se uma pessoa é boa ou não, se ela seria sua amiga, esse tipo de coisa.

— Isso acontece comigo às vezes — disse Flávia assustada.

— Eu sei disto. — Sônia sorriu. — Desde que te conheci, senti uma força muito grande vindo de você. Quando soube que você era filha da Elizabeth, entendi perfeitamente que força era esta. A sua força, Flávia, é bem maior que a da sua mãe. Você só precisa exercitá-la.

— Não sei se quero exercitá-la. — Flávia fez uma careta.

— Eu entendo, isso tudo é muito recente para você. Mas acho que seria bom você aperfeiçoar esta força que tem.

— Eu não sou uma bruxa.

— Você é. — Sônia sorriu de maneira amigável. — Você pode não querer exercitar a bruxaria, seguir a *Wicca*. Mas você é uma bruxa, isso não tem como negar. Sua família vem de uma linhagem forte de bruxas, está no seu sangue, basta olhar para você. Não leu o terceiro livro? Quando falava de Mona?

Flávia balançou a cabeça, sem entender o que Sônia queria dizer.

— As bruxas de cabelo vermelho são as mais fortes. E você é forte, muito. Mais que sua mãe.

— Eu achei que isto era uma invenção do livro.

— Não, na verdade, não. Não sei se Anne sabia quando escreveu, mas é uma verdade. As bruxas ruivas, de cabelos vermelhos, são as mais fortes. Você é uma bruxa, uma bruxa forte.

— Eu não sei se quero seguir este caminho...

— Como falei, isto tudo é muito recente para você. Não precisa seguir este caminho, celebrar os *sabbats*. Mas seria bom pelo menos você desenvolver sua força, nem que seja para se proteger.

— Me proteger? — Flávia se assustou. — De quê? De quem?

— Não digo de alguém em especial. Mas uma força protetora sempre é bem-vinda, não acha?

Flávia deu de ombros. Não sabia mais o que pensar.

— Vamos fazer o seguinte: eu trago alguns livros sobre *Wicca* aqui para você ler. Aí você decide se quer saber mais ou não. Qualquer coisa, também estou à sua disposição. E vou te ensinar alguns exercícios para desenvolver sua força. Não custa nada, só um pouco do seu tempo.

Flávia concordou mecanicamente com a cabeça. Pensou em várias coisas ao mesmo tempo, em toda a história que Sônia contou, em como sua vida foi dirigida até ali, até aquele ponto, para conhecer Sônia, Laura, saber a história de sua mãe.

— O que você falou aquele dia, sobre coincidência não existir...

— Sim, não acredito nisto. Como te falei, certas pessoas são colocadas em nossa vida, nosso caminho, por algum motivo especial. Talvez eu tenha sido colocada em seu caminho para você saber a verdade sobre sua mãe. Talvez porque era para nós nos conhecermos já, caso não tivesse tido o acidente com seus pais. De uma forma ou de outra, era para eu entrar na sua vida em algum momento, e o seu caminho te trouxe aqui para Viçosa, para perto da sua história, desconhecida até poucos minutos atrás por você.

A campainha tocou, interrompendo a conversa das duas. Sônia olhou para Flávia, que só então percebeu que estava escuro lá fora.

— Eu já estava de saída mesmo, pode deixar que vejo quem é.

Flávia suspirou e agradeceu com o olhar. Não queria sair da cama. Aquela conversa toda mexera muito com ela. Ficou observando Sônia ir até a porta do quarto e estranhou quando parou e ficou alguns segundos quieta, de costas para ela. Sônia virou e olhou fixamente para Flávia. Era o mesmo olhar que tinha no dia em que Gustavo havia ido lá visitá-la.

— Aproveite o momento, mas não se envolva. Ainda não é a hora nem a pessoa — disse Sônia em um tom de voz calmo, mas decidido. Depois virou e foi andando para atender a porta. Flávia apenas ficou parada, tentando entender o que ela falou.

Sônia chegou até a porta e a abriu. Viu Felipe parado. Ele sorria, mas, ao vê-la, o sorriso sumiu do seu rosto. Olhou em volta, para checar que estava no lugar certo.

— Er... A Flávia tá aí?

— Está sim, lá no quarto.

— Ela está bem? — ele tinha um tom de preocupação real. Sônia ficou feliz em saber que Flávia estaria em boa companhia depois que ela saísse dali.

— Está um pouco cansada. Entre — ela abriu espaço para Felipe, mas ele estava hesitante.

— Eu posso voltar depois.

— Não, pode entrar. Ela precisa de companhia mesmo, precisa dos amigos no momento.

— O que aconteceu?

— Nada de grave. — Sônia mentiu. — Mas acredito que, se ela quiser, vai falar. Só não a pressione, mas não se preocupe porque ela está bem.

Felipe ficou parado, em dúvida. Seu olhar alternou entre Sônia e o corredor do apartamento de Flávia, que levava até seu quarto.

— Eu vou lá falar com ela.

— Faça isso. Faça companhia para ela.

Antes de Felipe entrar, Sônia pegou sua mão. Os dois sentiram um forte arrepio pelo corpo e um frio percorreu a espinha de Sônia. Ela olhou fixamente para ele.

— Não se martirize, você não teve culpa do acidente. Não fique pensando mais nisso. Seu amigo está bem onde quer que esteja e não quer que você sofra mais por isso. Se você sofre, ele sofre também.

Sônia soltou a mão de Felipe e saiu do apartamento. Ele ficou parado, olhando para a porta, com os olhos arregalados e a boca aberta, sem entender como sabia daquilo. Felipe sentiu um grande nó na sua garganta e tentou, em vão, segurar as lágrimas que inundaram seus olhos, escorrendo pelo rosto.

— Felipe? — disse Flávia, saindo do seu quarto. Ele não se moveu. Ela se aproximou cuidadosamente, o chamando novamente, sem uma reação dele. Flávia colocou a mão no ombro do amigo. — Felipe, você está bem?

— Não... — Felipe virou para Flávia e abraçou-a, chorando compulsivamente.

— Meu Deus, o que aconteceu?

— Eu... Ela... O Ricardo... O acidente...

Felipe não falava nada claro e Flávia ficou preocupada com o amigo. Ela levou-o até o sofá, obrigando-o a se sentar. Foi até a cozinha e pegou um copo de água com açúcar. Quando voltou para a sala, Felipe estava parado na mesma posição em que ela o deixou. Estava sentado, com os braços caídos ao longo do corpo, olhando fixo para frente, enquanto as lágrimas caíam pelo seu rosto.

— Felipe, me diz o que aconteceu, estou começando a ficar preocupada.

— A sua amiga, que estava aqui...

— A Sônia? O que tem ela? O que ela te fez?

— Ela disse... Disse que eu não tive culpa no acidente. Que o Ricardo quer me ver feliz. Isso não tem lógica. — Felipe finalmente olhou para Flávia, que deu um longo suspiro.

— Felipe, calma... Como eu vou te explicar isso? — Flávia ficou alguns segundos pensativa. — A Sônia é, digamos, um pouco sensitiva. Ela fala algumas coisas sobre a gente, parece que ela advinha o que vai acontecer, o que estamos pensando.

— Ela é *médium*?

— Acho que esse termo serve para ela, pode ser uma forma de explicar.

— Então ela conversa com o Ricardo? — Felipe se assustou.

— Não, não acho que ela chegue a conversar com espíritos. Acho que apenas sente o que a gente sente, sente as coisas ao nosso redor. Não sei explicar. — Flávia pediu desculpas com os olhos.

Felipe ficou quieto e ela percebeu o quanto estava mexido com aquilo tudo. Ele se encostou no sofá e continuou olhando para frente. Flávia ficou ao seu lado, esperando que ele falasse algo. Também tinha vários pensamentos na cabeça e precisava organizar tudo que Sônia havia lhe contado. Depois de um longo tempo, Felipe começou a falar, sem olhar para ela.

— Eu fui almoçar no Lenha e o George comentou que você estava aqui. Estranhei, achei que você ia para Lavras. Ia vir logo depois que saí de lá, mas precisei ver algumas coisas na rua, por isso cheguei só agora, à noite.

— É, eu fui... Mas acabei voltando.

— O que aconteceu? — Felipe olhou para ela. Flávia notou os olhos inchados. — Se eu puder saber, se você quiser falar.

— É complicado... — Flávia suspirou e desviou o olhar. — Eu cheguei lá e ouvi uma conversa dos meus tios, falando de mim, da minha mãe. Não tive mais condições de ficar lá e voltei para cá, precisava conversar com a Sônia, ela foi amiga da minha mãe durante muitos anos. — Flávia falava tudo direto, sem pausa. Felipe apenas a olhava, balançando a cabeça às vezes.

— E a conversa foi boa?

— Foi... Estranha. Mas acho que se pode dizer que foi boa.

— Você não está com cara de quem teve uma conversa boa. — Felipe esboçou um sorriso e Flávia o acompanhou.

— Talvez eu ainda não tenha entendido o que a conversa significa. Sei lá — ela balançou a cabeça, como se tentasse espantar os pensamentos. Os dois ficaram quietos por um longo tempo, se olhando.

— Vem cá — ele puxou-a para perto e abraçou-a. Flávia se sentiu bem naquele abraço. Era reconfortante demais e era o que ela precisava naquele momento. Não sabia o que mais a deixava calma no abraço; se era o fato de Felipe ser tão grande que praticamente a envolvia ou se era a forte amizade que existia entre eles. Sentiu seus olhos marejarem, mas não queria chorar, só que isto era inevitável naquele instante. — Parece que estamos bem hoje, né?

— Você quer me fazer chorar mais? — disse ela rindo nervosamente, se afastando e limpando as lágrimas.

— Ô, caloura, não quero te deixar pior. Quero te deixar melhor.

Felipe abriu o lindo e largo sorriso que Flávia tanto gostava e ficou encarando-a. Aquilo era aconchegante demais. Ela olhou para ele e retribuiu o sorriso, embora soubesse que jamais sorriria daquele jeito, que seu sorriso jamais teria o mesmo efeito. Ficaram um tempo se encarando e Flávia começou a se sentir desconfortável com o olhar dele.

— Vem cá — ele a puxou novamente e Flávia percebeu o que estava prestes a acontecer. Antes que pudesse se afastar, Felipe a abraçou forte e deu um beijo no pescoço dela. Flávia sentiu um arrepio pelo corpo. Ficou parada com os braços para baixo, sem reação, sentindo seu coração acelerar. Fechou os olhos. Felipe foi subindo para seu rosto, sem deixar de beijá-la, até chegar próximo à sua boca. Flávia prendeu a respiração. Ele a encarou e ela abriu lentamente os olhos. Ele sorriu com o canto da boca e foi se aproximando devagar. Flávia podia sentir a respiração dele bem próxima.

— Felipe...

Antes que ela pudesse falar qualquer coisa, Felipe beijou-a. Primeiro um beijo lento, calmo. Depois o beijo se tornou mais intenso e Flávia não conseguiu mais resistir. Ela o abraçou e se deixou levar pelo momento.

Capítulo 9

A luz do sol que entrava pela sala acordou Flávia. Ela ficou alguns segundos com os olhos fechados, como gostava de fazer quando acordava. Lembrou-se do dia anterior, da conversa com Sônia e da visita de Felipe... Felipe! Podia sentir o peso do braço dele ao redor da sua cintura.

Meu Deus, o que foi que eu fiz? Ela se perguntou mentalmente.

Respirou fundo e abriu os olhos lentamente, reconhecendo a sala. Havia dormido ali, com Felipe, no sofá-cama. Estava deitada de lado, de costas para ele, que a abraçava com força, ela não se mexeu. Sua cabeça estava cheia de coisas para pensar e agora ainda tinha isto nas mãos. O que aconteceria dali para frente? A amizade estaria estragada? Não queria se envolver com Felipe, embora gostasse muito dele. Mas gostava dele como amigo, sabia que, se fosse outra coisa, iria sofrer. Já o conhecia bem para saber que ele não se envolvia com ninguém, apenas fazia suas "vítimas" sofrerem. Flávia não queria sofrer. Será que com ela poderia ser diferente? Não tinha toda essa pretensão.

Mexeu-se lentamente, tentando se levantar.

— Vem cá, caloura fujona — disse ele, puxando-a para mais perto. Flávia sentiu seu coração acelerar.

— Pensei que você ainda estivesse dormindo — permaneceu de costas para ele, não tinha condições de encará-lo agora.

— Estou acordado tem um tempinho — disse ele, beijando a cabeça dela. — Faz tempo que eu queria isto. Você beija bem, caloura.

Flávia sentiu o coração acelerar com as palavras de Felipe. Os dois ficaram em silêncio durante um tempo, ela não tinha noção de quantos minutos se passaram. Esperou que ele falasse alguma coisa, mas Felipe apenas a abraçou e, às vezes, dava um beijo na sua cabeça. Ele soltou Flávia e virou-a para ele. Ela não o encarou, ficou olhando para a blusa dele.

— Por que você está tão quieta? — ele deu um beijo na sua testa e abraçou-a.

— Eu estava pensando... — Flávia não conseguiu completar a frase, não sabia o que falar. Sua cabeça estava cheia de dúvidas e naquele momento não conseguia ter nenhuma intuição.

— Estava pensando? — ele a soltou e encarou-a. Flávia continuou olhando a blusa dele. Felipe segurou seu queixo e levantou seu rosto. — Pensando no que aconteceu?

— É... — ela sentiu seu rosto ficar quente. — Eu não sei se foi certo. Ele sorriu. — A gente só deu uns beijos, nada de mais.

Flávia não gostou do que e do modo como ele falou.

— Nada de mais? — ela tentou sentar, mas Felipe a puxou de volta.

— Calma, a gente ficou, só isso, eu não te pedi em casamento nem nada do tipo. Não precisa se preocupar, não vai mudar nada. Amigos também podem se beijar.

Flávia ficou quieta, não tinha certeza se realmente tudo ficaria como antes.

— Eu não sei... Eu gosto da nossa amizade, não quero que fique algo estranho — ela hesitou. Não sabia se era aquilo que queria falar, mas percebia que para Felipe não tinha sido nada de mais, então não seria ela que daria uma de apaixonada. Afinal, nem sabia se estava apaixonada.

— Não vai ficar nada estranho, vai continuar como era antes. A gente vai se encontrar, conversar, sair para beber, ir ao Leão para eu levar uma surra de sinuca de você.

Flávia começou a rir com o jeito de Felipe. Embora a situação fosse um pouco desconcertante, ele conseguia deixar tudo calmo.

— Ok...

Felipe abraçou-a apertado e olhou para ela. Flávia sentiu novamente o coração acelerar. Ele puxou seu rosto para perto e lhe deu um longo beijo.

— Tem churrasco hoje lá em casa. Você vai, né?

— Não sei...

— Ah, você não vai fazer essa desfeita comigo — disse ele, dando um selinho nela.

— Vou pensar. Se estiver melhor, eu vou — ela olhou em volta. — Que horas são?

— Umas onze e meia da manhã — ele se levantou, calçou o tênis e deu outro beijo nela. — Estou te esperando lá em casa. Até mais.

Felipe saiu e Flávia ficou deitada, pensando no que havia acontecido. Lembrou-se das palavras de Sônia. "*Aproveite o momento, mas não se envolva*". Decididamente não queria se envolver, mas não tinha certeza se isto já não havia acontecido.

❦

Felipe chegou em casa e encontrou Mauro na sala, brincando com Cecília.

— Olá, pai coruja — disse Felipe, sorrindo.

— Olá, rapaz desaparecido — comentou Mauro, sem olhar para o amigo. Bruna entrou na sala.

— Oi, Felipe, tudo bom?

— Tudo, Bruna — ele deu um beijo na bochecha dela.

— Esperamos ontem, para jantar, mas você não apareceu. Saímos sem você. — disse ela, um pouco sem graça.

— Não tem problema — ele sorriu.

— Eu falei com a Bruna que você não ia chegar tão cedo, ela aí toda preocupada porque você podia ficar chateado de a gente não te esperar.

— Imagina. — Felipe se sentou no sofá. Bruna pegou Cecília no colo.

— Vem, vamos tomar um banho — ela saiu com a filha da sala. Mauro juntou os brinquedos de Cecília e depois ficou parado, em pé, na frente de Felipe.

— E aí? Fez o que de bom ontem? Felipe ficou quieto, sorrindo.

— Pela cara dormiu bem. Bem acompanhado — brincou Mauro e se sentou ao lado de Felipe.

— Dormi na casa da Flávia.

— Grandes novidades. Você vive dormindo lá — disse Mauro, sem muito interesse. Felipe permaneceu quieto e ele percebeu. — Espera aí. Estou sentindo algo meio estranho neste seu sorriso. — Felipe olhou o amigo e balançou a cabeça. — Eu não acredito que você fez isso! — disse Mauro alto, espantado e com um tom de repreensão na voz.

— Ei, calma aí. Não aconteceu nada de mais. — Felipe levantou as mãos, como se fosse se defender.

— Será? Eu conheço essa sua cara, esse seu sorriso.

— Bom, rolaram uns beijos, mas só isso.

— Só isso? — Mauro balançou a cabeça negativamente. Levantou e foi andando em direção ao quintal. Felipe foi atrás.

— O que foi? Qual é a paranoia?

— O que foi? Paranoia? Quando você vai aprender a ser adulto? — Mauro pegou um saco de carvão e começou a abrir.

— Qual é, Mauro?

— Você vai estragar sua amizade com a Flávia por causa disso.

— Não vou.

Mauro parou de colocar o carvão na churrasqueira e olhou sério para Felipe.

— Mas é claro que vai. Já estou vendo, ela se apaixonando por você e sofrendo ao te ver com outra amanhã. Ou hoje mesmo, né?

— Eu não sou assim. — Felipe se chateou com a acusação de Mauro. Este ficou apenas olhando sério para o amigo. — Ok, talvez eu seja. Mas agora é diferente, eu conversei com ela.

— Conversou?

— Sim, nós conversamos hoje, está tudo certo.

— Sei. — Mauro voltou a mexer na churrasqueira. Não ficou totalmente convencido e Felipe percebeu isso.

— Rolou, fazer o quê? Aconteceu, pronto, não é o fim do mundo. A amizade continua, nada foi afetado. — Felipe tinha a voz triste. Mauro se sentiu culpado.

— Olha, cara, desculpa pelo que eu falei. Mas é que a Flávia é uma garota muito legal. Não quero vê-la aí sofrendo igual acontece com várias outras.

— Ela não vai sofrer. — Felipe esboçou um sorriso.

— Você não vai querer levar isso adiante?

— Como assim?

— Sei lá, começar um namoro. Vocês se dão muito bem.

— Não, não. — Felipe foi enfático. — Eu não quero namorar por enquanto, você sabe disso.

— Não vejo nenhum problema em namorar, ainda mais a Flávia. Acho que vocês dariam certo.

— Eu não quero namorar, não agora. Ainda sou muito novo para me amarrar, tenho muita coisa para curtir ainda.

— Ok, só vê lá o que você vai curtir na frente dela. Não magoa a Flávia, cara, ela é gente boa.

— Pode deixar. — Felipe deu um tapa nas costas de Mauro e foi saindo.

— Felipe! — chamou Mauro — Ela vem hoje aqui para o churrasco?

— Eu convidei, mas acho que ela não vem, não. Duvido que venha. — Felipe deu de ombros.

— Ok, se ela vier, vê se não fica com ninguém, pelo menos hoje, né?

— Eu não vou fazer isso, não sou tão cafajeste assim. — Felipe balançou a cabeça e saiu rindo. Mauro continuou preparando o churrasco, tentando ocupar sua cabeça. Não queria pensar no que aquilo podia resultar.

Flávia estava indecisa se ia ou não ao churrasco na casa de Felipe. Não sabia como agir. Ele havia sido natural, mas, apesar de deixar claro que a amizade continuava, ele a tinha beijado de manhã.

— É claro que ele te beijou, sua idiota, ele dormiu aqui, acordou e deu de cara com você. O que você esperava? Que ele te ignorasse? — disse alto, tentando não ficar com raiva da situação. Decidiu ligar para Lauren. O celular da amiga tocou algumas vezes e Flávia já ia desistir quando Lauren atendeu.

— Oi, Flávia. Fiquei sabendo que você está em Viçosa. A Sônia ligou para minha mãe.

— Pois é, acabei voltando.

— A Sônia comentou algo do tipo.

Flávia ficou alguns segundos quieta e depois deu uma longa suspirada.

— Você vai ao churrasco na casa dos meninos? Do Felipe, do Mauro?

— Acho que vou, sim.

— Que horas você vai para lá?

— Ih, nem sei. Saímos de Itabira tem pouco tempo, acabamos nos atrasando. Devo ir mais tarde, por quê?

— Nada. Só não queria chegar lá sozinha.

— Uai, mas você conhece os meninos, qual o problema?

— Nenhum... — disse Flávia sem muita convicção. Lauren percebeu.

— Aconteceu alguma coisa?

— Não, nada. A gente se encontra lá e conversa. — Flávia quis desligar logo antes que Lauren começasse a fazer muitas perguntas. Preferia falar com a amiga pessoalmente sobre o que aconteceu na noite anterior. Decidiu tomar um banho e se arrumar para ir ao churrasco.

Flávia foi para a República Máfia por volta das duas da tarde. Chegando lá, tocou a campainha e esperou. Ficou observando os detalhes da casa, nunca havia reparado como era bonita pelo lado de fora. À esquerda, logo depois que passava o portão de entrada, era a porta principal. Seguindo reto pelo portão tinha a garagem, que ia dar em um quintal. Flávia nunca havia ido até ali atrás, a garagem não era atualmente usada por Mauro e Felipe, então estava sempre fechada. Aguardou apenas alguns instantes, enquanto Mauro aparecia através da portinha que havia ao lado do portão da garagem. Era uma forma de entrar nela e no quintal sem ter de abrir o grande portão que escondia as vagas dos carros.

— Oi, Flávia, que bom que você veio — disse ele, abrindo o portãozinho de entrada para ela.

— É, minha viagem não deu certo, então resolvi prestigiar o churrasco de vocês.

— O Felipe vai ficar feliz. Ele achou que você não viria — comentou Mauro, com um tom de malícia na voz. Com certeza Felipe havia contado tudo para ele. Flávia tentou ignorar.

— Ele duvida demais de mim.

— Ele está lá dentro, no quarto, se arrumando ainda. Se quiser ir até lá...

Mauro falou e foi abrindo a porta de entrada da casa, antes que Flávia respondesse. Ela sorriu e entrou na sala um pouco sem graça, enquanto ele voltou para o quintal. Ficou parada, não sabia qual quarto era o de Felipe, nunca havia passado da sala e esqueceu-se de perguntar para Mauro onde era. Deu de ombros, era só procurar.

Olhou para o pequeno corredor no final da sala. Viu logo uma primeira porta, mas imaginou que era o quarto que antes pertencera a Ricardo. Pela sua localização, aquele cômodo dava para a rua e lembrou que Lauren havia falado que o quarto dele era de frente. Ela seguiu pelo corredor e à sua direita viu uma porta fechada, com uma placa escrito "Veterinária". Ali dormia Mauro. Ao lado havia mais uma porta e outra à sua esquerda, com o banheiro ao fundo. Ia abrir a porta à esquerda, que estava mais perto, quando Carla saiu dali de dentro. Flávia se assustou e ficou parada. Começou a sentir um cheiro forte de perfume, mas não vinha de Carla. Flávia ficou tonta e precisou se apoiar na parede atrás dela.

— Você está passando mal? — Carla perguntou.

— Não... Esse cheiro...

— Que cheiro? — Carla franziu a sobrancelha. — De carne assando? É do churrasco.

— Não, esse cheiro de perfume.

— Não sinto cheiro algum. — Carla começou a ficar impaciente. — O que você quer aqui no quarto do Luigi?

— Quarto de quem? — Flávia se espantou.

— Este quarto é do meu namorado, o que você quer aqui? — Carla foi ríspida.

— Nada, eu... Estou procurando o quarto do Felipe, não sei qual é.

— Aquele ali. — Carla apontou a última porta que faltava para Flávia ver.

— Obrigada. — Flávia esboçou um sorriso, mas Carla não retribuiu.

— Avisa o Felipe que já fui para minha casa. Não vou ficar para esse churrasquinho aí. — Carla fechou a porta do quarto e foi andando em direção à sala.

Flávia ficou alguns segundos parada, ainda sentindo a agradável fragrância. Qual era? Ela conhecia, disso tinha certeza, mas não conseguia se lembrar que perfume era aquele. Foi acordada de seu pensamento por Felipe, que saiu do seu quarto.

— Perdida, caloura?

— Oi, estava procurando seu quarto.

— É aqui — disse ele, sorrindo e apontando para dentro do quarto. — Você nunca veio aqui?

— Não no seu quarto. — Flávia olhou para Felipe. Ainda estava encostada na parede.

— Você está bem? — ele se aproximou.

— Eu acho que sim. — Flávia respirou fundo e colocou uma de suas mãos na testa. — Eu estou um pouco zonza por causa do perfume.

— Mas eu ainda nem pus perfume! — comentou Felipe, tentando cheirar a gola da sua camisa.

— Não é seu. Estava aqui antes de você chegar. — Flávia olhou novamente para ele e depois na direção da porta do quarto de Luigi. — Você não está sentindo?

— Não, não sinto nada — ele deu uma longa respirada para ver se sentia algo. — Só o cheirinho da carne que vem do quintal.

— Eu conheço esse cheiro... Conheço o perfume, mas não lembro o nome. Vem dali. — Flávia apontou o quarto de Luigi e Felipe estranhou.

— Do quarto do Luigi? — Foi até lá e abriu a porta. Examinou o quarto, respirando forte. — Eu não sinto nada, Flávia. O Luigi nem está aqui, não tem como ter cheiro de perfume. Ele não deixou nenhum aqui.

Felipe saiu do quarto e fechou a porta. Flávia permanecia no corredor.

— Quando a Carla abriu a porta eu senti o cheiro.

— Vai ver era o perfume dela. Ela usa um perfume forte, doce. — Felipe fez uma careta.

— É perfume masculino.

— Então não sei mesmo — olhou novamente para Flávia. — Você não está legal, caloura, vem aqui — ele puxou Flávia para dentro do seu quarto. — Senta aí. — Felipe falou, praticamente jogando Flávia na cama dele. Ela não reclamou, realmente não se sentia bem, estava cada vez mais tonta com o cheiro do perfume e irritada porque ninguém conseguia senti-lo.

— Obrigada. Daqui a pouco estou melhor.

— Que isso, fica aí até você melhorar — ele mordeu o lábio. — Vou buscar uma água.

Felipe saiu e encostou a porta do quarto. Flávia se ajeitou, deitando ao contrário no colchão, com os pés na direção da cabeceira da cama. Agora que estava deitada, ficou mais calma e feliz por Felipe a ter levado para lá. Aproveitou para observar o quarto dele, com a cama encostada na parede, assim como era a sua, uma mesa de estudos ao lado e o armário do outro lado do quarto.

Flávia olhou para a mesa, que estava cheia de livros e cadernos abertos e sorriu. Mais para cima viu uma foto de Felipe abraçado a outro rapaz, de olhos verdes e cabelos castanhos. Provavelmente Ricardo. Reparou como ele era mesmo muito bonito, assim como Lauren havia lhe falado, parecia um modelo saído de um catálogo de modas. Mas o que mais lhe chamou atenção foi a alegria que saltava dos olhos verdes dele. Flávia sentiu uma dor no peito. Provavelmente teria gostado de conhecê-lo. Felipe entrou no quarto, segurando um copo.

— Toma, não sei se vai te ajudar, mas água nunca faz mal.

— Obrigada. — Flávia se sentou na cama e pegou o copo. Deu um longo gole, sentindo a água gelada escorrer pela garganta. Indicou a foto com a cabeça. — Ricardo?

Felipe se espantou e virou na direção que ela olhava. Abriu um largo sorriso e se levantou, indo até a mesa de estudos, e pegou a foto.

— Sim. Meu irmãozão! — Felipe deixou a foto em cima da mesa e se sentou ao lado de Flávia.

— *Fahrenheit*, Christian Dior — disse ela alto.

— O quê? — Felipe estranhou.

— O perfume. O cheiro, eu sabia que conhecia! É o perfume *Fahrenheit*, do Christian Dior.

— Como você sabe?

— Eu gosto desse perfume. — Flávia olhou para Felipe um pouco envergonhada. — Na verdade, eu amo esse perfume.

— Hum, perfume de algum ex? — brincou Felipe. Flávia não sentiu nenhuma pontada de ciúme na voz dele e isso a deixou um pouco chateada.

— Não, nunca namorei nem fiquei com alguém que usasse. Mas eu gosto dele. Tem um amigo meu de Lavras que usa. Eu simplesmente acho o melhor perfume masculino que existe.

— É o perfume que o Luigi usa. Provavelmente por isso que sentiu o cheiro. Você disse que veio do quarto dele — disse Felipe, sem dar maior importância ao assunto.

— É, mas você não sentiu. Isso é estranho...

— Vai ver seu olfato é melhor que o meu.

— Mas estava forte demais. Não tinha como você não sentir.

— Isso não importa. — Felipe levantou e pegou o copo das mãos de Flávia. — Descansa um pouco, caloura, você ainda está com uma cara meio estranha.

— Eu vou fazer isso. — Flávia sorriu e ele saiu do quarto, fechando a porta.

Ela viu em cima da mesa de estudos de Felipe o CD *O Grande Encontro*. Lembrou do tanto que Felipe falava dele e pensou se estava ali separado para lhe emprestar ou se apenas era uma coincidência. Não queria ficar fantasiando as coisas.

Como ainda se sentia cansada, resolveu deitar e descansar um pouco, antes de ir para o quintal. Olhou novamente para a foto e ficou tentando imaginar como era o rosto do irmão de Ricardo. Por que ouvir sempre falar no nome de Luigi a incomodava? E por que estava sentindo o perfume dele? Em meio aos pensamentos e dúvidas, adormeceu.

Flávia notou que estava escuro lá fora. Abriu os olhos lentamente e percebeu uma claridade vinda do corredor. A porta estava entreaberta e um feixe fraco de luz entrava no quarto. Piscou os olhos para se acostumar com a penumbra e lembrou que não estava na sua casa. Ela se espreguiçou e viu Felipe sentado na cama, ao seu lado.

— Boa noite, Bela Adormecida.

— Nossa, quanto tempo eu dormi? — perguntou ela, se sentando na cama.

— Tempo suficiente para descansar.

Flávia reparou no barulho vindo do quintal e se lembrou do churrasco.

— Você devia ter me chamado.

— Eu pensei nisso, mas não tive coragem.

— Eu perdi o churrasco todo.

— Perdeu não, agora que está ficando animado — ele se levantou e olhou para a mesa de estudos. Segurou o CD em uma das mãos. — Eu não esqueci, caloura. — Felipe abriu o seu largo sorriso. Flávia apenas o observou, feliz com aquele gesto que mostrou que ele se importa com ela. Nem que fosse apenas um pouquinho.

— Quando estiver indo embora, eu pego. — Levantou e ficou em pé na frente dele. Seus olhares se cruzaram e ela sentiu um frio na espinha.

— Vamos lá fora? A sua amiga já chegou.

— Vamos, sim. Eu preciso muito falar com a Lauren — disse Flávia rapidamente e percebeu o que havia falado. Não queria que Felipe entendesse errado. — Preciso contar sobre a minha conversa com a Sônia. Ele não falou nada, foi até a porta e chamou Flávia.

— Vem.

Ela ficou alguns segundos parada, tentando imaginar o que se passava na cabeça dele. O que estaria pensando daquela situação toda? Balançou a cabeça. *Provavelmente nada*, pensou.

Flávia passou no banheiro para lavar o rosto e melhorar o inchaço de tanto dormir. Felipe esperou e levou-a até o quintal. Chegando lá, encontraram Mauro e Bruna sentados.

— Bruna, esta é a Flávia, uma grande amiga nossa. — Felipe as apresentou.

— Oi, Flávia, já ouvi muito falar de você. — Bruna foi simpática. Flávia ficou tentando imaginar o quanto ela já ouvira falar e sobre o que exatamente.

— Eu também. O Mauro não para de falar de você e da Cecília. — Flávia olhou para os lados. — Onde ela está?

— Tirando um cochilo. Não parou um minuto hoje.

— Imagino.

Flávia sorriu e olhou em volta, para todos que estavam no churrasco. Havia muitas pessoas ali que não conhecia, assim como algumas garotas que reconheceu já as tendo visto ao lado de Felipe. Tentou não pensar naquilo naquele momento. Olhou mais para o fundo do quintal e viu Gustavo conversando com Bernardo.

— Vocês me dão licença? — ela saiu e foi em direção ao amigo. — Oi, Bernardo. Oi, Gustavo. — Cumprimentou os dois e ficou olhando para Gustavo. Bernardo percebeu e saiu dali.

— Oi, Flavinha, soube que você desistiu da viagem para Lavras.

— É, mais ou menos. — Flávia se sentou ao lado de Gustavo. — Você viu a Lauren?

— Vi, sim, acho que ela foi até a casa dela pegar alguma coisa.

— Ah... — Flávia deu um longo suspiro.

— Não sirvo eu?

— Serve, claro. Mas é que eu quero conversar com a Lauren.

— Hum, lá vem fofoca de mulher.

— Não, não é isso. É da minha família. Como ela está mais por dentro do assunto, fica mais fácil.

— Sem problemas, Flavinha, não precisa se explicar. — Gustavo sorriu e ficou alguns segundos quieto, pensativo. — A Lauren é gente boa. Ficamos um tempo conversando.

— Ela é um amor.

— É. Gostei dela. Nunca tínhamos conversado direito.

— Eu sou suspeita. Adoro a Lauren, é uma grande amiga.

— É. — Gustavo sorriu para Flávia.

— E a Mirela? Viajou mesmo?

— Viajou. Chega amanhã.

Flávia balançou a cabeça e ficou quieta por um tempo. Olhou Felipe e depois virou para Gustavo.

— Gust... — Flávia olhou para os lados para ter certeza de que ninguém escutava a conversa. — Eu fiquei com o Felipe ontem. — Sussurrou.

— Sério? — Gustavo deu uma gargalhada alta e todos olharam para eles.

— Para de chamar atenção! — Flávia deu um tapa de leve no braço do amigo, que ria da reação dela.

— Isso não é nenhuma novidade. Estava na cara que iria acontecer mais cedo ou mais tarde.

Flávia franziu a testa. Olhou novamente para Felipe, que conversava animadamente com Mauro.

— Claro que não! Não tinha nada a ver. Nunca teve.

— Hum, não tinha? Por quê? Agora tem?

— Ai, Gust, você está me confundindo.

— Poxa, estou só tentando te acalmar.

— Não está ajudando. — Fez uma careta. — E, no momento, este é o menor dos meus problemas. Eu acho. — Deu de ombros.

Gustavo ria da amiga. Bebeu um gole de cerveja e olhou para a porta, vendo Lauren entrar.

— Olha a Lauren ali.

Flávia olhou na direção da porta e acenou para Lauren. Ela foi até Mauro e entregou um pacote, que parecia ser de guardanapos pelo formato e tamanho, e depois caminhou em direção a Flávia.

— Oi, Flá, resolveu acordar?

— Já era hora, né? — disse Flávia, um pouco sem graça.

— Eu cheguei louca para falar com você, mas o Felipe não quis te acordar de jeito nenhum.

Flávia sorriu. Gustavo levantou.

— Bom, vou ali pegar um pedaço de carne e deixar as duas conversarem — ele se afastou delas.

— Ele é um amor. — disse Lauren, suspirando. Flávia achou um pouco estranho, mas não falou nada. Sua cabeça estava com outros pensamentos.

— Ele é. Disse mais ou menos isso de você também.

— Sério? — Lauren sorriu.

— É. — Flávia olhou para ela com a testa franzida. — Que sorriso é esse?

— ela alternou o olhar entre Lauren e Gustavo. — Meu Deus, como eu não percebi antes?

Lauren sentiu o rosto corar. Não falou nada.

— Você é a fim do Gustavo!

— Fala baixo — pediu Lauren.

— Nossa, eu nunca tinha reparado. — Flávia continuou olhando para Lauren, que estava muda. Ela arregalou os olhos. — Espera aí... Você tinha falado que... Ele é a sua alma gêmea? — perguntou Flávia, assustada. Lauren só balançou a cabeça. — Espera, me conta isso direitinho. Nossa, quanta coisa para um dia só!

— Eu vou contar. Já estava planejando te contar isso hoje. Queria ter te contado antes, mas é algo um pouco complicado, vocês são muito amigos...

— Mas você também é minha amiga. Não iria contar para ele, podia ter ajudado vocês...

— Não precisa se preocupar, eu não estou. Sei que na hora certa ele vai me notar.

— Uau, minha cabeça parece que vai explodir. É coisa demais para um dia só. Lauren sorriu.

— É, estou sabendo da sua conversa com a Sônia, ela foi lá em casa quando chegamos de Itabira e nos contou.

— Sim. Mas antes me deixe processar essa informação de você e do Gustavo. — Flávia ficou quieta. — Como e quando você percebeu?

— No dia que eu o conheci lá no Galpão. Na hora em que você nos apresentou, assim que o vi, eu soube. Soube que era ele. — Lauren olhou na direção de Gustavo. — No ano passado, no meio do ano, mais ou menos, fiz uma simpatia que a Sônia havia me ensinado para atrair a alma gêmea. Fica mais fácil te explicar agora que você já sabe tudo dela, da sua mãe, da *Wicca*.

Flávia balançou a cabeça.

— Você fez um feitiço?

— Não chamo de feitiço. Prefiro falar simpatia, acho que é um termo melhor. É algo que não faz mal a ninguém, até porque não faço direcionada a uma pessoa específica, digamos assim. Claro que faço para minha alma gêmea, mas não para fulano ou cicrano, o que poderia resultar em um "feitiço" de amor para a pessoa errada, embora tenha gente que faça isso. Deu para entender?

— Sim, sim. Pode continuar. — Flávia balançou a cabeça, concordando.

— Fiz isso no final de julho. Foi antes das inscrições para o vestibular da UFV. Agora sei que deu certo, porque o Gustavo está aqui — ela sorriu. — Hoje ele me falou que decidiu fazer prova para cá assim que as inscrições abriram, logo depois da época em que eu fiz a simpatia, que antes ele não planejava vir para Viçosa.

— A simpatia o atraiu para cá — concordou Flávia, como se fosse a conclusão de um pensamento.

— Sim, atraiu. Bom, no réveillon a Sônia me falou que minha alma gêmea iria aparecer em breve. Porque já estava predestinado que ele passaria para a UFV e viria para Viçosa.

— Entendi. Nossa, cada vez mais me surpreendo com as coisas.

— O universo faz coisas que a gente não acredita.

— Se faz. — Flávia ficou alguns segundos quieta. — Mas, de qualquer forma, ele viria estudar aqui, não? Para vocês se conhecerem?

— Não exatamente. Talvez, se eu não o tivesse "chamado", vamos falar assim, nós poderíamos nos conhecer só daqui a alguns anos. Ele poderia ter feito faculdade em outro lugar, depois vir aqui fazer uma especialização, mestrado, sei lá. Ou até para algum curso, uma palestra, como foi o caso do meu pai. Por isto não me preocupo quando vai acontecer.

— Entendi... E você acha que vai demorar para ele perceber?

— Não sei, essas coisas não são previsíveis, mas sei que ele vai perceber. Acho que primeiro ele tem de se desvincular da Mirela.

— Hum, isso não deve demorar a acontecer. Ele não parece muito entusiasmado com o namoro.

Lauren sorriu.

— O que você me falou agora, de ele ter falado de mim, me deixou feliz.

— É, ele disse que conversou com você e te achou legal. Que não tinha tido chance de conversar direito com você antes.

— Sim. Ele está me conhecendo. — Lauren suspirou feliz.

— Estou torcendo por vocês. Acho que vão formar um casal lindo. — Flávia olhou para Felipe, que estava olhando para ela. Ele sorriu de longe. Ela retribuiu. — Lauren, eu preciso te contar uma coisa que aconteceu — disse ela em um tom de voz mais baixo que o normal.

— O que foi? — Lauren estranhou.

— Eu e o Felipe... Nós... Bom... Nós ficamos esta noite. — Sussurrou Flávia.

— Jura? — Lauren se espantou. Olhou para Felipe, que agora estava envolvido com a churrasqueira e não olhava mais para Flávia. — Hum, agora entendi o jeito dele hoje.

— Como assim?

— Ah, ele não parava de falar de você. Foi lá dentro umas mil vezes ver se você já tinha acordado. Não deixava ninguém se aproximar do quarto.

Flávia sorriu. Olhou novamente para Felipe, que não percebeu.

— Foi tão bom — disse ela, ainda sussurrando.

— Eu já imaginava que um dia isto iria acontecer. — Lauren também abaixou o tom de voz. — Mas e aí? Vocês vão namorar?

— Não. Sabe como o Felipe é, não leva ninguém a sério.

— Achei que com você poderia ser diferente.

— Duvido. Acho que ainda vai demorar para ele se amarrar a alguém. Se é que um dia isto vai acontecer.

— Mas vocês conversaram sobre isso?

— Sim. Ele disse que isto não vai estragar a amizade, que vai continuar como era antes.

— Ixi...

— Ixi mesmo. Mas eu já devia imaginar que seria assim. Sabe, quando a Sônia estava saindo lá de casa, ela disse que era para eu aproveitar o momento, mas não me deixar envolver.

— Hum, ela pressentiu o que ia acontecer.

— Exato. Mas não tem como. Não tem como só aproveitar o momento, eu não sou assim.

Flávia continuou olhando Felipe. Ele conversava agora com Letícia. Ela sentiu um aperto no peito e um medo de ver os dois juntos ali no churrasco cresceu dentro dela. Ainda não estava preparada para vê-lo nos braços de outra garota.

— Eu entendo. É difícil mesmo.

— É. Porque nós já somos amigos, daí para me envolver é um pulo. Lauren olhou na mesma direção que Flávia e viu Letícia se insinuando para Felipe.

— Você quer sair daqui?

— Não — disse Flávia, sem muita convicção. Lauren ficou quieta, tentando pensar em algo para ajudar a amiga.

— Podemos fazer a simpatia da alma gêmea. Quem sabe isto não ajuda a trazer a pessoa certa para cá e você não se apaixona pelo Felipe?

— Não sei se quero fazer isto — disse Flávia.

— Vamos mudar de assunto então — disse Lauren, tentado distrair Flávia. — Vamos falar da sua conversa com a Sônia. Agora fico feliz por você saber de tudo.

— Eu não sabia que você estava por dentro de tudo da vida da Sônia.

— Sim. Esqueceu que minha mãe já fez parte disto? Mas ela não faz mais, deixou a *Wicca* quando eu nasci. Dizia que não tinha mais tempo. Mas eu sempre soube de tudo.

— Você é praticante da *Wicca*? Está certo falar assim?

— Não, eu não pratico mais. Uma vez a Sônia começou a me introduzir, ensinar a filosofia, os rituais, os *sabbats*. Mas eu não tinha muita paciência nem tempo. Sempre quis ter algum poder, digamos assim, mas sou apenas uma garota normal. Acho que isto me desmotivou. E você? O que achou disso tudo?

— Não sei, ainda estou tentando processar tudo que a Sônia me contou. É surreal demais, parece coisa de filme.

— Eu sei. Mas a Sônia acha que você deve estudar um pouco o assunto.

— É, ela falou. — Flávia suspirou e se esqueceu de Felipe por um momento. — Eu não sei, Lauren, não quero ser uma bruxa. — Parou de falar e deu um sorriso. — Isso soa tão estranho toda vez que eu falo. Bruxa. Não entra na minha cabeça.

— Posso imaginar.

— Não sei o que fazer. Não sei se quero isso para mim. Pode ser que fosse o que minha mãe queria, talvez se ela ainda estivesse viva eu teria ido para este lado. Mas agora... Não sei.

— Bom, concordo com a Sônia, acho que você deveria pelo menos exercitar sua força. Nunca se sabe quando vai precisar dela.

— Não sei. Não sei mesmo. Acho que preciso de um tempo para pensar melhor, colocar os pensamentos em ordem. É coisa demais na minha cabeça.

— Sim. — Lauren ficou hesitante. — A Sônia te contou tudo da Carmem, né?

— Não sabia que você conhecia a história toda. — Flávia se assustou.

— Eu sei, minha mãe que não sabe. A Sônia me contou tudo quando começou a me ensinar *Wicca*. Ela queria que eu soubesse de tudo para me proteger, caso um dia acontecesse algo parecido comigo. Também tinha medo de que a Carla pudesse fazer algo, sei lá, para se vingar da mãe dela em mim.

— A Carla?

— Sim. — Lauren olhou para os lados, mas ninguém prestava atenção à conversa delas. — A Carla é uma bruxa poderosa, podemos falar assim.

— Nossa! Não tinha pensado nisso.

— Pois é. A Carmem ensinou tudo que sabia para ela e um pouco mais. Ninguém pode com a Carla.

— Então o Felipe está certo quando a chama de bruxa. — Flávia sorriu.

— Digamos que sim. Ele fala no sentido pejorativo, não se referindo à verdade. Apesar de que, de certa forma, podemos colocar o sentido pejorativo como verdade. A Carla leva a *Wicca* para o lado errado.

— Mas ela não sabe de tudo? Porque, segundo a Sônia, quem é da *Wicca* sabe que é errado fazer o mal.

— Acho que a Carmem que a criou assim. Não chega a ser o mal. A Carmem a criou pensando que ela tem de fazer absolutamente tudo para conseguir o que quer, independente do que seja. Parece que, mesmo sabendo de tudo o que vai acontecer, a Carla não tem a real noção de que as coisas podem se voltar contra ela.

Flávia ficou quieta, balançando a cabeça, quando se lembrou de algo.

— Espera aí! Esse lance do namoro dela...

— Sim. — Lauren entendeu o que Flávia queria dizer — ela fez um feitiço para o Luigi se apaixonar por ela.

— Meu Deus! Ela é doida.

— Doida pelo Luigi. Assim que a Carla o conheceu, ficou com uma fixação por ele. A Carmem não quis que a filha passasse pelo que ela passou e ajudou-a. A Sônia foi contra desde o início.

— Mas, como a Sônia sabe?

— A Carla precisou comprar algumas coisas para o feitiço na MinaZen. E a Sônia, com a percepção que tem das coisas, logo viu o que ela iria fazer.

— Eu me lembro de uma discussão das duas uma vez em que fui até a loja.

— Elas vivem discutindo. A Sônia sempre tenta fazê-la mudar de ideia quando ela vai à loja, mas não tem como. A Carla não vai desistir do Luigi, embora saiba que um dia isso vai acontecer. Um dia ela vai perdê-lo para o amor verdadeiro dele.

— É, a Sônia falou algo do tipo, algo que contra o amor verdadeiro ninguém pode.

— Sim, e a Carla sabe disso. Sabe que não é a alma gêmea dele, porque antes do feitiço ele não dava a mínima para ela, e ele não estava envolvido com ninguém. Ela tentou muito fazê-lo se apaixonar por ela antes, do modo tradicional, mas não conseguiu. Então recorreu à magia. Mas sabe que quando ele conhecer a sua alma gêmea, não vai ter como segurá-lo.

— E ela não tem medo?

— Morre de medo. Tanto que não tem nenhuma amiga, só conversa um pouco com os meninos do colégio. Ela tem medo de que alguma garota que ela conheça possa ser a alma gêmea dele. E vive fazendo feitiços para prendê-lo a ela

— Deus me livre viver assim. Chega a ser paranoia.

— Demais. Mas a Carmem é paranoica e criou a Carla assim.

— Coitada da alma gêmea do Luigi.

— O quê? — Lauren não entendeu o comentário de Flávia.

— A menina por quem ele vai se apaixonar. Ela vai sofrer nas mãos da Carla.

— É... Ou não, vai saber. Como a Sônia fala, a Carla pode fazer o que quiser, mas não vai conseguir impedir que ele se apaixone por ela.

As duas ficaram quietas, reparando o movimento do churrasco. Felipe havia se afastado de Letícia e agora conversava com Gustavo, o que deixou Flávia aliviada.

— Nossos dois amores — comentou Lauren. Flávia sorriu e ficou olhando para Felipe, que olhou para ela e abriu seu largo sorriso.

Capítulo 10

Era início de junho. Lauren estava na cozinha de Flávia, fazendo batida de morango com leite condensado. Flávia estava sentada, observando a amiga.

— Tem certeza de que não precisa de ajuda? — perguntou Flávia, reparando no jeito estabanado de Lauren colocar tudo dentro do liquidificador.

— De jeito nenhum, esta é a minha única especialidade na cozinha. — Lauren ficou parada, com uma colher na mão, pensativa. — Falta algo, mas não sei o que é...

— Talvez seja a vodca? — Flávia riu, levantando a garrafa da bebida que estava em cima da mesa.

— Isso, claro! Uma batida sem vodca não é uma batida — ela ficou segurando a garrafa virada dentro do liquidificador por um longo tempo.

— Isso vai ficar forte.

— Assim que é bom. — Lauren ligou o aparelho e logo depois desligou. — Não tem problema a gente chapar, hoje é sábado, a noite está começando, estamos em casa, vou dormir aqui mesmo. Hoje é uma noite para liberar o estresse deste semestre.

— É, acho que esta batida forte vai vir em boa hora.

Flávia levantou e pegou os copos, servindo em seguida. Deu um longo suspiro, lembrando do que acontecera desde a Semana Santa. Ela e Felipe continuavam amigos, iam juntos ao Leão jogar sinuca, ao Galpão, ao Lenha, às festas. Às vezes ele dormia em sua casa, às vezes ela na dele, mas sempre como amigos, apenas isto. Ele agia como se nada tivesse acontecido, como prometera, e isto a magoava. Ela lutava para tirá-lo da cabeça, mas era cada dia mais difícil. O fato de encontrá-lo sempre também não ajudava, mas Flávia não conseguia deixar de vê-lo. Costumava provocar encontros ocasionais, fora da UFV. Ainda não tinha visto Felipe com nenhuma outra garota, mas sabia que ele já havia ficado com outras meninas depois da Semana Santa.

Sobre sua conversa com Sônia, Flávia permaneceu reticente. Começou alguns exercícios que ela indicou para melhorar sua percepção dos cinco sentidos, mas tudo ainda era muito estranho. Não conseguia ver um propósito para nada, mas se esforçava. Apesar de tudo, estava gostando de conhecer um pouco mais sobre o passado de sua mãe. A *Wicca*, para ela, era uma forma de estar conectada a Elizabeth.

Já Lauren continuava esperando por Gustavo. Eles agora estavam mais próximos, mas ela ainda se sentia incomodada ao vê-lo com Mirela, embora Flávia sempre falasse que o namoro estava com os dias contados, não só pelo que ele falava, mas também pelo que ela sentia. Cada dia que passava, a percepção de Flávia sobre tudo ao seu redor ficava mais aguçada e ela estava gostando disto.

As duas foram para a sala. Flávia ligou o som baixo, para que não atrapalhasse a conversa. Lauren pôs o resto da batida que havia ficado no liquidificador dentro de uma jarra e colocou-a em cima da mesinha de centro. Sentaram no sofá, uma de frente para a outra, com Flávia de costas para a porta do apartamento e Lauren de costas para a porta da sacada.

— Bem que você podia passar as férias de julho comigo em Lavras.

— Isto é um convite? — Lauren ficou feliz.

— Sim, é. Ou uma intimação. Vamos, Lauren, vai ser divertido. A gente sai lá, você conhece a cidade, a fazenda, meus amigos. E uma ajuda a outra a não ficar na fossa durante as férias.

— É uma boa. Quem sabe? — Lauren deu de ombros. — Se meus pais deixarem, eu vou mesmo. Melhor do que ficar aqui ou ir para Itabira — ela fez uma careta.

— Credo! Você fala como se não fosse ser legal a viagem.

— Ah, Flá, estou brincando. — Lauren sorriu carinhosamente para a amiga. — Vai ser legal, sim. Quero conhecer Lavras e a sua fazenda.

— Claro que vai ser legal, vamos estar juntas. E você ajuda a me impedir de pegar o carro e passear em Alfenas.

— Não diz que você pensou nisso? — Lauren arregalou os olhos, assustada.

— Às vezes eu penso. Não sei se vou aguentar ficar quase um mês sem ver o Felipe.

— Claro que vai, você tem de aguentar! Quem sabe isso não ajuda você a esquecê-lo?

— Tomara. — Flávia fez uma cara triste e Lauren não gostou.

— Tinha de aparecer um gatinho na sua vida. — Lauren ficou pensativa.

— Em Lavras não tem ninguém?

— Para mim, não. Ninguém lá me interessa.

— Mas deve ter gatinhos lá.

— Ah, isso tem, só que nenhum me atrai. Mas quem sabe você não acha um para se divertir durante suas férias?

— É, quem sabe? — Lauren deu um sorriso malicioso. A conversa delas foi interrompida pela campainha. Flávia foi atender, era George.

— Oi, meninas, vim só lembrar que hoje tem banda de forró no Lenha.

— Estamos lembrando, George — disse Flávia.

— Já estamos no aquecimento. — Gritou Lauren do sofá, levantando o copo de batida para ele ver.

— Ok, bom aquecimento, então. Encontro vocês lá — ele se despediu e saiu. Flávia voltou para o sofá e serviu outro copo.

— Opa, vai com calma. Não foi você quem falou que iria ficar forte a batida?

— Hoje sinto que vou precisar de algo forte em meu sangue.

— Ih, não gostei desta frase.

— Nem eu... — Flávia ficou parada alguns segundos, olhando para o nada.

— Estou com vontade de ligar para o Felipe, para saber se ele vai... — disse ela, sussurrando, como se fizesse uma séria revelação a Lauren.

— Ai... Isso não vai dar certo. — Lauren balançou a cabeça, negativamente. — Você já está ficando alegrinha?

— O que é que tem? Ele é meu amigo, não é? Nós já saímos várias vezes desde que ficamos e não aconteceu nada. Eu posso ligar para ele.

— Não sei. — Lauren mordeu o lábio inferior, hesitante.

— Não é ele que quer amizade? Então ele que tenha amizade. — Flávia foi até o quarto e voltou com o celular na mão. Começou a discar. — Droga, o telefone da casa dele está ocupado — olhou para Lauren. — Será que é ele? Com uma garota?

— Pode ser o Mauro. Ou ele mesmo, mas não necessariamente com uma garota.

Flávia concordou.

— Vamos tirar a prova. Vou tentar o celular dele. Se atender, não é ele no telefone da casa.

— Óbvio, né? — Lauren riu. Ficou olhando Flávia, que esperava o celular ser atendido. Ela arregalou os olhos e Lauren desconfiou que atenderam do outro lado.

— Alô? Er... Mauro? — Flávia fez uma careta desanimada. — Oi, é a Flávia... Sim, quero falar com o Felipe. Ele está? Ah, é? Não, não, não é importante, era só para confirmar se ele vai ao Lenha. Ah, beleza, você vai também, né? Ok, então quem chegar antes, guarda uma mesa. Ok, até lá, beijos.

Flávia desligou o telefone, deu um longo suspiro e ficou quieta.

— E aí? — Lauren estava temerosa. — É ele mesmo no telefone de casa, né?

— É, está conversando com o idiota do Luigi — disse Flávia, dando um longo gole na batida.

— Puxa, que bom! — Lauren ficou feliz.

— Que bom? Esse idiota desse menino está sempre no meu caminho.

— Ai, Flá, que horror! Você não prefere que seja com o Luigi que o Felipe esteja falando? Melhor que com uma garota.

— Nem sei... Às vezes não sei mesmo, esse garoto me irrita.

— Mas você nem conhece ele.

— E nem quero conhecer. Cada dia que passa, ele me irrita ainda mais.

— Hum, quando você conhecer, muda de ideia. Ele é tão fofo. Flávia ficou quieta novamente, até dar um sorriso.

— Ei, eu vi uma foto do Ricardo no quarto do Felipe, nem te contei. No dia do churrasco.

— Ah! E aí? Lindo, né? Monumental!

— Sim, nossa, ele é lindo demais! Parece saído de um catálogo da Hugo Boss. Só falta o terno e a gravata.

— Puxa, você definiu bem.

— Acho que nunca vi um cara mais lindo que ele.

— Nem eu. Você tinha de ter conhecido pessoalmente.

Flávia se levantou e foi até a porta da sacada.

— O irmão dele, como ele é?

— Eu não acredito que até hoje você não tenha visto uma foto dele. — Lauren sorriu, virando de frente para a amiga.

— Nunca me interessou. — Flávia deu de ombros e se sentou novamente no sofá. — Acho que o fato de ele me irritar ajuda para que a curiosidade não seja aguçada.

— Ele também é lindo. Não tanto quanto o irmão. É diferente. O Ricardo tem cara de homem, entende? O Luigi é um fofo, cara de moleque, jeitinho de garoto travesso.

— Ele não parece combinar com a Carla.

— E não combina. Só fazem um casal bonito, mas de jeito parecem não ter nada a ver.

— Ele estudou no Coluni? Quando veio para cá fazer o terceiro ano?

— Não, estudou no Equipe.

— Ah, pensei que a Carla tinha conhecido ele na escola.

— Não. Mas assim que ele chegou lá no Equipe, a notícia correu entre as meninas de Viçosa. Ele chama atenção.

— Imagino, todas ficaram doidas por ele.

— Mais ou menos por aí.

— E o namoro dele com a Carla? Quando começou?

— Foi ano passado, alguns meses depois de ele passar na UFV.

— Achei que tinha mais tempo.

— Não. Quando ele chegou aqui, não ligava para ela. Não olhava para ela, digamos assim. Acho que ela nunca chamou a atenção dele, embora seja muito bonita. A Carla ficou um ano tentando conquistá-lo e nada. E também fazendo feitiço. Como ele não estava predestinado a ela, demorou a fazer efeito.

Flávia balançou a cabeça. A campainha tocou e Lauren foi atender. Era Gustavo e ela ficou alguns segundos parada, olhando para ele na porta. Flávia começou a rir.

— O que foi? — perguntou Gustavo, não entendendo.

— Nada. Entra. — Lauren deu um sorriso sem graça e saiu da frente, para que ele entrasse no apartamento. Gustavo viu a jarra de batida, agora praticamente vazia, e olhou para as meninas.

— Hum, entendi. As duas já estão bêbadas.

— Ei, olha a ofensa! — disse Flávia, mais alto do que pretendia. Lauren começou a rir.

— Bêbadas não, né, Gustavo, alegrinhas — ela fez biquinho e ele balançou a cabeça, rindo.

— Me deixa provar essa gororoba que vocês estão bebendo — disse ele, pegando o copo da mão de Lauren. Ela ficou feliz com o gesto dele.

— Não é gororoba, está uma delícia. A Lauren que fez — disse Flávia, provocando.

— Está bom mesmo — disse ele, olhando para Lauren, que sentiu o rosto corar. — Já pode casar.

— É, e meu marido vai viver de batida de morango, porque é a única coisa que eu sei fazer na cozinha.

— Eu não me importaria — ele deu de ombros, sentando ao lado de Flávia. — Afinal, o disque-pizza existe para quê?

Lauren ficou parada, olhando Gustavo e suspirando. Ele estava sentado de costas para ela. Flávia viu a reação da amiga e arregalou os olhos.

— O que foi? — perguntou Gustavo, virando para trás e olhando Lauren.

— Nada, Gust. Acho que já está na hora de a gente ir para o Lenha. — Flávia se levantou e puxou a mão dele.

— Vocês estão muito estranhas hoje — ele franziu a testa e seguiu Flávia até a porta do apartamento.

No Lenha, a banda já tocava e alguns casais arriscavam passos de forró na pequena pista improvisada no grande salão de dentro. Flávia, Lauren e Gustavo encontraram Mauro e Felipe sentados em uma mesa na varanda. Todos se cumprimentaram e, antes que se sentassem, Lauren puxou Gustavo.

— Vamos dançar — disse ela, levando-o para dentro do restaurante. Flávia ficou parada, olhando a cena e balançou a cabeça.

— O que foi, caloura?

— Acho que a Lauren exagerou na batida.

— Batida?

— É. A gente estava bebendo batidinha de morango lá em casa.

— Poxa, e nem convida os amigos? — Felipe tentou fingir que estava magoado.

— Era uma reunião só nossa, das duas.

Ela se sentou, se perdendo no largo sorriso que ele dava agora.

— E você, Flávia? Dança? — perguntou Mauro, indicando a pista para Flávia.

— Não sou tão boa em forró. Mas gosto de dançar.

— Aí, Felipão. Leva a Flávia para dançar — disse Mauro, dando um tapinha nas costas de Felipe. Flávia ficou sem graça, mas estava com vontade de dançar com Felipe.

— Se a caloura não se importar que eu pise no pé dela — disse ele, aumentando ainda mais o sorriso.

— Depois eu me vingo na sinuca. — Flávia sorriu maliciosamente para ele.

— Isto vai ser divertido — disse Felipe, levantando da mesa e pegando a mão de Flávia. Os dois foram para a pista. Ela sentiu o coração acelerar quando Felipe colocou a mão em sua cintura. — Prepare-se para suar — disse ele baixo em seu ouvido.

Flávia apenas fechou os olhos e deixou que Felipe a conduzisse. Dançaram duas músicas seguidas e depois voltaram para a mesa, onde Bernardo fazia companhia para Mauro. Flávia se sentou entre Mauro e Felipe. Lauren e Gustavo ainda dançavam.

— E aí, Flávia, quantos pisões no pé?

— Nenhum, Mauro. O Felipe fica se fazendo de bobo, mas ele dança bem.

— Eu faço tudo bem. — disse Felipe, dando uma gargalhada.

— Retiro o que eu falei, Mauro. O Felipe não se faz de bobo. Ele é muito bobo. E metido.

— Isso eu já sabia — disse Mauro. — Depois é minha vez de dançar com você.

— Ok. — Flávia deu um longo gole na cerveja dele. — Se quiser ir agora...

Mauro se levantou e os dois foram para dentro do salão. Felipe e Bernardo observavam Flávia dançar através das grandes portas que davam para o lado de fora do Lenha.

— Essa calourazinha é muito bonita — comentou Bernardo.

— Tira os olhos dela, ela não é para o seu bico. — Felipe ficou sério.

— Estou sentindo um pouco de ciúmes vindo de você ou é impressão minha? Felipe ficou quieto alguns segundos e balançou a cabeça.

— Impressão sua, eu não tenho nada com a Flávia.

— Se não tem nada, então eu posso investir. — Bernardo olhou novamente para Flávia e deu um sorriso malicioso.

— Fica longe dela, estou avisando, Bernardo.

— Qual é? Você não gosta dela, não tem nada com a menina. E eu aposto que não sou pior que você. Aposto que você pode fazê-la sofrer mais do que eu.

Felipe não respondeu. Bernardo estava certo.

Na pista, Flávia e Mauro dançaram apenas uma música. Quando voltaram para a mesa, Lauren e Gustavo já estavam sentados. Mirela havia chegado e Flávia olhou para Lauren, que levantou os ombros e virou o rosto para o lado contrário ao casal de namorados. Flávia procurou por Felipe, mas ele não estava ali. Viu Lauren indicando a sua direita discretamente com a cabeça e, quando olhou para o lado, Felipe estava conversando com uma garota. Não tinha certeza se já havia visto aquela menina junto dele, mas o modo como os dois conversavam, bem próximos, a deixou irritada. Ela se sentou, tentando não demonstrar a raiva e a dor que sentia. Não havia como impedir Felipe de ficar com outra garota.

Gustavo levou Mirela para dançar, ao mesmo tempo em que Felipe ia para a pista com a menina com quem ele conversava. Mauro viu a cena e olhou para Flávia. Ele balançou a cabeça, negativamente. Bernardo conversava com Flávia, que não prestava muita atenção ao que ele dizia. A cabeça e os olhos dela estavam em Felipe.

— E foi por isso que eu saí de Goiás para fazer Engenharia de Alimentos aqui. Aí, assim que cheguei, eu e o Felipe ficamos amigos. — Bernardo falava, sem parar. Flávia apenas balançou a cabeça, concordando com ele, que percebeu ela olhando para a pista, mas não entendeu claramente o motivo disto. — Você quer dançar?

— O quê?

— Dançar? Você não para de olhar a pista — disse Bernardo, indicando o salão com a cabeça.

— É... Pode ser. — Flávia deu de ombros. Ele sorriu maliciosamente, mas ela não viu. Os dois se levantaram e foram para a pista.

— Isso não vai prestar — disse Mauro.

— Não mesmo — concordou Lauren, suspirando.

Na pista, Flávia tentava prestar atenção à dança e ao mesmo tempo em Felipe, que se divertia com a menina com quem dançava, o que a irritava cada vez mais. Ele parecia não estar ligando para ela nem para o que ela fazia. Bernardo às vezes falava algo em seu ouvido, mas ela não escutava nada. De repente, os olhos de Flávia viram o que não queriam. Felipe estava beijando a garota em um canto da pista. Ela sentiu o coração apertado e se segurou para não chorar. Sentia-se uma idiota por gostar dele, mesmo sabendo que ele jamais corresponderia àquele sentimento. Flávia estava perdida em seus pensamentos e não percebeu quando Bernardo puxou o rosto dela para perto do seu, beijando-a. Sem pensar, Flávia correspondeu ao beijo.

Lauren dormiu na casa de Flávia, em um colchonete no chão do quarto da amiga, ao lado de sua cama. Ela acordou sentindo a cabeça latejar e se virou para cima. Flávia estava de olhos abertos, encarando-a.

— Acordada tem muito tempo?

— Mais ou menos — respondeu Flávia em um sussurro.

— Podia ter me chamado — ela ficou olhando para a amiga. — Minha cabeça está doendo.

— A minha também.

— Acho que a batida ficou forte demais.

— Foi bom. Isso me ajudou.

Lauren olhava para Flávia. Sabia o quanto estava sofrendo. Já havia passado pela experiência de ver o garoto que gostava com outra. No momento, o que ela mais via era Gustavo com Mirela.

— Essa sensação é horrível, né?

— Eu já sabia que aconteceria mais cedo ou mais tarde. — Flávia suspirou. — Até que demorou mais do que eu pensava.

— O que você vai fazer agora?

— Nada. Que é o mesmo que eu já vinha fazendo. — Flávia ficou um instante quieta. — Dói muito, Lauren. Dói demais dentro do peito, parece que meu coração vai explodir. Ao mesmo tempo em que é uma coisa boa, também é ruim, porque machuca, aperta meu coração.

— Você não quer fazer a simpatia da alma gêmea? — Sugeriu Lauren.

— Não. Deixa isso acontecer naturalmente.

— Eu sei, também prefiro assim. Não é para interferir, é apenas para ajudar a chamar.

Flávia fez uma careta.

— Deixa como está.

Lauren preferiu mudar de assunto.

— E o Bernardo?

— Nem me fale. — Flávia virou os olhos.

— Foi bom?

Flávia não respondeu de imediato.

— Se eu te falar que não lembro direito, você acredita?

— Acredito. — Lauren riu. — Vai ter repeteco?

— Nem... Não quero nada com ele.

— Eu acho o Bernardo bonitinho.

— Você acha todo mundo bonitinho.

Lauren colocou a língua para fora e riu. Levantou e começou a dobrar o lençol.

— Acho que ele é meio bobo. Sempre achei, não sei o que me deu para ficar com ele.

— Eu sei.

— Eu também. — Flávia suspirou. — A batida, mais aquela cena do Felipe beijando outra, me levou direto para os braços do Bernardo. Resultado: fiz uma besteira.

— Quem não faz de vez em quando? Uns beijos não matam ninguém.

— É.

Lauren terminou de dobrar tudo e olhou para Flávia.

— O que vamos almoçar? — perguntou, vendo que já passava do meio-dia.

— Pensei em irmos almoçar no Lenha. Não estou com paciência nem clima para fogão hoje.

— Eu topo. A comida lá sempre é boa.

As duas se arrumaram e foram andando em direção ao restaurante. Quando estavam quase chegando, viram Felipe e Mauro saindo do Lenha.

— Era só o que me faltava — disse Flávia, desanimada. Ela viu Felipe sorrindo e acenando. — Eu não mereço isso.

Lauren apenas riu. Encontraram os dois na porta do restaurante e cumprimentaram-se.

— Caloura, quero falar com você.

— Agora? Vim almoçar com a Lauren.

— É rápido. — Felipe fez uma cara de súplica.

— Eu vou ali dentro falar com o George — disse Lauren, saindo de perto deles.

— E eu vou indo para casa. Até. — Mauro se despediu. Ficaram só os dois, se encarando.

— Fala. — disse Flávia, sem ser seca.

— É... Acho que isto pode soar um pouco estranho.

— O quê?

— O que aconteceu ontem...

— E o que aconteceu ontem?

— Você e o Bernardo.

Flávia cerrou os olhos, sentindo um pouco de raiva.

— Eu realmente acho que isso não é da sua conta.

— Eu sei, mas você é minha amiga e sei como é o jeito dele.

— E? — Flávia não gostou de escutar a palavra "amiga".

— Não gostei de ver vocês dois juntos.

Flávia ficou parada, tentando assimilar o que ele havia dito. Não tinha gostado? O que isto significava? O coração dela batia acelerado e, por um momento, pensou que tudo havia mudado e que poderia ter uma chance com ele.

— Você não gostou? Eu não acho que você tenha de gostar.

— Eu sei, a vida é sua e você faz o que quiser. Mas é que o Bernardo não é um cara para se levar a sério.

— E você é?

— O quê? — Felipe se espantou com Flávia.

— Você é o cara para se levar menos a sério que eu conheço e vem falar do outro?

— Eu sei, mas é que ele é diferente. Eu o conheço bem, ele fica iludindo as garotas. Sempre fez isso, desde que chegou aqui. Até na cidade dele deve fazer isso.

— Já sou bem grandinha, sei o que faço. Se sobrevivi a você, vou sobreviver a ele.

Flávia virou de costas, deixando Felipe sozinho na porta do Lenha, e entrou. Ficou com muita raiva por perceber que ele não sentiu ciúmes, apenas agiu como um amigo. Andou até a mesa que Lauren ocupava.

— Ele ainda está na porta? — perguntou Flávia, sentando. Lauren olhou discretamente.

— Está ... Mas já está indo embora — ela olhou para Flávia . — O que aconteceu?

— Você não vai acreditar. Ele veio falando que não gostou de eu ter ficado com o Bernardo, que ele não é confiável, etc. etc. etc.

— Sério? Que cara de pau!

— Nem me fale. Estou com uma raiva danada, Lauren. Ele pode sair agarrando a primeira que aparece e eu não posso ficar com ninguém?

— Vai ver ele quer te proteger, sei lá.

— Se ele quisesse me proteger, nem tinha ficado comigo. Que raiva. — Flávia respirou lentamente, tentando se acalmar. Olhou para Lauren. — Eu quero fazer a simpatia da alma gêmea. Hoje, agora, sei lá. Não aguento mais sofrer pelo Felipe.

— Calma, não é assim. Temos de conseguir tudo que precisamos antes para a magia. Não é bem assim.

Flávia deu um longo suspiro e ficou olhando para Lauren.

— E demora muito para conseguir as coisas?

— Não, só que tem de esperar até amanhã. Hoje é domingo, não tem nada aberto aqui em Viçosa onde possamos comprar as coisas. Se você quiser, a gente almoça amanhã no bandejão e depois vem para a cidade comprar tudo.

— Pode ser. — Flávia estava visivelmente desanimada. — Espero que funcione.

— Claro que vai funcionar. Se funciona para todo mundo, por que não funcionaria para você? Ah, e temos de passar na loja da Sônia para comprarmos algumas coisas.

— Ai, que vergonha! — Flávia escondeu a cabeça entre os braços, que estavam apoiados na mesa.

— Vergonha por quê? Ela vai adorar saber que você está se embrenhando no mundo da magia.

— É... Já vi que depois de amanhã ela não vai mais me deixar em paz.

— Não mesmo. O que você acha de comer agora?

— É uma boa. Apesar de que o Felipe fez a minha fome sumir.

As duas se levantaram e foram para o *buffet*. Serviram-se, passaram na balança para pesar os pratos e voltaram para a mesa.

— Por falar em Sônia, olha ela ali — disse Lauren, enquanto começava a comer.

Flávia virou a cabeça para trás e viu Sônia entrando no Lenha.

— Olá, meninas. Como foi a noite de ontem?

— Ih, nem pergunta — disse Lauren, fazendo uma careta.

— É, não preciso nem perguntar. Pelas carinhas de vocês já dá para ver que não foi boa.

— Senta aí. — Lauren apontou uma cadeira. — A gente quer falar com você. Sônia se sentou e ficou olhando as duas. Lauren encarou Flávia.

— Vai, Flávia, fala.

Flávia olhou para Sônia e deu um sorriso sem graça.

— Não precisa falar nada, Flávia. Eu sei o que você quer. — Sônia segurou as mãos de Flávia, fechou os olhos por um tempo e depois olhou para ela. — Eu acho que você deve, sim, fazer a simpatia. Vai te ajudar.

Flávia sorriu. Não conseguia deixar de se espantar com o jeito de Sônia perceber as coisas ao seu redor.

— Obrigada. Isso foi mais fácil do que eu pensei.

— Não sofra, querida. Sua alma gêmea está no seu destino. Ele vai aparecer. Mas não tem problema você apressar isto.

— É. Estou precisando da minha alma gêmea aqui.

— Eu sei. Essas coisas do coração são complicadas. Mas não pense que quando você conhecer a pessoa que está predestinada à sua vida tudo ficará mais fácil.

— Você falando assim dá até medo.

— Pior que o Felipe não pode ser — brincou Lauren.

— Eu não posso te falar nada porque você ainda não o conheceu. Mas não é porque conhecemos logo a pessoa que tudo fica fácil.

— Eu que o diga. — Lauren suspirou.

— Você pode me ajudar com a simpatia? — Flávia para Sônia.

— Sim, claro, vou ficar feliz em te ajudar. Quem sabe isto não te anima a estudar mais um pouco a *Wicca*?

— Você pode fazer comigo amanhã?

— Amanhã, não. Vamos deixar para sexta-feira. É um dia mais propício à magia do amor. Sexta-feira é o dia consagrado a Afrodite, a Deusa do Amor e da Paixão. Pode deixar que eu preparo tudo, você só precisa me encontrar lá em casa por volta das cinco da tarde.

— Você que manda. — Flávia sorriu.

— Agora vou deixar vocês almoçarem em paz e vou lá falar com meu amor. — Sônia se levantou e Flávia e Lauren terminaram de almoçar.

Após saírem do Lenha, Lauren e Flávia se despediram e cada uma foi para sua casa. Flávia fez o curto trajeto pensando em Felipe. Sentia-se mal pelo modo como o tratou mais cedo e queria se desculpar, mas não iria até a casa dele. Tinha seu orgulho.

Flávia subiu o lance de escadas que levava ao primeiro andar e se assustou com o que viu. Felipe estava parado ao lado da porta do apartamento dela.

— O que você está fazendo aqui?

— Quero conversar com você, com calma. Estava esperando você sair do Lenha, vi que viria para cá e me adiantei.

Flávia abriu o apartamento e os dois entraram. Reparou que ele estava um pouco sem graça.

— Senta, Felipe.

Ele obedeceu. Olhou para Flávia, seu semblante era de tristeza. Ela se sentou ao lado dele no sofá.

— Estou me sentindo mal, Flávia. Não devia ter falado com você daquele jeito.

— Não, imagina. Eu que não devia ter sido tão grossa contigo.

— Você está certa — ele ficou em silêncio por alguns instantes. — Não tenho de me meter na sua vida.

— Eu entendi o que você quis dizer. Mas devo confessar que fiquei mesmo com raiva. Nunca critiquei nenhuma das milhares de garotas com quem você já ficou. Não acho que você tenha este direito.

— Eu sei, sei que estou errado. Peço desculpas, não queria te ofender ou te magoar.

Flávia deu um longo suspiro. Tinha várias coisas na cabeça para falar para ele, mas desistiu. Não iria se expor.

— Olha, por que não esquecemos que conversamos lá no Lenha? Finge que estamos nos vendo pela primeira vez hoje.

Felipe sorriu.

— Eu não quero brigar com você nem quero ficar mal com você. Apenas quero que permaneça tudo como era antes — disse ela, usando as palavras dele.

— Está certo. Tudo como antes — ele a abraçou. — E aí? Vamos ao Leão hoje à noite?

Era sexta-feira, cinco horas da tarde. Flávia havia acabado de voltar da sua última aula do dia na UFV e estava parada na porta da casa de Sônia fazia alguns minutos. Ainda não tinha certeza se realmente queria fazer a simpatia, mas, sempre que fechava os olhos, a imagem de Felipe beijando outra garota lhe vinha à cabeça, e isto a impulsionava cada vez mais a realizar a magia. Hesitante, tocou a campainha.

— Oi, Sônia.

— Olá. Pronta?

— Nervosa. — Sorriu, seguindo Sônia até seu quarto. Reparou que ela terminava de arrumar uma pequena mala preta de viagem, feita de lona. — Para onde vamos?

— Para um local na UFV.

— Vamos fazer a simpatia dentro da universidade? — Flávia se espantou.

— Calma, ninguém irá nos ver. Vamos para o Recanto das Cigarras. Lá é calmo, tranquilo e deserto.

— Demora muito?

— Acredito que não, mas não devemos ter pressa.

— Não podemos fazer na minha casa ou aqui na sua? Não é mais seguro?

— Poderíamos fazer, mas o melhor é estarmos em contato com a natureza, para a energia fluir mais facilmente. — Sônia olhou para Flávia. — Não fique nervosa, você não está cometendo pecado algum, nem ferindo ninguém.

George entrou no apartamento e encontrou as duas conversando.

— Vamos? — perguntou ele, pegando a mala das mãos de Sônia.

— O George vai conosco, mas vai ficar de longe, apenas vigiando se não aparece ninguém. Não quero ser interrompida durante a magia.

Flávia concordou com a cabeça, ainda receosa. Eles desceram, entraram no carro de George e seguiram para a UFV em direção ao Recanto das Cigarras, que ficava no final da rua entre o prédio de Economia Rural e Laticínios. Flávia percebeu que nunca havia pensado em onde aquele caminho daria. Foram subindo uma ladeira e chegaram a um belo lugar parecido com um bosque, com várias árvores e algumas mesas no estilo piquenique.

— Nunca vim aqui — comentou Flávia, descendo do carro.

— Este lugar já foi muito utilizado para festas da UFV — respondeu Sônia.

— Belas e boas festas — disse George em um tom saudoso.

— Não tem perigo de os guardinhas da UFV aparecerem?

— Por isto eu vim, Flávia — disse George, encostando-se no carro e cruzando os braços. — Tenho um amigo que está na vigilância nesse horário, já o avisei. Não teremos problemas quanto a isso, o máximo que eles vão fazer é passar aqui perto para ver se não há mais ninguém. Eu fico aqui vigiando se não vai aparecer algum estudante.

Flávia sorriu um pouco sem graça. Seguiu Sônia, que foi andando para um local até onde George não conseguisse mais vê-las.

— Estou morrendo de vergonha do George.

— Não fique — disse Sônia calmamente — ele já está acostumado comigo. Sempre vem aqui, me acompanhar, quando preciso estar em contato com a natureza, fazer meus rituais.

— É que isso ainda é estranho para mim. Fico pensando se algum dia deixará de ser.

— Quem sabe? — Sônia colocou a mala que carregava no chão e começou a retirar vários potes e sacos plásticos de dentro. Depois, ficou descalça e pediu que Flávia fizesse o mesmo. — Quanto mais em contato com a natureza estivermos, melhor.

Flávia obedeceu Sônia e tirou seus tênis. Sentiu a aspereza da terra embaixo de seus pés, abrandada pelas folhas secas caídas de árvores, que estavam ali no chão. Tentou não se incomodar com as pequenas pedrinhas que machucavam a sola dos pés. Concentrou em sentir apenas o contato com a terra.

— Antes de começarmos, você precisa ter em mente que não se deve praticar magia sozinha enquanto não tem experiência. Na *Wicca*, quando alguém entra para a religião, é necessário um ano de estudos antes de fazer uma magia ou ritual. Qualquer coisa sem experiência pode ser prejudicial à pessoa. Sempre que você precisar de algo, algum auxílio em uma magia, me chame. — Sônia explicou tudo calmamente e Flávia ouviu atenta cada palavra. Sônia ficou de frente para ela. — Feche os olhos agora, preste atenção na sua respiração. Sinta a terra embaixo dos seus pés, sinta a leve brisa que toca seu corpo, as folhas balançando nas árvores, tente sentir tudo ao seu redor. Quando você estiver conectada com a natureza, com este local, tente sentir a sua força interior. Não tenha pressa, leve o tempo que precisar.

Flávia fez o que Sônia pediu, embora acreditasse que seria difícil se desligar dos vários pensamentos que estavam em sua cabeça. Tentou deixar de lado sua preocupação com Felipe, sua dor pelo acontecimento de sábado. Aos poucos, começou a relaxar e a se concentrar em sua própria respiração, percebendo que conseguia fazer o que Sônia pediu. Após algum tempo, conseguiu sentir tudo ao seu redor sem abrir os olhos, como se conhecesse aquele local há anos, como se pertencesse ao ambiente. Sentiu um frenesi pelo corpo e uma forte força emanando dela. Abriu os olhos em choque.

— Nossa!

— Sentiu?

— Sim. É estranho... Quanto tempo eu fiquei "desligada"? — perguntou Flávia, sentindo o coração mais calmo.

— Alguns longos minutos, mas isto não tem problema. Nós não temos pressa. — Sônia foi para perto da mala que trouxera e começou a mexer no material que havia tirado dali de dentro. — Estamos prontas para começar — ela pegou um grande pacote. — Eu vou explicando tudo que fizermos para você entender o que está acontecendo e poder se envolver melhor com a magia. Tente ficar concentrada ao máximo em tudo que fizer, sem se desligar da natureza ao seu redor. — Sônia entregou o pacote que estava em sua mão para Flávia. — Aqui dentro deste saco plástico existem pétalas de várias flores. Faça um círculo com elas e sente dentro dele. Peça à Mãe Natureza que encontre a pessoa certa para você. Pense nas qualidades que você quer que esta pessoa tenha e nos defeitos que não quer ver nela. Mas qualidades interiores. Nada relacionado a lindo, rico, famoso, essas coisas. Tem de ser relacionado à personalidade dela.

— Entendi. Algo como simpático, generoso, educado.

— Isso mesmo. Este é um feitiço para ficar disponível para um amor novo. Temos de tentar desvincular seu coração do Felipe. Você está muito presa a ele e isto atrapalha a aproximação de um novo amor. Como antes, não tenha pressa agora, leve o tempo que precisar.

Flávia pegou o pacote das mãos de Sônia e, aos poucos, foi jogando delicadamente as pétalas no chão, até formar um círculo ao seu redor. Notou o bonito efeito que as pétalas davam, todas juntas, diferentes e coloridas. Ela se sentou e fechou os olhos. Ficou alguns minutos ali, quieta e concentrada na magia, até ter certeza de que havia feito o que Sônia pediu.

— Pronto. — Flávia se levantou, mas ficou parada dentro do círculo, esperando as instruções de Sônia.

— Agora pegue as pétalas e guarde-as. Quando chegar em casa, coloque--as dentro de um recipiente grande com água, deixe ali de molho por algum tempo e depois jogue do pescoço para baixo após seu banho. Não esqueça que não pode se enxugar, deixe o corpo secar naturalmente.

Flávia escutou com atenção enquanto recolheu as pétalas aos poucos. Sônia se afastou e voltou a mexer na mala. Retirou um incenso de rosas e acendeu-o, passando-o em volta de Flávia. Depois, pegou um pedaço de papel em branco, um lápis e uma maçã bem grande e vermelha e entregou-a à Flávia.

— Escreva neste papel seu nome completo e embaixo "alma gêmea". Depois, corte a parte de cima da maçã, cave um pequeno buraquinho e coloque o papel dentro, com mel e pó do amor por cima. Depois leia com concentração o salmo do amor. — Sônia pegou um pacotinho com um pó rosa, um vidro de mel e um papel onde continha o salmo escrito.

Flávia se sentou e escreveu "Flávia Callaghan Borioni" e "alma gêmea" embaixo. Cortou a maçã e colocou o papel ali dentro. Depois jogou todo o pó que havia no pequeno pacote e regou com mel. Tampou com a parte de cima da maçã e leu o salmo. Quando terminou tudo, olhou para Sônia.

— Você deve repetir o salmo de frente para a maçã durante cinco dias, depois a deixe em um lindo jardim, como oferta para os seres elementais da natureza.

— Eu levo a maçã para casa ou tenho de vir aqui?

— Leve para casa e repita o salmo.

— Ok. — Flávia pegou a maçã com cuidado, colocando-a em um recipiente que Sônia lhe entregou. Guardou também as pétalas que usaria para o banho naquele dia. De repente, começou a sentir um cheiro forte de perfume. *Fahrenheit.*

— Está sentindo, Sônia?

— O quê?

— Este cheiro? De perfume...

— Não. Não sinto nada. Só mesmo o cheiro de terra, de algumas flores, mas tudo bem fraquinho.

Flávia franziu a testa e ficou compenetrada alguns instantes. Tinha certeza de que não vinha da natureza, que era o cheiro de perfume.

— Estranho... — Deu de ombros e foi para perto da vizinha.

— Podemos ir agora. — Sônia sorriu e foi na direção de George. Flávia seguiu-a. Sentiu-se diferente, mais leve e mais calma, e esta sensação lhe trouxe paz e felicidade.

Capítulo 11

O último mês de aula passou voando. Flávia mal percebeu, envolvida com as provas finais e a viagem de férias, de volta a Lavras. Tentava imaginar como iria encarar seus tios, agora que sabia da verdade sobre sua mãe. Provavelmente não contaria nada a eles. Sua tia só iria se preocupar mais e tentaria a todo custo tirá-la de Viçosa. O melhor a fazer era ficar quieta e deixar tudo como antes. Se ela perguntasse sobre Ponte Nova, falaria que não iria à cidade, que não tinha curiosidade de conhecer. Ou então diria que foi um dia, deu uma volta e pronto. Já havia visto o que tinha para ver. Talvez a segunda opção deixasse Tereza mais calma.

O fato de Lauren passar o mês de julho em Lavras a estava agradando. Assim teria uma companhia todos os dias para ajudá-la a não ficar deprimida.

Flávia estava em casa, arrumando sua mala para a viagem no dia seguinte. Com todas as últimas provas do semestre acontecendo ao mesmo tempo, não tivera tempo de arrumá-las antes, como sempre fizera. Lauren estava junto, esperando que terminasse para as duas irem ao Lenha.

— Nem acredito que vamos viajar amanhã — comentou Lauren, eufórica.

— Estou doida para conhecer Lavras e a sua fazenda.

— Estou feliz que você vai comigo.

— Eu e o Felipe.

— Ele vai só pegar carona até Lavras. — Flávia suspirou. — Quem dera se fosse ficar o mês todo lá comigo. — Balançou a cabeça. — O que estou falando? Tenho de dar graças a Deus que vou ficar um mês inteirinho sem vê-lo. Quem sabe isto não me ajuda?

— Vai ajudar, você só tem de ter calma. Não dá para ser imediatista, nem com toda magia do mundo.

— Eu sei, vou tentar — ela fechou a última mala e olhou para Lauren. — Pronto, terminei. Agora vou tomar um banho e me arrumar rapidinho para irmos.

Flávia pegou suas coisas e foi para o banheiro, enquanto Lauren ficou no quarto escutando música. Quarenta minutos depois, as duas seguiram para o Lenha, onde encontraram Gustavo sentado em uma mesa.

— Ei, Gust, o que faz aí sozinho? — perguntou Flávia, dando um beijo na bochecha do amigo.

— Estou esperando vocês — ele sorriu. Lauren sorriu de volta e se sentou ao lado dele.

— E a Mirela? Não vem? — Flávia olhou para Lauren, que perdeu o sorriso que tinha no rosto.

— Nós terminamos. — Disse Gustavo, sem sentimentos na voz. Deu um longo gole no copo de cerveja que estava à sua frente. Flávia e Lauren se olharam e as duas sorriram. Era visível a felicidade de Lauren, mas ele não percebeu.

— Terminaram? Sério?

— Terminamos, não tô te falando, Flavinha?

— Mas terminaram mesmo ou estão só dando um tempo?

— Terminamos mesmo, para valer. Você sabe que eu não estava empolgado nem apaixonado.

— Sim, sim. — Flávia balançou a cabeça concordando. Lauren só olhava para Gustavo, que observava seu copo.

— Mas e vocês, meninas? Empolgadas com a viagem? — ele sorriu para as duas.

— E como — disse Flávia. Lauren continuava muda. Flávia olhou para ela e fez sinal com a cabeça, para que a amiga falasse algo antes que ele percebesse a felicidade no seu rosto.

— Vai ser legal passar as férias com a Flávia — disse Lauren, quase gaguejando.

— Imagino o que vocês vão aprontar lá. — Gustavo sorriu maliciosamente.

— Nós somos comportadas. — Flávia fez uma careta para ele. — Que horas você vai viajar?

— Daqui a duas horas. Só vim tomar um chope para relaxar e para encontrar vocês e dizer um tchau.

— Você bem que podia ir com a gente até Lavras. De lá ia para São Paulo.

— Ah, Flavinha, bem mais prático ir direto daqui para São Paulo. Chegando lá ainda tenho de pegar outro ônibus para Ribeirão.

— Mas você não vai ter nossa companhia.

— Mas amanhã, na hora que vocês chegarem a Lavras, eu estarei quase em casa.

— Sem graça.

A conversa foi interrompida por Felipe, que entrou no Lenha e se sentou com eles.

— E aí, Felipe. — Gustavo o cumprimentou.

— Achei que você já tinha ido — disse Felipe, apertando a mão de Gustavo.

— Vou daqui a umas horas.

— E vocês, meninas? Tudo pronto para nossa viagem de amanhã, caloura?

— Tudo. — Flávia olhou para ele com uma expressão séria. — Felipe, acabamos o semestre hoje, você bem que podia parar de me chamar de caloura, né?

— Hum... Vou pensar em um apelido bem legal para você.

— Eu não preciso de apelidos. Flávia está bom.

— Aí não tem graça — ele ficou alguns segundos quieto e depois sorriu. — Acho que baixinha combina bem.

— Baixinha?

— É. Você é baixinha.

— Eu não sou baixinha. Você que é alto. Eu sou da altura da Lauren. — Flávia franziu a testa, demonstrando não gostar do novo apelido.

— Baixinha está bom. E não reclama! — ele deu uma gargalhada. — Você tinha de estar em casa agora, descansando para pegar o volante amanhã.

— Estou contando com você para dirigir, Felipe. Vê se não fica na rua até tarde — ela brincou, esquecendo as provocações dele.

— É claro que vou dirigir, se quiser dirijo a viagem inteira. Estou sentindo falta do meu carrinho. Vamos ver se consigo trazê-lo em agosto.

— Será que seu pai te libera do castigo? — perguntou Flávia.

— Acho que sim. — Felipe deu um largo sorriso, como se lembrasse de algo. — O Luigi está voltando para Viçosa semestre que vem, acabei de saber. Ele me ligou agora, já chegou de viagem e já está em Alfenas.

— Pensei que ele só voltava ano que vem — comentou Lauren.

— Era o planejado, mas resolveu voltar antes, não sei por quê. Com ele voltando, pode ser que meu pai não encha mais tanto minha paciência e libere o carro.

— Finalmente vamos conhecer o famoso Luigi — disse Gustavo.

— Vocês vão gostar dele. — Felipe bebeu um pouco da sua cerveja e sorriu. — Nem acredito que ele está de volta. Que falta faz um grande amigo.

Flávia ficou quieta. Aquela conversa a irritou e não soube por que sentiu aquilo. Não quis ficar daquele jeito na véspera de viajar ou isto ia fazê-la perder o sono. Tentou mudar o assunto.

— E o Mauro? Onde ele está?

— Maurão já foi para BH. Assim que viu que passou em todas as matérias, pegou o primeiro ônibus para casa.

— Hum, entendi — disse Flávia.

Os quatro ficaram conversando por mais uma hora, depois saíram do Lenha.

— Bom, gente, deixa ir que meu ônibus é daqui a pouco.

— Não quer que eu te leve, Gust?

— Não precisa, Flavinha. Eu moro perto da rodoviária, nem estou levando tanta coisa. Rapidinho chego lá.

Gustavo se despediu dos três e saiu.

— Amanhã, como combinamos? — perguntou Felipe.

— Eu passo na casa de vocês e a gente vai. Sete horas da manhã estou lá.

— Ok, vou avisar meu pai que vamos sair nesse horário. Ele ficou de ir até a rodoviária de Lavras me buscar.

Flávia se despediu de Felipe e Lauren e foi para casa. Não demorou muito a dormir. Naquela noite, ela teve um sonho tranquilo, em que um desconhecido a salvou de toda dor e tristeza que vinha sentindo nos últimos meses. Durante o sonho, era como se sentisse o perfume do desconhecido. *Fahrenheit*. Era a única coisa marcante no sonho. Adorava aquele perfume e isto a ajudou a ter uma noite mais calma.

❦

A viagem foi tranquila. Felipe dirigiu até Barbacena e de lá Flávia pegou o volante até sua cidade. Ao chegar em Lavras, foram direto para a rodoviária.

— Tem certeza de que não quer almoçar lá em casa?

— Não, baixinha, obrigado. Meu pai já deve estar me esperando.

Flávia estacionou e logo Felipe viu seu pai, encostado no carro. Ela reparou como eles se pareciam, até a altura era quase a mesma.

— Oi, pai. Chegou tem muito tempo? — perguntou ele, abraçando seu pai.

— Não, deve fazer uns cinco minutos.

Felipe apresentou Flávia e Lauren ao seu pai e depois eles foram embora, em direção a Alfenas. A mãe dele esperava ansiosamente pelo filho, com um almoço especial preparado. A expectativa de encontrar Luigi também era grande. Felipe queria ver logo seu grande amigo.

Flávia seguiu para casa com Lauren, onde os tios as esperavam para almoçar. O reencontro foi calmo e cheio de saudades. Tereza não fez nenhuma pergunta sobre Ponte Nova ou a família de Elizabeth, mas ela sabia que o assunto surgiria ainda durante as férias.

Todos almoçaram com Flávia contando casos de Viçosa. Omitiu sobre Sônia e o fato de Lauren ser filha de uma antiga amiga de sua mãe. De tarde, as duas meninas foram até a casa de Verônica, amiga de Flávia.

— Quer dizer que você conheceu o ex da chata da Samantha? — perguntou Verônica.

— Pois é. Ficamos amigos. Na verdade, mais que isto. — Flávia sentiu seu rosto ficar quente.

— Me conta tudo!

— Ah, Verônica, não tem muito que contar. Nós ficamos amigos, depois rolaram uns beijos e só.

— Só? Que coisa mais sem graça. — Verônica levantou a sobrancelha.

— Bom, na verdade estou gostando dele, mas ele me vê apenas como amiga. — Flávia deu um longo suspiro, desanimada.

— Que droga. — Verônica olhou para as duas. — Eu me lembro do amigo que vinha sempre com ele aqui. Lindo demais!

— O Ricardo? — perguntou Lauren, desconfiada de quem Verônica falava.

— Sim, esse mesmo. Que Deus grego!

— Concordo plenamente com você — disse Lauren.

— Você soube o que aconteceu com ele? — Flávia abaixou o tom de voz.

— Não, o quê?

— Um acidente de carro, no final do ano passado. Ele morreu...

— Nossa, que coisa horrível. — Verônica levou a mão à boca.

— Você chegou a conhecer o irmão dele? Do Ricardo? — Lauren também mantinha um tom de voz mais baixo que o normal.

— Não. Sei que ele tinha um irmão, mas que raramente vinha aqui.

— Ele também é lindo. Não tanto quanto o Ricardo. A Flá não gosta dele. — Lauren deu uma gargalhada.

— Sério, Flávia? Por quê? O que ele te fez?

— Nada. — Flávia deu um olhar de censura para Lauren, que não se importou. — Na verdade eu não o conheço.

— Então como você pode não gostar dele?

— Não é que eu não goste dele...

— Digamos que ela tem uma pré-antipatia por ele.

— Hum, acho que entendi. — Verônica riu e olhou para Flávia. — Foram eles que brigaram com o P.C. aquela vez, né?

— Foram. — Flávia riu também.

— Eles quase destruíram o Paulo César, ex da Flávia — explicou Verônica para Lauren.

— Eu não estava mais com ele na época. — Flávia fez uma careta.

— Por falar no P.C., ele não para de perguntar sobre você. Até rimou! — Verônica riu mais alto e Flávia virou os olhos. — Assim que ele souber que você chegou, vai dar um jeito de te ver.

— Deixa ele para lá . — Flávia mudou o assunto. — Aonde vamos hoje, Verônica?

— Você que manda.

— Eu pensei em levar a Lauren ao Miliorelli. Apenas sair para comer algo, conversar, tomar uma cervejinha. Não rola ir a algum lugar para dançar, estamos cansadas da viagem.

— Boa ideia. Aquele frango na chapa com batata frita de lá é divino. — Verônica começou a pensar na comida.

— É mesmo, Lauren. Coberto com queijo e bacon. Hum... — Flávia fechou os olhos.

— Já estou com água na boca — comentou Lauren.

— Combinadíssimo, então — disse Verônica, batendo as mãos uma vez.

— A gente te pega aqui umas nove da noite. Acho que a hora está boa. E nem pense em avisar o Paulo César.

— Não se preocupe, Flávia. Não vou fazer isto com você.

As três ficaram conversando por mais algum tempo. Flávia falou sobre tudo que lhe aconteceu em Viçosa, exceto sobre Sônia e o passado da sua mãe. Embora fossem muito amigas, este era um segredo de sua vida que Flávia não queria levar para Lavras. Era melhor que Verônica não soubesse de nada.

No final da tarde, ela e Lauren foram para casa tomar banho e trocar de roupa. De noite, pegaram Verônica e seguiram em direção ao Miliorelli.

O mês de julho passou rápido. Flávia e Lauren ficaram a maior parte do tempo na fazenda. Lauren gostou de descansar lá, além de ver Flávia trabalhando ao lado de Heitor. Às vezes, elas vinham até a cidade passear, mas voltavam no dia seguinte. Estava frio em Lavras e as duas aproveitavam para tomar chocolate quente de noite, enroladas em um cobertor e sentadas ao redor da fogueira que Heitor acendia sempre em frente à casa da fazenda. De dia, fizeram algumas tentativas de entrar na cachoeira que havia ali perto, mas o clima e a água bastante gelada sempre as impediam. Com isto, ficavam apenas sentadas, olhando a água cair pelas rochas e conversando.

Naquele dia, as duas passeavam pelo shopping. Era sexta-feira, véspera da volta às aulas, o último dia delas em Lavras. No sábado, depois do almoço, voltariam para Viçosa. Conversavam animadamente, sem reparar nas vitrines. Ao chegar à praça de alimentação, Flávia viu Macarrão sentado com Paulo César.

— Oi, Flávia. — Macarrão levantou os braços, sorrindo. As meninas se aproximaram deles.

— Oi, Macarrão. Oi, Paulo. — Flávia cumprimentou. — Esta é minha amiga, Lauren.

Todos se cumprimentaram e Macarrão as chamou para sentar com eles.

— Obrigada, mas já estamos quase indo, temos de arrumar as malas para voltar para Viçosa.

— Eu quase não te vi nessas férias — disse Macarrão.

— Nós ficamos na fazenda praticamente todos os dias — respondeu Flávia. Olhou para Paulo César, que só a observava.

— Estive em Alfenas na semana passada, encontrei seus amigos lá — disse Macarrão sorrindo, olhando para Paulo César, que fechou a cara.

— O Felipe?

— Sim, ele e o Luigi.

— Só o Felipe é meu amigo, eu não conheço o Luigi. — Flávia corrigiu. Macarrão pareceu não se importar.

— Não sabia que você tinha conhecido o Felipe. Ele falou demais de você.

— É, ficamos amigos. Ele é gente boa.

— Você está andando em péssimas companhias em Viçosa — disse Paulo César.

— Não está tão diferente de Lavras. — Flávia sorriu e saiu, se despedindo dos meninos.

— Uau, o que foi aquela alfinetada? — Lauren começou a rir.

— Digamos que ele mereceu. — Flávia suspirou — ele não foi um bom namorado.

— Deu para perceber. — Lauren deu uma espiada para trás e notou que os meninos ainda olhavam para elas. — E o Felipe? Falando de você.

— É, mas sem esperanças, né, Lauren. Deve ter falado como amigo só. Aposto que elogiou minha amizade, só isso.

— É uma pena você ainda estar envolvida. Pensei que as férias iriam te ajudar a esquecer... Ele não é para você.

— Eu sei disso, mas fazer o quê? O coração não obedece à cabeça, embora eu saiba que é uma furada me apaixonar por ele. — Flávia suspirou. Elas foram em direção ao carro, que estava no estacionamento. — Às vezes acho que a magia da Sônia não deu certo.

— Calma, também não é assim, faz em um dia e no dia seguinte já era, já esqueceu e já está pensando em outro.

— É. — Flávia destrancou o carro. — O problema é que falta esse outro aparecer.

— Vai aparecer. Mais cedo do que você imagina. Você vai ver.

Foram para casa arrumar as malas. Flávia ajeitou tudo rapidamente e foi para a sala, enquanto Lauren terminava de pegar suas coisas, antes de tomar um banho. Encontrou Tereza na cozinha.

— Querida, estou arrumando umas coisinhas para você levar. Tem aquela geleia de jabuticaba que eu fiz.

— Hum, essa geleia é maravilhosa.

— Separei um pouco para a sua amiga também.

— Não é para ficar se incomodando com essas coisas, tia.

— Imagina, não é incômodo nenhum, faço com o maior prazer. — Tereza terminou de arrumar os potes de geleia dentro de uma sacola. Colocou também alguns biscoitos para Flávia, além de um bolo e um pão caseiro. — Prontinho. — Sorriu e Flávia retribuiu. Ficou quieta alguns segundos. — Você foi até Ponte Nova?

Flávia olhou para ela um pouco espantada. Já estava pensando que sua tia não iria tocar mais no assunto. Respirou fundo e tentou parecer o mais desinteressada possível, mexendo em algumas coisas na cozinha.

— Fui. — Flávia mentiu. Percebeu que Tereza ficou irrequieta. — Fui um dia conhecer a cidade e depois voltei para Viçosa.

— Encontrou algum parente seu lá? — O medo era evidente na voz de Tereza. Flávia teve vontade de rir da situação, mas preferiu não demonstrar nenhuma emoção. Não queria preocupar sua tia nem queria confusão na sua vida. Ela não precisava saber de nada.

— Não, nem procurei. Só quis mesmo conhecer a cidade. — Flávia deu de ombros, parecendo não se importar com a situação.

— Ah... Vai voltar lá?

— Não. Para quê?

— É verdade — disse Tereza satisfeita, dando o assunto por encerrado.

Capítulo 12

No domingo, véspera do início das aulas do segundo semestre, Viçosa já começava a se agitar com o retorno dos estudantes que moravam em outras cidades e estados. Flávia e Lauren haviam voltado de Lavras no dia anterior. Lauren estava ansiosa para encontrar Gustavo, o que deveria acontecer em breve.

Já Flávia teve uma noite ruim. Acordou várias vezes, perdeu o sono e demorou a voltar a dormir. Quando eram seis horas da manhã, desistiu e se levantou da cama. Decidiu ir até a padaria, aproveitar que havia acordado cedo para comer um pão quentinho, saído na hora. Se tivesse pão de queijo, também iria comprar. Enquanto se arrumava, se lembrou de Felipe e como ele adorava aquele pão de queijo. Será que já havia voltado? Pensava que não, provavelmente chegaria naquela noite ou até de madrugada, como a maioria dos estudantes.

Flávia foi caminhando até a padaria e ficou feliz por encontrar, além do pão recentemente saído do forno, o pão de queijo que havia sido feito há poucos instantes. Seria bom, depois de uma noite ruim, saborear um pão fresquinho.

Comprou tudo que precisava e caminhou de volta para casa. Quando ia começar a atravessar a rua, da sua esquerda veio uma caminhonete preta em alta velocidade. Não estava lá antes, disso Flávia tinha certeza, afinal, havia prestado atenção se não vinha nenhum carro. Foram poucos segundos para que tudo acontecesse. Ela se jogou para o lado, evitando ser atropelada, bateu o braço direito na traseira de um carro que estava estacionado e caiu no chão. Sentiu uma raiva imensa crescendo porque pôde ver dentro do carro um casal se abraçando e beijando.

— Idiota, não olha por onde anda? — gritou.

Instintivamente, pegou uma pedra que estava ao seu lado e jogou, batendo na traseira da carroceria da caminhonete e fazendo um grande barulho. O motorista deu uma leve freada e olhou para trás. Flávia estava apoiada no carro parado, fora da visão dele, e a caminhonete foi em frente como se nada tivesse acontecido.

— Babaca — disse, checando o cotovelo esfolado. Naquele momento, começou a sentir o cheiro forte do perfume, aquele que lhe perseguia. *Fahrenheit.* Levantou e balançou a cabeça, não era hora para delírios, não havia ninguém ali perto.

Ela chegou em casa e, assim que entrou, foi ao banheiro lavar o cotovelo para tirar a sujeira do machucado. Sentiu a água fria escorrer pelo braço, seguido de um arrepio. Os cortes, mesmo que pequenos e parecendo superficiais, ardiam muito. Não sabia se era a raiva que intensificava a dor, mas quanto mais ardia, mais raiva sentia. Secou o braço e foi para a sala. Pensou em passar alguma coisa no machucado, mas desistiu. Ela se sentou no sofá e ficou alguns minutos quieta. Olhou para as sacolas da padaria e suspirou, o acontecimento a fez perder a fome. Teve vontade de ligar para Lauren, mas ainda era cedo demais. Viu a TV e pegou o controle remoto. Um pouco de distração iria lhe fazer bem.

Flávia se deitou ao longo do sofá, de lado, não estava com ânimo para abrir o sofá-cama. Sem perceber, adormeceu antes de começar a prestar atenção no que passava na televisão. Foi acordada algumas horas depois pelo telefone. O barulho a fez dar um pulo e sentar rapidamente no sofá. Colocou a mão no peito e percebeu que estava assustada, sem saber por quê.

— Alô?

— Flávia, te acordei? — A voz de Lauren soou com um pouco de remorso.

— Estava cochilando no sofá, mas não tem problema.

— Ai, desculpa! Pensei que você estaria acordada a essa hora.

— Eu estava... Levantei cedinho e fui até a padaria, mas quando voltei cochilei no sofá. — Flávia suspirou. Lauren percebeu sua hesitação em um suspiro.

— Aconteceu alguma coisa?

— Não... Bem, mais ou menos... Ia até te ligar quando voltei da padaria, mas era cedo demais... — Flávia ficou alguns segundos quieta e olhou em direção à mesa da sala. — Se você não estiver fazendo nada e quiser vir até aqui, podemos tomar café da manhã juntas. O pão só não está mais quentinho.

— Eu vou sim. Daqui a uns dez minutos no máximo estou aí.

— Ok, estou te esperando.

Flávia desligou o telefone e foi para a cozinha. Pegou uma toalha e forrou a mesa da sala. Voltou para pegar pratos, talheres e xícaras. Como estava com tempo, decidiu fazer um café, embora não ligasse muito para a bebida. Mas sabia que, depois de uma noite mal dormida, iria lhe fazer bem ter um pouco de cafeína no sangue. Arrumou toda a mesa e, logo após o café ficar pronto, a campainha tocou. Flávia foi atender a porta.

— Oi, Flávia — disse Lauren, entrando. — Vim seguindo o cheirinho do café.

— Decidi fazer enquanto te esperava.

— O cheiro está bom.

— Espero que o gosto também.

As duas se sentaram nas cadeiras em frente à mesa e começaram a se servir.

— Mas e aí? O que aconteceu? — perguntou Lauren. Ela percebeu a mudança na expressão de Flávia. — Se você não quiser falar, não tem problema...

— Não, tudo bem. Como falei, tinha pensado em te ligar, mas era cedo demais... — Flávia suspirou e tentou se acalmar. — Quase fui atropelada hoje.

— Meu Deus! — Lauren levou as mãos até sua boca. — Como foi isso? Onde? Você se machucou?

— Não. Quero dizer, esfolei meu cotovelo. — Flávia levantou o braço para Lauren ver. — Mas estou bem. Só morrendo de raiva.

— Me conta direito como foi isso.

— Eu perdi o sono, aí resolvi ir até a padaria, aproveitar que estava cedinho para pegar pão quente. Na volta, quando ia atravessar a Santa Rita, veio um idiota em uma caminhonete preta imensa na minha direção e quase me atropelou. O que mais me deixou com raiva é que o babaca não estava prestando atenção na rua, estava se agarrando com a namorada dentro do carro.

— Caminhonete preta?

— Sim. — Flávia suspirou, ainda com raiva. — Aproveitei que ele não estava prestando atenção e joguei uma pedra no carro. Pelo menos acertou a parte de trás, espero que tenha amassado ou arranhado. — Flávia riu e Lauren acompanhou.

— Mas espera... Era uma caminhonete cabine dupla?

— Sei lá. Foi tudo tão rápido, não reparei a marca. Só deu para perceber que era uma caminhonete preta imensa.

— Uma caminhonete preta imensa? Não têm muitas desta cor aqui em Viçosa, embora seja uma cor básica... Por acaso tinha escrito Alfenas atrás na carroceria?

— Tinha. — Flávia levantou os ombros, sem entender a pergunta de Lauren.

— Era o Luigi! Então ele já voltou?

Flávia sentiu seu sangue ferver novamente e um frenesi pelo seu corpo. Então era o famoso Luigi, que todos amavam. Já não ia muito com a cara dele, mesmo sem conhecê-lo, só pelo fato de namorar Carla, que deixava claro não sentir nenhuma simpatia por ela. Flávia sentiu mais raiva e sua antipatia por Luigi aumentou ainda mais.

— Então era o Luigi — comentou, balançando a cabeça pensativa.

— Sim, uma caminhonete preta, escrito Alfenas atrás só pode ser ele, ainda mais com uma garota dentro, a Carla...

— É, a Carla. — Flávia fechou a mão e apertou-a em cima da mesa.

— Você não gosta dela, não é mesmo?

— Eu nunca tive nada contra ela, só a achava meio estranha e metida, mas ela sempre faz questão de deixar claro que não gosta de mim, então...

— É, ninguém gosta dela mesmo... Só mesmo com muito feitiço para o

Luigi aguentá-la. Eu não o conheço, mas ele parece ser um cara legal.

— Eles devem se merecer. — Flávia fez uma careta. — Bem que eu senti o perfume dele depois que a caminhonete foi embora. Não sei como não associei tudo: o perfume, o casal, o escrito ALFENAS.

— Espera aí, perfume? Que papo é esse?

Flávia deu outro suspiro e apoiou o queixo em uma das mãos.

— Uma vez eu senti o perfume na casa dele, *Fahrenheit*. O Felipe disse que o Luigi usa esse perfume.

— Mas como você sentiu o perfume dele na rua? Isso não tem como, ele passou de carro.

— Eu não sei... Vai ver ele toma banho de perfume.

— É sério. Isso é estranho demais.

Flávia deu de ombros.

— Isso é o de menos. Pior é a raiva que estou sentindo dele. Se já não gostava desse Luigi babaca antes, agora então...

Lauren balançou a cabeça e começou a rir.

— Será que o Felipe já chegou também?

— Não sei. — Flávia abaixou os olhos. — Acho que não quero saber.

— Quer... Mas está com medo de encontrá-lo, porque não sabe qual vai ser sua reação.

— É verdade... Acho que meu coração vai explodir quando eu encontrar o Felipe.

— Ou não. — Lauren sorriu. — Vai que você não sente nada?

— Nada é difícil. Posso não ficar tão balançada, mas sentir algo, vou sentir, eu sei. Minha mão fica gelada só de pensar nele.

— Se ele estiver aqui, deve ir ao Leão hoje. Você vai?

— Não. Não quero ir lá e ver algo que possa me machucar. Prefiro encontrá-lo amanhã na UFV. As chances de ele ter uma garota pendurada no pescoço são menores. Também estou cansada, dormi mal, acordei cedo e ainda teve esse incidente. — Flávia levantou o cotovelo para Lauren.

— Eu também não vou. Provavelmente o Gustavo não vai estar lá.

— Amanhã tenho aula com ele às oito. — Flávia sorriu maliciosamente.

— Hum... Acho que vou dar uma volta pelo *trailer* amanhã, no intervalo das minhas aulas.

— Pode ir — disse Flávia. — Minha meta este semestre é fazer vocês namorarem.

— Deus te ouça.

Flávia e Gustavo saíram da Biologia após a aula teórica de Zoologia, que foi às oito da manhã, e foram em direção ao *trailer* que ficava no estacionamento entre o PVA e o prédio de Engenharia Florestal. Lá, encontraram Mauro e Felipe conversando, sentados em um banco embaixo de uma árvore um pouco afastada do *trailer*. Ela ficou olhando para Felipe, que abriu um enorme sorriso assim que a viu.

— Oi, baixinha. — Felipe deu um beijo na bochecha de Flávia, que se sentou ao lado dele, sentindo o coração acelerar.

— Eu vou comprar um pão de queijo, Flavinha, aceita um?

— Ah, sim, valeu, Gust.

Gustavo se afastou dos três.

— Como foi de férias?

— Fui bem e vocês?

— Fomos bem — disse Mauro. — Olha lá o Luigi.

— Com a mala da Carla — completou Felipe.

Flávia riu do jeito de Felipe falar, mas fechou o rosto ao ouvir o que Mauro havia dito. Virou para o lado e viu Luigi pela primeira vez. Sentiu-se muito incomodada, uma sensação estranha, que nunca havia sentido antes por ninguém e em momento algum. Uma sensação que não sabia como descrever. Então aquele era o famoso Luigi, de quem todos falavam tanto, todos amavam tanto. Todos menos ela. Ainda se lembrava do dia anterior, quando quase foi atropelada por aquela caminhonete preta. Flávia reparou na semelhança entre ele e Ricardo. Os olhos verdes eram os mesmos, aquele verde intenso. "Verde-floresta". O cabelo de Luigi era um pouco mais escuro que o do irmão. Ele usava uma jaqueta de couro preta com uma camisa verde musgo por baixo, que realçava ainda mais seus olhos, e calça jeans rasgada nos joelhos, dando-lhe um ar de *bad boy*. E era lindo. Uma beleza que chamava atenção por onde passava, disto ela tinha certeza.

— E aí, Máfia — disse Luigi, cumprimentando os amigos. Olhou para Flávia, que sentiu o perfume que a estava perseguindo desde o dia do churrasco. Aquele cheiro forte, que sempre a envolvia.

— Essa é a Flávia — apresentou Felipe.

— Ah, você é a famosa Flávia.

As palavras, naquela voz grave e rouca que ele tinha, fizeram com que Flávia ficasse com mais raiva. "Famosa Flávia" pareceu um deboche na voz de Luigi. E a cara de Carla quando ele falou isso fez a raiva crescer ainda mais.

— Eu vou ali ver porque o Gustavo está demorando — disse Flávia, que se levantou e foi em direção ao *trailer*. Felipe notou o cotovelo machucado dela.

— Caiu, baixinha?

Flávia parou e virou na direção de Felipe. Não entendeu a pergunta.

— Como?

— Seu cotovelo está machucado — disse, apontando para o braço de Flávia. Ela se lembrou do incidente do dia anterior.

— Ah... Sim, um idiota aí me fez cair — ela foi saindo, com o rosto quente do sangue que subiu até as bochechas. Todos se entreolharam, não entendendo o que ela quis dizer. Carla continuou olhando para ela e suspirou.

— Ai, detesto essazinha aí. — Carla sentou no lugar em que Flávia estava. Felipe olhou com desdém.

— Você detesta até sua sombra — disse ele, se levantando.

— Não vão começar vocês dois, né? — Luigi suspirou e se sentou ao lado da namorada, abraçando-a. Virou o rosto para o *trailer* e espiou Flávia, que ficou por lá conversando com um garoto.

— Quem é aquele?

Felipe olhou na direção em que Luigi falava.

— É o Gustavo, calouro de Agro. Bom, calouro semestre passado, né, agora não tem mais graça.

— Tem muita gente nova por aqui.

— Você queria o quê, Luigi? Ficou um semestre fora, tem gente nova sim, claro. — disse Mauro.

❦

No *trailer*, Flávia observava o grupo mais afastado. Estava incomodada com os olhares de Luigi e Carla.

— Quer voltar para lá? — perguntou Gustavo.

— Deus me livre! Não estou a fim de aguentar o casal mala.

— Aquela menina é mesmo estranha.

— O namorado dela é pior.

— Nossa, tem como? — Gustavo conseguiu fazer Flávia rir. Ela virou-se para o amigo e tentou esquecer Luigi para que a raiva passasse.

— Ainda não acredito que não vou ter você na aula de Química Analítica.

— Não tenho culpa se quando fui fazer meu horário não tinha mais vaga na sua turma e precisei ficar com a da tarde.

— Mas você podia assistir agora.

— Agora não dá, tenho outra aula. Pode se acostumar, também não vou fazer Física Mecânica com você. — Gustavo fez uma careta e Flávia acompanhou.

— Seu chato. Devia mudar todo seu horário de aulas teóricas para ficar comigo. Nem em Mecânica vou ter você na sala. Fiquei mal acostumada no semestre passado, sempre tendo você comigo. Pelo menos na de Física Termodinâmica estamos juntos.

— Você precisa ter uma vida independente da minha.

— Ai, seu convencido! Ok, não quer ter a minha companhia, não tenha.

— Flávia fez outra careta para Gustavo. — Vamos indo para o PVA? Quero chegar logo lá.

Os dois passaram pelo grupo anterior onde Flávia estava e acenaram. No PVA, ela encontrou rapidamente a sala. Lembrou-se do primeiro dia de aula ali, um semestre atrás. Agora aquele prédio não parecia mais tão grande e intimidador. Ela se sentou em uma das fileiras do meio da sala, mas em uma cadeira no canto, ao lado da janela. Ficou observando os alunos entrarem distraidamente, quando seus olhos avistaram Luigi.

— Ai, não. — Virou a cabeça para frente e fechou os olhos, rezando para que ele não a tivesse visto sentada ali. Mas suas preces foram em vão quando percebeu alguém se sentando ao seu lado.

— Oi, Flávia.

Ela ficou alguns segundos com os olhos fechados, até que suspirou e virou o rosto na direção dele.

— Oi, Luigi. — Tentou dar um sorriso, mas não conseguiu.

— Legal termos essa aula juntos. Será que temos mais alguma?

Deus queira que não, pensou. — Vai saber. — disse para ele.

— Deixa eu ver seu horário — ele parecia entusiasmado. Irritantemente entusiasmado. Flávia entregou o horário e continuou rezando. — Legal, temos as aulas de Física Mecânica e Termodinâmica teóricas juntos, também. Pena que as práticas são separadas.

— É. — Balbuciou Flávia, se irritando cada vez mais com a alegria dele. Até o sorriso de Luigi, naquele momento, estava irritando-a. — Você não está no segundo ano na UFV? No terceiro semestre? Não fez Analítica já?

— Eu repeti Química. Só que neste semestre espero passar. E Física... Bem, repeti Cálculo no primeiro semestre, então não deu para pegar as duas matérias de Física no segundo. Sabe como é, né? Muita zona, eu, o Felipe e o Ric.

Mas, afinal, um universitário nunca reprova e sim renova sua experiência — ele sorriu, um sorriso diferente do de Felipe. Um sorriso que lhe dava uma covinha em cada lado da boca, que parecia iluminar seu rosto, realçava ainda mais seus olhos verdes e o deixava ainda mais bonito. Um sorriso que cada vez mais estava irritando Flávia. — O Felipe disse que você é de Lavras. Bem perto da gente.

Ela ficou olhando para Luigi. Sim, era realmente bonito, como Lauren havia lhe falado. O cabelo liso castanho-escuro tinha algumas mechas caindo em sua testa e o resto escorria pelo rosto. Aliás, um rosto perfeito. Mas sua "forçação de barra para ficar amigo logo de cara" irritava Flávia. Não, não era íntima dele só porque era amiga de Felipe. Pensou em responder alguma coisa rude para ver se o afastava dela, mas o professor entrou na sala e ela decidiu virar para frente, tentando fingir que estava interessada na aula que ia começar.

— E aí? Você curte química?

— O quê? — ela não entendeu a pergunta dele.

— Se você é boa em química.

— Não muito. Sou na média.

— Hum, podemos estudar juntos, se você quiser. Sabe, eu já fiz a matéria, algumas coisas não devem ser difíceis para mim — ele não parecia pretensioso, parecia, sim, querer ajudar, mas o fato de não demonstrar interesse em parar de conversar e querer ser receptivo estava tirando-a do sério. Não conseguia se esquecer de quando ele quase a atropelou e, sempre que este pensamento vinha em sua cabeça, fazia seu sangue ferver. Ia falar algo, mas foi interrompida pelo professor.

— O casal aí no canto não está interessado em Química Analítica? Flávia gelou com a pergunta do professor. Nos segundos que levou para virar seu rosto da direção de Luigi, ao seu lado, para o professor, na frente da sala de aula, percebeu e sentiu todos os olhares da sala em sua direção.

— Estamos sim, só queria saber se a Flávia era boa de química para estudar comigo. — Respondeu Luigi, como se fosse a coisa mais normal do mundo.

Flávia olhou para baixo, a sala toda, cerca de 80 alunos de diferentes cursos, olhava para ela e ele fez o favor de anunciar seu nome em alto e bom som.

— Então você veja isso depois que eu passar a matéria e não antes. — O professor se virou para o quadro e começou a escrever.

— Hum, esse vai dar trabalho para nós — disse Luigi e começou a rir, batucando a caneta no caderno. Ela enterrou a cabeça nos braços e se perguntava o que havia feito para merecer aquilo.

Flávia chegou em casa morrendo de raiva. Para sua sorte, Luigi fugiu da sala um pouco antes de a aula terminar. Não estava nem um pouco animada em sair com ele tagarelando ao seu lado. Foi para o quarto e deixou os livros em cima da cama. Ia cozinhar algo, mas não estava com humor para isto e resolveu almoçar no Lenha.

Chegando ao restaurante, avistou Felipe em uma mesa, com Mauro e... Luigi, que acenava feliz. Flávia virou os olhos.

— Não acredito nisso — disse baixinho, indo em direção a eles. — Devia ter prestado atenção aos carros lá fora.

— Olha quem está aqui. — Luigi se levantou, puxando a cadeira ao seu lado para Flávia se sentar. Felipe estava sentado de frente para ele e Mauro ao seu lado, ficando de frente para Flávia.

— Ei, meninos.

— O Luigi estava nos contando que o professor chamou sua atenção na aula de Química Analítica. — disse Mauro, rindo.

— Minha, não. Ele que não parava de falar — respondeu Flávia, apontando para Luigi, que sorria para ela. O mesmo sorriso de antes, com as covinhas do lado da boca. Percebeu como o sorriso dele deixava o de Felipe sem graça. Flávia balançou a cabeça para tirar aquilo de seus pensamentos.

— Repara não, Flávia, o Luigi é um pouco mala mesmo — disse Felipe.

— Eu não sou mala. Qual o problema de conversar enquanto o professor não chega?

— Corrigindo, ele já havia chegado e você continuou falando. — Flávia tentou entrar na brincadeira, mas ainda não conseguia ir com a cara de Luigi. Ela se levantou para servir seu prato no delicioso *buffet* do Lenha. Luigi ficou observando-a de longe.

— Não baba não, que é capaz de a Carla perceber lá da casa dela. — Felipe fingiu enxugar o queixo de Luigi, enquanto seguia Flávia para uma segunda rodada de almoço.

— Essa Flávia me deixa intrigado, Mauro.

— Intrigado? Você conheceu a menina não tem nem três horas.

— Eu sei... Mas parece que eu já a conheço tem uma vida. Ela é linda. Desconcertante.

— E apaixonada pelo Felipe — comentou Mauro, antes de começar a mastigar um pouco da comida que ainda tinha em seu prato. Luigi se assustou.

— Apaixonada pelo Felipe? — olhou para os dois no *buffet*, com a sobrancelha franzida.

— É. Bom, eu acho que é. Eles tiveram um rolo semestre passado. — Mauro limpou a boca com o guardanapo. — Não sei se chega a ser um rolo, mas eles ficaram algumas vezes. Ou uma vez, sei lá quantas foram. Posso estar errado, mas achei que a Flávia se apaixonou por ele porque depois disso ela só ficou com o Bernardo, e acho que para fazer raiva no Felipe. Na verdade, acho que ela se apaixonou por ele assim que se conheceram.

— Ela ficou com o Bernardo? — Luigi se assustou.

— Sim. Ou melhor, acho que ele que ficou com ela. A Flávia estava um pouco bêbada no dia, viu o Felipe com outra, o Bernardo aproveitou a chance e a agarrou.

— Entendi. — Respondeu Luigi olhando para Flávia. — Por que você acha que ela se apaixonou por ele no dia em que se conheceram?

— Sei lá. Desde o dia em que o Felipe a salvou de uma aula-trote de Cálculo que os dois grudaram e não se largaram mais. Mas ficar mesmo foi só a partir da Semana Santa, se o que o Felipe me falou for verdade.

— É, ele me contou... — Luigi olhou para os dois no *buffet*. Fazia sentido. Felipe falou muito de Flávia durante as férias, o jeito dos dois juntos, aquela intimidade que não precisava de palavras, só de olhar para eles dava para ver uma cumplicidade, algo a mais. — Mas acho que ele não está apaixonado por ela. Não percebi isso nas férias.

— E o Felipe se apaixona por alguém?

Os dois pararam de conversar quando Flávia e Felipe voltaram para a mesa.

— Você é uma draga, Felipe. — disse Luigi e Flávia não conseguiu segurar o riso.

— Eu sou bom de garfo, é diferente. — Felipe sorriu.

— Ele é um folgado — comentou Mauro e se virou para Luigi. — Acredita que ele chegava na casa da Flávia e ficava exigindo suco disso, biscoito daquilo, bolo, cerveja?

— Não tenho culpa se não tinha suco de uva sempre quando eu ia lá. E, se me lembro bem, ela nunca se importou. — Felipe deu de ombros, colocando um garfo cheio de comida na boca.

— Você nunca deu escolha a ela — disse Mauro, enquanto terminava seu almoço.

— Você é folgado demais, Felipe! Eu não acredito nisso — disse Luigi, olhando para Flávia.

— Eu já me acostumei com ele — ela deu de ombros. — Na verdade, o Felipe é a pessoa mais fácil de agradar. Qualquer coisa para ele tá bom.

Luigi se sentiu um pouco desconfortável com o comentário e a troca de olhares e sorrisos entre eles. Não conseguia entender por que se sentia assim.

— E aí, Felipe? Conseguiu trazer seu carro? — perguntou Flávia.

— Consegui. — Felipe abriu ainda mais seu sorriso.

— Que bom — ela sorriu de volta.

— Não viu aquele carro vermelho sangue lá fora? — Luigi brincou.

— Não.

— Como se seu carro fosse discretíssimo. — Felipe provocou o amigo.

— Meu carro é preto. — Luigi deu de ombros.

— Mas é grande.

A conversa dos quatro foi interrompida por Bernardo, que se aproximou da mesa.

— Olá, Luigi, voltou das férias prolongadas?

— Grande Bernardo. — Luigi se levantou e deu um abraço nele. — Um dia a gente tem de voltar, né?

— É verdade... Estava reparando na sua caminhonete estacionada lá fora. O L do escrito ALFENAS, que fica na carroceria, está rasgado, você já viu?

— Já. Ele rasgou quando eu cheguei aqui, nesse fim de semana. Acho que foi ontem porque não me lembro de ter visto isso no sábado.

— L da carroceria? Oh, meu Deus! — disse Flávia. Todos a olharam e ela percebeu que havia falado alto.

— O Luigi tem o nome da cidade bem grande colado na traseira da caminhonete dele — explicou Felipe. — Você não a viu parada lá fora, do outro lado da rua?

Flávia apenas balançou a cabeça, negativamente.

— Mas o que aconteceu? — perguntou Bernardo.

— Não sei. Acho que bateu uma pedra ou algo assim e rasgou a letra. Eu só vi que soltou depois. Já liguei para o cara lá da gráfica de Alfenas, que ficou de fazer um outro L, mas não sei quando fica pronto.

Flávia ficou um tempo parada, como se estivesse congelada, e se lembrou do dia anterior.

— Eu vou indo, gente — disse ela, se levantando.

— Já? Mas você ainda nem terminou seu almoço — disse Mauro, apontando para o prato dela.

— Não quero mais. Eu... Eu tenho de passar na casa da Lauren. — Flávia se despediu com um aceno, pagou sua conta no caixa e saiu do Lenha. Bernardo se sentou no lugar dela.

— Essa calourinha é uma gata. E beija muito bem.

— Tira os olhos dela, já disse que ela não é para você. Não quero te ver se engraçando para cima dela de novo — disse Felipe sério, apontando o garfo na direção de Bernardo. Luigi olhava tudo quieto.

— Calma, calma. Sem crises de ciúmes. — Bernardo sorriu, levantando as mãos como se se rendesse.

— Já te falei, Bernardo. Somos amigos, mas não chega mais perto da Flávia.

— Qual é, Felipe. A garota curte outro. — Bernardo olhou para Mauro, que balançou a cabeça, rindo. Luigi não falou nada, apenas sentiu uma pontada dentro do peito, sem saber o que aquilo realmente significava.

Capítulo 13

A primeira quarta-feira de agosto amanheceu fria, com um sol que teimava em aparecer, embora fosse fraco e mal aquecia as pessoas na rua. Eram sete e meia da manhã e Flávia havia deixado a Santa Rita e entrado na Padre Serafim.

Preparava-se para descer a ladeira que levava até as Quatro Pilastras, entrada principal da UFV, quando escutou uma voz lhe chamando. Olhou para trás e viu Lauren correndo em sua direção.

— Flá, me espera. — Lauren alcançou-a e ficou alguns segundos curvada para baixo, tentando recuperar o fôlego.

— Ei, pensei que você tinha aula às sete horas no Coluni.

— E tinha, mas perdi a hora. Vou para a das oito. Fiquei ontem até tarde na casa de uma amiga contando sobre as férias — olhou para Flávia. — Aconteceu alguma coisa com seu carro?

— Não, resolvi vir a pé, fazer um exercício. — Começaram a andar. Flávia cruzou os braços, se protegendo da leve brisa fria que soprava, enquanto Lauren sentia um pouco de calor por causa da corrida que dera.

Foram conversando pela reta da universidade até chegar ao RU e, atrás dele, o PVA, onde Flávia ficou e Lauren seguiu adiante, para o Coluni. Combinaram de se encontrar ao meio-dia em frente ao RU para almoçarem juntas.

Flávia foi para sua sala. Embora o corredor estivesse cheio de alunos andando de um lado para o outro, conseguiu sentir o perfume de Luigi. O cheiro era forte e se destacava ali. Lembrou que ele estaria na aula de Física Mecânica. Respirou fundo e entrou na sala. Não demorou a encontrar Luigi sentado, olhando, acenando e a chamando para se sentar ao seu lado. No rosto, o sorriso que lhe dava as covinhas ao lado da boca.

— Oi, Luigi — disse Flávia, se sentando ao lado direito dele.

— Oi — ele sorriu ainda mais. — Parece cansada.

— Vim andando.

— Podia ter me falado, eu te dava uma carona.

— A meta era caminhar mesmo. Deixei meu carro em casa para fazer um pouco de exercício — disse ela, sem saber exatamente porque estava lhe dando explicação de alguma coisa da sua vida.

— Você não deve regular bem. Vir a pé para a UFV com carro na garagem — ele mantinha o sorriso no rosto. Era mais constante que Felipe? Flávia não sabia dizer, embora parecesse impossível alguém sorrir mais que Felipe.

— Cada louco com sua mania.

Flávia se virou para a porta, tentando fazer com que ele ficasse quieto, mas não adiantou. Luigi falava sem parar, algo relacionado às ladeiras de Viçosa, ao trânsito, à distância de alguns prédios dentro da UFV. Ela não tinha certeza, não prestava atenção. Estava presa à pessoa que acabara de entrar na sala. Feliz, acenou para Gustavo, que foi ao encontro dela, se sentando do seu lado direito, deixando-a entre ele e Luigi.

— Gust, não acredito que você vai assistir a essa aula comigo!

— Vou. Troquei minha aula prática de Zoologia e vou ter Mecânica com você. E agora a prática de Zoologia também, às duas da tarde.

— Você é o máximo. — Flávia deu um abraço em Gustavo. Ele ficou olhando para Luigi e ela os apresentou.

— Então é você que mora com o Felipe e o Mauro?

— Sim. — Luigi foi simpático.

— Eles são muito legais. E sua casa é muito boa, estive lá em um churrasco na Semana Santa.

— É boa mesmo. Gosto daquela casa, da rua — disse Luigi. — Você mora onde?

— Na Milton Bandeira, perto do Shopping. Mas estou vendo se mudo de lá, não está dando certo com os caras da república.

— Hum, que chato.

Eles continuaram a conversa, mesmo quando o professor entrou na sala. Flávia não gostou da aproximação dos dois e cruzou os braços, com raiva. Queria Gustavo na aula não para ficar conversando com Luigi e sim para ajudá-la a se livrar dele.

Quando a aula terminou, os três foram para o *trailer* e encontraram Felipe lá, sentado no banco embaixo da árvore.

— Grande Felipe, o que faz aí sozinho? — perguntou Luigi, batendo no ombro do amigo.

— Estou esperando a baixinha para me dar um beijo — disse Felipe, apontando sua bochecha. Flávia sorriu e deu um beijo no local indicado. Luigi não gostou da cena. — Vocês três estavam tendo a mesma aula?

— Sim, Física Mecânica. — Flávia fez uma careta.

— Deus me livre — disse Felipe, fazendo o sinal da cruz.

— Tendo duas pessoas conhecidas, a aula não fica tão chata. — Respondeu Luigi.

— Bom, eu nem sei direito o que o professor falou hoje. — Gustavo deu de ombros.

— Também, você e o Luigi não pararam de conversar um minuto.

— Ainda bem que o professor não é tão chato como o de Analítica — disse Luigi, lembrando do primeiro dia de aula.

— Ainda bem é que a Flávia anotou tudo que ele falou, isso sim. Vai nos ajudar quando formos estudar.

— Anotei o que consegui entender porque vocês não calaram a boca, né, Gust. — Flávia se sentou ao lado de Felipe, que a abraçou. Luigi, que estava de frente para ela, suspirou, sem ainda entender por que aquilo o irritava tanto. Começou a pensar que poderia ser ciúmes pela amizade dos dois. Talvez ele quisesse estar no lugar de Felipe, mas não tinha certeza se era isto mesmo.

— Na próxima aula, eu me sento ao lado do Luigi, aí você presta atenção melhor — disse Gustavo, indo para o *trailer*.

— Nossa, fui excluída legal agora.

— Imagina, não vamos te excluir. — Luigi sorriu para Flávia, que ficou alguns segundos admirando as covinhas dele, mas balançou a cabeça e olhou para Felipe, atrás daquele sorriso que ela tanto adorou o primeiro semestre todo. Estava lá, em seu rosto, e isto ajudou a distraí-la.

— Baixinha, o que você acha de começar um torneio de sinuca hoje?

— Acho uma boa, Felipe.

— Beleza. Vai durar o semestre todo.

— Não tenho dúvidas de que vou vencer você.

— Olha que convencida, Luigi! — Felipe deu uma gargalhada, apertando Flávia entre seus braços.

— Já soube que o Felipe levou uma surra de você no semestre passado. — Luigi entrou na conversa e Flávia virou-se para ele. Ela tentou não se fixar no sorriso, mas os olhos "verde-floresta" também não ajudavam muito.

— Nem tanto. Ele rouba demais.

— Eu sei disso — concordou Luigi com a cabeça.

— Eu não roubo. Apenas tento fazer meus adversários perderem. — Felipe se defendeu e soltou Flávia. — Mas não vamos ser só eu e você, baixinha. O Luigi também vai participar do torneio, acho que ele vai te dar trabalho.

— Não sou tão bom assim.

— Melhor do que eu você é. Você tem de vencer pela nossa república. Não podemos perder para uma mulher. É a honra da Máfia que está em jogo.

— Machista. — Flávia mostrou a língua para Felipe.

— Tem o Mauro também. Ele pode participar — sugeriu Luigi.

— O Gustavo também, se quiser — disse Felipe, apontando para Gustavo que acabara de voltar com um pão de queijo para Flávia.

— O que tem eu?

— Vamos começar um torneio de sinuca durante este semestre no Leão. Tá dentro? — perguntou Felipe.

— Ih, sou péssimo na sinuca.

— Pior que o Mauro te garanto que você não é — disse Luigi.

— Tudo bem, estou dentro. Vale pela diversão. — Gustavo levantou os ombros. — O que o vencedor ganha?

— Não sei... — Felipe ficou pensativo — ele pode escolher o prêmio.

— Opa! Prêmio aberto? Qualquer coisa? — Gustavo se empolgou.

— Desde que não ultrapasse cem reais — comentou Felipe.

— Quem são os favoritos ao título? — Gustavo quis saber.

— O casal aí — disse Felipe. Flávia se assustou ao ouvir o modo como ele se dirigiu a ela e Luigi. Este gostou do que escutou.

— Ok. Vai ser legal ter algo para fazer durante o semestre além das aulas.

— Então está combinado. Toda quarta nove da noite no Leão. Ok?

— Exceto quando alguém tiver prova quarta neste horário. — Luigi corrigiu Felipe.

— Combinado. — Disseram todos juntos.

Eram oito e meia da noite e Flávia estava sentada em sua poltrona na varanda, esperando Felipe. Ele iria pegá-la dali a quinze minutos, mas como ela ficou pronta cedo, resolveu esperá-lo na sacada, mesmo fazendo frio. Tendo crescido em Lavras, no sul de Minas Gerais, e passado praticamente toda sua infância na fazenda, onde a noite era bem fria, já estava acostumada com aquele clima.

Estava distraída em seus pensamentos quando viu o carro vermelho de Felipe vindo pela Santa Rita, na direção do seu prédio. Ficou feliz por ele ter chegado cedo. Levantou-se e desceu as escadas correndo. Abriu a porta e se sentou no banco do passageiro, falando.

— Realmente esse seu carro não é nem um pouco discreto — disse ela, virando-se para o lado. E neste momento percebeu que quem estava no volante era Luigi, que a olhava sorrindo.

— Eu digo isto sempre para o Felipe.

Flávia ficou olhando Luigi, espantada e envergonhada. Ela se virou para trás, mas não havia mais ninguém ali dentro além de eles dois.

— Onde está o Felipe? Pensei que ele vinha me buscar.

— Ele precisou levar umas coisas na UFV, algo relacionado ao estágio que ele faz. Como era coisa demais, pegou minha caminhonete e eu fiquei com o carro. — Luigi reparou na decepção de Flávia. Era raiva também o que ela demonstrava? Balançou a cabeça, espantando os pensamentos e deu partida no carro, fazendo a volta e retornando para a pista de cima da Santa Rita — ele me pediu para te pegar e irmos ao Leão. Ele vai direto da UFV ou da casa do Bernardo. Desculpa se não era o que você esperava.

— Não, tudo bem — ela deu de ombros. — Só achei estranho... — olhou para frente. — Temos de pegar o Gustavo.

— Ok. Na Milton Bandeira, né?

— É. E o Mauro?

— Vai chegar lá mais tarde. Ou não vai, não me lembro. — Luigi ficou sem graça. Era muito desligado e estava sempre confundindo os recados que os outros lhe davam. — Raramente vamos poder contar com o Mauro. Ele é muito furão. Ou muito caseiro, se preferir assim.

Luigi percebeu uma inquietação vinda de Flávia, mas não conseguia distinguir se aquele era um bom sinal.

— Sua namorada vai também?

— Não.

— Ela não se importa de você estar com outra garota no carro?

Luigi não soube se aquilo era uma ironia ou preocupação. Talvez provocação.

— Tecnicamente não é meu carro — ele sorriu para Flávia e notou que isto mexeu com ela. Gostou do resultado. — Na verdade ela não sabe que estou aqui com você. Não contei para ela sobre o torneio.

— Achei que ela te vigiava sempre. — Com certeza era provocação, mas isto não irritou Luigi. Era normal as pessoas não gostarem de Carla, já estava acostumado.

— Bom, ela bem que tenta. Mas eu não sou assim tão "vigiável". — Luigi usou os dedos para fazer o sinal de aspas e notou que ela não entendeu o que ele quis dizer, mas isto não importava.

Pegaram Gustavo e o clima no carro melhorou. Ele era falante e foi até o Leão contando a Luigi sobre sua vida em Ribeirão Preto. Chegando ao bar, encontraram Felipe encostado em uma das mesas de sinuca, conversando com um rapaz que jogava. Ao ver os três, Felipe se afastou da mesa, indo em direção aos amigos.

— Pensei que vocês tinham desistido.

— Jamais — disse Flávia, dando um beijo na bochecha dele. Luigi se perguntava por que ainda não havia ganhado um dela.

Talvez porque ela não considere você como um amigo. Ou porque ela não é apaixonada por você, ele pensou. — Vai demorar a desocupar? — perguntou, olhando para o trio de rapazes que jogava na mesa em que Felipe estava encostado.

— Não. Nós somos os próximos. Eles já estão acabando, é a última rodada. A outra ali é que vai demorar. — Felipe apontou para a segunda mesa, mais ao fundo do bar.

— Que tal um caldinho de feijão para esquentar e ajudar a matar o tempo? — perguntou Gustavo.

— Eu topo. — Respondeu Flávia. Luigi e Felipe também concordaram. Gustavo foi até o balcão fazer os pedidos, junto com Felipe. Luigi e Flávia foram até uma mesinha do bar. Ele se sentou de frente para ela, que olhava para os lados, distraída. Os dois ficaram em silêncio por um tempo. Não sabia o que falar e ela estava claramente desconfortável, o que tornava tudo pior para ele.

Luigi tentava pensar em algo para conversar, mas nada vinha em sua mente. Observava Flávia batucar os dedos na mesa. Ela olhou para frente, abriu um sorriso e ele retribuiu até perceber que não era para ele, e sim para Felipe, que vinha na direção deles.

— Avisa o Gustavo que pagar caldinho de feijão para todos não vai dar nenhuma vantagem na competição para ele — brincou Felipe, se sentando ao lado de Flávia e colocando o braço direito ao redor dos ombros dela.

Aquela cena perturbou Luigi. Os dois ali, abraçados, pareciam um casal de namorados. Naquele momento, ele percebeu que, ao invés de ficar feliz por Felipe ter encontrado Flávia, sentia raiva de ver os dois juntos. Definitivamente isto não o agradava em nada.

— Deixa o Gust, Felipe. É o máximo que ele vai fazer hoje — disse Flávia, deitando a cabeça no ombro de Felipe.

Gustavo chegou, carregando duas grandes xícaras.

— Se os marmanjos aí quiserem comer, que vão buscar no balcão. Para a Flávia eu trago.

Gustavo colocou uma das xícaras em frente à Flávia e a outra na direção da cadeira que estava vazia. Felipe se levantou resmungando e foi até o balcão. Luigi também se levantou e se afastou da mesa, mas acabou ouvindo Flávia reclamar com Gustavo.

— Tinha de tirar o Felipe daqui? Estava tão bom ele me abraçando...

— Puxa, Flavinha, foi mal. Não saquei mesmo.

Luigi sentiu um enorme vazio no peito, que foi aumentando conforme se aproximava de Felipe. Antes de chegar ao balcão, ele olhou para o amigo.

— Leva o meu para a mesa? Preciso dar um telefonema. — Luigi não esperou Felipe responder. Saiu do Leão e foi subindo a rua. Quando estava umas três casas depois do bar, parou, pegou o celular e discou. — Oi, Carla, sou eu.

— Oi, amor. Onde você está? Liguei para sua casa e o Mauro não soube dizer. Seu celular estava desligado.

Luigi sorriu ao se lembrar de Flávia falando sobre Carla monitorá-lo. Não se importava, gostava de Carla mesmo com seus defeitos e sua grande insegurança.

— Estou no Leão. Vim jogar sinuca.

— Ah... Devia ter me avisado, eu ia com você — ela não deu tempo de ele falar nada. — Espera que eu chego aí rapidinho.

— Não precisa.

— Claro que precisa. Torcida nunca é demais.

— É sério, Carla. Não precisa vir.

— Eu vou. Eu quero ir.

— Sei que você quer, mas...

— Você não quer que eu vá? — Carla fez uma voz manhosa. Luigi suspirou, rindo.

— Não é isso. Que você conhece só tem o Felipe e eu. Só tem homem aqui. — mentiu. — Você vai se sentir superdeslocada. Além do mais, jogando eu não vou poder te dar atenção e isto vai te chatear. Não quero acabar brigando com você esta noite por besteira — ele já começava a se arrepender de ter ligado, mas sabia que precisava fazer isto. Precisava falar com Carla, escutar sua voz.

— Você que sabe — ela não escondeu a frustração. — Vê se vence pelo menos.

— Pode deixar. Durma bem.

— Eu te amo — ela suspirou.

— Eu também.

Luigi desligou e ficou alguns minutos encostado a um carro estacionado ali na rua. Quando voltava para o Leão, o celular vibrou e ele viu o desenho do envelope acusar uma mensagem de texto. Ao abrir e ler, sorriu. A mensagem trazia vários escritos "te amo" e não precisou ver o número para saber que era de Carla. Luigi entrou no Leão e encontrou Felipe, Flávia e Gustavo em volta da mesa de sinuca, se preparando para jogar.

— Seu caldinho já deve ter esfriado — disse Gustavo, apontando para a grande xícara que estava em uma mesinha ao lado da mesa de sinuca, rodeada por duas garrafas de cerveja e quatro copos.

— Vão jogando enquanto eu como. Fico por último — disse Luigi.

— Foi ligar para a patroa? — Felipe provocou.

— Só fui dar boa noite — respondeu ele, observando Flávia, que não demonstrou nenhuma reação.

— Eu começo — disse ela, virando-se de costas para Luigi.

— Pode começar. Não tenho pressa. — Felipe sorriu maliciosamente para ela.

❦

Eram duas horas da tarde de sábado. Sônia acabara de voltar do Lenha, onde havia ido encontrar George para almoçar. Passou em casa e pegou um pedaço de papel que estava na gaveta de sua mesinha de cabeceira. Chamou Rabisco e foi até o apartamento de Flávia, que não demorou a abrir a porta.

— Viemos fazer uma visitinha rápida.

— Oi, Sônia, oi, Rabisco. — Flávia pegou o maltês no colo. — Entrem.

— Desculpa vir sem avisar.

As duas se sentaram no sofá, com Sônia de frente para a porta de entrada e a sacada atrás. Flávia colocou Rabisco no chão e o cachorrinho começou a cheirar toda a sala.

— Não tem problema, estava lendo aquele livro sobre *Wicca* que você me emprestou.

— E o que está achando?

— É diferente de tudo que já li. Mas acho que estou começando a me acostumar com a filosofia da *Wicca*. Tem algumas coisas com que concordo e me identifico, como o contato com a natureza.

— Que bom. Eu não quero te influenciar, só acho que é interessante você conhecer um pouco do passado da sua mãe, da família dela.

— Eu sei. Só não consigo me acostumar com o fato da minha mãe, minha avó e assim por diante terem sido bruxas. Ainda soa engraçado quando penso nisto, quando falo a palavra, então...

— Você também é uma bruxa, mesmo que não queira seguir a bruxaria. E você é uma bruxa forte.

— Eu sei. — Flávia fez uma careta. — É estranho, mas eu sinto isto. Sempre tive umas percepções, como te falei, pressentimentos, esse tipo de coisa. Agora entendo de onde vem isso.

Sônia balançou a cabeça, concordando.

— Como disse, é uma visita rápida. Só vim mesmo porque precisava lhe entregar algo — ela estendeu o pedaço de papel que trazia em suas mãos. Flávia pegou-o e leu.

Abgail Cotta
Rua José Vieira Martins, 152
Bairro Palmeiras

— O que é isto?

— É o endereço da sua tia-avó em Ponte Nova.

Flávia gelou ao escutar o que Sônia havia acabado de lhe contar. Um arrepio percorreu sua espinha.

— Minha tia-avó? — ela sentiu o coração disparar. Seus olhos se alternavam do papel para Sônia.

— Sim, Abgail é irmã do seu avô. Consegui o endereço esta manhã, com uma cliente minha de Ponte Nova.

— Meu Deus! — Flávia levou uma das mãos à boca. Algumas lágrimas escorreram pelo seu rosto. — Muito obrigada, Sônia — ela abraçou a vizinha.

— De nada. Prometi te ajudar, não prometi? Agora depende de você.

— Será que consigo ir até lá? Estou com medo...

— Medo de quê?

— Não sei. De ela não gostar de mim...

— Não fique. Abgail pode te ajudar a saber mais sobre seus avós. Sobre toda a sua família.

— E se ela for uma velha rabugenta? Se não gostar desse "lance de bruxas", igual à minha tia?

— Pelo que soube, duvido muito. Parece que ela gostava da sua avó e a Lizzy era seu xodó. Sobre o "lance de bruxas", eu já não posso te dizer até onde ela sabe.

Flávia apenas balançou a cabeça, pensativa.

— Não se apresse. Na hora certa, você vai até lá.

— Obrigada. Mais uma vez, obrigada.

— Imagina. — Sônia sorriu e se levantou. — Eu e o Rabisco agora temos de ir.

Elas se despediram e Sônia deixou o apartamento. Flávia estava sentindo tudo ao mesmo tempo. Nervosismo, alegria, hesitação, empolgação. Sem pensar muito, pegou a bolsa e saiu em direção à casa de Lauren. Embora estivesse morrendo de vontade de contar tudo para a amiga, decidiu ir a pé para se acalmar um pouco e colocar os pensamentos em ordem.

Em menos de dez minutos estava em frente à casa da amiga. Tocou a campainha e esperou. Ninguém atendeu a porta. Tocou novamente e tornou a esperar. Nada. Ela batia o pé insistentemente. Tirou o celular da bolsa e ligou para Lauren.

— Ei, amiga, onde você está?

— Oi, Flá. Viemos almoçar na casa da minha avó.

— Ah... — Flávia suspirou, frustrada.

— Por quê? Aconteceu algo?

— Não. — Mentiu. Não queria deixar Lauren preocupada. — Vim até sua casa ver se você estava aqui.

— Puxa... Não sei a que horas vamos voltar, mas posso pedir para meu pai me levar aí.

— Não, não precisa, não tem necessidade disto. Era só para jogar conversa fora. — Flávia virou de costas para a casa de Lauren, na direção da República Máfia, e viu as janelas da sala e do antigo quarto de Ricardo abertas. — Eu vou até a casa do Felipe e fico lá. Quando você voltar, me dá um toque.

— Combinado.

Flávia desligou o celular e atravessou a rua. Parou no portão e sentiu o cheiro do perfume que a perseguia. Luigi estava em casa. Hesitou, mas tocou a campainha. Não precisava ficar na presença dele, era só ir para o quarto de Felipe conversar a sós com o amigo. Do lado de fora, escutava uma bonita música tocando, mas não reconheceu a letra.

Não demorou muito e Luigi apareceu na porta, abrindo um imenso sorriso quando a viu parada ali fora.

— Oi, entra.

Luigi abriu o portãozinho para Flávia, que sentia o perfume agora mais forte. Ela foi para a sala, reparando que ele usava apenas uma camiseta e uma bermuda. Estranhou a roupa porque fazia frio naquela tarde de agosto.

— Você está com calor? — perguntou, mas se arrependeu de ter feito isto. Não era da sua conta e muito menos lhe interessava o que se passava na vida de Luigi.

— Um pouco — ele manteve o sorriso no rosto. — É que estou encaixotando as coisas do Ricardo e fazer arrumação faz a gente suar.

Flávia notou a tristeza em sua voz quando falou do irmão. Era diferente da reação de Felipe. Embora os dois demonstrassem saudades, Felipe tinha também sempre um tom de culpa quando falava do amigo. Talvez nunca deixasse de se culpar pelo acidente.

— Entendi — ela sorriu compreensivamente.

— Vou levar tudo no fim de semana que vem para Alfenas e resolvi aproveitar o sábado para organizar as coisas.

— Deve ser difícil mexer em tudo.

— É e não é. Embora doa ver as coisas dele, pegar os cadernos, ver sua letra, as roupas, tudo, ao mesmo tempo é como se o Ric estivesse aqui comigo. É como sentir a presença dele. — Luigi suspirou. Flávia balançou a cabeça, concordando. — Mas você não veio falar de coisas tristes, não é mesmo? — Fez sinal para ela se sentar no sofá maior, enquanto sentava no menor.

— Vim ver o Felipe.

— Hum... — Luigi ficou pensativo. — O Felipe foi até a casa do Bernardo, eu acho. Ele falou, mas não prestei atenção.

— Você sabe se vai demorar?

— Não sei. Não lembro se ele falou algo a respeito — disse Luigi como se pedisse desculpas. — Mas você pode esperar. Ou ligar para o celular — disse, se levantando e tirando o telefone sem fio da sua base, já discando. — E aí, Felipão, onde está? É, eu sei que você falou, mas não lembrava... Tá, tá, depois você tira sarro comigo, só quero saber se você vai demorar. Não, é a Flávia que está aqui... Ok, vou falar para ela. Falou, tchau. — Colocou o telefone de volta na base, sentou novamente e olhou para Flávia. — O Felipe disse para você esperar que ele deve voltar dentro de uma hora.

— Acho melhor eu ir embora então — ela se levantou. Luigi se apressou e segurou o braço dela.

— Não! — disse ele alto e ficou sem graça. Soltou o braço de Flávia, que o olhou sem entender aquela reação. — Espera ele aí. Ou no quarto dele, se você preferir.

— Não quero te atrapalhar, você está arrumando as coisas.

— Imagina, eu já ia mesmo fazer um intervalo. — Abriu um novo sorriso, que iluminou seu rosto. — É bom que tenho uma companhia. E é bom que posso te conhecer melhor. O Felipe disse que você também tem uma fazenda de café, né? Meu pai mexe com isso. — O rosto dele corou quando percebeu que não parava mais de falar.

— Sim. — Flávia voltou a se sentar e Luigi fez o mesmo. — Na verdade a fazenda é metade do meu tio, metade do meu pai. Quando herdei a parte do meu pai, meu tio aproveitou para passar ela toda para o meu nome porque ele não tem filhos, então quis me dar sua parte também. — A voz dela soava como se estivesse embaraçada com aquela situação. — Meu bisavô veio da Itália para o Brasil por volta de 1900 e começou a cultivar café em São Paulo. Depois, quando meu avô já era um rapaz, eles compraram algumas terras em Lavras e começaram a cuidar da sua própria plantação.

Flávia parou e olhou para Luigi, que prestava atenção com grande interesse a tudo que ela falava. Não entendia por que estava contando sobre sua família para ele, mas sentia uma enorme paz na presença de Luigi, apesar de toda a implicância que tinha por ele.

— Foi mais ou menos o que aconteceu com a minha família. Meu avô também veio da Itália e se tornou produtor de café. Meu pai herdou as terras dele. Bom, não sei se terras é o termo apropriado, porque quando meu pai herdou, era bem pequena a propriedade. Ele que a transformou na fazenda que é hoje. — disse com orgulho. — Qual o nome do seu tio? Talvez eu o conheça.

— Heitor Borioni. Meu pai se chamava Henrique Borioni.

— Não me lembro se conheço algum Borioni. Além de você. — Sorriu. — Mas vou falar com meu pai depois, talvez ele conheça. Meu pai se chama Leonardo Cevasco. — Luigi ficou quieto alguns instantes, encarando Flávia, que começava a ficar desconfortável com o olhar dele. — O Felipe disse também que sua mãe é daqui de perto.

— Sim, ela era de Ponte Nova.

— Por isso que você veio para cá?

— Acho que sim. Nunca parei para pensar, mas talvez no meu subconsciente eu saiba que este foi o principal motivo.

— Você conhece Ponte Nova?

— Não.

— Não? Ainda não foi lá?

— Não.

— Mas por quê? Não tem vontade?

— Não sei. — Deu de ombros, se lembrando do endereço que Sônia havia lhe entregado. — Talvez um dia eu vá. — Decidiu mudar o assunto. Apesar de se sentir bem conversando com Luigi, não queria falar sobre isto especificamente.

— O que você está escutando?

— Vinícius de Moraes e Tom Jobim. Os grandes mestres da música e da poesia brasileira — ele sorriu.

— Não conheço muito o trabalho deles.

— Sério? — Luigi se espantou e a reação dele deixou Flávia sem graça.

— Minha tia é louca com as músicas do Djavan, só tocava isso lá em casa. Um pouco de Milton Nascimento também, mas basicamente Djavan. Não conheço muita coisa de música brasileira, tirando as bandas de rock.

— Eu gosto de Djavan. Adoro *Flor de Lis*. É minha música preferida dele. Flávia arregalou os olhos e abriu a boca, mas desistiu de falar o que estava em sua mente. Luigi percebeu do que se tratava.

— Não me diga que é a sua também?

— É — concordou com a cabeça, quase sussurrando.

— Pelo visto temos muito mais coisas em comum do que eu imaginava — ele agora sorria apenas com um dos cantos da boca. — Se você quiser, posso emprestar algum CD do Vinícius e do Tom para você escutar. Tenho certeza de que vai gostar.

— Quem sabe, depois... O Felipe andou me emprestando alguma coisa.

— Deles? — Luigi estranhou. — Ou foi *O Grande Encontro*?

— *O Grande Encontro.*

— Sabia. O Felipe empresta esse CD para todo mundo. Eu gosto muito. Um CD com Elba Ramalho, Alceu Valença, Geraldo Azevedo e Zé Ramalho realmente é um grande encontro.

— Sim, é muito bom.

A conversa deles foi interrompida pela campainha.

— Deve ser a Carla — disse Luigi, se levantando do sofá e indo em direção à porta. Flávia também se levantou.

— Acho melhor eu ir para o quarto do Felipe, não? Para ela não me ver aqui...

— Relaxa. Ela não morde. — Luigi riu, mas Flávia permaneceu séria.

— Acho que ela não gosta muito de mim.

— Repara não. A Carla é assim mesmo, um pouco estranha a princípio, mas é gente boa, você vai ver quando conhecê-la melhor.

Flávia não tinha tanta certeza. Antes que pudesse se mover, Luigi já havia aberto a porta. Carla pulou em seu pescoço, dando-lhe um longo beijo, e Flávia se sentiu incomodada com a cena. Mas o que a incomodou mais foi a expressão de Carla ao vê-la ali parada na sala.

— O que ela faz aqui? Vocês estão sozinhos? Luigi virou os olhos.

— Carla, ela veio ver o Felipe. Calma, tá?

— E cadê o Felipe?

— Está... — Luigi havia esquecido onde Felipe estava. — na UFV. — disse, sem muita convicção na voz.

— Eu vou esperá-lo no quarto — disse Flávia e saiu logo dali, indo em direção ao quarto de Felipe, mas ainda escutou as últimas frases dos dois antes que Luigi fechasse a porta do quarto de Ricardo.

— Você tinha de ficar fazendo companhia para ela?

— Já falei que ela veio ver o Felipe.

— Sei... Ele nem está aqui. Não gosto de você perto dela. — Carla fez uma voz manhosa.

— Carla, relaxa. Não tem nada a ver e, além do mais, ela é apaixonada pelo Felipe.

A porta do quarto de Ricardo fechou e Flávia ficou parada, sentindo o rosto corar. Todo mundo sabia que ela gostava de Felipe e isto a deixou sem graça. Perguntou a si mesma se devia ir embora ou esperar por ele. Foi andando para a saída da casa, não ficaria ali nem mais um minuto, ainda mais com

Luigi e Carla lá dentro. Quando abriu a porta que dava para a rua, viu Felipe estacionando seu carro na garagem.

— Oi, baixinha, fugindo sorrateiramente?

— Ei, Felipe. Não estava fugindo não, apenas desisti de te esperar e ia para casa.

— O Luigi não avisou que eu não ia demorar?

— Avisou. Ele me fez companhia até agora, mas a Carla chegou. — Flávia fez uma careta e Felipe acompanhou.

— Ih, então o clima aí de casa está poluído?

— Mais ou menos — disse Flávia. Felipe ficou pensativo.

— O que acha de irmos para o Lenha tomar uma gelada neste final de tarde de sábado?

— Acho uma boa ideia. — Flávia fechou a porta da casa.

❧❦❧

A segunda semana de aula correu tranquilamente. Flávia tentava se acostumar ao falatório de Luigi na aula de Química Analítica. Para sua sorte, na de Física Mecânica tinha Gustavo para lhe salvar. Ainda não estava satisfeita com o fato de ele não lhe dar atenção, ficando a aula toda conversando com Luigi, mas pelo menos estava livre de ter de se sentar ao lado do namorado de Carla.

O que não lhe agradou foi quando o viu entrar na aula prática de Termodinâmica. Flávia virou os olhos quando percebeu que ele mudara seu horário para ficar junto dela e de Gustavo. Luigi dissera que estava tentando mudar também a prática de Mecânica e isto a irritou. Irritava ainda mais o fato de ele e Gustavo estarem se tornando grandes amigos.

— Por que todo mundo tem de amar esse garoto? — perguntava-se.

Não entendia o motivo de não gostar dele. Tudo bem, tinha o fato de namorar uma pessoa insuportável como Carla e o quase atropelamento duas semanas antes, mas, fora isso, ele sempre era simpático, atencioso e agradável. Talvez fosse implicância ou simplesmente querer ser diferente de todos, mas ainda não conseguia gostar completamente dele.

Naquele sábado, Flávia se sentia mais calma. Luigi havia ido para Alfenas levar as coisas de Ricardo e Carla foi junto. Era noite e Flávia e Felipe assistiam a um filme na casa dele e o ar parecia mais leve, talvez pelo fato de saber que Carla não apareceria ali.

— Vocês vão procurar alguém para morar aqui? — perguntou Flávia, quando o filme acabou.

Ela e Felipe estavam deitados em dois colchonetes que ele havia colocado no chão da sala. Estavam sozinhos, Mauro tinha viajado para Belo Horizonte, era aniversário de Bruna.

— Ainda não conversamos sobre isso. Vamos deixar o Luigi resolver quando voltar de Alfenas. Mas acho que vai acabar acontecendo, embora vá ser estranho ter alguém aqui, no lugar do Ricardo... — Felipe virou de lado, para ficar de frente para Flávia.

— Imagino — ela virou de lado também, ficando de frente para ele. Decidiu mudar o assunto. — Sabe, eu estava pensando em juntar uma turma e passar um fim de semana em Tiradentes, o que você acha?

— Hum, acho uma boa. Acredita que não conheço Tiradentes?

— Acredito, porque eu, que moro mais perto de lá, só fui poucas vezes à cidade.

— Pois é, baixinha, temos de prestigiar a história mineira — ele sorriu. — Podemos ir no feriado de sete de setembro, mesmo caindo num sábado. Pelo menos deve ter mais movimento de turistas na cidade.

— Boa ideia. Vou falar com a Lauren e o Gust.

— Ok. Vou ver se o Mauro e o Luigi topam.

Flávia sentiu vontade de fazer uma careta, mas não queria que Felipe percebesse que não tinha gostado da sugestão de chamar Luigi, afinal, era o melhor amigo dele. Suspirou e mudou novamente o assunto.

— Vai hoje à festa que vai ter no Galpão?

— Talvez. O que você acha de irmos juntos daqui a pouco?

— Não sei. Acho que vou ligar para o Gust e ver se ele vai.

— Por que não pode ir só comigo? — Felipe franziu a testa.

— Porque a probabilidade de o Gustavo chegar lá, ficar com alguém e me deixar sozinha é menor. — Tentou brincar com a situação, embora pensar em Felipe com alguém ainda a machucasse. *E vou precisar de alguém para me consolar se isto acontecer*, pensou.

— Puxa, já vi que meu filme é queimadaço com você.

— Só um pouco.

— O Bernardo deve ir também.

— E?

— E aí que ele vai estar lá para te fazer companhia. — Felipe deu uma gargalhada, provocando Flávia.

— Não vou nem comentar.

Os dois ficaram em silêncio, sorrindo um para o outro. Felipe levantou o braço e passou a mão no cabelo de Flávia, terminando o carinho em seu rosto. Contornou os lábios dela com os dedos e Flávia fechou os olhos, com o coração disparado. Sem pensar muito, Felipe a puxou para perto, fazendo com que ela sentisse a respiração dele em seu rosto, e a beijou intensamente. Flávia não resistiu e se entregou aos braços de Felipe.

— Já te falei que você beija muito bem? — sussurrou ele e voltou a beijá-la. — Acho que não vai ter festa no Galpão hoje.

❦

Flávia foi acordada pela claridade da manhã e percebeu que estava na casa de Felipe. Os dois haviam dormido na sala, do jeito que estavam na noite anterior.

— Sua burra! — disse baixo, levantando cuidadosamente para não acordá-lo. Não queria ficar ali porque sabia que isto só iria machucá-la ainda mais, não aguentava mais ver Felipe sempre agindo como se nada tivesse acontecido todas as vezes em que ficavam juntos. Doía demais, mas também não conseguia evitá-lo. Queria ficar com ele, gostava de seus beijos e de sentir seu abraço, gostava muito dele.

Calçou o tênis e saiu, abrindo bem devagar a porta. Ficou parada no portão, olhando para a casa de Lauren, decidindo se ia até lá ou não. Ainda era cedo, mas não queria ir para casa. Atravessou a rua e sua decisão foi tomada quando Laura abriu a janela.

— Oi, Flávia, acordou cedo — disse Laura, sorrindo.

— Você também. — Flávia retribuiu o sorriso, sem graça. — A Lauren já acordou?

— Já sim, pode ir até o quarto dela.

Flávia entrou na casa e foi até o quarto da amiga, que estava deitada na cama, escutando música.

— Ei, Lauren.

— Flá! Acordou cedo hoje. — Lauren se levantou, encostando-se à cabeceira da cama. Flávia se sentou em frente a ela.

— É. Lauren...

— O que foi? O que aconteceu?

— Eu e o Felipe...

— Já vi tudo!

— Pois é, nós ficamos ontem. Eu dormi na casa dele — disse ela bem baixinho.

— Rolou? — Lauren estava curiosa pelos detalhes.

— Não! Só ficamos, só nos beijamos.

— Menos mal, amiga. — Lauren suspirou e segurou a mão de Flávia. — Eu estranhei quando não te vi no Galpão, nem ele. Não consegui falar no seu celular.

— Deixei desligado.

— E como foi?

— Não sei... Foi bom. Mas ao mesmo tempo eu sabia que aquilo não deveria estar acontecendo. Tinha consciência de que seria só ontem, que depois continuaria na mesma e eu poderia sofrer mais. Mas queria muito estar ali, com o Felipe. Não sei como definir, é algo entre bom e ruim. Bom porque, nossa... Ficar com ele é bom, claro. Mas ruim porque eu sei o que vai acontecer. Nossa, como gostaria de conseguir falar não para ele...

— Mas você não é de ferro, né? Não tem como resistir se você ainda gosta dele.

— Eu sei, mas, para falar a verdade, não queria que tivesse acontecido. Preferia que ele não tivesse tentado. E nem tente mais, porque eu não vou conseguir não ficar com ele.

— Agora já era. Não fique se martirizando porque só vai piorar a situação. E se alguma outra vez ele tentar e você quiser, deixa rolar. Não dá para ser racional o tempo todo. Curte o momento e deixa para pensar nas consequências depois.

— Que raiva de mim mesma... — Flávia deitou no colo de Lauren. — Que raiva de gostar desse menino.

— Puxa, amiga. — Lauren passou a mão nos cachos ruivos de Flávia.

— Vai, me conta da festa de ontem. Preciso que você me distraia — ela se levantou, balançou a cabeça e tentou tirar Felipe dos pensamentos. — Você não tinha dito que não ia ao Galpão?

— Não ia mesmo, mas na última hora uma amiga me ligou, insistiu, implorou tanto que não tive como negar. E não me arrependo de ter ido. O Gustavo estava lá. — Lauren deu um sorriso malicioso.

— Sério? Conta tudo, o que aconteceu?

— Calma, não aconteceu nada, infelizmente.

— Ainda. — Flávia sorriu. Estava funcionando, já não pensava mais em Felipe naquele momento.

— Ainda, se Deus quiser. — Lauren suspirou, eufórica. — Nós conversamos muito, a noite toda.

— Que bom!

— É. Foi muito bom mesmo. Ficamos a noite toda juntos. Tudo bem que só conversamos como amigos, mas é um começo.

— Claro — concordou Flávia. Lembrou-se da viagem para Tiradentes.

— Ah, eu e o Felipe pensamos em juntar uma turma e ir para Tiradentes no feriado de sete de setembro. Será que teus pais te liberam para você ir? Pensei em convidar o Gust.

— Mas é claro que eles vão ter de liberar! Se o Gustavo for, eu tenho de ir também. Que dia cai sete de setembro?

— Sábado.

— Hum. — Lauren fez uma careta. — Pensei que teria mais alguns dias com o Gustavo lá.

— Se der certo a viagem, você vai ter muitos dias com ele. — Flávia riu da amiga. — Depois você fala com seus pais. Só vou chamar o Gust se você for mesmo.

— Valeu. — Lauren mordeu o lábio. Queria voltar no assunto 'Felipe' com Flávia, mas estava receosa. — Flá, desculpa tocar nisso de novo, mas e o Felipe lá? Ele pode ficar com outra...

— Ele pode ficar com outra aqui — ela deu de ombros.

— Eu sei, mas lá vai ser diferente, vamos estar todos juntos o tempo todo.

— É... Mas não vou deixar de passear e me divertir por causa disso. Não vou fazer minha vida em função dele.

— Você está certa. Só que tem a possibilidade de ele querer ficar com você...

— Ah, não quero pensar nisso.

— Mas pode acontecer.

— Não acho que vá acontecer. Acho que ele não vai tentar lá. Vai tentar aqui, algum dia que estiver entediado, sem nada melhor para fazer.

— Ai, credo, não fala assim!

Algumas batidas na porta interromperam a conversa das duas. Era Sônia, que havia chegado há pouco e fora lá dar um oi para as meninas. Quando viu Flávia, ela ficou quieta, parada em uma espécie de transe. Olhou seriamente para a vizinha.

— Não se preocupe. Essa angústia vai passar, ele vai fazer acabar, aquele por quem você espera. Esteja atenta.

Sônia balançou a cabeça, saindo do transe, e sorriu para Flávia, que sentiu um arrepio percorrer todo seu corpo. Ela olhou para Lauren, que sorria.

Capítulo 14

Eram seis e meia da manhã de sábado, sete de setembro. Sônia tocou a campainha do apartamento de Flávia, que atendeu rapidamente.

— Oi, achei que era o Felipe — disse ofegante.

— Ainda não. — Sônia sorriu. — Sei que você está indo viajar daqui a pouco, então vim te trazer isto — ela entregou um pacotinho para Flávia, que olhou sem entender nada. — É um saquinho com um pouco de verbena e alecrim. Isso protegerá você durante a viagem.

— Hum, ok, obrigada. — Flávia sorriu, um pouco sem graça.

— Proteção nunca é demais. Ainda mais quando pode precisar.

Sônia saiu e Flávia olhou-a, em dúvida. Pegou o pacotinho e colocou dentro da bolsa. Logo depois, escutou uma buzina vinda lá de fora. Foi até a sacada e viu Felipe em pé, parado ao lado de seu carro e acenando. Flávia pegou a mala e desceu as escadas. Dali, foram até a casa de Gustavo e voltaram para a frente da República Máfia, onde ficou combinado de saírem às sete da manhã.

No carro de Felipe, além dele, iam Flávia, Lauren e Gustavo. Luigi foi em sua caminhonete com Carla, Mauro e Bernardo. Flávia havia conversado com Felipe e combinado de dar um jeito de colocar Bernardo lá para que Lauren e Gustavo dividissem o banco de trás do carro de Felipe. Era uma maneira de os dois ficarem mais próximos e de Flávia se livrar de Bernardo.

A viagem foi tranquila, com apenas uma parada em Barbacena para esperarem por Bruna, que vinha de Belo Horizonte encontrá-los. Ela deixara Cecília com sua mãe para curtir o fim de semana com o namorado. Chegaram a Tiradentes na hora do almoço e foram direto para a Pousada Largo das Forras, onde ocuparam quatro quartos: um para cada casal, Luigi e Carla e Mauro e Bruna, outro para Flávia e Lauren e um triplo para os rapazes solteiros, Felipe, Gustavo e Bernardo.

Todos almoçaram na pousada, que ficava na praça central de Tiradentes, e logo depois saíram para conhecer a pequena cidade histórica. Subiram até a igreja Matriz de Santo Antônio, uma antiga construção barroca do século dezessete que ficava no alto da cidade, com uma bela vista. Tiraram várias fotos da fachada branca e amarelo-ouro projetada por Aleijadinho, e visitaram seu interior, rico no ouro e barroco mineiro. De lá, foram a todos os outros pontos turísticos, incluindo o Chafariz São José e a Estação, na entrada de Tiradentes, onde tiraram fotos da Maria Fumaça.

Voltaram para a pousada no final da tarde. Enquanto todos iam para os quartos, Flávia viu Felipe conversando com a jovem recepcionista.

— Então a boa da noite é a praça?

— Sim. O Largo das Forras, nome da praça principal, é onde fica bom. Nos feriados fica cheio de jovens turistas. Eu recomendo — ela deu uma risadinha histérica, nitidamente forçada, tentando provocar Felipe.

— Hum, então vamos todos para lá hoje — ele deu seu lindo e largo sorriso e se afastou do balcão. Flávia notou a recepcionista corar, enquanto abanava o rosto com a mão. — Ouviu, baixinha, de noite vamos para a praça. Pode ir para o quarto se arrumar — ele abraçou Flávia, que se sentiu melhor após sua cena de flerte com a recepcionista, que agora olhava para ela com a cara fechada.

— Não preciso começar a me arrumar agora. Você sabe que não demoro a ficar pronta.

— É verdade. A Carla que demora, mas quem faz questão da presença dela? Os dois foram andando em direção aos quartos, parando na porta do de

Flávia, que era de frente para o dele.

— Vou dar uma descansada da viagem.

— Vai lá. — Flávia deu um beijo na bochecha de Felipe e entrou em seu quarto, encontrando Lauren deitada, vendo TV. — Pronta para a noite?

— E como! — Lauren sorriu. — Espero que o Gustavo me note hoje.

— Quem sabe já não notou?

— Ele comentou algo? — Lauren levantou eufórica.

— Não, mas se ele é sua alma gêmea mesmo, uma hora vai ter de notar.

— É...

— E vocês estão cada dia mais próximos.

Lauren concordou com a cabeça e deitou novamente.

— Eu vou tomar banho logo, para ver se meus cachos secam até a noite.

— Ok. Vou colocar meu celular para despertar umas sete horas, caso eu durma.

Flávia foi para o banheiro. Após o banho, voltou para o quarto e encontrou Lauren dormindo. Vestiu uma blusa de frio branca e uma calça jeans, colocando a jaqueta preta por cima. Eram seis e meia e achou melhor deixar a amiga dormir, dali a meia hora ela acordaria com o celular.

Flávia saiu do quarto e foi até a recepção, onde encontrou Gustavo sentado em um sofá cáqui, folheando alguns prospectos de turismo.

— Perdido, Gust?

— Mais ou menos. O Felipe e o Bernardo capotaram de sono no quarto, fiquei sozinho e vim dar umas voltas pela pousada.

— Basicamente o que aconteceu comigo. A Lauren dormiu.

— Já que você está aqui para me fazer companhia, o que acha de irmos beber uma cervejinha na praça?

— Acho uma boa. O Felipe disse que ia para lá.

— Hum... — Gustavo deu um sorriso para Flávia.

— Ei, não é nada do que você está pensando. A recepcionista que falou para ele ir lá.

Os dois caminharam pela praça, notando o movimento que já estava grande. Muitos bares estavam cheios e eles pararam em frente a um deles. Gustavo entrou e voltou com uma garrafa e dois copos.

— Não tem mesa no momento, mas o garçom disse que podemos ficar por aqui encostados nos carros, que assim que vagar ele chama a gente.

— Sem problemas. Quando a Lauren chegar, vou dar uma volta com ela pelas barraquinhas de bijuteria ali na praça.

— Ah, Flá. Já está querendo roubar a Lauren?

Flávia se assustou com o comentário de Gustavo. Olhou para o amigo.

— Opa, o que eu ouvi? É o que estou pensando?

— Entenda como quiser — ele deu de ombros. — Sabe, a Lauren é uma garota incrível, venho observando-a melhor agora, que estamos tendo mais contato.

— Agora que você está solteiro, sem a Mirela, você quer dizer?

— É. Isso aí.

— Então você está gostando dela?

— Não sei dizer. Sinto um grande carinho por ela. E não vou negar, uma grande atração também.

— Então...?

— Então que estou pensando em arriscar. O que você acha?

— O que eu acho? Acho o máximo! Vocês fazem um casal perfeito. Gustavo deu uma gargalhada.

— Perfeito, Flavinha?

— É — ela sorriu maliciosamente para ele, tentando provocá-lo. — Quem sabe a Lauren não é a sua alma gêmea?

— Vamos com calma. Sem apressar e pressionar. Você sabe que não acredito nisso.

— Sei, sei — ela balançou a cabeça.

Escutaram o garçom chamando e foram para uma mesa. Logo todos os outros chegaram, com exceção de Bernardo, que encontrou alguns conhecidos em outro bar e mais tarde se juntaria à turma. Felipe, Luigi e Carla ficaram encostados em um carro, conversando, enquanto Mauro, Bruna e Lauren se sentaram junto de Flávia e Gustavo.

Não demorou muito para Flávia sair da mesa, já que Gustavo e Lauren estavam em um animado papo e Mauro e Bruna namoravam um pouco afastados. Ela passou por Felipe e Luigi e acenou e, mesmo de costas, sentiu o olhar de Carla.

Flávia caminhou pela praça e olhou em direção ao bar. Um sorriso apareceu em seu rosto quando viu Lauren e Gustavo se beijando. Ficou feliz pela amiga, pelo menos uma delas estava tendo sorte no amor. Voltou a andar para logo depois parar e observar algumas bijuterias expostas em uma barraquinha. Interessou-se por um par de brincos feitos de madrepérola no formato de uma estrela. Apesar de ter gostado, estava na dúvida se o levava ou não.

— Estes brincos vão ficar lindos em você — disse uma voz, próxima ao seu ouvido.

Flávia olhou para o lado e viu um rapaz de aproximadamente vinte anos sorrindo. Ele tinha o cabelo loiro escuro e algumas sardas no rosto.

— Desculpa, te assustei. Meu nome é Joaquim, mas todos me chamam de Quincas.

— Oi, eu me chamo Flávia. — Disse, virando de costas para ele e voltando a olhar o brinco, mas percebeu que Joaquim permaneceu atrás dela.

— Se você me permitir, gostaria de te dar estes brincos de presente.

— Não vai ser necessário. — Flávia tirou algumas notas da bolsa e entregou para o artesão. — Eu mesma os compro.

— Já vi que você é uma garota decidida. — Joaquim continuou sorrindo. — Desculpa se estou sendo intrometido ou chato. Só queria mesmo fazer amizade.

Flávia pensou em responder algo e sair dali, mas virou de frente para Joaquim e viu por trás do ombro dele que Felipe a encarava. Ao seu lado, Luigi, abraçando Carla que falava sem parar, também estava olhando para ela. Não gostou de ver Luigi ali, mas sorriu por dentro com a expressão de Felipe e olhou para Joaquim.

— Não tem problema, Quincas.

— Que bom — disse ele. — Eu sou daqui mesmo. E você eu sei que é de fora da cidade.

— Sou de Lavras. Vim passar o fim de semana aqui com alguns amigos.

— Hum, Lavras. Pertinho daqui.

— Sim. Mas atualmente moro em Viçosa. Estudo lá.

— Interessante. — Joaquim ia falar algo, quando os dois foram interrompidos por Felipe.

— Algum problema, baixinha?

— Não. — Flávia sorriu. A irritação de Felipe era evidente e ela se sentiu vitoriosa. — Estava só conversando.

— Eu sou o Joaquim — ele estendeu a mão para Felipe, que o encarou com um olhar sério, sem responder o cumprimento.

— Eu sou o Felipe, namorado da Flávia.

Joaquim se espantou e olhou para ela, que observava Felipe. Flávia ameaçou falar algo, mas nada saiu da sua boca.

— Desculpa, foi mal. — Joaquim se afastou, completamente sem graça.

— O que foi isso? — Flávia se colocou na frente de Felipe, com raiva.

— Não quero nenhum babaca em cima de você.

— E quem te deu este direito? — ela continuava na frente dele.

Felipe a olhou fundo nos olhos e não respondeu. Puxou Flávia rapidamente para perto e beijou-a, sem dar chances de ela se afastar.

De longe, Luigi olhava a cena com nítida expressão de quem não gostava nem um pouco do que via. Naquele momento, percebeu que estava com ciúmes. Era ciúmes o que sentia, era no lugar de Felipe que queria estar. Naquele instante, Luigi soube que estava se apaixonando por Flávia.

O domingo amanheceu com o sol mais forte do que o de costume. Apesar de ser final do inverno, ninguém esperava o calor que estava fazendo em Tiradentes. O tempo ajudava, já que a programação para aquele dia era visitar a Cachoeira da Viúva de manhã, antes de voltarem para Viçosa. A ideia inicial era ir até a Cachoeira Bom Despacho, mas na pousada indicaram a da Viúva. Por ter uma queda d'água menor, era menos visitada e, por isto, estaria mais vazia naquele feriado.

Flávia acordou e virou na direção da cama de Lauren, que estava sentada, olhando fixamente para a amiga.

— Até que enfim, achei que você não ia acordar nunca!

— Que horas são?

— Quase oito.

— Nossa! Pensei que era mais tarde, pelo jeito que você falou. — Flávia riu e se sentou, bocejando.

— Estou acordada desde sete horas. A gente precisa conversar. Quero saber tudo de ontem. Quando vim dormir, você já estava apagada.

— Eu é que quero saber tudo! Vai contando.

Lauren suspirou e sorriu.

— O Gustavo é incrível. Foi tudo perfeito, como sempre imaginei.

— Que bom, fico feliz — ela se levantou e foi até a cama da amiga, onde se sentou. — Eu nem acreditei quando ele falou que estava a fim de você.

— Ele disse isso? Quando? O que ele falou?

— Ontem, quando eu fui mais cedo para a praça com ele.

— O que ele falou exatamente? Conta tudo.

— Ele disse que vinha te observando, que sentia uma atração por você e que estava pensando em investir. E investiu.

— Sério que ele falou isso?

Flávia balançou a cabeça.

— Fico muito feliz por você. — As duas se abraçaram.

— E você? Quando vi você com o Felipe, nem me espantei. Eu disse que isto ia acontecer.

— É, você falou que ele tentaria ficar comigo aqui. Mas acho que ele ficou só porque não tinha outra opção.

— Ah, qual é? Aqui tem muita mulher.

— Sei lá. — Deu de ombros — ele chegou quando eu estava conversando com um carinha daqui. Acho que ele só me beijou com medo de eu ficar com outro. Não aguento mais isso, Lauren. Um dia a gente fica junto, no maior chamego, ele todo carinhoso... No outro é como se nada tivesse acontecido.

— Esse Felipe, vou te contar, viu? Que carinha mais estranho.

— Nem me fala. — Flávia levantou e tirou a camisola, colocando o biquíni e, por cima, um short e uma blusinha. Não queria ficar pensando em Felipe, gostava dele e adorava seus beijos, o que tornava tudo pior. — Mas e você e o Gust? Tão namorando?

— Não sei... Não ficou nada explícito.

— Devem estar... Do jeito que ele falou.

— Tomara. — Lauren também trocou de roupa. — E você e o Felipe? Vão ficar hoje?

— Isso é que nunca fica explícito. Nunca se sabe o que se passa na cabeça do Felipe.

— Você quer?

— Sim, mas duvido que vá rolar. Não sei se vai ter clima com todo mundo junto na cachoeira. — Flávia levantou as sobrancelhas e deu um longo suspiro. — Agora vamos tomar café.

A Cachoeira da Viúva ficava a cerca de dez quilômetros de distância da cidade. Depois de estacionarem os carros ainda tinha uma caminhada de alguns minutos, que foi recompensada quando todos chegaram ao local. Uma pequena queda d'água gerava um belo e grande lago, represado por pedras e cercada por vegetação por todos os lados.

Felipe e Bernardo logo tiraram a blusa e caíram na água. Flávia e Lauren, acompanhadas de Gustavo desde o café da manhã, estenderam uma canga próxima ao lago. Lauren, Bruna e Flávia tiraram a roupa e as duas primeiras se sentaram. Mauro deu um beijo na namorada e entrou na água.

— Não vai entrar, Lauren? — perguntou Gustavo.

— Não... Não sou muito chegada à água gelada — ela fez uma careta.

— Nem eu — disse Bruna, olhando o namorado dentro do lago.

— Pois eu adoro — comentou Flávia, entrando de uma vez na água.

— Você se importa se eu for? — perguntou Gustavo baixinho para Lauren.

— De jeito nenhum. Vai lá, desde que não me faça entrar.

— Jamais vou te obrigar a isso — ele sorriu, deu um beijo nos lábios dela e entrou.

— Que fofo. — Bruna sorriu.

— Demais. — Lauren suspirou, feliz.

Carla e Luigi estavam parados atrás delas, em pé.

— Carla, vou entrar. Você vai?

— Deus me livre, esta água deve estar muito gelada. Além do mais, vai que aparece algum bicho.

— Não tem bicho, Carla, no máximo alguns pequenos insetos.

— E inseto é o quê? — ela fez uma careta. — Além do mais, você sabe que eu passei aquele creme no meu cabelo, não vou entrar — disse Carla, pegando as pontas do cabelo para olhar.

— Isso é frescura, já disse que seu cabelo está ótimo.

— Não está. Ele está super-ressecado, nunca ficou assim. Você sabe disso.
As meninas olhavam aquela discussão sem nexo. Bruna controlava um riso enquanto Lauren reparava no cabelo de Carla.

— Você fica passando coisa demais no cabelo, por isso ele está assim. — Luigi era paciente com a namorada.

— Viu? Você mesmo acabou de falar que meu cabelo está estranho! — Carla fez uma voz manhosa e Luigi virou os olhos. — Não sei por que meu cabelo anda estranho. Minhas unhas também, não param de quebrar e lascar.

— Bom, eu que não entendo nada desse papo de mulher, vou entrar na água. Luigi se esquivou das reclamações de Carla dando-lhe um beijo e entrando na água. Carla foi para uma pedra, um pouco distante das meninas.

— Não quer sentar com a gente? — perguntou Lauren. Carla apenas a olhou com desprezo e balançou a cabeça, negativamente.

— Essa garota é estranha demais. Não sei qual é a dela — cochichou Bruna.

— O problema é que ela tem medo de qualquer menina roubar o Luigi.

— Sério? Cruzes... Ela é doente, então. — Bruna e Lauren riram alto, o que fez Carla, mesmo sem ter escutado o que conversavam, fechar ainda mais a cara para as duas.

Após nadar um pouco, Flávia se sentou em uma pedra próxima à queda d'água. Ficou ali parada, com os olhos fechados, sentindo o sol aquecer sua pele em contraste com o frio de algumas pequenas gotas que salpicavam em seu corpo, vindas da cachoeira. Logo sua concentração foi atrapalhada pela chegada de Luigi, que se sentou ao seu lado.

— É lindo aqui, não?

Flávia apenas balançou a cabeça, concordando. Mesmo de olhos fechados, sentia o olhar dele sobre ela. Tinha certeza de que o sorriso com covinhas estava ali em seu rosto.

— Eu gosto de estar em contato com a natureza — disse, olhando finalmente para Luigi. Flávia riu, devido à alusão do que havia dito à filosofia da *Wicca. Estou cada vez mais 'bruxa', só não estou percebendo isto,* pensou.

— Deu para perceber que você fica à vontade aqui na cachoeira. Aliás, você foi a única menina que não teve medo de água fria — ele sorria para ela, mostrando as covinhas. O sol fazia o verde dos seus olhos ficarem mais intensos e Flávia desviou o olhar, virando o rosto para frente e encarando Carla.

— Acho que sua namorada não está gostando da nossa conversa — disse, indicando Carla e reparando o quanto ela olhava para os dois do outro lado do lago, com uma expressão de raiva.

— Deixa — ele deu de ombros — ela pode até achar que sim, mas não manda em mim.

— Se ela pudesse, me lançava um raio com os olhos e me matava agora mesmo. — sussurrou Flávia. Luigi deu uma gargalhada alta. Todos olharam para eles. — Isso, vai, Luigi, atiça ainda mais a raiva dela.

— Você se importa? — perguntou ele, ainda rindo.

— Não. Quem vai aguentar a Carla reclamando e brigando vai ser você.

— É verdade — ele viu Felipe nadando a poucos metros dos dois. — Seu namorado parece não se importar.

— Ele não é meu namorado — disse Flávia, com raiva na voz. Pensou em responder algo rude, mas Gustavo chegou e se sentou com os dois, perto dos pés de Flávia.

— Este lugar é mágico.

— Também acho, Gust. — Flávia se virou para o amigo, ficando de costas para Luigi, que se intrometeu na conversa.

— É, aqui é lindo demais — disse Luigi, puxando Flávia de modo que desbloqueasse sua visão para Gustavo. O gesto quase a fez cair, mas Luigi a segurou e ela ficou presa em seus braços, praticamente deitada. Ele tentou ignorar o olhar fulminante que ela lhe deu e ficou segurando-a por um tempo. O contato da pele de Flávia com a dele fez algo parecido a uma corrente de eletricidade passar pelo seu corpo. Luigi teve vontade de beijá-la ali mesmo, mas resistiu e desviou o olhar para Gustavo. — Eu quero falar com você desde ontem, mas de noite você estava um pouco ocupado. — Os dois riram. Luigi olhou para Flávia, que permanecia quieta, encarando-o. Tentou decifrar sua expressão, mas não conseguiu. Balançou a cabeça e continuou conversando com Gustavo. — Conversei com o Felipe e o Mauro e como você está procurando lugar para morar, pensei em você ir lá para casa, morar com a gente. Tem um quarto sobrando...

— Você está falando sério? — Gustavo olhou espantado para ele, sorrindo. Flávia se soltou dos braços de Luigi e também o olhou espantada. Ele percebeu que o espanto de Gustavo era de alegria, o de Flávia era de... raiva?

— Sim. Se quiser, será bem-vindo — disse, fixando seus olhos em Flávia, que desviou seu rosto para frente.

— Claro que quero! Olha que máximo, Flávia, não é demais?

— É. Demais mesmo — ela voltou a olhar com raiva para Luigi, que não estava mais se importando com isto.

De longe, Carla observava o modo como Luigi olhava e falava com Flávia. Não estava gostando. Ao reparar bem a cena, teve uma sensação ruim e começou a ficar desesperada. Sem querer, notou que havia acontecido o que tanto temia: a alma gêmea de Luigi aparecera. Carla ficou atordoada. Não sabia o que fazer naquele momento e ficou ali parada, apenas observando. Mil coisas passavam pela sua cabeça, mas não conseguia pensar com clareza. Seu pior pesadelo estava tomando forma e começando a virar realidade. Fechou os olhos, respirou fundo e virou o rosto para o lado. Aquela cena a machucava.

Viu Lauren olhando para ela e depois para Flávia e Luigi. Carla se desesperou ao ver Lauren balbuciar as palavras 'Meu Deus'. Ela havia percebido tudo, também sabia. Com raiva nos olhos, Carla encarou Lauren, como se dissesse que a mataria caso revelasse algo para Flávia. Lauren entendeu e assentiu, voltando a conversar com Bruna. Não planejava mesmo contar nada para a amiga, pelo menos por enquanto.

Carla chegou em casa desesperada. Encontrou Carmem na cozinha, fazendo um sanduíche.

— Mãe, você precisa me ajudar — disse, jogando a mala no chão ao lado da geladeira.

— O que aconteceu? Você está branca! A viagem foi ruim?

— Aconteceu o pior. Ela está aqui.

— Ela quem?

— A alma gêmea do Luigi! — berrou Carla.

Carmem suspirou e puxou a filha, fazendo-a se sentar.

— Você tem certeza?

— Tenho. Você precisava ver os dois na cachoeira, o jeito de eles se olharem, de conversar... E a idiota da Lauren sabe disso também.

— A Lauren? Não estou entendendo nada, me explica isso direito. O que a Lauren tem a ver com isso?

— A Flávia, a alma gêmea do Luigi. Ela é amiguinha da Lauren.

— Entendi. — Carmem balançou a cabeça, andando de um lado para o outro na cozinha. — O Luigi? Como ele está em relação a esta menina?

— Eu não sei... Eu já vi os dois conversando, acho que por enquanto é só amizade. Parece que ela gosta do Felipe.

— Hum, então essa paixão por esse Felipe está atrapalhando o caminho que a leva ao Luigi. Isto é bom.

— Eu sei, mas isto não vai durar a vida toda, ainda mais que o Felipe é instável. Eles ficam às vezes, mas ele não assume namoro. Uma hora ela pode cansar e começar a reparar no Luigi.

— Carla, este é um risco. Você sabe muito bem disso. Você sempre soube que um dia ele encontraria sua alma gêmea, mesmo com todas as magias para afastá-los.

— Eu sei, mas você me prometeu que eu ficaria com o homem que amo. Você prometeu que ele não ficaria com sua alma gêmea, mesmo que a encontrasse.

— Eu prometi e vou ajudar, calma. Se depender de mim, ele não te larga nunca. Só temos de ter certeza primeiro se realmente é ela, para podermos afastá-la dele.

— Eu tenho certeza, eu senti, eu vi — Carla se levantou, não conseguia ficar parada. — Por que tem de acontecer tudo de uma vez? Já não basta a droga do meu cabelo estar seco, quebradiço, um horror, minhas unhas também andam estranhas e agora essa menina surge do nada para me deixar pior?

— Calma. Já estamos tentando melhorar seu cabelo e suas unhas. E vamos conseguir afastar essa menina do Luigi, se ela for mesmo sua alma gêmea, mas primeiro precisamos ter certeza. — Carmem foi até o quarto e voltou segurando uma vela laranja. — Pergunte às salamandras. Elas lhe darão a resposta.

— Não é melhor irmos para o ar livre?

— Você vai aguentar esperar?

— Não. Quero saber agora.

— E o que você vai fazer se for sim?

— Eu sei que é sim.

— Se a chama ficar muito grande, as chances de separá-los serão poucas, mesmo com todas as magias que conhecemos.

— Eu sei disto. E estou torcendo para não ficar tão grande.

Carla pegou a vela e colocou-a em um suporte. Fechou os olhos e se concentrou por alguns segundos, pensando em Luigi e Flávia, e acendeu-a. Carmem se afastou, para não atrapalhar a magia.

— Peço ajuda aos ciganos e às salamandras. Peço que clareiem meus pensamentos e eliminem minhas dúvidas. Preciso saber se a Flávia é a alma gêmea do Luigi. — Carla abriu os olhos e ficou vigiando a chama da vela. Depois de um instante a chama ficou alta, muito alta, como Carla nunca havia visto.

— Pelas Deusas, mãe... A resposta é sim, mil vezes sim. — Carla correu para os braços de Carmem, aos prantos.

Capítulo 15

Na segunda-feira, após o almoço, Lauren decidiu ir até a MinaZen conversar com Sônia.

Entrou na loja e encontrou-a arrumando algumas coisas nas prateleiras atrás do balcão. Rabisco descansava em uma almofada nos fundos da loja e levantou a cabeça ao ver a menina, balançando o rabinho. Quando ela parou em frente ao balcão, o maltês voltou a deitar.

— Oi, Sônia!

— Oi! Como foi a viagem? — Sônia exibia um sorriso, já sabendo o que ouviria.

— Para que a pergunta se você já sabe a resposta? — A felicidade era evidente no rosto de Lauren. — Nós estamos namorando.

— Eu te falei para ter paciência que este dia chegaria.

— Nem acredito. Foi tudo perfeito.

— Você merece ser feliz.

— Concordo com você. — As duas riram. Neste momento, Carla entrou na loja e fez uma careta ao ver Lauren ali.

— Quero três velas laranja e dois pacotes de pó do amor — disse, em tom arrogante.

— Anda incomodando muito as salamandras? — perguntou Lauren. Carla ignorou o comentário e Sônia lhe lançou um olhar de repreensão.

— Carla, Carla. Você ainda insiste nisto? Você sabe que não vai adiantar nada. — Sônia balançou a cabeça negativamente.

— Não me interessa sua opinião. E guarde suas adivinhações de bruxa para quem pede — disse Carla, olhando para Lauren.

— Já te falei várias vezes. Não se pode fazer magia para interferir na vida dos outros sem sofrer as consequências.

— Dê o que eu pedi e pronto. Não vim aqui para escutar sermão. Se não quer vender, vou até Belo Horizonte ou Juiz de Fora ou compro pela internet.

Sônia balançou novamente a cabeça. Pegou o que Carla queria, embrulhou e entregou a ela, que saiu da loja dando passos fortes.

— Não sei por que você continua vendendo para ela. Deixe que compre em outro lugar. — Lauren suspirou.

— Esta é a única loja esotérica de Viçosa e não posso negar venda a uma cliente.

— Pode sim, se ela está prejudicando a vida dos outros.

— A única vida que ela está prejudicando e vai prejudicar é a dela mesma.

— E a da Flávia? E a do Luigi?

Sônia se espantou com o comentário de Lauren.

— Então você já sabe?

— Sei. — Lauren balançou a cabeça. Olhou em direção à porta, como se estivesse se certificando de que ninguém entraria. — Descobri ontem. Na verdade, a Carla me ajudou a descobrir. Não tinha como não perceber. — Lauren contou sobre os olhares de Carla para Flávia e Luigi na cachoeira, e o modo como eles pareciam se completar quando estavam conversando sozinhos. — Você sabe há muito tempo que é o Luigi?

— Desde que eu o vi na vida da Flávia, aquele dia na sua casa. Eu sabia que a alma gêmea dela estava por perto, mas apenas naquele dia vi seu rosto, ao ver uma imagem dele ao lado dela.

— A Flá não gosta dele. Engraçado isso.

— Ela acha que não gosta.

— Mas ela tem a maior implicância por ele. Como pode?

— Com o tempo, ela vai ver quem ele é. No momento, a Carla está interferindo nisto. Se não fossem as magias que ela faz, provavelmente eles já estariam juntos.

— Então, é o que eu falei! Ela está prejudicando os dois.

— Não, prejudicando não. Ela está atrapalhando no momento, apenas isto. Mas eles têm a vida toda para ficarem juntos. É apenas uma questão de tempo.

— Mas e se a Carla conseguir? E se a Flá continuar detestando o Luigi? A gente tem de fazer algo, Sônia.

— Isso não cabe a mim nem a você. — Sônia suspirou quando Lauren cruzou os braços. — Lauren, não podemos interferir em nada. Existe muita magia envolvida. A Flávia é forte, pode se cuidar sozinha.

— Será?

— Pode sim. Não se preocupe, ela ficará bem.

O sol prometia ficar forte na quarta-feira e Flávia aproveitou para ir a pé para a UFV, enquanto o início da manhã ainda estava fresco. Ela caminhava em direção à universidade quando escutou uma buzina. Ao virar para trás, viu a caminhonete de Luigi encostando. Ele baixou o vidro do carro e sorriu.

— Quer uma carona?

— Eu deixei meu carro em casa para ir a pé e agora vou pegar carona? Luigi não respondeu, apenas desceu do carro. Flávia reparou em como ele estava bonito naquele dia, embora usasse uma calça jeans surrada e um moletom verde escuro. Nos pés, uma bota marrom.

— Você só compra roupa verde para realçar seus olhos? — perguntou, se arrependendo no mesmo instante. Não queria demonstrar que vinha reparando nele.

Luigi fez uma cara de espanto e olhou para o moletom que usava.

— Na verdade esta blusa era do Ricardo...

Flávia engoliu em seco, aumentando ainda mais o arrependimento pela pergunta fora de hora, mas ele pareceu não se importar.

— Vem, quero te mostrar um lugar — disse, praticamente empurrando-a para dentro da caminhonete. Sem ter como escapar, Flávia se sentou e fechou a porta.

— E a aula?

— Fica para semana que vem — ele entrou no carro e colocou o cinto de segurança. — Não se preocupe, o Gustavo mudou lá para casa ontem e eu o intimei a copiar tudo hoje. É uma forma de retribuir a nova moradia.

Luigi seguiu em direção à saída de Viçosa.

— Aonde você está me levando? — Flávia estranhou.

— Relaxa, não vou te sequestrar.

Após andarem alguns minutos em uma estreita estrada de terra, chegaram a uma clareira com uma pequena cachoeira. Flávia saiu do carro e observou o local. Luigi chegou ao seu lado rapidamente.

— Nossa, como é bonito aqui! E calmo.

— Eu sabia que você ia gostar — ele tirou a blusa de moletom, o sol já estava um pouco forte àquela hora.

Jogou o casaco dentro do carro, através da janela aberta. Flávia notou que ele usava uma camisa verde clara por baixo.

— Não falei? — Apontou para a camisa e ele riu.

— Eu não faço de propósito. Para dizer a verdade, nunca havia reparado nisto.

— Sei — ela se virou para observar mais a cachoeira. Aproximou-se da margem do pequeno lago formado pela retenção das águas que caíam ali.

— Eu sempre venho aqui quando quero me desligar dos problemas, do mundo. Descobri por acaso, uma vez que tive uma briga feia com a Carla. Saí dirigindo sem rumo e vim parar aqui — disse Luigi como se estivesse confessando algo para si mesmo.

— É muito bonito... — Flávia se abaixou para sentir a temperatura da água e um arrepio percorreu seu corpo. Fria, como imaginou. Luigi tirou as botas, as meias e a camisa.

— Vem. — Chamou e estendeu uma das mãos para ela.

— Aonde?

— Nadar. — disse, como se fosse uma coisa óbvia.

— De roupa?

— É, o que é que tem demais?

— Você é maluco!

— Vai dizer que você nunca nadou de roupa?

— Já, mas... — Flávia mordeu o lábio inferior, hesitante.

— Então o que tem? Eu trouxe toalha no carro, não tem problema — ele deu de ombros. — Se quiser tirar a roupa, eu não me importo. — O sorriso malicioso dele sumiu ao perceber que Flávia não havia gostado da brincadeira.

— Desculpa, era só para descontrair o ambiente.

Flávia ficou parada, pensando. Usava uma calça jeans, uma blusa de manga curta preta e uma jaqueta jeans. No pé, tênis. A cachoeira estava convidativa e a vontade de entrar falou mais alto.

— Ok.

Flávia tirou a jaqueta e o tênis e entrou na água, sentindo o frio percorrer todo seu corpo. Não se importou e mergulhou. Luigi sorriu e entrou atrás dela. Os dois nadaram por algum tempo, às vezes brincando um com o outro, às vezes sozinhos.

Depois, se sentaram em uma pedra para escorrer o excesso da água das roupas e secarem um pouco ao sol. Ele ficou olhando para ela.

— Eu acho esse seu colar muito bonito. Tem algum significado esta estrela? Flávia olhou para baixo, pegando o pingente na mão.

— É um pentagrama.

— Bonito... Presente de algum fã?

— Não... Minha mãe me deu quando fiz cinco anos, dizendo que era para me proteger. Foi o último presente que ela me deu.

Luigi percebeu um pouco de tristeza no olhar de Flávia e decidiu mudar o assunto. Não queria vê-la de baixo astral naquele dia.

— Foi mais fácil do que eu pensava — disse ele, sorrindo maliciosamente com o canto esquerdo da boca.

— O quê?

— Te convencer.

— Não precisa muito para me convencer a entrar em uma cachoeira. Eu amo água, adoro nadar. Acho que em outra vida fui um marinheiro. Ou um peixe.

— Pois eu acho que você foi uma sereia que enfeitiçava os homens. Como faz hoje em dia.

Ele a encarou e Flávia prendeu a respiração por um momento. Os dois ficaram se olhando e ela percebeu Luigi se aproximando. Sem pensar muito, se levantou.

— Acho que está na hora de irmos embora — disse, indo para perto da caminhonete.

❧❋☙

Flávia estava no segundo andar da Biblioteca da UFV. Era terça-feira e ela procurava algum conhecido nas grandes mesas de estudo em grupo que havia lá, quando viu Felipe, Mauro e Luigi sentados. Eles acenaram e ela foi até a mesa.

— Oi, baixinha, estuda aí com a gente — disse Felipe, empurrando uma cadeira com o pé para Flávia se sentar.

— Se quiser, estou estudando Analítica. — disse Luigi.

Flávia ficou alguns segundos quieta. Havia planejado estudar Química Analítica, a prova seria dali a alguns dias, mas não queria estudar com Luigi. Desde o dia da cachoeira que tentava evitar ficar na presença dele.

— Não, valeu. Vou estudar Física Mecânica, estava procurando o Gustavo.

— Não tem problema, de qualquer forma senta aí com a gente — completou Luigi.

— Não, prefiro estudar lá em cima, nas cabines individuais. Assim me concentro melhor.

— Vai para as baias? — Felipe brincou.

— Baias? — Flávia não entendeu a brincadeira.

— É. Aquilo lá em cima parece um monte de baia de engordar bezerro. Flávia começou a rir.

— Você é bobo demais, Felipe.

Ela se despediu deles e foi para o terceiro andar. Chegando lá, reparou pela primeira vez naquelas várias cabines de madeira para estudo individual, uma ao lado da outra, parecendo uma repartição pública. Era assim que sempre via o terceiro andar da biblioteca, mas Felipe tinha razão. De alguma forma, aquilo parecia uma baia de estábulo.

Ela se sentou em uma cabine, rindo do amigo. Pegou suas folhas de fichário com a matéria para a prova de Química Analítica e começou a ler. Passaram-se alguns minutos, ela estava tentando resolver alguns exercícios, quando uma voz tirou sua concentração.

— Pensei que você ia estudar Física.

Flávia olhou para cima e viu Luigi apoiado na parede de madeira de sua cabine. A expressão dele era de decepção e Flávia sentiu um pouco de arrependimento por ter mentido.

— Eu ia, mas não consegui me concentrar. Mudei para Analítica agora.

— Tudo bem, você não tem de se explicar. Nem é obrigada a estudar comigo. — Luigi deu um sorriso seco e saiu. Flávia percebeu que ele estava desolado e se sentiu mal.

— Espera. — Disse ela alto, se levantando. Várias pessoas em volta fizeram barulho, pedindo silêncio. Flávia o alcançou e segurou seu braço. — Não é isso.

— Eu já disse que não precisa se explicar.

— Não, você entendeu errado. Estou falando a verdade — mentiu. — A gente pode combinar de estudar juntos, sim, só que antes eu prefiro dar uma olhada na matéria, para saber melhor do que se trata.

— Você não precisa estudar comigo. — A voz dele era calma, mas triste, o que fez Flávia se sentir pior.

— Mas eu quero, de verdade — ela sorriu. — O que acha de amanhã? Aqui na Biblioteca, no segundo andar? Eu combino com o Gust.

Luigi ficou olhando alguns segundos para Flávia e deu um longo suspiro.

— Só se você quiser mesmo. Não se sinta obrigada.

— Eu quero — disse ela. — Então está combinado, certo? Amanhã, no segundo andar, no intervalo do almoço. Podemos até almoçar aqui no RU, para ganhar tempo.

— Ok. — Luigi sorriu e saiu.

Flávia se sentiu menos pior pelo que havia feito. Ela foi andando de volta para onde estava sentada antes. Ficou mais um tempo ali tentando estudar, mas não conseguiu. Juntou seu material e saiu, indo para o *trailer* comer algo. Lá, encontrou Gustavo lanchando.

— Ei, Gust, que bom te encontrar! — Flávia se sentou ao lado dele.

— O que manda?

— Combinei de estudar amanhã com o Luigi no horário do almoço. Você topa?

— Estudar o quê?

— Química Analítica. — Flávia fez uma careta. — A prova está chegando, ele já fez esta matéria, pode ajudar um pouco.

— Será? Se o cara foi reprovado, não vejo como pode nos ajudar. — Gustavo começou a rir e Flávia o acompanhou.

— E eu que pensei que era a malvada da história.

— Como assim? — Gustavo não entendeu.

— Nada, esquece — ela se levantou. — A gente almoça aqui e depois vai para a Biblioteca, combinado?

— Fechadíssimo.

— O duro vai ser aguentar o Luigi amanhã — ela fez uma careta.

— Eu achei que você gostava dele.

— Mais ou menos. Sei lá, acho que eu o aguento por causa do Felipe. E agora, por sua causa, que resolveu se mudar para a Máfia.

— Hum... Estranho, sempre me pareceu que vocês se davam bem.

Flávia foi até o *trailer* e comprou uma coxinha com catupiry e um suco. Voltou e se sentou novamente ao lado de Gustavo.

— Se você não aguenta o cara, por que marcou de estudar junto?

— Longa história. Quem sabe depois eu te conto — ela suspirou. Gustavo balançou a cabeça, rindo.

❧❦☙

Flávia, Luigi e Gustavo estudavam Química Analítica na Biblioteca, com Lauren ao lado resolvendo exercícios de matemática. Luigi era atencioso com Flávia, o tempo todo preocupado se ela estava entendendo a matéria, o que chamou atenção de Gustavo e Lauren. Flávia se sentia incomodada com a situação.

— Bom, gente, tenho de ir. Tenho aula lá no prédio da Agrícola agora às duas da tarde — disse Luigi, se levantando. Ele pegou suas coisas, deu um beijo na bochecha de Flávia e saiu.

— Esse garoto às vezes me irrita — disse Flávia, depois que ele foi embora.

— Eu gosto dele — comentou Gustavo, dando de ombros. — Acho o Luigi um cara legal. Aliás, lá de casa é com quem eu me dou melhor.

— Também gosto dele — disse Lauren.

— Eu não consigo. Eu tento, mas ele é irritantemente irritante. Não sei se consigo gostar dele. — Colocou a cabeça entre os braços, que estavam em cima da mesa. — Às vezes, parece que estou começando a achá-lo gente boa, mas logo depois algo nele me irrita. Não dá, acho que nunca vou gostar dele como todo mundo.

— Hum, acho que é o contrário — brincou Gustavo.

— O quê?

— Está na cara que vocês gostam um do outro — disse Lauren, séria. Não queria mais ver a amiga sofrendo por Felipe e se irritando com Luigi. Sabia que precisava fazer algo para abrir os olhos de Flávia, afinal, a magia de Carla estava prejudicando sua amiga, por mais que Sônia falasse o contrário.

— Você está brincando, né? — perguntou Flávia, com raiva na voz.

— Qual é, Flavinha! É óbvio que você está apaixonada por ele. — Gustavo agora também falava sério. — Eu achei que você já tinha se tocado disto.

— Apaixonada? Eu não o suporto!

— Dá na mesma — disse Gustavo, guardando seu material. — Parece mais que vocês nasceram para ficar juntos. Como você já me falou, alma gêmea.

— O Luigi? Minha alma gêmea? — Flávia se espantou com o que Gustavo insinuou.

— Eu sei que ele não é a alma gêmea da Carla — comentou Lauren.

— Vocês piraram? Vocês realmente acham que esse garoto irritante, insuportável e metido é a pessoa por quem eu vou me apaixonar, casar, ter filhos e viver o resto da minha vida?

— Acho, Flá.

— Você está maluca. — Flávia pegou suas coisas e saiu rapidamente dali.

— Espera! — disse alto Lauren, mas Flávia não parou. — Acho que a irritamos ainda mais.

Flávia chegou ao estacionamento em frente ao RU para pegar seu carro e viu Luigi parado um pouco mais à frente, conversando com um amigo. Quando ele a viu, sorriu e acenou, indo em sua direção. Ela sentiu o sangue ferver de raiva e rapidamente abriu o carro, mas antes que conseguisse entrar, Luigi a alcançou.

— Espera, Flávia! — ele segurou a porta do carro, ofegante. — Estava pensando em estudarmos mais um pouco hoje à noite, antes do torneio de sinuca, o que você acha?

— Não vai dar — ela foi seca. Tentou soltar a porta da mão dele, mas não conseguiu.

— O que foi? Eu fiz algo? Você parece estar com raiva de mim.

— Não foi nada. — Flávia lutava para controlar a raiva, mas não conseguia.

— Não entendo. Até agora há pouco estava tudo bem.

— Não foi nada — repetiu ela, sem muita convicção na voz.

— Sempre sou simpático com você, sempre atencioso, porque gosto de você, de estar ao seu lado, mas com você parece ser o contrário. Parece que você não gosta de mim.

— Então pare de ser simpático e suma da minha vida! — gritou Flávia e entrou rapidamente no carro, fechando a porta. Luigi ficou parado, sem reação. Olhou para os lados e viu várias pessoas o encarando. Deu um sorriso sem graça e foi para seu carro.

— Isso não vai ficar assim.

Luigi entrou na caminhonete e foi atrás de Flávia. Viu quando ela virou em direção à Rua Santa Rita e desconfiou que ia para casa. Foi até o prédio dela e estacionou. Subiu o mais rápido que conseguiu o lance de escadas até o primeiro andar e tocou a campainha. Flávia não demorou a atender a porta. Ele percebeu que ela havia chorado.

— Preciso falar com você — disse, entrando no apartamento.

— O que você quer?

— O que foi que eu te fiz?

— Nada — ela deu um longo suspiro.

— Então por que você me trata assim?

Flávia não respondeu. Ele ficou olhando para ela, que olhava para baixo.

— Se você quiser, eu nunca mais falo contigo, se isto vai te deixar feliz. Flávia continuou muda. Luigi deu um passo à frente e ela permaneceu parada no mesmo lugar. Sem pensar, ele a puxou pela cintura com uma de suas mãos e colocou a outra atrás do pescoço dela. O movimento foi rápido e, antes que Flávia pudesse pensar no que estava acontecendo e reagir, Luigi a beijou. O coração dos dois disparou ao sentir seus lábios em contato.

Luigi a apertava contra seu corpo e Flávia retribuiu o beijo, o que o deixou feliz, mas logo depois ela o empurrou e ele sentiu uma forte dor queimar seu rosto.

— Seu idiota! — gritou Flávia, após dar um tapa no rosto dele. — Por que você fez isso? Eu te odeio!

Luigi olhou-a assustado, perplexo com a reação dela. Ele se virou e saiu do apartamento, ouvindo Flávia bater a porta atrás. Desceu e entrou no carro, indo em direção à sua casa. Estacionou e encontrou Mauro e Felipe na sala vendo TV.

— Uai, Luigi, você não tinha uma aula importante agora?

— Não torra, Felipe — disse Luigi secamente, passando pelos dois e indo para seu quarto. Eles escutaram a porta bater com força e se entreolharam.

— Caramba, o que será que aconteceu? — perguntou Felipe, estranhando a atitude do amigo.

— Será que ele e a Carla brigaram?

— Tomara! — Felipe abriu um sorriso.

— Credo, o Luigi neste estado e você aí comemorando.

— Ah, vai dizer que você não adoraria que isto acontecesse?

— É, não posso negar isto. — Mauro olhou para o corredor. — Será que a gente deve ir lá ver o que aconteceu?

— Deixa que eu vou. — Felipe se levantou e foi até a porta do quarto de Luigi. Deu duas batidas, mas ninguém respondeu. Bateu novamente. — Luigi, é o Felipe. O que aconteceu, cara?

— Nada, me deixa em paz.

— Você não quer conversar?

— Não.

— Ok. Qualquer coisa, estou aqui. — Felipe voltou para a sala — ele não quer falar.

— Deixa. Quando quiser, ele fala.

O telefone tocou, interrompendo os dois. Felipe foi atender.

— Alô?

— Felipe, chama o Luigi — disse Carla, secamente.

— Não sei se ele está aqui.

— É claro que está e você sabe disso. Eu sei que ele não foi à aula.

— Contratou detetive para vigiá-lo?

— Você é tão engraçado... — ela foi sarcástica. — Chama logo o Luigi.

— O que você aprontou para ele?

— Eu? — Carla demonstrou espanto. — Nada, por quê? Aconteceu algo?

— Não. Não aconteceu nada. — Felipe se levantou e foi até o quarto de Luigi. Bateu na porta. — A Carla está no telefone — disse alto, para Luigi escutar.

— Diz que eu não estou — respondeu Luigi, lá de dentro.

Felipe deu um sorriso ao escutar a resposta do amigo. Voltou para a sala.

— Carla, ele mandou dizer que não está.

— O quê? Eu duvido que ele tenha falado isto.

— Problema seu, então.

— Passa esse telefone para ele agora!

— Eu não tenho como. Ele não quer falar com você, não vou obrigar. Passar bem. — Felipe desligou o telefone e olhou para Mauro. — Algo realmente sério aconteceu. Mas não acho que tenha sido com a Carla.

— Aconteceu mesmo. E agora fiquei curioso.

— Eu também.

— Não dou dez minutos para a Carla entrar aqui dando um chilique.

— É... — Felipe ficou pensativo e se sentou ao lado de Mauro no sofá. — Será que dá tempo de fazer uma pipoca para assistir ao show?

— Quero morrer seu amigo. — Mauro ficou quieto. — O que a gente faz? Abre a porta para a Carla entrar, se ela vier?

— Se ela vier? Ela vem, com certeza. — Felipe parou para pensar um instante. — Vamos abrir, claro. Eles que se entendam. Ou melhor, eles que não se entendam. Quando ela chegar, o Luigi decide se vai ou não falar com a Carla. É bom mesmo que ela venha, porque aí vê que ele não quis atendê-la de verdade.

— Do jeito que ele está, vai ser difícil abrir a porta do quarto.

— Eu também... Cara, tô achando isso tudo ótimo. O que quer que tenha acontecido, acho que hoje a gente se livra da Carla de vez.

— Será?

— Estou contando com isso.

— Pelo visto, hoje não vai ter torneio de sinuca.

— É... Só porque eu estava sentindo que iria vencer hoje. — Felipe riu. A campainha tocou e os dois se olharam.

— Aposto cem reais que é a Carla — disse Felipe, se levantando.

— Cem? Eu aposto um milhão.

Felipe abriu a porta e Carla entrou, aos berros.

— Quero ver quando o Luigi souber o que você falou para mim ao telefone. Ele vai ficar com muita raiva quando souber que você não quis passar o telefone para ele.

— Vá em frente. — Felipe mostrou a direção do quarto de Luigi para Carla.

— Ele está no quarto?

Mauro balançou a cabeça, concordando.

— A menos que o Ricardo tenha se materializado e se trancado lá... Carla cerrou os olhos e se segurou para não bater em Felipe.

— Aposto que você fica aqui o dia todo bolando essas piadinhas sem graça.

— Realmente, você é tão importante a ponto de me fazer perder boa parte do meu dia pensando em um modo de te irritar.

Carla ignorou o que Felipe falou e foi andando para o quarto de Luigi. Ela mexeu na maçaneta, mas percebeu que a porta estava trancada.

— Luigi, sou eu, amor, abre a porta — disse, um pouco alto para que ele ouvisse. — Luigi? — Carla forçava a maçaneta, que continuava trancada.

— Eu avisei que ele não quer falar com você. — Felipe estava encostado na parede do corredor, em frente ao antigo quarto de Ricardo. Carla o olhou com raiva e depois voltou os olhos para a porta de Luigi.

— Luigi, abre! — berrou Carla. Forçou mais uma vez a maçaneta. Nenhuma reação veio de dentro do quarto. — Abre a porcaria desta porta agora! — Berrou Carla novamente, esmurrando a porta.

Luigi abriu a porta lentamente e olhou-a. Carla se assustou com a expressão de raiva que havia em seu rosto. Nunca o vira assim.

— Você quer parar de socar a minha porta? — ele foi ríspido.

— Amor, o que aconteceu? — Carla agora tinha a voz mansa.

— O Felipe não te deu o recado? Vê se some da minha frente, eu não quero falar com ninguém. — Luigi bateu a porta. Carla ficou parada. Começou a soluçar e as lágrimas rolaram pelo seu rosto. Olhou para Felipe, que sorria.

— Babaca. — Carla saiu rapidamente dali.

Dentro do quarto, Luigi estava sentado na cama. Seus pensamentos estavam todos voltados para Flávia. Não conseguia entender a reação dela, não conseguia entender por que o detestava tanto, enquanto ele... Ele o quê?

A amava? Luigi não sabia se esta era a resposta para seus pensamentos e sua dor. Nunca havia sentido aquilo antes. Gostava de Carla, pensava que sentia amor por ela, mas o que sentia agora por Flávia era algo completamente diferente e muito maior do que qualquer coisa que havia sentido antes.

Uma dor grande pulsava dentro dele, apertando seu coração. Sentia um enorme vazio dentro do peito e a vontade de chorar não passava nunca. Queria ficar com Flávia, abraçá-la, mas sabia que não tinha como. Ela o detestava. Esta era a palavra certa. Tinha visto seus olhos, sua reação ao beijo. Sabia que ela não gostava dele e isto o magoava demais.

Não conseguia se livrar da sensação do beijo. Havia sido muito bom, algo que nunca sentira antes. Esperava poder manter aquela sensação para sempre, precisava fazer alguma coisa com relação à Flávia, mas o quê? Sentiu-se ainda pior quando pensou na possibilidade do motivo por ela tê-lo tratado daquele jeito. Felipe. Era apaixonada pelo seu melhor amigo, é claro que não iria ficar com Luigi, pois assim suas chances com Felipe acabariam. Ele se deitou, deixando que as lágrimas rolassem pelo seu rosto.

Carla entrou ofegante na MinaZen. Sônia, que estava ajeitando algumas coisas no armário embaixo do balcão, se assustou.

— Eu quero uma vela verde. Uma não, cinco — disse Carla, em tom de ordem. Sônia ficou parada, olhando. — Anda, o que você está esperando? — Gritou.

— Vela verde? Você vai fazer o ritual de reconciliação? Então aconteceu...

— Sônia sorriu. — Até que demorou mais do que eu imaginava.

— Você quer parar de filosofar e me atender?

— Você sabe que não vai adiantar nada.

— Não me interessa.

— Eu posso te dar cem velas verdes. Não adianta.

— Não quero saber, me dê logo essa droga de vela. Sônia balançou a cabeça e pegou o que Carla pedia.

— Você só vai se machucar cada vez mais, e machucar os outros. Você sabe que não pode usar as magias da *Wicca* para fazer mal às pessoas, nem em proveito próprio quando isso está relacionado à vida dos outros. Lembre-se da lei tríplice do retorno.

— Eu não te pedi conselho nenhum. — Carla arrancou com força o embrulho das mãos de Sônia e jogou o dinheiro em cima do balcão, saindo apressadamente dali.

Carla entrou em casa com os embrulhos que havia trazido da rua. Foi para seu quarto e fechou a porta. Pegou um suporte de vela e colocou uma que havia comprado. Estava decidida a fazer a magia todos os dias, até conseguir Luigi de volta. Não iria desistir dele. Escreveu o pedido de desculpas em um papel de seda verde, depois o colocou entre duas folhas de árvores diferentes e juntou tudo dentro de um envelope. Concentrou-se.

— Peço força para as Deusas e que o mundo mágico me ajude na reconciliação com o Luigi.

Carla queimou o envelope na vela verde.

Sônia tocou a campainha do apartamento de Flávia e esperou, mas ninguém respondeu. Sabia que ela estava em casa e tentou mais uma vez. Flávia abriu a porta.

— Desculpa insistir, mas pensei que você poderia querer falar comigo.

— Sim, você está certa. Entre.

Sônia entrou e se sentou no sofá. Flávia ficou parada ao lado da mesa. Tinha o semblante de quem havia chorado muito.

— Eu preciso de algumas respostas.

— Espero poder ajudar. — Sônia sorriu, mas Flávia não mudou a expressão do seu rosto.

— O Luigi é a minha alma gêmea, não é?

— O que você acha?

— Eu não quero que ele seja minha alma gêmea. Não pode ser. Eu não gosto dele.

— Será?

— O que você quer dizer?

— Por que você pensa que não gosta dele?

Flávia suspirou. Deu um passo para frente, mas parou. O que quer que ela fosse fazer, desistiu. Tinha o olhar distante.

— Ele é irritante demais. Está sempre sorrindo, sempre sendo simpático e atencioso. Não sei explicar, mas ele sempre me tira do sério.

— É isto mesmo? Ou você que tenta sentir isso?

— Como assim?

— Você realmente não gosta dele ou você não quer gostar dele? Pense bem, Flávia. São coisas diferentes.

— Eu não quero ficar pensando nisso. Quero apenas que ele não seja minha alma gêmea.

— Você não tem como decidir essas coisas.

— Então ele é... Oh! — Flávia recuou e colocou a mão na cabeça. — Eu não posso aceitar isso.

— Não é que você não possa. Você está apenas relutante. Você tenta colocar na cabeça que não quer.

— Eu não gosto dele. Como isso é possível?

Sônia puxou Flávia pela mão, forçando-a a se sentar no sofá. Olhou bem para a menina, que parecia assustada, perdida, triste.

— O fato de ele ser sua alma gêmea não quer dizer que vocês precisem obrigatoriamente ficar juntos. Existe o livre-arbítrio, embora ele esteja no seu destino. Mas você pode escolher. Só que isto não significa que você não vá amá-lo pelo resto da sua vida, mesmo que tome outro caminho.

— Amá-lo? Isso é impossível.

— Será? Será que você já não o ama?

— Não, isso nunca! Eu gosto do Felipe.

— Pare para pensar um pouco no conflito dos seus sentimentos. Você se envolveu com o Felipe, mas sempre soube que não é a pessoa certa para você, em todos os aspectos. Você conheceu o Luigi, que voltou antes do que previa, e você sente algo forte por ele.

— Repulsa. É isto que eu sinto.

— Isto é sério? Não responda logo. Pare para pensar, sentir. Seja honesta consigo mesma, por mais que isto possa doer ou te irritar.

Flávia ia falar algo, mas desistiu. Fechou os olhos e ficou assim por um longo tempo.

— Eu não sei... Ao mesmo tempo em que ele me fascina, me irrita. Eu quero e não quero ficar perto dele... Acho que é isto que eu sinto.

— Você está confusa e é normal. Mas precisa tentar definir claramente seus sentimentos para não se magoar.

E não magoar outras pessoas, como o próprio Luigi.

Flávia se lembrou do que aconteceu mais cedo, da rápida conversa dos dois, do beijo, do tapa que deu em Luigi e da expressão dele ao deixar o apartamento. Instintivamente, levou uma das mãos à boca.

— Eu não sei o que pensar, o que fazer... Ele tem namorada.

— Um namoro arranjado a troco de feitiço. Não tem como dar certo.

— Mas ele a ama. Seja por feitiço ou não.

— Você realmente acha que ele ama a Carla? De verdade?

— Eu não sei. — Flávia levantou os ombros. — Não me interessa. Nada dele me interessa. Eu não quero isso.

— Tem certeza? Você precisa se acalmar e pensar com clareza. Tem de ter certeza de que é isto que quer. Porque, dependendo do que fizer, do que falar, suas atitudes vão fazer sua alma gêmea ir para longe, talvez para sempre. Pense muito antes de fazer qualquer coisa, para que não seja tarde demais depois. Não faça nada de que possa se arrepender.

— Eu não quero me envolver com alguém que tenha namorada. Uma namorada como a Carla. E me envolver com o Luigi, logo ele?

— O fato de namorar a Carla não impede que ele te ame. Nem você a ele. Se realmente o amar, pode e deve lutar por ele. Não tem como você perder esta briga, ele está no seu destino. Só você pode encerrar a série de magia que ela vem fazendo. Só você pode libertá-lo ou deixá-lo para sempre com a Carla. — Sônia suspirou e colocou uma das mãos no ombro de Flávia. — Pense em tudo com calma. Vou te deixar aqui sozinha, mas, qualquer coisa, estou em casa.

— Obrigada.

Flávia levou sua vizinha até a porta e depois foi para o quarto, com vários pensamentos na cabeça. Ela se sentou na cama, abraçando o travesseiro e fechou os olhos. Não conseguia parar de pensar no beijo que Luigi lhe dera. Era diferente do de Felipe, assim como seu efeito nela. Havia sentido algo que nunca sentira antes e agora, que sabia que ele era sua alma gêmea, tinha certeza de que Luigi sentira o mesmo.

Estava confusa e não conseguia decidir se era melhor continuar sofrendo por Felipe, que nunca seria seu, ou se devia lutar por Luigi. Parecia que seu coração estava apertado e machucado e era como se uma grande angústia tivesse tomado conta dela.

— Eu não sei se quero você, Luigi... — disse baixinho.

Capítulo 16

Luigi esperou encontrar Flávia na UFV na quinta, mas isto não aconteceu. Tinha certeza de que queria vê-la, apesar de tudo. Gostava dela e agora isto estava claro. Sentia uma grande necessidade de olhar para o rosto dela, nem que fosse de longe. Sabia que o sentimento por Flávia crescia cada dia mais e era mais forte do que já sentira por alguém antes, até mesmo por Carla, por quem pensou ser completamente apaixonado. Estava errado. Não era apaixonado por Carla, podia gostar dela, sim, mas não a amava. Não, isso não, porque o que sentia por Flávia ia além da paixão.

Ele caminhava pelo prédio da Biologia. Era sexta-feira de tarde, suas aulas daquela semana acabaram e agora precisava de uma cerveja bem gelada. Era o que ia fazer assim que chegasse em casa, chamar Felipe para ir até o Lenha. Talvez Mauro e Gustavo também aceitassem. Quem sabe no Lenha, que era quase ao lado do prédio de Flávia, conseguiria vê-la? Poderia ser que Gustavo a chamasse, sem mencionar a presença de Luigi.

Ele descia as escadas da Biologia para alcançar o térreo enquanto pensava. Precisava decidir o que fazer. Procurar Flávia? Tinha suas dúvidas. Será que ela realmente o odiava como havia dito? Não seria difícil. Pela sua reação, com certeza amor não era o que sentia, embora fosse o que ele esperava. Ainda se lembrava do beijo, do gosto dos lábios de Flávia. Havia sido bom. Não se arrependia de ter roubado aquele beijo, mesmo que fosse o único que teria, mesmo que isto fizesse com que ela se afastasse completamente dele. Pelo menos teria essa lembrança para sempre.

Luigi chegou até seu carro, parado no estacionamento entre o prédio de Biologia e o de Solos, quando viu o carro de Flávia estacionado mais à frente.

Ela está aqui, pensou. Sentiu o corpo todo arrepiar e o coração acelerar. *O que eu faço? Fico esperando? Olho só de longe?*

Luigi estava em dúvida, mas sabia que precisava decidir rápido. Não ia demorar para Flávia aparecer.

— Ok, eu a espero, vejo como vai reagir e tento conversar, dependendo de como for — disse baixinho, só para ele mesmo.

Ficou encostado na frente da sua caminhonete, com os braços cruzados, esperando. Não demorou cinco minutos e Flávia apareceu, com Gustavo ao seu lado. Eles conversavam animadamente.

— Oi, Luigi — disse Gustavo, acenando de longe.

Flávia virou o rosto e olhou na direção em que o amigo acenava. Ela fechou o semblante e apertou o passo. Luigi ficou estático, sem reação. Estava claro que Flávia não queria saber dele. Sentindo uma dor no peito, apenas a observou entrar no carro.

— Você vai comigo, Gustavo? — perguntou ela rispidamente.

Gustavo estava no meio do caminho, entre os dois. Olhava para ambos, sem saber o que fazer.

— Vá com a Flávia, eu ainda tenho algumas coisas para fazer na Biblioteca. — disse Luigi, tentando controlar a falha na voz, que estava presa na garganta.

Gustavo olhou com pesar para Luigi e depois entrou no carro de Flávia, que saiu colocando um pouco mais de velocidade que o carro permitia. Luigi ficou olhando para o nada. Entrou na sua caminhonete e ficou ali parado por um longo tempo, apenas sentindo as lágrimas rolarem pelo seu rosto. Deu a partida no carro e seguiu rumo à casa de Carla.

Lauren chegou à casa de Flávia e entrou logo. Sabia que a porta estava aberta, pois a amiga havia lhe falado pelo telefone para entrar direto assim que chegasse.

Encontrou Flávia no quarto, sentada na cama, olhando para frente.

— Oi, Flá, fiquei feliz com seu telefonema. Desde quarta que a gente não conversa, você tem estado tão quieta, distante.

— Eu sei, me desculpa. Aconteceram algumas coisas...

— Não esquenta. A Sônia falou que era para te deixar em paz esses dias, imaginei que você precisava de um tempo.

— É, eu precisei. Acho que ainda preciso. Mas estou confusa, sofrendo e preciso falar com alguém. Com você, na verdade, que é minha amiga.

Lauren se sentou na cama, de frente para ela.

— Bom, estou aqui para tentar te ajudar.

Flávia contou o que aconteceu para Lauren. Falou do beijo, do tapa, da conversa com Sônia e do encontro com Luigi alguns instantes antes na UFV.

— Nossa... Que história! Nem sei o que falar.

— Pois é. Isso é o que aconteceu comigo essa semana.

— Por isso que o Luigi está tão estranho esses dias. O Gustavo me falou, disse que ele fica o tempo todo dentro do quarto, trancado.

— Não quero gostar dele — disse Flávia com a voz chorosa.

— Acho que você não tem escolha.

— Eu não quero ficar com o Luigi. Não quero me meter entre ele e a Carla, não quero estragar um namoro.

— Ah, por favor, né, Flávia? A menina está roubando sua alma gêmea e você preocupada com ela?

— Não é isso... Mas não gostaria que alguém chegasse e tomasse meu namorado.

— Nem era para estarem namorando se ela não o tivesse enfeitiçado.

— Eu sei... — ela olhou para baixo. Mexia na beirada do casaco azul que usava.

— Bom, se isto serve de consolo, eles terminaram.

— Terminaram? — Flávia não escondeu o espanto. Olhou para Lauren. Um misto de sentimentos tomou conta dela e não conseguiu discernir se era bom ou ruim.

— Sim, na quarta mesmo.

O Luigi chegou e se enfiou no quarto depois que saiu da UFV. Agora eu sei que foi depois que ele saiu daqui. O Gustavo não estava em casa, mas o Felipe e o Mauro presenciaram toda a cena e contaram para nós. A Carla apareceu lá, eles dois brigaram feio e o Luigi mandou-a embora. Depois disso, ela não voltou mais lá nem eles se falaram pelo telefone.

— Isso não quer dizer nada, pode ter sido apenas uma briga.

— Apenas uma briga? A Sônia disse que ela chegou bufando na MinaZen e comprou várias coisas. Com certeza para tentar mantê-lo ao lado dela com magia, mas ela sabe que isto não vai adiantar. — Lauren olhou para Flávia. — Você não percebe o que isto significa? O Luigi está deixando a Carla, está se afastando porque está se apaixonando por você.

— Eu não quero que ele se apaixone por mim — sussurrou ela, sem convicção na voz.

— Não quer mesmo?

Flávia olhou para Lauren e suspirou.

— Não sei. Não sei o que quero. Estou muito confusa, Lauren. Mais do que na época em que estava envolvida apenas com o Felipe.

— Olha, por que você não deixa rolar? Agora com a Carla fora da jogada fica mais fácil, você vai conhecendo ele aos poucos. Tente olhá-lo sem essa raiva, ou seja lá o que for que você sente pelo menino, coitado. Quem sabe você não vê que é bom gostar dele?

— Pode ser. — Flávia segurou uma das mãos de Lauren e sussurrou. — Acho que estou com medo.

— Medo de quê?

— Não sei... De sofrer...

— Não garanto que você não vá sofrer, mas se ele é sua alma gêmea, e disso eu não tenho dúvidas, você vai ver como é bom demais. Eu não consigo imaginar mais a minha vida sem o Gustavo.

— Pode ser — ela deu um sorriso sem graça.

— Estou indo agora para o Lenha. O Gustavo, o Felipe e o Mauro também estão lá. O Felipe avisou o Luigi, que deve ir para lá também. Vamos comigo. É uma boa forma de começar a vê-lo com outros olhos.

— Ele deve estar morrendo de raiva de mim.

— Nada que você não possa consertar. Além do mais, ele te ama. Se não te ama ainda, vai te amar daqui a pouco.

Flávia balançou a cabeça, concordando. Decidiu ir até o Lenha para ver o que acontecia. Não iria mais ficar em casa sofrendo sozinha. Como Lauren falou, devia dar uma chance a Luigi, embora ainda não estivesse cem por cento certa quanto a isto. Levantou-se e trocou de roupa, para sair com a amiga.

As duas chegaram ao Lenha e Flávia parou na porta, assim que olhou para a mesa que os meninos ocupavam.

— Eu não acredito nisto! — Murmurou. Lauren olhou e abriu a boca, espantada.

— Flávia, eu juro que não sabia...

Na mesa, além de Gustavo, Mauro e Felipe, estavam Luigi e Carla, os dois abraçados. Flávia sentiu uma grande raiva tomar conta dela, como se estivesse fazendo papel de boba nas mãos de Luigi. Começou a se arrepender de pensar nele de modo diferente do que vinha pensando desde que o conhecera. Por alguns instantes, teve vontade de se virar e ir embora, mas uma ideia surgiu em sua cabeça.

— Não desminta nada do que eu falar.

— O que você vai fazer?

Flávia não respondeu. Elas foram em direção à mesa e Flávia cumprimentou todos com um aceno, dando um beijo na bochecha de Felipe. Viu Luigi com o canto dos olhos e percebeu que ele não gostou da cena. Lauren se sentou ao lado de Gustavo.

— Senta aí, baixinha — disse Felipe, se levantando e pegando uma cadeira para Flávia.

— Não se preocupe, não vou ficar. Vim só falar um oi para todos e ver se você topa ir ao Leão jogar sinuca mais tarde, fazer um duelo comigo.

— É claro que eu topo. Você está me devendo uma vitória.

— Vai contando com isso. — Flávia olhou rapidamente para Luigi. Voltou a olhar para Felipe. Ele sorria para ela, o lindo e largo sorriso que sempre tinha no rosto. — Vim mesmo só combinar com você.

— Não vai nos dar a alegria da sua presença? — perguntou Mauro.

— Não, fica para a próxima. Combinei de jantar com a Sônia, minha vizinha. — Flávia olhou novamente para Felipe. — Vou estar lá em casa te esperando. Se não estiver lá na hora que você passar, toca no apartamento ao lado. É a casa da Sônia.

— Falou. Prepara o sofá-cama que vou baixar por lá hoje.

— Claro.

Flávia deu outro beijo na bochecha de Felipe e novamente percebeu a cara fechada de Luigi. Aparentemente ninguém mais percebeu. Ela deu um aceno para todos e deixou o local.

Luigi olhava furiosamente aquela cena. A vontade era de voar no pescoço de Felipe. Seu melhor amigo e a garota de quem ele gostava. Mas sabia que não podia fazer nada, estava com Carla e Flávia não dava a mínima para isso. Era óbvio que gostava de Felipe. Luigi não entendia como seu amigo não queria namorá-la. Ele não pensaria duas vezes antes de largar Carla por Flávia. Tentava pensar em algo, alguma desculpa para ir atrás dela. Levantou-se de repente.

— O que foi, amor? — perguntou Carla, assustada com a rápida ação dele.

— Esqueci meu celular no carro. Vou lá pegar. — Luigi deu um passo para longe da mesa, mas Carla o segurou.

— Tem certeza? Acho que você colocou no bolso.

— Tenho. — Luigi agradeceu pelo casaco que usava tampar o celular que realmente estava no bolso. — Ficou no carro. Já volto.

— Deixa de ser chata, garota, ele não vai fugir de você. Infelizmente — disse Felipe, dando um gole em sua cerveja.

— Engraçadinho. — Carla cruzou os braços, com raiva.

Do lado de fora do Lenha, Luigi correu para alcançar Flávia.

— Flávia, espera! — gritou ele. Ela olhou para trás, parecendo não acreditar no que via. Isto deixou Luigi em dúvida. — Quero falar com você.

— O que foi? Estou com pressa, tenho hora marcada. E não acho que sua namorada vá gostar de te ver aqui conversando comigo.

Luigi sentiu como se cada palavra dela entrasse em seu corpo como uma facada.

— É rápido... Eu... Eu quero pedir desculpas por quarta-feira. Agi mal.

— Agiu mesmo — ela foi seca. Seca e ríspida.

— Desculpa. Pensei que você também queria o beijo. Eu achei que você... Desculpa, devia imaginar que você ainda não tinha esquecido o Felipe. — Luigi a encarou. Era um sorriso sarcástico, de vitória, que havia no canto dos lábios dela? Ele não tinha certeza.

— Eu não acho uma boa ideia sair beijando os outros sem permissão, ainda mais quando se tem uma namorada — as palavras dela continuavam duras.

— Era minha intenção terminar com a Carla. Eu cheguei a terminar, queria tentar ficar com você, mas depois do olhar que você me deu hoje de tarde... Estou sendo sincero, desculpa. Não devia falar essas coisas, sou amigo do Felipe. É por isto que voltei para a Carla, percebi que era burrice minha ficar insistindo em algo que não tinha o menor futuro.

Flávia ficou quieta alguns segundos. Ele não conseguia saber o que se passava na cabeça dela. Raiva? Frustração? O semblante dela estava duro, difícil de decifrar.

— Luigi, desculpa se você entendeu mal. Fico feliz em ver que está dando certo com a Carla. — A voz dela pareceu cheia de cinismo, mas ele não tinha certeza. — Vamos apenas ser amigos. Ou colegas de curso. É melhor para todos.

— Se é o que você quer...

A conversa dos dois foi interrompida por alguém chamando o nome dele. Luigi olhou para trás e viu Carla vindo em direção a eles.

— Deixa eu ir, não quero nenhuma cena de ciúmes — disse Flávia, já saindo, não dando tempo de ele responder. Luigi a olhou mais uma vez, suspirou e se virou para Carla.

— O que você conversava com ela?

— Sem cenas ou eu largo você aqui. Olha o que nós combinamos antes, quando fui até sua casa conversar com você. Sem crises de ciúmes ou eu termino tudo.

Carla pareceu gelar.

— Eu só queria saber o que você conversava com essazinha aí.

— Essazinha tem nome: Flávia. E eu só estava falando do Felipe, nada de mais — mentiu. — Vamos voltar para o Lenha. — Luigi passou por Carla e pegou a mão dela, puxando-a para o restaurante. Carla parou e colocou a mão livre na testa, se escorando no muro. Luigi franziu a testa. — Você está bem?

— Não sei. Fiquei tonta de repente.

— Quer ir para casa? — ele se aproximou preocupado.

— Não, está passando. Foi uma vertigem que tive, eu acho.

— Tem certeza de que não quer ir embora?

— Tenho, estou melhor.

Luigi balançou a cabeça, abraçou Carla e voltou para o Lenha.

Sônia não demorou a abrir a porta. Encontrou Flávia com uma expressão aflita.

— O que aconteceu? — ela estranhou o jeito da vizinha.

— Tudo. Ou nada, sei lá. — Flávia entrou. — Você tem um tempinho para ouvir um coração aflito?

— Claro. Estou terminando de me arrumar, vou para o Lenha mais tarde.

— O Lenha... — Flávia suspirou.

— Por que não me conta o que aconteceu?

— Ok... Nem sei por onde começar.

— Vem cá. — Sônia levou Flávia para o quarto dela e colocou-a na cama.

— Senta aí e se acalma um pouco. Enquanto eu troco de roupa, você me fala o que aconteceu.

Flávia concordou com a cabeça e começou a contar.

— Bom, resolvi seguir seu conselho e o da Lauren. Pensei bastante, tentei escutar meu coração, que anda bem confuso. A Lauren foi lá em casa agora há pouco, falou um monte de coisas, disse que o Luigi tinha terminado com a Carla e que eu devia tentar vê-lo com outros olhos. Para ver o que achava dele, sabe...

Sônia concordava, enquanto se vestia. Já imaginava como a história de Flávia terminaria.

— Fico feliz em saber que você escutou seu coração.

— Mas eu não... Desde que você falou comigo que não paro de pensar... Não queria gostar dele, mas estou gostando e isto me assusta demais.

— Por que ele ainda está com a Carla, não é mesmo?

— É — ela ficou alguns segundos quieta. — Você sabe mesmo das coisas.

— É só um sexto sentido. Percebi que era isto que você ia me contar.

— Fui para o Lenha porque os meninos estão lá e a Lauren falou que ele também estaria, sozinho. Só que cheguei lá e eles estavam juntos, eles voltaram. Eu dei uma desculpa esfarrapada para não ficar lá e vim embora. Quando saí do Lenha, ele veio atrás de mim. Falou algumas coisas que me deixaram grilada, mas ao mesmo tempo mais irritada, se é que isto é possível.

— O que ele falou?

— Que gosta de mim... Que queria ficar comigo, mas sabe que eu não gosto dele, que gosto do Felipe, então ele resolveu sair do caminho...

— Hum... Que confusão.

— Ele disse que tinha mesmo terminado com a Carla, mas que decidiu voltar hoje porque eu dei um gelo nele na UFV. Que aí ele percebeu que eu gostava do Felipe e que ele tinha de ficar com a Carla ou algo assim. — Flávia abaixou a cabeça, apoiando-a nas mãos. — Eu não sei mais o que fazer, tudo dá errado.

— Calma. — Sônia se aproximou e colocou as duas mãos nos ombros da vizinha. Ela se abaixou, ficando na direção de Flávia. — Você não pode querer que saia tudo perfeito. Sua história com o Luigi está tendo muita influência da magia que a Carla faz. É assim mesmo, você tem de lutar.

— Eu não sei se quero lutar contra isto.

— Cabe a você decidir, como eu já tinha te falado.

— É muito cansativo. Já não basta o que passei com o Felipe, agora também tenho de sofrer com o Luigi?

— Você só tem mesmo que decidir se quer ficar com o Luigi e pronto.

— Não é tão simples assim.

— É sim. Basta você decidir e deixar que ele saiba sua decisão. Se você quiser ficar com o Luigi, ele vai vir para você. Simples assim.

Flávia ficou pensativa, olhando Sônia. Ela mordeu o lábio inferior.

— Você acha que se eu quiser ficar com o Luigi, ele larga a Carla?

— Tenho certeza que sim. Por mais que ela tente, ninguém pode contra um grande e verdadeiro amor, nem a mais forte das magias. Por enquanto está dando certo porque você está indecisa, pois ele já se decidiu. A partir do momento em que você decidir, fica mais fácil. Ele é sua alma gêmea, está no seu destino. Nada pode separar vocês dois, a não ser vocês mesmo.

— Não sei... Sabe, eu acho que a Carla desconfia de algo.

— Ela não desconfia. Ela sabe que é você.

Flávia a olhou assustada.

— Sabe?

— Sim, ela é uma bruxa também, esqueceu disto? Ela soube no final de semana que vocês foram para Tiradentes, na cachoeira.

— Como você sabe disto?

— A Lauren me contou.

— A Lauren também sabia? Ela tinha de ter me falado.

— Eu que não deixei a Lauren te contar, não vá brigar com sua amiga.

— Por que vocês não me falaram nada?

— De que ia adiantar? Não é algo que alguém tenha de te falar, você precisava descobrir sozinha.

Flávia ficou quieta, um pouco atordoada, lembrando-se das vezes em que encontrou Carla após a viagem. De repente sentiu uma grande angústia invadir seu corpo e o medo tomou conta dela.

— Ela pode fazer algo contra mim?

— Ela pode tentar, mas acho difícil conseguir. A magia da *Wicca* não foi feita para prejudicar os outros. Mas você pode se prevenir, fazendo uma magia para se proteger.

— Como eu faço isto?

— Primeiro precisa arrumar uma foto dela.

— Eu acho que tem algumas da viagem de Tiradentes lá em casa, serve?

— Sim. Se tiver mais gente na foto, é só recortar o rosto dela.

— É claro que tem mais gente, você acha que eu iria tirar uma foto da Carla sozinha? — Flávia e Sônia riram. — Espera um pouco que vou lá pegar. Você tem o resto do material aí para a magia? Podemos fazer agora?

— Tenho sim e podemos fazer agora. Vá lá, eu espero.

Flávia correu até seu apartamento. Entrou no quarto rapidamente e revirou os álbuns de fotografia na tentativa de encontrar uma foto que servisse. Achou uma em que estavam ela, Felipe, Carla e Luigi. Carla estava na ponta, o que facilitou para cortar a foto. Eles estavam sentados em uma mesa e ela não abraçava Luigi, o que ajudou. Flávia cortou Carla fora da foto e ficou olhando para o que sobrou. Riu ao perceber que ela ficara entre Luigi e Felipe.

— A foto fica melhor assim — disse e saiu de casa, deixando o quarto bagunçado. Foi ao encontro de Sônia, estendendo a foto. — Serve?

— Sim, perfeito. — Sônia havia preparado tudo enquanto Flávia fora ao seu apartamento. — Agora você acende esta vela e o incenso.

Flávia acendeu a vela branca e o incenso de mirra. Sônia entregou a foto para que ela segurasse na mão direita e uma fita branca de cetim na mão esquerda.

— Prenda uma das extremidades da fita na foto com a parafina da vela. Flávia pingou cerca de oito gotas na foto e prendeu a fita.

— Agora comece a enrolar a fita no sentido anti-horário na foto. Repita comigo: 'Carla Euclides Longoia, eu, Flávia Callaghan Borioni, te impeço e te proíbo de fazer e cometer o mal contra outras pessoas e contra você mesma'.

Flávia fez o que Sônia mandava e, enquanto repetia as palavras que ela ditava, enrolou a fita na foto, até terminar.

— Agora prenda de novo a ponta livre da fita com parafina.

Flávia fez o que Sônia mandou e com mais oito gotas de parafina terminou de prender a fita.

— Agradeça aos Deuses e Deusas e depois enterre isto ao pé de uma árvore bem bonita, mas que seja longe de casa.

— Puxa, tenho de procurar alguma...

— Se quiser, podemos ir até a UFV. Lá têm muitas.

— Você iria lá agora comigo?

— Por que não?

As duas foram até o carro de Flávia, com Sônia carregando Rabisco. Em pouco tempo encontraram um ipê amarelo próximo à Reitoria. Flávia desceu do carro e enterrou a foto de Carla. Sônia e Rabisco observaram de longe. Ao voltarem para o prédio, Sônia deixou Rabisco em casa e parou na frente do apartamento de Flávia, antes de ir para o Lenha.

— Acalme seu coração e decida. Não fique remoendo nada, nem com raiva dele. Tente se colocar na posição em que o Luigi está. Ele pensa que você é apaixonada pelo seu melhor amigo, é claro que vai sair do caminho.

Flávia balançou a cabeça, concordando.

— Vou fazer isto. Vou para casa, tentar colocar o pensamento em ordem. Cada hora que eu decido uma coisa, acontece algo para me fazer voltar a ficar confusa.

— Faça isto. Pense com carinho e reflita. Ele se declarou, mostrou o que sente. Resta a você decidir qual caminho seguir e mostrar sua decisão, seja para ele se aproximar, seja para se afastar.

Flávia abraçou Sônia e entrou em casa, enquanto a vizinha descia as escadas em direção ao Lenha. Foi para seu quarto e se sentou na cama, segurando o restante da foto que cortara. Sem pensar muito, tampou Luigi e a observou ao lado de Felipe. Depois fez o mesmo, tampando Felipe. Flávia sentiu um arrepio percorrer todo seu corpo e o coração acelerar. Não havia reparado antes em como os dois pareciam perfeitos juntos. Qualquer pessoa que os visse como um casal saberia na hora que um estava destinado ao outro. Ela sentiu uma lágrima escorrer pelo seu rosto enquanto um sorriso brotava em sua boca.

Felipe tocou a campainha e Flávia não demorou a atender a porta.

— Entra aí. Já estou quase pronta, rapidinho termino de me arrumar — ela foi para o quarto colocar os brincos e uma pulseira. Assustou-se ao ver Felipe encostado na porta, com os braços cruzados.

— Você está diferente hoje — disse ele, exibindo o sorriso de que Flávia tanto gostava, que estranhou quando percebeu que isto já não mexia mais com ela como antigamente.

— Diferente como? Isso é bom ou ruim?

— Acho que bom, mas vai depender do que você achar disto.

Ele se aproximou rapidamente, sem deixar tempo para Flávia reagir. Foi como na primeira vez em que os dois se beijaram, ela não conseguiu pensar até a hora em que seus lábios se tocaram. Sentiu um frio no estômago, mas foi diferente das outras vezes. Seu coração já não batia mais acelerado. Ela o afastou com delicadeza, ficando em frente a ele.

— Felipe, eu não acho que... Não sei como explicar. Ele sorriu e deu alguns passos para trás.

— Não tem problema, você não é obrigada a ficar comigo.

— Não é isso. Só acho que não deve acontecer mais. Somos amigos e isto pode acabar prejudicando nossa amizade. Quase já prejudicou. — A última frase escapou de sua boca antes que ela pensasse. Felipe a encarou, com a testa franzida.

— Quase prejudicou?

Flávia suspirou. Já havia falado, agora era hora de tentar consertar ou falar a verdade. Refletiu e viu que era melhor jogar limpo.

— Eu me deixei envolver das outras vezes... Fiquei um tempo apaixonada e sofrendo por você.

Felipe se assustou com as palavras dela. Ficou hesitante, pensando no que dizer.

— Eu achei que você só curtia quando a gente ficava. Não imaginei que tinha se envolvido... Não sabia. — Felipe estava sendo sincero e isto fez com que Flávia se sentisse bem.

— Não se culpe. Eu que me deixei envolver.

— Se soubesse, teria agido diferente.

— Eu sei. — Flávia sorriu, sabia que era verdade. — Mas hoje, agora quando você me beijou, eu vi, percebi que já não sinto mais o que sentia antes. Agora tem só a amizade, restou o carinho. Não quero estragar novamente.

— Eu entendo. Você está certa — ele balançou a cabeça, envergonhado.

— Desculpa se algum dia te fiz sofrer, baixinha, gosto muito de você. Gosto do seu beijo, de ficar ao seu lado, de conversar com você.

— Podemos continuar com tudo, menos os beijos — ela riu, ele também.

— Fica a amizade mesmo, só amizade, nada mais.

— Tá — ele passou a mão no cabelo, nervoso. — Tem outro na jogada?

— Sim e não — ela suspirou, sabendo que não poderia revelar o que vinha acontecendo na sua vida nas últimas semanas. — Mas não quero falar sobre isso.

— Ok. Ainda vamos ao Leão? — Felipe sorriu, tentando melhorar o clima.

— Claro, hoje estou sentindo que vou ganhar de você.

— Baixinha, você decididamente está convencida demais.

— Fazer o que se você só perde?

Eles se abraçaram e Felipe deu um beijo na cabeça de Flávia.

— Vamos? — perguntou ela.

Capítulo 17

Luigi estava acordado fazia algumas horas. Já havia andado de um lado para o outro da casa, ligado o computador, tentado estudar. Não conseguia se concentrar em nada, seus pensamentos estavam todos em Felipe e Flávia juntos. Sentia uma dor sufocante dentro do peito ao pensar nos dois no Leão, depois indo para o apartamento dela, com Felipe dormindo lá.

Estava na sala com a TV ligada, mas não prestava atenção no que passava na tela. Toda hora se perguntava se havia agido certo ao voltar para Carla, mas o que podia fazer? Flávia o detestava e era apaixonada por Felipe. Sua única opção no momento era deixá-la em paz. Luigi foi acordado de seus pensamentos pelo barulho da chave na porta. Era Felipe. Luigi se levantou em um pulo.

— Grande Luigi. — Felipe entrou e cumprimentou o amigo. — Cadê todo mundo?

— O Gustavo foi almoçar na casa da Lauren. O Mauro foi até a casa de um amigo ou na UFV, não me lembro.

— Entendi. Bom, deixa eu tomar um banho. — Felipe foi para o seu quarto e Luigi o seguiu.

— A noite foi boa? — ele não queria saber a resposta, mas precisava perguntar.

— Foi. Ontem consegui vencer a Flávia na sinuca. — Felipe abriu um largo sorriso.

— Você dormiu na casa dela? — Quase engasgou ao fazer a pergunta.

— Dormi. — Felipe tirava algumas roupas de seu armário, sem dar muita atenção a Luigi.

— E?

— E o quê?

— O que aconteceu?

— Nada. — Felipe deu de ombros, ainda mexendo no armário.

— Nada?

— É.

— Duvido. — Luigi estava com um pouco de raiva na voz, mas Felipe não percebeu.

— Não aconteceu nada, cara. — Felipe suspirou.

— Você não devia brincar com a Flávia desse modo.

Felipe parou de mexer no armário e olhou para Luigi, que estava encostado na mesa de estudos do amigo, com os braços cruzados.

— Qual o problema? Eu cansei de dormir na casa dela.

— Não estou falando disso.

— Do que você está falando então? — Felipe levantou a sobrancelha, sem entender aonde Luigi queria chegar.

— Você sabe. Todo mundo sabe. Que ela é apaixonada por você. Felipe deu uma gargalhada. Luigi cerrou os olhos, com raiva.

— Acho que todo mundo está desinformado.

— Como assim? — Luigi franziu a testa.

— Ela não gosta de mim. Não desse jeito.

— É claro que gosta. Dá para ver.

— Ela não é apaixonada por mim, cara. Eu dei um beijo nela ontem e ela me afastou. Disse que já sentiu algo, mas que passou, que agora gosta de mim apenas como amigo. Ela parece estar gostando de outra pessoa. — Felipe suspirou e fechou a porta do armário.

— Sério? — Luigi deu um sorriso, mostrando as covinhas ao lado da boca. Seus olhos brilharam e Felipe percebeu.

— Por que esta felicidade toda?

— Nada. — Luigi abanou a cabeça e saiu do quarto, tentando disfarçar a alegria. Felipe foi atrás dele.

— Nada não, volta aqui. Você ficou feliz com o que eu te falei. — Felipe conseguiu segurar o braço de Luigi antes que ele se afastasse muito. Os dois ficaram um tempo se encarando, até que Felipe arregalou os olhos. — É o que eu estou pensando?

Luigi não respondeu de imediato. Felipe ficou encarando o amigo.

— Não sei o que você está pensando.

— Você está gostando dela? — perguntou, espantado. Luigi ficou quieto e Felipe sorriu. — Meu Deus, você está apaixonado pela Flávia!

Luigi soltou seu braço da mão de Felipe e deu um passo para trás.

— Desculpa — ele olhou para baixo, envergonhado. — Não tive intenção, sei que vocês têm um lance...

— Que desculpa o quê! Que lance que nada! Isto é maravilhoso! — Gritou

Felipe. Luigi olhou para ele sem entender nada.

— Maravilhoso?

— É. Só Deus sabe o quanto eu quis que algo deste tipo acontecesse para você largar a Carla. Ela não te faz bem... E agora aparece a Flávia, que é perfeita para você.

— Não é tão simples assim.

— Claro que é, basta você terminar com a Carla e ficar com a Flávia. Aliás, por que você voltou para ela se já estavam separados? Por que não foi atrás da Flávia?

— Eu tentei. — Luigi foi para a sala e se sentou no sofá menor. Felipe o seguiu e ficou em pé, parado em frente a ele. Luigi estava com o cotovelo apoiado no joelho e as duas mãos cobrindo o rosto. — A Flávia não gosta de mim.

— Sério?

— Acho que ela me odeia.

— Mas por quê? Como alguém pode te odiar?

— Não sei por que ela me odeia... Na quarta, dei um beijo nela e ela revidou com um tapa no meu rosto.

— Caramba. — Felipe arregalou os olhos. — Por isso você estava daquele jeito? Foi isso então que aconteceu?

Luigi balançou a cabeça e olhou para Felipe.

— Eu voltei para a Carla porque, depois do que aconteceu quarta, percebi que a Flávia não gosta de mim. Tentei conversar, mas ela não deu espaço. Então pensei que ela tinha agido como agiu por sua causa.

— Por mim não foi, por causa do que aconteceu ontem. Mas pelo que ela falou, está gostando de alguém, mas não sou eu.

— Quem pode ser?

— Não faço ideia. — Felipe balançou a cabeça para os lados.

— O Bernardo?

— Não, sem chances. Não pode ser você? — Felipe se sentou ao lado de Luigi e colocou uma das mãos no ombro do amigo.

— Acho que não. Depois de tudo que aconteceu acho que não sou eu.

— Bom, posso tentar descobrir algo. E tentar te ajudar também.

— Valeu. — Luigi sorriu.

— Você devia ter me falado antes.

— Eu pensei que de alguma forma você gostasse dela mais do que só como amigo. Não quis atrapalhar.

— Imagina! Mesmo que fosse verdade, você é como se fosse meu irmão. Somos amigos.

— Eu sei. Estou feliz por ter te contado, é como se tirasse um peso dos meus ombros. — Luigi riu e depois deu um longo suspiro. — Não acredito que fiquei aqui sofrendo a noite toda à toa. Mal preguei os olhos pensando em vocês dois, no que poderia estar acontecendo.

— Mas é um bobo mesmo. — Felipe abraçou o amigo e bagunçou seu cabelo. — E vamos começar o plano de ataque agora mesmo — ele se levantou e pegou o telefone.

— O que você vai fazer? — Luigi se levantou também e se aproximou de Felipe.

— Nada de mais, apenas convidar a Flávia para almoçar. — Felipe pegou o telefone e impediu que Luigi se aproximasse mais ao esticar seu braço e o segurar com a mão. — Alô, baixinha? Sim, sou eu. Escuta, você não quer almoçar comigo no Lenha? É, não tem ninguém aqui em casa, não quero almoçar sozinho. Sério que você já estava indo para lá? Que transmissão de pensamento — ele piscou para Luigi, que ainda não entendia o que Felipe pretendia. — Pois é, almoçar sozinho é muito chato. Ok, então a gente vai lá, mas você não quer passar aqui em casa antes? Ainda preciso tomar banho, trocar de roupa... Ok, estou te esperando então. — Felipe desligou e riu para Luigi, indo para seu quarto. Ele trocou a camisa, enquanto Luigi estava encostado na porta.

— Não me diga que você vai para o banho e vai me deixar aqui sozinho esperando a Flávia?

— Não sou tão idiota assim, né? Meu banho fica para quando voltar do almoço porque se ela chegar e encontrar você aí parado na sala pode desconfiar ou pode ir embora, já que você disse que ela parece não querer ficar perto de você.

— Isso que estava pensando... Ela não ia ficar muito feliz de me ver aqui... Mas o que você pretende?

— Você vai para o quarto. Quando ela chegar, você aparece com cara de sono. — Felipe olhou para Luigi. — Nem precisa fingir muito, essa sua cara aí já está boa — ele brincou, fazendo Luigi rir. — Aí finge que você estava dormindo.

— Dormindo até essa hora? Ela vai achar que a noite com a Carla foi boa, não quero isso.

— Hum... Finge que você acordou cedo para sei lá o que, inventa algo aí, fala que você levou a Carla para casa ontem depois do Lenha, isso é importante, ela saber que vocês não dormiram juntos.

— Você está me saindo um belo estrategista.

— De vez em quando temos de colocar a cabeça para funcionar — disse Felipe, batendo com o dedo indicador na sua testa. — Aí você vai almoçar junto com a gente.

— Não sei... Acho que ela não vai gostar muito de eu ir junto.

— Ela não tem de gostar. Você vai e pronto, lá a gente vai se descontrair, ela começa a gostar de você.

— Para você tudo é fácil... Eu já tentei fazê-la gostar de mim.

— Uma coisa de cada vez, Luigi. Primeiro vamos ao meu plano, depois a gente vê como ela reage. Eu do seu lado, agora sabendo de tudo, posso ajudar mais facilmente, né?

— Ok, vamos ver se dá certo... — Luigi ainda estava receoso. A campainha tocou e eles se olharam. — Vou para o meu quarto.

Luigi entrou no quarto e fechou a porta. Felipe foi até a sala e olhou pela janela. Viu Flávia acenando do lado de fora.

— Entra aí, baixinha, a porta está aberta.

Flávia entrou e Felipe deu um beijo em sua bochecha.

— Foi abandonado?

— Pois é...

Nesta hora, Luigi entrou na sala, esfregando um dos olhos. Felipe segurou o riso ao ver que o amigo estava todo descabelado. Imaginou a cena de Luigi na frente do espelho colocando o cabelo para cima.

— Oi, gente. — Luigi bocejou. Flávia olhava para ele com o rosto sem expressão alguma, o que o intrigou.

— Uai, você estava aqui em casa?

— Estava no meu quarto dormindo.

— Achei que não tinha ninguém aqui.

— Levantei cedo para levar o Mauro na UFV, depois voltei para a cama.

— Entendi... — disse Felipe. Flávia continuava muda.

— A noite foi boa no Leão?

— Foi, venci a baixinha aqui. — Felipe sorriu e abraçou Flávia, mas logo a soltou ao ver a reação de Luigi.

— Eu saí do Lenha, deixei a Carla em casa e vim para cá. Estava bem cansado — disse Luigi, como se desse satisfação para Flávia. Ela franziu a testa sem entender aquilo e ele pensou se tinha feito certo, mas Felipe não deu tempo de ele tirar nenhuma conclusão.

— Bem, já que está aqui, por que não almoça com a gente? A não ser que você tenha outros planos.

— Não, não tenho nada para fazer. — Luigi olhou para Flávia. — Mas não sei se vocês vão querer minha companhia.

— Claro que queremos, não é, baixinha?

Felipe olhou para Flávia, que alternava seus olhos entre os dois.

— É, eu... — Balbuciou.

— Combinado, então, vá trocar de roupa — disse Felipe, empurrando Luigi. — Senta aí, baixinha.

Flávia e Felipe se sentaram nos sofás da sala e Luigi foi para o quarto e voltou rapidamente. Flávia levantou as sobrancelhas ao ver a velocidade em que ele trocara de roupa.

— Estou pronto — ele sorriu.

— Já? — Felipe olhou para o amigo e balançou a cabeça negativamente, como quem dizia que precisava disfarçar melhor. — É rápido mesmo esse garoto.

— Não ia deixar vocês esperando... — Luigi levantou os ombros, sem graça.

— Está certo. Tem de estar pronto para os outros, não deixar ninguém esperando, principalmente os amigos. — Felipe ficou quieto e de repente começou a rir. Flávia e Luigi o olharam, sem entender nada. — Sabe do que eu me lembrei agora que estamos nós três reunidos? Do dia em que a gente quase destruiu o P.C.

Luigi franziu a testa para Felipe. Flávia revirou os olhos, rindo.

— Que P.C.? — perguntou Luigi.

— Aquele carinha de Lavras que se meteu com o Ricardo naquela festa em Alfenas, lembra?

— Claro! Não lembrava que o nome dele era P.C. Lembro dele sim, da briga... Mas o que a Flávia tem a ver com isso?

— Ela era namorada dele.

— Na época da briga já tinha terminado. — Flávia corrigiu Felipe.

— Sério que você namorou o P.C.? — perguntou Luigi.

— Sim, mas foi bem antes dessa briga aí.

— Eu já tinha contado dessa briga para a baixinha. Só não me lembrava do motivo — explicou Felipe.

— Eu me lembro. Foi por causa de mulher. Você lembra que o Ricardo ficou doido com uma namorada do P.C.? Desta vez, na festa de Alfenas, ele soube que o cara tinha terminado com a menina e falou alguma besteira e... — Luigi parou de falar e ficou congelado, olhando espantado para Flávia. Sentiu-se tonto, como se fosse desabar e apoiou uma das mãos na parede. — Meu Deus! É você a menina! — olhou para Felipe. — Lembra que o Ricardo não parava de falar na tal ruivinha que ele vira em Lavras? Tinha ficado doido por ela, vivia falando que ela era linda, que precisava conhecê-la.

— Nossa, é mesmo, claro que me lembro! — disse Felipe, enquanto Flávia ficava visivelmente envergonhada. — Que mundo pequeno.

— Meu Deus! Meu Deus! É você. — Luigi olhou mais uma vez para Flávia e ela teve a impressão de ver uma lágrima escorrer no canto do olho direito dele quando saiu disparado para o quarto. Ela e Felipe se assustaram com o barulho da porta batendo.

— O que aconteceu? — perguntou Flávia.

— Não faço ideia. — Felipe a olhou. — Já volto — ele foi em direção ao quarto do amigo e entrou lá. Flávia ficou parada na sala, sem saber o que fazer até ser acordada de seus pensamentos pelo barulho da chave na porta. Virou e viu Gustavo entrando.

— Oi, Flavinha, o que faz aqui perdida?

— Vim para almoçar com o Felipe.

— E cadê ele?

— Está no quarto com o Luigi.

Gustavo olhou-a como se não estivesse entendendo o que ela queria dizer.

— Também estou sem entender nada, Gust. A gente estava conversando, o Luigi falou umas coisas do irmão e saiu para o quarto.

— Ih, tristeza baixou nele?

— Acho que não foi algo deste tipo... Bom, fala com o Felipe que eu fui para o Lenha almoçar, estou com fome — ela deu um beijo no amigo e saiu. Imaginou que Felipe não sairia do quarto de Luigi tão cedo e, pelo que havia percebido, não deveria ficar ali esperando por eles.

Dentro do quarto, Luigi andava de um lado para o outro, enquanto Felipe tentava acalmá-lo.

— Fica frio.

— Ficar frio? É ela, a menina por quem o Ricardo foi doido durante um tempão.

— E daí?

— E daí? E daí que eu estou roubando a mulher do meu irmão! — Luigi bateu as duas mãos, que estavam no ar, do lado do corpo.

— Calma aí, agora você está exagerando um pouco.

— O Ricardo era a fim dela!

— Mas eles não ficaram! Ela nem o conheceu.

— Mesmo assim... Meu Deus, como isso foi acontecer? — Luigi colocou as mãos na cabeça. Estava completamente transtornado. A imagem de Ricardo falando de Flávia não saía da sua mente.

— Eu acho que você devia esquecer isto, cara. Você é quem está gostando dela agora. O Ricardo daria força, falaria para você ir em frente e não desistir dela. Ele não iria querer ver você neste estado.

Luigi parou de andar e olhou para Felipe.

— Por que estou me sentindo culpado?

— Não fique, não fique.

Os dois se abraçaram e Luigi chorou no ombro do amigo.

❧❁❧

Flávia chegou ao Lenha e ficou feliz em encontrar Sônia lá, almoçando com George. O casal acenou para ela, convidando-a a se sentar com eles.

— É sempre bom ver você prestigiando o Lenha. — disse George, sorrindo.

— A comida daqui é boa demais.

— Nisto eu tenho de concordar. — Sônia sorriu para Flávia, percebendo que havia algo intrigando a garota.

— Deixa eu me servir. — Flávia foi até o *buffet*.

— Acho que ela tem algo a me contar. — disse Sônia baixinho para George.

— Já entendi. Quando terminar aqui, tenho mesmo de checar como anda a cozinha.

— Você é um amor. — Sônia beijou o marido, no momento em que Flávia retornava à mesa.

— E aí, já está totalmente adaptada a Viçosa? — George quis saber.

— Acho que sim. Eu gosto da cidade, da atmosfera estudantil.

— Deve ser parecido com Lavras.

— De certa forma, sim.

— Eu também sempre gostei daqui. Aprontei muito quando era estudante, me diverti, baguncei. Dei muita dor de cabeça para meus pais — ele riu. — Até ser fisgado por essa maravilhosa bruxa aqui. — George beijou Sônia e se levantou. — Agora vocês me dão licença que preciso ver algumas coisas na cozinha. É como dizem, o olho do dono que engorda a boiada.

George se afastou e Flávia ficou observando.

— Acho legal ele levar na boa esse lance de bruxaria.

— Ele já está acostumado. Afinal, sempre fui uma. — Sônia sorriu para Flávia, que retribuiu.

— Quando ele soube? Como foi? Ele não estranhou?

— Foi uma coisa natural. É claro que não cheguei para ele e falei: eu sou uma bruxa. Talvez ele tivesse saído correndo na hora. Mas fui deixando-o descobrir aos poucos. O George não é burro e foi sacando que eu era diferente, que tinha uma filosofia de vida diferente. Foi mais fácil desta forma.

— Ele nunca quis seguir a *Wicca*?

— Não. Ele já leu vários livros, viu rituais que eu faço, assistiu às celebrações de *sabbats*. Mas eu nunca o pressionei. O que importa, para mim, é ele aceitar e me apoiar.

— Ele parece te amar muito.

— E eu a ele. O George é minha alma gêmea, embora tenha demorado a perceber isto, ao contrário dele.

Flávia suspirou. Terminou de almoçar e um garçom veio rapidamente recolher o prato. Ela apoiou os braços na mesa.

— Alma gêmea... Quero falar com você sobre algo relacionado a isto.

— Eu percebi que você queria falar comigo assim que entrou.

— Não tem como esconder nada de você. — Flávia sorriu. — Eu nem sabia que você estava aqui, vim almoçar e planejava passar na sua casa depois.

— Conte-me o que te aflige.

Flávia olhou para Sônia. Viera da República Máfia pensando sobre o que aconteceu, as coisas que Luigi falara de Ricardo e tudo que envolvia sua vida até aquele dia.

— Você acredita que existe a possibilidade do Ricardo, irmão do Luigi, ser minha alma gêmea, só que como ele morreu o Luigi passou a ser?

Sônia estranhou a pergunta de Flávia e franziu a testa.

— Não, de jeito nenhum. Por que você pergunta isto?

— Porque hoje descobri que o Ricardo já me conhecia, de Lavras. Não me lembro dele, mas ele me viu lá e, pelo que o Luigi falou, se interessou por mim.

— Hum, entendi... Só que o fato do Ricardo se interessar por você não quer dizer nada.

— Mas é que pelo jeito que o Luigi falou, parece que ele ficou bem a fim de mim, entendeu? E o modo como o Luigi reagiu depois que percebeu que eu era a garota de quem o irmão dele não parava de falar... Ele ficou desesperado. Não sei se interpretei direito a cena...

— Não. — Sônia sorriu novamente para ela. — Isto não tem nada a ver. Eu tenho certeza, sua alma gêmea é e sempre foi o Luigi, não o Ricardo. Mas o fato de o Ricardo se interessar por você é fácil de ser explicado. Eles são irmãos, você é a alma gêmea do Luigi, é claro que algo liga vocês. Ou ligava. Se ele não tivesse morrido e você não tivesse vindo para cá, você e o Luigi poderiam se conhecer assim, através do Ricardo.

— Quer dizer que eu poderia ter ficado com o Ricardo? — Flávia se espantou. Nunca passara por sua cabeça dividir os braços de dois irmãos.

— Não necessariamente, mas às vezes acontece. Veja seu caso com o Felipe. Vocês se conheceram logo. Se o Luigi não estivesse fora, você o teria conhecido também assim que chegou a Viçosa, através do Felipe.

— Nunca parei para pensar nisto... É estranho ter ficado interessada nele, um amigo do Luigi.

— É, mas ele te atraiu assim como você o atraiu. Porque vocês têm essa ligação, que é o Luigi. Se o Luigi estivesse aqui no início do ano e não estivesse com a Carla, envolvido na magia dela, provavelmente você não teria ficado com o Felipe.

Flávia sentiu o corpo estremecer. Não sabia se aquilo era bom ou ruim.

— Teria me poupado algumas lágrimas — ela esboçou um sorriso.

— Não pense desta forma. Tudo na vida é válido, qualquer experiência, seja ela boa ou ruim. Você pode ter sofrido, mas viveu bons momentos com ele.

— É... — Flávia colocou a cabeça entre as mãos. — Estou cada vez mais confusa. É muita revelação de uma vez só na minha cabeça. Nunca imaginei que uma simples mudança de cidade pudesse bagunçar toda a minha vida.

— Eu entendo. Você está começando a descobrir mais sobre seu passado e sobre quem você é.

— Uma bruxa. — Flávia soltou uma risada nervosa.

— Uma bruxa forte e boa e que encontrou sua alma gêmea.

— E esta alma gêmea está enfeitiçada por outra bruxa. Parece até história dos irmãos Grimm, agora só falta ela me envenenar com uma maçã.

Sônia caiu na gargalhada.

— Pelo menos você tem senso de humor.

— É que continua sendo tudo muito surreal. Nem sei se algum dia vai deixar de ser. Por exemplo, aquilo que fizemos ontem. Nunca me imaginei fazendo uma magia para me proteger de alguém.

— Não pense assim. O que você fez não é errado, porque não vai fazer mal a ninguém.

— Eu tenho medo. Medo do que ela possa fazer. Eu vi o olhar dela na cachoeira, parecia que queria me fuzilar.

— A Carmem criou a Carla muito mal, pensando que para o amor vale tudo. Vale, se você não prejudicar e atrapalhar a vida de ninguém e se realmente a pessoa for para ficar com você. O Luigi não estava no caminho da Carla, ele foi colocado lá à força.

— A Lauren me falou que ele não dava a mínima para ela antes.

— Sim. Eu não o conhecia na época, só vim saber quem ele era muito depois, quando o vi com a Carla um dia. Mas sabia o que ela estava planejando porque a Carla vivia na MinaZen comprando coisas. Desde o início eu vi muito sofrimento ao lado dela enquanto lutava para fazer com que ele a notasse, e depois também, tentando fazer com que não a largasse. Eu a alertei muitas vezes, mas a Carla não me escuta.

Flávia ficou um tempo pensativa, observando as pessoas à sua volta. Várias famílias, jovens casais e idosos almoçavam no Lenha, todos com o semblante tranquilo e feliz. Por um momento, ela teve inveja deles.

— Você acha que para ele seria melhor se eu desistisse? Se eu o deixasse ficar com a Carla?

— Não, claro que não! — Sônia se assustou. Não podia imaginar que Flávia estivesse pensando em fazer algo desse tipo — ele te ama! Mesmo que você não queira ficar com o Luigi e ele decida permanecer com a Carla, ele vai te amar para sempre e vai sofrer por causa desta rejeição o resto da vida. — Sônia olhou para Flávia e viu como era evidente o conflito interno que ela estava passando. — Você não está pensando nisto, está?

— Eu não sei em que pensar. Acho que poderia deixar de achar ele irritante. Tem horas que ele é bem agradável, mas... Ah, não sei. Talvez pudesse abrir mão disso tudo...

Sônia esticou uma das mãos e passou na cabeça de Flávia. Tentou se manter firme e mostrar calma para a menina.

— Como já te falei, não é algo que você precisa decidir agora. De certa forma, ele não vai fugir.

— Isto é um grande consolo.

Começaram a rir. Ficaram um tempo em silêncio até Flávia se levantar.

— Bom, Sônia, agora vou dar uma volta no Calçadão. Quer ir?

— Não, preciso ir até a MinaZen. Mas não precisa me esperar para irmos juntas até a loja, ainda vou lá falar com o George.

— Ok. — Flávia ia saindo quando Sônia a chamou.

— Flávia, segunda é dia 23, início da primavera. Hoje é dia de celebrar o *sabbat* do Equinócio da Primavera, também conhecido como *Ostara*. Eu vou ao final da tarde no Recanto das Cigarras, se você quiser ir comigo, para ver como é...

Flávia ficou pensativa. Tinha vontade de assistir a uma celebração de *sabbat*, mas sabia que aquele não era o momento ideal.

— Eu não sei, Sônia... Tenho curiosidade de ver como é, mas acho que ainda não é a hora. Ando com tanto conflito, estou muito indecisa quanto a tudo, que não acho que vá ser uma boa companhia para a sua celebração.

Não quero atrair nenhuma carga negativa, afinal, você vai comemorar algo bom.

— Eu entendo. Não tem problema. — Sônia sorriu e elas se despediram. Flávia saiu do Lenha e pegou o celular.

— Oi, Lauren, tudo bom?

— Oi, Flá! Quero saber de tudo sobre ontem, como foi no Leão?

Flávia sorriu com a empolgação de Lauren. Só ela mesmo para se animar com seus rolos amorosos.

— Eu te conto tudo, mas pessoalmente. Está ocupada agora?

— Não, que vir aqui?

— Na verdade, não. Não quero encontrar algum vizinho seu.

— Ixi, já vi que a noite foi uma droga.

— Não, não neste sentido. Estou indo lá no Calçadão dar uma volta, tomar um sorvete, quer ir?

— Claro, não estou fazendo nada mesmo, o Gustavo teve de ir para casa estudar.

— É, eu o encontrei lá.

— Você estava lá? Você dormiu lá? — A última frase Lauren falou quase em um sussurro.

— Não. — Flávia riu. — Para de fazer perguntas e vem logo me encontrar. Vou te esperar na esquina da Santa Rita com a Padre Serafim.

— Já estou indo.

Ela desligou o celular e foi andando até o final da rua. O calor era agradável para aquele dia de setembro, nada que impedisse uma pequena caminhada até o Calçadão. Não demorou muito para Lauren chegar e as duas se abraçaram.

— Vamos, me conta tudo.

Começaram a descer a Rua Padre Serafim na direção do centro da cidade.

— Se eu te contar, você não vai acreditar... O Felipe foi lá em casa, me beijou, mas eu o afastei. Não senti o mesmo que das outras vezes!

— Sério? Santo Luigi, temos de agradecê-lo!

— Para com isto. — Flávia deu um tapa de leve no braço de Lauren. — Não acho que ele tenha algo a ver com isto.

— Mas é claro que tem, tem tudo a ver. Se você não sente mais nada pelo Felipe é porque está direcionando seu coração para outros lados.

— Eu não disse que não sinto mais nada por ele. Só disse que não foi como da outra vez.

— Isto não importa. O importante é que você conseguiu resistir! E ele?

— Sei lá... Nós conversamos, joguei limpo com o Felipe. Falei da minha paixonite, mas que agora estava curada e não queria estragar de novo a amizade.

— Ele aceitou na boa?

— Ele não teve outra alternativa. Acho que entendeu. Depois fomos para o Leão jogar sinuca como se nada tivesse acontecido. É bom conseguir agir desta forma.

— Igual ele sempre agiu.

— Sim. Mas deixei claro que não vão rolar mais beijos entre nós, para não tentar de novo.

— Será que o Felipe vai obedecer?

— Acredito que sim. Ele acha que tem outro na minha vida.

— De certa forma tem.

Flávia suspirou, lembrando do que acontecera há pouco na República Máfia.

— Eu não sei o que fazer. Tenho medo de sofrer de novo, medo da Carla.

— Medo da Carla? Por favor, né, Flávia?

— Sei lá, vai que ela lança um feitiço para cima de mim.

— Você manda outro para cima dela.

— Isto não é uma competição entre bruxas, Lauren.

— É sim, se você parar para pensar bem. Mas ela não tem força para te fazer mal, segundo a Sônia me disse.

— É, ela falou a mesma coisa para mim. Sabe, ontem nós fizemos uma magia para me proteger dela.

— Acho que sei qual é. A da foto, da fita e da vela branca?

— Esta mesma. Você já fez?

— Não, mas parece que funciona. Parece que a pessoa passa a te olhar de outro modo e não te quer mais mal.

— Será que funciona com a Carla? Acho que ela me odeia.

— Odiar é pouco. Se ela pudesse, te destruía. Você é a alma gêmea do cara por quem ela é alucinada.

Flávia balançou a cabeça. Não queria mais ficar pensando em Carla e no que ela podia fazer ou isto iria deixá-la maluca. Chegaram ao Calçadão e Flávia viu uma loja de CDs. Sem pensar muito, entrou.

— Você vai comprar CD de quem? — perguntou Lauren, com curiosidade.

— Quero um do Vinícius de Moraes ou do Tom Jobim. Será que tem dos dois juntos?

— Eu que vou saber?

Flávia avistou um vendedor e explicou o que queria. Ele mexeu em alguns CDs e encontrou um.

— Serve este? — perguntou o rapaz.

— Sim. Deve servir — ela deu um sorriso sem graça e o rapaz foi embrulhar o CD.

— Posso saber qual seu grande interesse em Vinícius e Tom?

Flávia corou, sentindo o sangue percorrer todo seu rosto. Se falasse a verdade, Lauren iria ficar empolgada pensando que Flávia já estava apaixonada por Luigi. Será que estava? Balançou a cabeça e olhou para a amiga. Não podia nem queria mentir para Lauren.

— Eu te conto se você prometer não falar nada, não rir e não fazer nenhuma piadinha.

— Ai, meu Deus, qual o mistério todo? Agora estou curiosa. Prometo o que você quiser, agora conta.

— Um dia eu cheguei na casa do Luigi e ele estava escutando um CD do Vinícius. Não sei se era dele com o Tom Jobim. Não conheço nada deles e resolvi comprar um CD para conhecer mais.

Lauren prendeu a respiração e se segurou para não falar nada. Apenas olhou para Flávia.

— Entendo... — disse, séria.

— Você não vai dizer nada? — Flávia estranhou.

— Não posso, eu te prometi. — Lauren estava se segurando para não comentar sobre o assunto, mas não ia quebrar a promessa. — Posso sorrir pelo menos?

— Pode.

Elas caíram na gargalhada. O vendedor chegou com o CD embrulhado. Flávia pagou e as duas estavam saindo da loja quando pararam na porta. Mirela as esperava ali.

— Olha, olha quem está aqui. Se não é a dupla de amigas traíras.

Flávia e Lauren franziram a testa e se entreolharam, sem entender.

— Eu soube que você está namorando o Gustavo, Lauren. Muito conveniente quando se namora o melhor amigo da sua melhor amiga.

— Não sei o que você está pensando, mas eu... — Lauren começou a falar, mas Mirela a interrompeu.

— Eu não quero ouvir nada de você, sua traíra. Tenho certeza de que desde que comecei a namorá-lo você já estava de olho nele. E tenho certeza de que a Flávia te ajudou, claro. — Mirela agora olhou para Flávia. — Aposto que você envenenou o Gustavo contra mim.

— O quê? Imagina! Ele sempre falou que não estava empolgado com o namoro, mas eu nunca fiz nada para prejudicar. — Flávia se defendeu.

— Também nunca fez nada para ajudar, não é mesmo?

— Olha, me desculpa, mas você não é minha amiga. Eu sempre ajudei o Gustavo. Ele não estava empolgado, eu falei para terminar, não ficar te enrolando. Mas não ia ficar falando para ele levar adiante.

— Muito conveniente. E aí, logo depois, sua amigazinha aí começa a namorá-lo. Bem bolado o plano de vocês.

— Ei, eu só fiquei com o Gustavo agora em setembro! — Gritou Lauren, atraindo a atenção de quem passava pelo local.

— Quem me garante? Aposto que ele já me traía com você. — Mirela cerrou os olhos. — Você é uma vagabunda! — ela foi embora, pisando forte.

— O que foi isso? — perguntou Flávia.

— Como ela pode me chamar de vagabunda? Eu não fiz nada! — Lauren estava indignada.

— E ainda chamar a gente de traíra? Garota doida, nós nunca fomos amigas dela.

— É! Eu a conheço do Coluni, mas o máximo que a gente fala é um 'oi' e 'tchau'.

— O Gustavo não gostava dela e agora ela quer descontar na gente? — Flávia também estava indignada com aquela reação de Mirela.

— Amiga, estou achando que agora eu é que preciso fazer a magia da proteção — disse Lauren e Flávia concordou com a cabeça.

A noite de sábado chegou rápido e Flávia mal percebeu o dia passar. Estava na sacada de seu apartamento, sentada na poltrona que havia ali. No som, tocava o CD que ela comprara de tarde por causa de Luigi. Havia trazido o som portátil do quarto e o colocara na mesinha que havia no centro da sala, ao lado de um incenso que queimava, perfumando o ambiente. Queria conhecer um pouco mais sobre a pessoa que estava virando sua cabeça e transformando sua vida. Uma boa maneira de começar era por seus gostos musicais.

O som era agradável e Flávia estava perdida em seus pensamentos quando viu um rapaz caminhando na direção do seu prédio. Ele não era a única pessoa que andava pela Santa Rita, mas foi quem chamou sua atenção. Mesmo à distância, Flávia soube de quem se tratava.

Luigi a viu ali sentada e parou do outro lado da rua. Ela não se movia, apenas o olhava. Seu coração estava acelerado e ele queria descobrir se o dela também estava. Acenou e sorriu e ela sorriu de volta. Isto era um bom sinal. Atravessou a rua, se aproximando do prédio.

— Posso subir?

— Pode. A porta está aberta, só entrar — disse Flávia e se levantou, desligando rapidamente o som. Ficou sem saber o que fazer. Era óbvio que ele viera a pé para não correr o risco de Carla ver a caminhonete parada na porta do prédio dela. O que ele queria depois de tudo o que aconteceu?

Luigi entrou e Flávia sentiu o coração acelerar. Ele estava mais bonito do que nunca, se é que isto era possível. Parecia que a beleza dele aumentava a cada dia. Seu cabelo estava bagunçado e molhado, sinal visível de que tomara banho há pouco tempo. Usava sua tradicional calça jeans rasgada nos joelhos, uma blusa azul piscina e uma jaqueta jeans por cima. O perfume dele impregnou todo o apartamento e envolveu Flávia, que fechou os olhos por um minuto.

Luigi ficou parado observando. Ela estava com os olhos fechados. O que isto queria dizer? Ficou com raiva por ser péssimo em decifrar as atitudes, reações e expressões dos outros. Com certeza, se Ricardo estivesse ali, saberia tudo que se passava com Flávia. Ricardo...

— Desculpe se estou te incomodando, mas precisava falar com você — ele fechou a porta e se aproximou um pouco. Flávia continuou parada na entrada da varanda.

— Não incomoda. Estava sentada à toa na varanda.

— Vai sair hoje? — *Que pergunta imbecil*, pensou. *Não te interessa.*

— Não.

— Se você quiser, a gente conversa depois.

— Não, pode falar — ela apontou o sofá. Ele hesitou e deu um longo suspiro.

— Eu prefiro ficar em pé. Estou um pouco nervoso para sentar. — A última frase saiu sem pensar e Luigi se sentiu um idiota.

— Quer beber algo? — ela estava visivelmente desconfortável com aquela situação e isto fez Luigi se sentir pior.

— Não, não se preocupe. Vai ser rápido. — Luigi respirou fundo. — Só vim pedir desculpas pela minha reação esta tarde. Devo ter te assustado.

— Não, não assustou — ela estava mentindo? Ele não soube dizer.

— É só que... É estranho perceber que o Ricardo foi a fim de você. Acho que deu para perceber isto, né?

— É, eu percebi.

Os dois ficaram quietos por alguns segundos. Luigi resolveu falar, não tinha como quebrar o gelo nem acabar com aquela situação desconfortável, mas era óbvio que ela esperava por uma explicação dele por estar ali àquela hora.

— Ele te viu uma vez em Lavras com o P.C. e ficou, digamos, um pouco apaixonado. Só falava de você. Queria saber tudo sobre você, te conhecer, te namorar... Pena que ele não teve a chance...

Luigi olhou para baixo e Flávia percebeu o quanto ele estava triste. Só não soube a que parte aquela tristeza se referia. Ele queria que eles tivessem se conhecido, namorado? Provavelmente Luigi desistiria dela pelo irmão, disto Flávia não tinha dúvidas. Ela sentiu que precisava ajudá-lo, a angústia dele era evidente.

— Luigi, não fique pensando nestas coisas. Eu não tenho nada a ver com seu irmão. Ele me viu e gostou de mim, mas aposto que nem lembrava mais disso no ano passado. — Flávia tentou acalmá-lo. Era visível o sentimento de culpa que tomava conta dele.

— É, talvez — ele sorriu, um sorriso triste, sem covinhas. Foi até o sofá e se sentou. — É estranho...

— Eu posso imaginar. — Flávia se sentou ao lado dele. Luigi segurou sua mão e os dois sentiram um arrepio percorrer o corpo, mas não falaram nem demonstraram nada.

— Você sabe que eu gosto de você. É estranho saber que o Ricardo também gostava.

— Eu...

— Não, não precisa falar nada, não se preocupe. Eu não vou te agarrar de novo — ele suspirou. — Eu nem sei o que estou fazendo aqui.

Flávia sorriu. Naquele momento, era fácil gostar dele.

— Acho que vou embora — ele se levantou, um pouco sem graça. — Desculpa encher sua paciência.

— Imagina. Só acho que você não tem motivos para ficar assim.

— É, talvez não. Afinal, o Ricardo não conseguiu nada com você. Nem eu — ele deu outro sorriso triste. — A diferença é que ele não teve a chance de tentar.

Luigi se aproximou de Flávia. Ele ia beijar sua bochecha, mas desistiu, virou-se para a porta e saiu.

Flávia ficou pensativa, sem saber que conclusão tirar daquela conversa. O aperto no peito só aumentava e estava cada vez mais confusa.

Capítulo 18

Luigi entrou na biblioteca e olhou as mesas de estudo em grupo que havia no primeiro andar. Ela não estava ali. Foi até o segundo andar e nada também. Foi até o terceiro andar e olhou cuidadosamente em cada cabine de estudo individual. Já estava quase desistindo quando viu Flávia sentada na última, bem no canto. Ele se aproximou cuidadosamente e reparou que havia um livro aberto na mesa, mas seus olhos estavam em linha reta, na direção de um pedaço de papel que ela segurava. Flávia não percebeu ou não demonstrou notar a presença de Luigi atrás dela.

— Você não foi à aula de Química Analítica — disse ele, indo para frente e se apoiando na divisória de madeira da cabine.

— Você me assustou — ela colocou a mão em cima do coração.

— Desculpa, não foi minha intenção — ele ficou olhando para Flávia, que não falou mais nada. — A aula de Analítica foi um saco, você não perdeu nada.

— Não estava com cabeça para aulas hoje. Decidi vir ler um pouco aqui.

— E conseguiu?

— Não. Não consigo me concentrar em nada hoje.

Flávia se encostou na cadeira, soltando o pedaço de papel em cima do livro. Ficou olhando para o lado. Luigi se curvou na cabine e pegou o papel e o livro. Ela não o impediu.

— Lendas Irlandesas? — ele franziu a testa, lendo a capa do livro.

— Tenho descendência irlandesa por parte da minha mãe. Queria conhecer mais sobre meu passado. — Flávia não relutava em falar nada, embora estivesse aparentemente nervosa.

— O que é isso? — perguntou ele, mostrando o pedaço de papel.

— Um endereço.

— Isso eu posso ver — ele sorriu. — Quem é Abgail? Flávia não respondeu, apenas deu um longo suspiro.

— Desculpa, eu não devia ter perguntado. Não é da minha conta.

— Não tem problema. É o endereço de uma tia da minha mãe. É de

Ponte Nova.

— Hum, entendi. Já foi lá?

— Não. E não sei se vou.

— Mas por quê? — ele franziu a testa. Foi para o lado de Flávia e puxou a cadeira de outra cabine, se sentando próximo a ela.

— Eu não sei. Medo, sei lá. Vou chegar até a casa dela e falar o quê? Oi, sou neta do seu irmão?

— É um começo.

— E se ela não gostar de mim? E se ela for seca? Eu nem faço ideia de como ela é...

— Você só vai saber indo lá.

— Eu não sei... Esse lance da minha família é todo complicado.

Luigi percebeu a hesitação dela. Flávia apoiou os braços em cima da mesa e abaixou a cabeça entre eles.

— Por que você não chama a Lauren para ir com você?

— A Lauren está com outras coisas na cabeça no momento. — Flávia deu de ombros.

— Prefere ir sozinha?

— Não...

— Se quiser, eu vou lá com você.

Ela levantou a cabeça imediatamente e encarou-o.

— Sério?

Ela pareceu esboçar um sorriso, mas Luigi não teve muita certeza disto. Notou o brilho em seus olhos e percebeu que havia acertado na proposta.

— Sério. A gente vai lá, você a conhece. Se ela for seca, chata ou sei lá o quê, a gente volta. Ponte Nova é perto. Se não der em nada, vale pelo passeio.

— Eu não sei — ela mordeu o lábio inferior.

— Podemos ir agora mesmo. Em menos de uma hora estamos lá. — Luigi se levantou. — Vamos, você não tem nada a perder mesmo.

Ela sorriu e se levantou também, juntando rapidamente seu material. Desceram os três andares da Biblioteca.

— Você almoçou?

— Não.

— Nem eu. Quer comer algo antes de ir?

— Acho que não consigo comer nada.

— Consegue, sim. Vamos ali fazer um lanche pelo menos. Não dá para chegar na casa da sua tia de estômago vazio.

Os dois lancharam em silêncio. Saíram da lanchonete e Luigi foi andando em direção ao Restaurante Universitário.

— Aonde você vai? — perguntou Flávia, parando.

— Pegar meu carro — ele estranhou a atitude dela.

— Não, vamos no meu carro. É mais discreto.

— Como?

— Mais discreto.

— Meu carro é discreto, é preto — ele não entendeu o que ela queria falar.

— Mas é grande. Não quero chamar atenção lá em Ponte Nova.

— Você acha que os moradores de lá nunca viram uma caminhonete igual à minha?

— Eu sei que já, não é isso. Só não quero ninguém na cidade olhando para a gente. Não quero que as pessoas me vejam, comentem minha presença lá.

— Você é realmente estranha. Vamos, onde está seu carro?

Luigi seguiu Flávia até o estacionamento que ficava entre o PVA e o prédio de Economia Rural. Ela ficou parada em frente à porta do motorista, hesitante.

— Quer que eu dirija?

— Quero. Não acho que estou em condições para isto agora. Estou muito nervosa, Luigi.

— Vai dar tudo certo — ele sorriu e segurou a mão dela. Luigi percebeu o coração acelerar e o sangue pulsando mais rápido quando sentiu a pele de Flávia na sua. Ficou encarando-a. — Eu vou estar ao seu lado.

Ela apenas sorriu. Os dois entraram no carro e foram na direção da saída de Viçosa, para pegar a estrada que os levaria até Ponte Nova.

— Vai devagar. Não estou com pressa para chegar.

— Pode deixar. Não vou correr, vamos apreciar a viagem. A curta viagem. Posso ligar o som? Quem sabe te acalma?

Flávia apenas balançou a cabeça afirmativamente. Luigi ligou o som e começou a tocar *Chega de Saudade*.

— Pensei que você não conhecia Tom e Vinícius — comentou ele, olhando-a espantado.

— É... Eu decidi comprar o CD, para conhecer... — disse Flávia, um pouco sem graça, e se virou para a janela, escondendo o rosto de Luigi.

Ele observou-a com o canto dos olhos e deu um sorriso torto com os lábios. A música era apropriada. Começou a batucar no volante e cantarolar baixo.

— *Chega de saudade, a realidade é que sem ela não há paz, não há beleza, é só tristeza e a melancolia que não sai de mim, não sai de mim, não sai.*

Flávia deu um longo suspirou e fez uma careta. Ela não precisou falar nada, Luigi entendeu o recado.

— Posso pelo menos batucar?

Ela fez que sim com a cabeça e voltou a olhar para a janela.

Que a próxima música seja Eu Sei Que Vou Te Amar, pensou, tentando se lembrar quais eram as músicas que vinham depois de *Chega de Saudade* nos CDs que conhecia. Sem perceber, deu uma gargalhada.

— Qual é a graça?

— Nada — ele ficou quieto por alguns minutos e depois decidiu puxar conversa. Não queria ir até Ponte Nova mudo, era uma boa oportunidade para conversar com Flávia. Ali dentro do carro, ela não tinha como fugir dele. — Essa sua tia-avó, ela sabe que você existe?

— Sabe. Eu acho que sabe — ela levantou os ombros. — Quando meu avô faleceu, minha mãe foi para o enterro dele, eu já tinha nascido.

— Hum... Acho que ela vai ficar feliz em te conhecer.

— Será? Tenho minhas dúvidas.

— Qualquer pessoa ficaria feliz em conhecer você.

Ele tentou dar o melhor e mais carinhoso sorriso que podia. Deve ter dado certo, porque Flávia retribuiu. Ela voltou a olhar para a janela. *Não, não, olha para mim.* Luigi tentava pensar em algo para falar, mas não sabia o que. Não queria falar nada que pudesse deixá-la brava, não queria estragar o clima amigável que eles estavam vivendo. Decidiu ficar quieto até ela falar algo. Era visível que esta visita a estava perturbando e preferiu deixá-la com seus pensamentos.

Flávia voltou a falar quando entraram em Ponte Nova. Pararam para pedir informação de onde ficava a rua da tia-avó dela e foram direto para lá.

— Quando formos conversar sobre minha mãe, minha avó, você se importaria de nos deixar a sós? — ela não pediu, ela implorou.

— Claro. É algo de vocês, particular. Não se preocupe — ele sorriu e ela retribuiu.

Luigi desceu pela Rua Dom Bosco e entrou na primeira à esquerda, que era a Rua José Vieira Martins. Foi dirigindo devagar e Flávia logo apontou uma casa à esquerda.

— É aquela ali!

— Pensei que você nunca tinha vindo aqui. — Luigi franziu a testa, estranhando a reação dela.

Flávia sentiu o rosto corar, mas não falou nada. Ele estacionou na direção da casa, mas do outro lado da rua. Era uma construção baixa, em formato quadrado. Um portão cinza de ferro ia de ponta a ponta da casa. Atrás dele, um pequeno jardim com um caminho que levava até uma varandinha cercada por um portãozinho baixo branco. Atrás da varanda havia uma enorme porta de vidro e do lado esquerdo uma outra porta, de madeira e uma janela de vidro coberta por uma cortina, que provavelmente era do cômodo da porta de madeira. Mais para a esquerda, havia a garagem e, lá no fundo, uma portinha.

Flávia olhou em volta e prendeu a respiração ao ver uma senhora vindo em direção da casa. Ela era magra e alta, com o cabelo branco-prateado cortado curto. Usava um vestido azul com pequenas flores brancas e tinha um ar de bondade e amabilidade.

— É ela... Minha tia Abgail — sussurrou Flávia. Luigi olhou para a senhora e novamente franziu a testa.

— Tem certeza?

— Sim, tenho. Não sei como explicar, mas tenho certeza.

Luigi não perguntou nada, apenas deu meia volta com o carro, virando na larga rua de modo que parasse em frente a casa, enquanto a senhora abria o portão. A manobra chamou a atenção dela, que parou e olhou para o jovem rapaz que saía do carro.

— Senhora Abgail? — perguntou ele, batendo a porta e se aproximando dela.

— Sim — respondeu ela, hesitante.

— Trouxe uma visita para a senhora.

Abgail olhou para a porta do carro que se abria e viu uma jovem ruiva descer. A menina ficou parada ainda com a porta aberta, sem saber se se aproximava ou não dela.

— Meu Deus! — exclamou Abgail, levando as duas mãos à boca. — Flávia? Não é possível!

Flávia apenas balançou a cabeça afirmativamente. Abgail abriu os braços para recebê-la e ela correu para aquele abraço, que foi demorado e cheio de emoção.

— Olá, tia Abgail. — Flávia tinha os olhos úmidos de lágrimas.

— Meu Deus, não acredito que você está aqui, na minha frente. — Abgail limpou as lágrimas de Flávia e depois as suas próprias. — Quanto tempo esperei para te encontrar, que já nem imaginava ser possível isto.

— Eu estou aqui.

— Olhe para você, está muito parecida com Elizabeth, não tem como não te reconhecer. — Abgail balançou a cabeça. — Vamos, entrem, que cabeça a minha.

Ela deixou livre o espaço aberto do portão.

— Este é o Luigi, meu amigo. — Flávia apresentou-o e não soube dizer muito bem o que significava a palavra "amigo", mas, devido às circunstâncias, isto não importava tanto naquela hora.

— Prazer, Luigi. — Abgail sorriu e ele retribuiu o gesto, mostrando suas covinhas. Estava feliz por fazer parte daquele momento especial na vida de Flávia. — Venham, entrem. Você tem de conhecer a casa, era de seus avós. Sua mãe viveu aqui até se casar — eles entraram enquanto Abgail ia mostrando tudo, abraçada a Flávia. — Atrás desta porta de vidro fica a sala, mas se vocês não se importarem, vamos entrar pela cozinha. A porta é pesada demais e há anos não consigo abri-la sozinha. Aqui, ao lado dela, nesta janela e porta que dá para a varandinha, é onde funcionava o escritório de seu avô. Quando ele faleceu, transformei em um quarto de hóspedes. Vamos, vamos entrar.

Abgail falava com euforia na voz enquanto mostrava a casa para Flávia. Ela e Luigi a seguiram pelo caminho do jardim até a garagem e entraram pela portinha que havia ali e dava para uma ampla copa-cozinha. À esquerda ficava o fogão, a pia e uma geladeira antiga. Em frente, na direção da porta de entrada, havia uma enorme mesa de madeira. Entre a geladeira e a mesa, ao fundo, havia uma porta de ferro vazado com um vidro por cima. Atravessando-a, um longo corredor levava até o quintal.

Uma mulher, um pouco mais nova que Abgail, apareceu.

— Luzia, está é a Flávia, filha da Elizabeth, minha sobrinha. Lembra que sempre te falei dela?

— Claro que sim, dona Abgail. — Luzia, uma mulher franzina de cabelos pretos escorridos até os ombros e óculos redondos, cumprimentou os dois.

— Este é o amigo dela, Luigi. — Abgail se virou para os jovens. — A Luzia me ajuda com as coisas de casa. É uma casa muito grande.

Abgail passou com eles pela mesa de madeira e viraram à esquerda, em uma porta que dava para a sala de jantar, que era paralela à copa e tinha uma grande janela de vidro ligando os dois cômodos. À direita da sala de jantar ficava a sala de estar, por onde se entrava vindo da porta de vidro da frente da casa. Na sala de jantar, paralelo à mesa, havia um pequeno jardim de inverno.

Abgail puxou uma das cadeiras da grande mesa de fórmica branca que ficava na sala de jantar e se sentou, indicando para os dois jovens fazerem o mesmo. Eles obedeceram.

— Lá dentro ficam os quartos e o banheiro. São quatro quartos. Atrás da casa há um grande quintal, depois você tem de ir lá, Flávia. Ainda conservo o balanço e o roda-roda em que sua mãe tanto adorava brincar.

— Eu vou querer ver. — Flávia sorriu.

— É uma bela casa, dona Abgail. É grande, ampla — disse Luigi.

— Sem o dona, meu filho. Pode me chamar de tia, se quiser, ou vó Abgail. Muitas crianças e jovens aqui em Ponte Nova me chamam de vó Abgail.

— Vó Abgail — ele sorriu. Era o tipo de intimidade que queria na vida de Flávia e agora estava conseguindo de um modo inusitado. Ele se lembrou do pedido dela e se levantou. — Vocês me dão licença, preciso visitar um amigo que mora aqui e tem tempos que não vejo. Volto mais tarde.

— Volte para lanchar conosco — convidou Abgail.

— Não estou aqui para dar trabalho algum.

— Trabalho nenhum, meu filho.

Luigi olhou para Flávia, que concordou.

— Está bem — ele sorriu e saiu, deixando as duas sozinhas. Abgail olhou para Flávia.

— Esta casa foi construída pelo seu avô logo após o casamento dele com Evelyn. Quando ela faleceu, eu vim morar com ele, para fazer companhia, pois Elizabeth já estava em Lavras. Meu marido já havia falecido alguns anos antes e cada um dos meus filhos já tinha tomado rumo na vida. Depois que João, seu avô, se foi, sua mãe quis que eu continuasse vivendo aqui. Depois do acidente dela... — Abgail parou um segundo para respirar e deixar a emoção de lado. Flávia segurou suas mãos e ela sorriu. — Eu tentei entrar em contato com você, você era tão pequena... Mas sua tia nunca quis um convívio e aos poucos fui me distanciando. Telefonar naquela época não era tão fácil, não havia internet, celular, essas coisas, não que se houvesse eu conseguiria usar — ela suspirou.

— Não era fácil ir daqui para Lavras, ainda não é. Não há ônibus direto, tenho de ir até Juiz de Fora ou Belo Horizonte. As estradas eram muito ruins algum tempo atrás e a cada ano que passava eu ia ficando mais velha e a viagem cada vez mais difícil.

— Não se preocupe, tia. Estou aqui, eu te achei.

— Mal consigo acreditar que você realmente está aqui — ela observou a jovem por um longo tempo. — Você lembra tanto sua mãe que não tive dúvidas de que era você quando te vi ali fora.

— Já me falaram isto. — Flávia sorriu. — A Sônia, amiga da minha mãe em Viçosa, não sei se a senhora a conheceu...

— Sônia... — Abgail ficou pensativa, tentando se lembrar. — Sim, uma moreninha bonitinha, me lembro sim. Vinha muito aqui e Elizabeth também ia muito à casa dela.

— Ela mesma. Ela é minha vizinha em Viçosa, acredita?

— Que mundo pequeno!

— É verdade. Foi ela quem conseguiu o endereço da senhora para mim.

— Então agradeça a ela quando voltar para Viçosa.

— Vou agradecer sim, muito. — Flávia apertou a mão de Abgail entre as suas. — Estou muito feliz por estar aqui, te conhecendo.

— E eu por você ter me encontrado.

— Tia, me conte o que você sabe da família toda. Fale-me tudo. E por que eu não tenho o sobrenome do meu avô e sim da minha avó? Nunca entendi por que minha mãe me deu o sobrenome do meio dela e não o último. Meus tios nunca souberam explicar.

— Ah, sim. Era algo da família, uma tradição que veio com eles. Não sei se é algo da Irlanda ou só da família Callaghan. Sua avó me explicou que se nascia uma menina, recebia o sobrenome materno, se fosse um menino era o paterno. Por isto esse sobrenome chegou até você, porque só nasceram mulheres na família. Sua mãe, sua avó, sua bisavó.

— Entendi.

Flávia e Abgail ficaram horas conversando. Abgail contou sobre João, quando ele conheceu Evelyn, o nascimento de Elizabeth, seu casamento com Henrique. Falou também sobre seu marido, já falecido, e os três filhos que moravam em Belo Horizonte, Rio de Janeiro e Uberlândia.

Era a quarta vez que Carla passava pela caminhonete de Luigi estacionada em frente ao RU. Não havia sinal dele, como nas outras vezes. Tentava novamente o celular, mas continuava desligado. Decidiu ligar para a casa do namorado.

— Alô?

— Felipe, onde o Luigi está?

— Ei, calma aí, sua mal-educada. 'Felipe, tudo bom? Como tem andado? Eu também estou bem, mesmo não podendo participar da reunião anual de bruxas, porque minha vassoura está na oficina'.

— Seu babaca.

— Amor, assim você não vai conseguir arrancar nenhuma informação de mim. — Felipe deu uma gargalhada e Carla sentiu o sangue ferver.

— Para de me irritar e diz logo onde o Luigi se meteu.

— Não vejo o Luigi desde que acordei. Vai ver ele se cansou de você e se mudou para o Alasca.

Carla desligou o telefone com raiva. Resolveu ir para casa, não sabia mais onde procurar o namorado. Antes, porém, passou em frente ao prédio de Flávia e viu que o apartamento dela continuava com as cortinas e janelas fechadas.

Chegando em casa, Carla encontrou sua mãe vendo TV na sala.

— Mãe, preciso da sua ajuda agora. Eles estão juntos.

— Eles quem?

— O Luigi e a Flávia.

— Tem certeza?

— Tenho. Não os vi, mas os dois sumiram e algo me diz que estão juntos. Ele combinou de almoçar comigo e não apareceu, o Luigi nunca fez isto antes. Preciso fazer alguma coisa para separar os dois.

— Se eles estão juntos agora, vai ser difícil separá-los neste momento, você sabe disto, minha filha.

— Mãe, me ajude, faz qualquer coisa, mas não deixa que eles passem o resto do dia juntos!

— Calma. Vou ver o que posso fazer. — Carmem se levantou e foi para o quarto. Carla a seguiu. — Você sabe onde eles estão? Tem alguma ideia de aonde podem ter ido?

— Não, já disse, só sei que saíram no carro dela porque o dele está em frente do RU desde a manhã.

— Ele pode estar na UFV mesmo, não?

— Não, eu já procurei em todo canto da universidade. Ele tinha uma aula de tarde na Agrícola, era importante, disse que não podia faltar, mas não foi para esta aula.

— Hum... Não sei bem o que posso fazer. — Carmem ficou pensativa enquanto Carla andava de um lado para o outro, nervosa. — Acho que pensei em algo. — Carmem começou a mexer em uma arca grande de madeira que havia ao pé da sua cama. — Fiz este feitiço apenas uma vez, muitos anos atrás, talvez uns vinte anos... Não sei se vai funcionar. Na época funcionou.

— Tem de funcionar — disse Carla, mesmo sem saber do que se tratava. Confiava nas magias de Carmem.

❦

Luzia preparou uma bela e farta mesa para o lanche da tarde. Luigi voltara um pouco antes e agora se sentava com Abgail e Flávia.

Quando terminaram de comer, Abgail fez questão de levá-los até o jardim de Palmeiras, queria que Flávia conhecesse o local que fora projetado por seu avô.

A Praça Cid Martins Soares, no bairro de Palmeiras, era cercada pela Igreja São Pedro, a Escola Nossa Senhora Auxiliadora e a Escola Municipal

Dr. José Mariano, além de várias lojas do comércio da cidade. Um grande espaço, com muita vegetação, um belo caramanchão e vários bancos onde jovens casais namoravam e idosos conversavam.

— É muito bonito aqui — disse Flávia.

— João tinha muito orgulho desta praça. Várias obras de restauração e melhorias já foram feitas, mas sempre conservaram a ideia do projeto original.

Depois de percorrerem toda a praça, Flávia e Luigi se sentaram em um dos bancos que havia ali, enquanto Abgail conversava com algumas conhecidas que encontrara.

— Feliz por ter vindo? — perguntou Luigi.

— Muito. Preciso te agradecer.

— Não precisa. Só de você estar feliz, eu me sinto agradecido — ele sorriu e ela retribuiu.

Ficaram alguns minutos quietos, observando o movimento da praça até Flávia colocar a mão na testa.

— O que foi? — perguntou Luigi, preocupado.

— Não estou bem.

— Eu posso ver — ele olhou para o lado e chamou Abgail. — Temos de levá-la de volta para sua casa, ela não está bem.

— Querida, o que você tem?

— Não sei. Comecei a me sentir tonta e fraca de repente.

— Consegue andar até lá em casa?

— Não sei... — Flávia se levantou, mas logo voltou a se sentar, se sentindo tonta.

— Eu vou buscar o carro e já volto. — Luigi saiu correndo pela Avenida Dr. José Mariano e virou na primeira à direita, que era a José Vieira Martins. Em menos de cinco minutos voltou e pegou Flávia e Abgail.

Ao chegarem à casa de Abgail, Luigi carregou Flávia nos braços. Ela não conseguia andar e apresentava várias manchas vermelhas no corpo, além de tremer muito.

— Coloque-a aqui. — Abgail indicou um dos quartos para Luigi, que deitou Flávia na cama de casal que havia ali.

— O que ela tem? — Luigi se mostrava assustado com a situação.

— Não sei. Só vi algo assim uma vez na vida, uma vez que a Elizabeth teve isto e ninguém sabia o que era.

— O que vocês fizeram? Como a trataram? — O desespero de Luigi era evidente, Flávia parecia piorar a cada minuto.

— Não fizemos nada, os médicos não sabiam o que Lizzy tinha. Foi embora depois de alguns dias, sem explicação alguma, assim como apareceu. Foi a coisa mais estranha que já vi na vida.

Ao ouvir aquilo, Flávia se lembrou de quando Sônia contou a respeito dos feitiços de Carmem sobre sua mãe e Laura.

— Bom, vou esquentar um pouco de água para fazer compressas no rosto dela. É o máximo que posso fazer no momento — disse Abgail. — Posso chamar um médico para vir vê-la também — ela saiu do quarto e Luigi se sentou na beira da cama, segurando a mão de Flávia.

— Luigi, pega meu celular, preciso falar com a Sônia.

— Agora?

— Sim. Por favor... Confie em mim.

Sem entender o que ela pedia, Luigi levou o celular até Flávia e depois saiu do quarto, para deixá-la à vontade, e foi ajudar Abgail.

— Sônia, é a Flávia.

— Oi, tudo bem?

— Mais ou menos. Estou em Ponte Nova, vim visitar minha tia.

— Finalmente! Fico feliz em saber. Mas aconteceu alguma coisa? A visita não foi boa?

— Foi sim, mas tem algo acontecendo. — Flávia explicou seu mal-estar para Sônia.

— Pelo que você está falando é bem parecido com o que a Carmem fez para Lizzy. Não duvido que ela tenha ajudado Carla a fazer o mesmo agora para você. Que ironia...

— Eu imaginei que sim, por isto estou te ligando, para saber se você pode me ajudar, saber o que a gente faz.

— Não se preocupe, vou tentar te ajudar. Não prometo nada, mas vou tentar tudo que puder. Quanto a você, apenas descanse e concentre todas as suas forças no seu corpo. Imagine que uma luz forte e amarela, quente, bem agradável, está envolvendo todo seu corpo, que esta luz te embrulha completamente, como se fosse um plástico, e que vai penetrando em você. Tente senti-la como se realmente existisse. Isto a ajudará a ficar melhor. Mas tem de fazer com fé, acreditando que esta luz vai te salvar.

— Vou tentar fazer isto, muito obrigada.

— Não agradeça ainda, espere até ficar completamente curada.

Sônia desligou e colocou várias coisas dentro de uma bolsa. Pediu para Soraia fechar a MinaZen, pegou Rabisco e foi até o Lenha, falar com George.

— Preciso ir agora até o Recanto.

— Vou com você — ele percebeu a urgência na voz dela.

— Eu sabia que poderia contar com você. No caminho explico o que está acontecendo.

Flávia abriu os olhos e, por um instante, não soube onde estava. Piscou várias vezes até se acostumar com a escuridão e se sentou. Sua cabeça doía muito e o corpo todo latejava. Conseguiu se levantar com alguma dificuldade.

— Flávia? — Uma voz grave e rouca falou e ela reconheceu. Era Luigi. Rapidamente se lembrou: estava em Ponte Nova, na casa da sua tia-avó, ou pelo menos era onde se lembrava de ter estado pela última vez.

— Ainda estamos em Ponte Nova? — perguntou Flávia.

— Sim. Como se sente? — Luigi, que estava sentado em uma poltrona ao pé da cama, se levantou e se aproximou dela.

— Parece que um trator passou por cima de mim — ela se deitou novamente.

— Você me deu um susto — ele se sentou no chão ao lado dela, com os joelhos dobrados e os braços em volta deles, ficando com o rosto na direção de Flávia. Estava escuro, com apenas um pouco de claridade da lua entrando pela janela, mas ela conseguiu ver o brilho dos olhos dele.

— Achei que ia morrer — sussurrou Flávia.

— Eu também — ela não soube se ele falava dele ou dela.

— Sonhei com seu irmão — disse ela baixinho.

— Com o Ricardo? — A voz dele era um misto de espanto, alegria e tristeza, tudo ao mesmo tempo.

— É...

— O que ele falou? O que ele fez?

— Não posso contar — ela ficou feliz por estar escuro, assim ele não percebia o quanto havia ficado envergonhada. Luigi não falou nada e isto a deixou apreensiva — ele devia ser uma pessoa encantadora.

— Era sim. Você iria gostar dele. Provavelmente se apaixonaria por ele.

— A voz dele era de ciúmes.

— Tenho certeza que não — sussurrou ela. Luigi suspirou profundamente e sorriu. Era evidente que havia gostado do que ela disse. — Mas me fale dele.

— Ele era incrível. O melhor irmão e amigo que alguém poderia querer. Estava sempre ali para ajudar, tinha uma alegria que nunca vi alguém ter.

— Mais que o Felipe? Os dois riram.

— O Felipe mudou muito depois do acidente. Acho que agora ele quer viver pelos dois.

— O Mauro já me disse algo parecido.

— Acho que ele nunca vai se perdoar. Como se tivesse sido culpa dele, como se tivesse feito de propósito. Até parece.

— Com o tempo ele aprende a conviver com isso. — Ficaram quietos. Flávia estendeu o braço e pegou a mão dele, entrelaçando os dedos. Sentiu um arrepio pelo corpo quando tocou a pele de Luigi e teve vontade de saber o que ele sentira. — Como você conseguiu?

Ele entendeu o que ela perguntou. Era estranho porque sentia uma conexão muito forte entre os dois, uma calma por dentro como há muito ele não sentia. Ficou quieto por mais de um minuto, depois deu um beijo na mão de Flávia e começou a falar.

— Eu não consegui. Ainda dói muito, a falta dele é grande, mas tenho de ser forte. Meus pais precisam de mim, principalmente minha mãe. E tem o Felipe. Não gosto de demonstrar tristeza na frente dele para não ficar com mais culpa. Mas é claro que tenho minhas fraquezas, minhas recaídas. Às vezes choro sozinho no meu quarto, de noite. — Flávia sentiu o coração apertar e segurou com força a mão de Luigi, que retribuiu. — É engraçado, porque nunca falei disso com alguém.

— Nem com a Carla? — ela estranhou.

— Não... Nunca me senti confortável para me abrir assim, desse jeito. Você é a primeira pessoa que me faz sentir vontade de falar sobre isso — ela sorriu, mas ele não conseguiu ver na escuridão. — Você ficou sabendo que eu não me machuquei no acidente?

— Não.

— A Carla teve um braço quebrado, alguns cortes e hematomas pelo corpo todo. O Felipe também se machucou muito. Eu tive apenas alguns poucos cortes superficiais e o corpo dolorido. Fui o que menos se machucou. Ninguém diria que eu havia sofrido um acidente de carro, no máximo caído da escada ou rolado uma ladeira. As pessoas me viam e falavam que eu havia tido sorte. Sorte? Meu irmão morreu e todos falavam isso. Irônico, não é?

Flávia não soube o que dizer. Podia imaginar o sofrimento e angústia que ele passou após o acidente.

— Deve ter sido um período difícil — disse ela, ainda segurando a mão dele, que estava com a cabeça baixa. Ficou quieta, esperando ele continuar ou não.

— Foi. Minha mãe surtou. Eu e meu pai a levamos para a Itália, para passar o Natal e o réveillon com a família dele lá. Depois meu pai voltou e nós ficamos lá, juntos, até julho. O planejado era ficar o ano todo, mas eu não aguentei. Acho que ela também já estava querendo voltar. Não adianta, os problemas não somem só porque você foi para outra cidade ou país. No final das contas, foi bom ter voltado depois de um tempo fora. A dor deu espaço a uma saudade e aprendemos, ou tentamos aprender, a conviver com a ausência dele. — Luigi levantou a cabeça e Flávia percebeu algumas lágrimas em seu rosto. — Minha mãe se pegou à religião para aguentar. Mas eu não consigo aceitar isso. Posso aprender a conviver sem ele, mas não tem como aceitar que ele se foi. — Suspirou. — Você é católica?

Não, sou uma bruxa, pensou. — Não propriamente, acho que não posso falar que sou católica... Minha tia é, vai sempre à missa, mas eu não tenho muita paciência, não acredito em santos. Apenas acredito que existe uma força maior que todos nós, algo que está sempre ali para nos ajudar.

— Você tem fé — ele sorriu nervosamente. — Eu não tenho... O Ricardo era especial, aquele tipo de pessoa que não se encontra com facilidade. Acho que por isso ficou tão pouco tempo com a gente. É como falam, as pessoas especiais ficam nesta vida por um breve momento. Mas não consigo acreditar que um Deus faria isso com ele. Se fosse para alguém ir, teria de ser eu, não ele, que era melhor do que eu.

— Não diga isso. As coisas acontecem por alguma razão, porque têm de acontecer. Se era a vez dele, você tem de aceitar, por mais difícil que seja. Não diga que você que teria de ir no lugar dele. — Flávia se sentou e o puxou para perto, fazendo-o se sentar na cama. Ela o abraçou, sentindo seu coração acelerar — ele já havia feito tudo que tinha para fazer aqui nesta vida. Você ainda precisa ficar por aqui.

Depois desta conversa, Flávia tinha certeza de que era ele. Tinha certeza que não poderia ficar sem Luigi e que toda a raiva e implicância que sentira por ele desde o início nada mais eram do que ela tentando negar aquele sentimento. Os dois se encararam.

— Você também é especial. E onde quer que o Ricardo esteja, está orgulhoso de você.

Ele sorriu e deu um beijo na bochecha dela.

— Você precisa descansar.

— Eu não estou cansada — ela olhou para onde ele estava antes de acordar.

— Acho que você que precisa descansar. Aquela poltrona parece confortável, mas não o suficiente.

Ele se virou para a direção da cadeira e de volta para Flávia.

— Eu não quis sair de perto. A Abgail foi legal em me emprestar a poltrona. Ficaram se olhando por um longo tempo. Flávia quase pôde ver a luz atrás dos seus olhos verde-floresta.

— Preciso te falar uma coisa.

— Acho que já sei o que é... — ele suspirou e Flávia percebeu a tristeza em sua voz.

— Eu acho que não. Acho que você nem desconfia o que seja. É sobre sua caminhonete.

Ele franziu a testa.

— Não estou entendendo. Achei que você ia falar do Felipe ou de algum outro cara.

Flávia sorriu, mais demoradamente do que pretendia.

— Eu não tenho nada com o Felipe, apenas somos amigos. Mas preciso confessar uma coisa e te pedir desculpas... Fui eu quem estragou o escrito ALFENAS da sua caminhonete.

— Você? — ele recuou um pouco, espantado. — Como? Por quê?

— No domingo, antes do início das aulas, eu estava voltando da padaria. Quando fui atravessar a rua, você surgiu do nada e quase me atropelou. Eu caí no chão e me machuquei. Quando olhei para o carro, vi você aos beijos com a Carla e fiquei morrendo de raiva por você não estar prestando atenção à direção. Mas não sabia que era você, só soube depois, mas isso também não faria diferença na hora. Estava com tanta raiva que, sem pensar, peguei a primeira pedra que vi e joguei, acertando a carroceria — ela falava rápido, quase sem tomar fôlego. Estava envergonhada e olhava para baixo. Luigi ficou alguns segundos quieto, balançando a cabeça e deu uma gargalhada.

— Sério que isso aconteceu? Nossa! Não me lembro direito... Lembro do barulho, depois de ver que o L tinha estragado... Mas sempre dirijo atento, só que às vezes a Carla se pendura no meu pescoço.

— Desculpa pelo que fiz.

Ele se aproximou dela e segurou seu queixo.

— Imagina. Eu que tenho de te pedir desculpas. Não acredito que quase te atropelei, que cheguei a te machucar. Sinto-me péssimo.

— Não fique. Já passou.

Ele apertou os lábios e ficou olhando para Flávia. De repente algo lhe veio na cabeça.

— Meu Deus! Por isso que você me odeia tanto!

— Eu não te odeio — ela arregalou os olhos, espantada.

— Odeia sim. Ou pelo menos odiava.

— Não, odiar é uma palavra muito forte...

— Ok... Detestava então — ele riu. — Qual é, você nunca morreu de amores por mim. Agora entendo de onde vinha aquele desprezo todo.

— Desculpa novamente... Eu realmente nunca fui muito com a sua cara. Mas porque achava que você era um desses carinhas metidinhos.

— Tudo bem, eu fiz por merecer.

— É, em parte sim... Acho que tudo conspirou para eu não ir com a sua cara desde o início. Ainda tem sua namorada, que não é nem um pouco simpática.

— Não vamos falar dela — ele se aproximou mais ainda de Flávia — ela não está aqui e nem vai mais estar entre a gente. Eu não a amo e você sabe disso. Você sabe qual vai ser a primeira coisa que vou fazer quando chegar em Viçosa, independente do que você fizer ou disser.

Flávia entendeu o que ele insinuava. Quis responder algo, mas não conseguiu. Seus pensamentos estavam confusos, não conseguia raciocinar, apenas sentia o coração acelerado. A proximidade dele estava a deixando tonta.

— Luigi...

— Psiu, não fala nada.

Luigi colocou a mão na nunca de Flávia e a puxou lentamente. Ela sentiu o coração disparar ainda mais, como nunca acontecera antes, nem por Paulo César, nem por Felipe. A respiração dos dois era ofegante quando os lábios se tocaram de leve. Ela o envolveu com os braços, colando seu corpo ao dele e se entregando àquele beijo tão desejado. A sensação era indescritível e Flávia se sentiu completamente feliz pela primeira vez em sua vida.

Capítulo 19

Flávia acordou e, como sempre fazia, ficou um tempo com os olhos fechados, apertando o travesseiro embaixo de sua cabeça. Repassava mentalmente tudo que acontecera no dia anterior. Sorriu ao lembrar-se da conversa com Luigi e se sentiu calma e feliz, como jamais acontecera antes.

Abriu os olhos devagar para se acostumar com a claridade que entrava pela janela. A cortina estava aberta e ela percebeu que fazia sol naquela terça-feira. Olhou em volta e se espantou ao ver Luigi dormindo sentado na poltrona grande que estava ali. Pensava que ele havia ido para o outro quarto depois que ela dormiu, mas se enganou. Não conseguiu conter a felicidade ao vê-lo ali, com a cabeça de lado, abaixada, encostada no ombro. Provavelmente ficaria com uma dor no pescoço o resto do dia, mas não conseguia deixar de sorrir pelo gesto dele.

Flávia se levantou em silêncio para não acordá-lo e saiu pelo corredor da casa, em direção à copa. Encontrou Abgail sentada, lendo um livro. À sua frente estava uma farta e bela mesa de café da manhã, parecida com a do lanche da tarde do dia anterior.

— Bom dia, tia Abgail.

— Bom dia, querida. Venha comer algo. — Abgail indicou a cadeira à sua frente. Flávia se sentou.

— Tudo está parecendo divino — ela pegou um pão e começou a parti-lo.

— Está mesmo. Prove este queijo, vem de uma fazenda próxima a Ponte Nova. É muito saboroso. — Abgail partiu um pedaço e entregou a Flávia.

— Está bom mesmo.

— Eu falei. — Abgail sorriu. — Vejo que melhorou.

— Sim, obrigada pelo cuidado e carinho que teve comigo ontem à noite.

— Fiquei preocupada que você demorasse a se recuperar.

— Eu também. Ainda bem que já estou melhor. Abgail ficou quieta, observando Flávia comer.

— Que horas vocês pretendem voltar para Viçosa?

— Não sei. Ainda não falei sobre isso com o Luigi.

— Fiquem para o almoço. Luzia vai fazer um almoço especial.

— Imagina, não vamos ficar dando trabalho para vocês mais do que já demos.

— Não é trabalho algum. Será um prazer para ela e para mim.

— Então ficaremos. — Flávia sorriu. — Acho que o Luigi não vai achar ruim.

— Ele ainda está dormindo?

— Sim. — Flávia sentiu as bochechas corarem ao se lembrar de Luigi em seu quarto. Provavelmente Abgail o tinha visto ali.

— Ele parece ser um bom menino.

— Sim.

— E gosta muito de você. — Abgail segurou a mão de Flávia e sorriu — ele ficou a noite toda te vigiando no quarto. Estava muito preocupado. Ele é especial, querida. Não o deixe escapar. — Abgail piscou o olho esquerdo e Flávia sorriu, relaxando.

Flávia e Luigi saíram de Ponte Nova por volta de uma da tarde. Abgail ficou no portão acenando, até eles virarem na esquina da Dom Bosco. Ela fizera Flávia prometer várias vezes que voltaria com frequência para visitá-la.

Ao entrarem na estrada, depois de deixarem a cidade para trás, Luigi, que dirigia, tocou a mão de Flávia.

— Como ficamos?

Flávia franziu a testa, sem entender a pergunta dele.

— O que você quer dizer?

— Você sabe... Depois de ontem, ainda não conversamos, mas... Você agora é minha namorada. — Não foi uma pergunta.

— Pelo que eu saiba, você já tem uma. — Flávia riu da brincadeira, ele não.

— Estou falando sério, Flávia. Não vou perder você desta vez. Assim que chegar em Viçosa, vou procurar a Carla. Não estamos mais juntos, quero ficar com você. Não vou passar por tudo que passei novamente.

— Resolva primeiro seu problema com a Carla, depois conversamos. Luigi balançou a cabeça, concordando. Os dois ficaram o resto da viagem quietos, mas Luigi segurou a mão dela a maior parte do tempo. Chegando em Viçosa, foram direto para a UFV. Luigi estacionou próximo ao RU e saiu do carro.

— Vou pegar minha caminhonete para falar com a Carla. Nem vou assistir à aula, quero resolver logo isto tudo.

— Ok, eu tenho aula agora, ainda dá tempo de chegar lá, mas também não vou assistir. Quero ir para casa tomar um banho e trocar de roupa. Quando terminar, passo na sua casa para conversarmos.

— Para namorarmos — corrigiu ele. Acenou e foi para seu carro. Antes de entrar, fechou os olhos por um breve momento e respirou fundo. Entrou e foi em direção à casa de Carla.

❦

Antes de ir para seu apartamento, Flávia foi até o de Sônia. A vizinha abriu a porta e deu um sorriso.

— Flávia, você está de volta!

— Sim — ela sorriu, fez festa para Rabisco e entrou na casa de Sônia.

— Como foi em Ponte Nova? Fico feliz em ver que melhorou.

— Melhorei. Muito obrigada pela ajuda.

— Não tem de agradecer. Magia se combate com magia.

Flávia suspirou e se lembrou de que naquele momento Luigi estaria terminando o namoro.

— Preciso te contar outra coisa, Sônia. O Luigi foi comigo para Ponte Nova.

— Sério? Hum, não havia companhia melhor — ela sorriu, Flávia retribuiu.

— Você está certa, não havia mesmo. Nós nos entendemos, Sônia, e foi tão bom! Nem acredito que passei um tempo detestando ele.

— Eu sabia que isso aconteceria em breve.

— Neste momento ele já deve ter terminado o namoro com a Carla.

— Embora seja difícil, espero do fundo do coração que ela não prejudique a relação de vocês.

— Eu também. — Flávia se lembrou do dia anterior, quando ficou doente de repente, sem saber o que tinha. — Eu tenho uma dúvida... Se fiz aquela magia da proteção, como a Carla pôde me atingir ontem?

— Pelo visto ela é mais forte do que eu pensava. Ou não funcionou como deveria com ela, não sei o que saiu errado. Magia não é algo certo e absoluto.

— Bom, não importa. Pelo menos estou aqui, curada. — Flávia balançou a cabeça. Não queria ficar se preocupando com Carla naquele momento.

— É verdade. Mas você vai precisar ser forte, ter paciência e se proteger da influência dela. A Carla não vai deixar o Luigi escapar assim tão facilmente, mesmo eu querendo acreditar que sim.

— Imagino que não, mas não sei o que fazer. — Flávia levantou os ombros.

— Estarei sempre aqui para te ajudar.

— Sônia, não quero que pareça desdém ou ingratidão, mas não quero ficar fazendo mil feitiços, magias, seja lá o que for, para ficar com o Luigi, ou então estarei agindo igual a ela.

— Não, não. — Sônia balançou a cabeça. — Flávia, você não vai fazer feitiço para prendê-lo a você, e sim para ajudar a proteger o namoro de vocês de influências negativas. É diferente. Você é uma bruxa, pode e deve usar a natureza a seu favor.

— Eu não sei... Não fica parecendo algo verdadeiro.

— Não fale assim. É verdadeiro porque vocês se amam, foram feitos para ficar juntos. Isso tudo mostra que é verdadeiro. Além do mais, vocês se apaixonaram sem a influência de nenhuma magia, apenas a magia da vida, e isso tudo prova que o amor de vocês é verdadeiro. Não pense desta forma ou você irá contra tudo que sua mãe e sua avó viviam e faziam.

— Eu sei. — Flávia se sentiu um pouco embaraçada. — Vou tentar pensar desta forma.

— Olha, se você não quer, não fazemos nenhuma magia agora. Vamos ver como as coisas ficam. Mas, como te falei, não é magia para prender o Luigi a você e sim para proteger o namoro de vocês.

— Entendi. — Flávia sorriu. — Bom, vou para casa agora, tomar um banho e trocar de roupa para falar com o Luigi, resolvermos esta situação.

— Boa sorte, Flávia. — Sônia abraçou a vizinha e ficou observando-a entrar em casa.

Luigi estacionou e desceu do carro. Ficou parado do lado de fora, olhando para o prédio. Sabia que seria uma conversa difícil, conhecia o gênio de Carla, ela não facilitaria as coisas. Decidiu enfrentar logo a situação, por mais desconfortável que fosse, e foi até o apartamento dela o mais rápido que pôde. Tocou a campainha e Carmem atendeu logo.

— Oi, Carmem, a Carla está?

Carmem olhou para Luigi e pressentiu algo estranho vindo dele.

— A Carla não está muito bem.

Ele suspirou. Imaginou que Carla já estava preparando um escândalo por ele ter sumido no dia anterior.

— Eu posso falar com ela?

— Não sei se é uma boa hora... Como falei, ela não está muito bem.

Luigi cerrou os olhos, um pouco desconfiado. Não sabia se era uma armação de Carla para deixá-lo com a consciência pesada por seu desaparecimento.

— O que ela tem?

— Não sei. Ela acordou estranha, se sentindo fraca e com dores por todo o corpo. Um vizinho, que é médico, veio aqui vê-la, mas não conseguiu nenhum diagnóstico.

Luigi hesitou. A princípio pensara que Carmem estava de má vontade, mas começou a ficar preocupado porque ela parecia falar a verdade.

— Eu gostaria de vê-la.

— Ok, mas não estranhe a aparência dela.

Quando entrou no quarto, Luigi entendeu a recomendação de Carmem. Carla estava deitada na cama, coberta até a cintura. Seus braços pendiam ao longo do corpo, brancos. Seu rosto estava pálido, abatido. Os olhos estavam arroxeados em volta e sua boca tinha um tom violeta-azulado. Luigi se espantou com o estado dela.

— Meu Deus, o que aconteceu? — perguntou ele, assustado, se aproximando da cama.

— Luigi... — Foi a única coisa que Carla conseguiu falar.

— Eu te avisei que ela não estava bem — disse Carmem, se aproximando da filha e colocando a mão em sua testa para ver se estava com febre.

— Não imaginei que estivesse tão mal. Não seria melhor levá-la ao hospital?

— Ela não quer. E nosso vizinho disse que não há nada que se possa fazer lá. Ele deixou alguns remédios aqui e eu a estou alimentando com minhas ervas.

Luigi rolou os olhos. Só Carmem para pensar que ervas poderiam salvar a vida da filha.

— Acho que agora que você apareceu, as chances de ela melhorar aumentam. — O tom de Carmem era de repreensão. Luigi pensou em responder de maneira não muito educada, a vida dele não interessava a ela, mas, por respeito ao estado de Carla, deixou passar. Ele se levantou.

— Vou até minha casa tomar um banho, trocar de roupa e volto mais tarde para ver se ela melhorou.

— Como quiser. — Carmem deu de ombros.

Flávia chegou à República Máfia e tocou a campainha. Felipe apareceu na janela.

— Entra aí, baixinha.

Ele abriu a porta e Flávia entrou, encontrando Lauren, Gustavo e Mauro na sala.

— Estamos vendo um filme — disse Felipe. — Tentei te ligar, mas ninguém atendeu.

— Estava na casa da Sônia, deixei o celular desligado — respondeu Flávia, olhando para os lados.

— Senta aí, Flavinha, o filme começou agora há pouco — convidou Gustavo. Flávia ficou parada, olhando para todos na sala, um pouco nervosa. Virou o rosto para a direção do corredor.

— O Luigi está? — perguntou e todos estranharam. Lauren arregalou os olhos e esboçou um sorriso.

— Está no quarto — disse Felipe, sem entender, mas tentando segurar um sorriso. Ela nunca ia lá procurar por ele, mas desconfiou que houvesse algo ali. Luigi não passara a noite em casa e Carla ficou a segunda-feira inteira atrás dele.

Flávia agradeceu e foi até a porta do quarto de Luigi. Bateu de leve e ele gritou lá de dentro para entrar. Ela abriu a porta e encontrou-o sentado em frente à mesa de estudos.

— Estudando? Atrapalho? — perguntou, entrando no quarto e fechando a porta.

— Oi — disse ele, hesitante, sem se levantar, e ela percebeu. — Atrapalha não, entra aí. Estava aqui perdido nos meus pensamentos.

— Vim só ver como você está. Saber como foi com a Carla.

Luigi não respondeu de imediato. Virou de costas para ela e ficou assim alguns segundos. Ele se levantou, deu um longo suspiro e a encarou. Não precisou falar nada, Flávia percebeu o que estava acontecendo.

— Meu Deus, você não terminou o namoro! — disse, colocando uma das mãos na maçaneta e girando.

— Eu posso explicar — ele se aproximou e segurou-a antes que saísse do quarto — ela está mal, eu fiquei com pena...

Flávia ficou com raiva.

— Ela sempre vai fazer algum drama e você vai ficar com pena.

— Não é verdade. Não é drama, Flávia. Eu vi o estado dela. Ela está mal de verdade.

— O que ela tem? — perguntou Flávia, desconfiada.

— Eu não sei... Ela está pálida, com o rosto estranho. A mãe dela consultou um médico, mas ele não sabe o que ela tem.

— Vai ver está fingindo para você ficar com pena. Vai ver percebeu que não tem mais poder sobre você.

— Ela não tem poder sobre mim. — Luigi cerrou os olhos, com um pouco de raiva pelo que ela disse. — Eu vi, não é invenção. Dê um tempo para ela melhorar.

— Eu não tenho de dar tempo algum. Ela não vai melhorar nunca, é muito conveniente essa doença estranha, que ninguém sabe o que é. Você que tem de decidir. Ou você quer ficar comigo ou com ela, mas parece que você já se decidiu.

Flávia conseguiu se soltar e foi para a sala. Luigi foi atrás e conseguiu segurá-la novamente, antes que ela deixasse a casa. Todos na sala olhavam a cena espantados.

— Flávia, calma, eu vou terminar o namoro. Eu amo você, droga!

— Você é um frouxo, um covarde — pronunciou as palavras com muita raiva e ele sentiu isso quando a olhou nos olhos. Luigi a soltou e ela saiu, com Lauren indo atrás.

— Eu não acredito que você a deixou sair assim — disse Gustavo.

— Eu não acredito é que ele não tenha terminado com a Carla. Você é burro ou o quê? — perguntou Felipe.

Todos olharam para Luigi, que estava quieto. Ele voltou para o quarto.

Felipe deu uma batida de leve na porta do quarto de Luigi e entrou em seguida.

— Posso falar com você?

— Por favor, sermão não. — Luigi estava sentado na cama, com as pernas dobradas e os braços em volta dos joelhos, a cabeça enterrada neles.

— Não vim dar sermão. Vim só conversar, saber se você precisa de algo. Se quiser desabafar... — Felipe coçou a bochecha e se sentou na beira da cama, um pouco hesitante. Os dois ficaram um longo tempo em silêncio até Luigi levantar a cabeça, com o rosto molhado de lágrimas.

— O que eu faço?

— Você sabe o que eu acho que deve fazer, mas por que não me conta direito o que aconteceu?

Luigi suspirou e contou sobre a viagem para Ponte Nova.

— O problema é que a Carla está mal e a Flávia não acredita.

— Entendo. — Felipe balançou a cabeça, desconfiado — ela está mal mesmo?

— Claro que está! — gritou Luigi. — Por que ninguém acredita em mim?

— Calma, eu acredito. Só acho que temos de analisar todas as possibilidades.

— Ela não está inventando. Eu vi, fui lá. Até porque ela nem tem como imaginar que eu estou querendo terminar o namoro.

— Bom, você desapareceu ontem o dia todo e foi reaparecer hoje, sem dar notícia alguma. A Carla ficou o dia inteiro atrás de você e seu celular estava desligado. É um forte indício.

Luigi suspirou novamente e ficou olhando para o nada. Sua cabeça fervilhava de pensamentos e seu peito doía com aquela angústia toda.

— Não posso terminar com a Carla assim, doente desse jeito. Seria muita insensibilidade da minha parte.

— Eu sei, eu sei. Mas você tem de ver o lado da Flávia.

— É claro que vejo. Entendo que ela esteja com raiva, mas eu também preferia ficar com ela a ficar com a Carla.

Felipe olhou para o amigo e sentiu pena de seu estado. Sabia o quanto Luigi era emotivo e se envolvera com Carla e agora Flávia. Podia imaginar um pouco da dor que ele deveria estar sentindo naquele momento. Se fosse com ele, Felipe não pensaria duas vezes antes de se livrar de Carla para ficar com Flávia.

— Não sou muito bom em dar conselhos sentimentais... Mas, cara, você está em uma enrascada.

— Eu sei. — Luigi abaixou a cabeça. Doía demais se lembrar da raiva nos olhos de Flávia. — Acho que ela voltou a me odiar.

— Não, não diga isso. Mas acho que você vai ter de decidir logo. A Flávia não vai ficar com você ao mesmo tempo em que você se diverte com a Carla.

— Eu não estou me divertindo com a Carla. — Luigi foi seco. Ele encarou Felipe e cerrou os olhos.

— Você entendeu o que eu disse. E ela não vai ficar esperando e ao mesmo tempo te vendo nos braços de outra.

— Ela vai esperar. Ela tem de esperar pelo menos até a Carla melhorar.

Flávia entrou em casa, com Lauren ao seu lado.

— Flá, você não tem obrigação de me falar nada, mas estou preocupada. O que está acontecendo?

Flávia se sentou no sofá e suspirou. Olhou para a amiga.

— Desculpa. Você tem razão, vou te contar.

Flávia contou para Lauren sobre a viagem para Ponte Nova, sua repentina doença, sobre Luigi e o término do namoro com Carla, que não aconteceu.

— Nossa, calma, é coisa demais para eu assimilar em um dia só — disse

Lauren, andando de um lado para o outro na sala.

— Imagino que sim. Agora você entende como está minha cabeça.

— Puxa, e agora? Será que ela está mesmo doente?

— Eu não sei — ela deu de ombros — ele disse que sim, mas sei lá. Ela pode ter fingido, passado um pouco de pó na cara para ficar branca... Sei lá.

Lauren balançou a cabeça e ficou alguns minutos pensando.

— Você pode ter razão, mas ela pode estar mesmo doente... É tudo muito confuso. O que você acha de conversarmos com a Sônia?

Flávia concordou e Lauren foi até o apartamento de Sônia chamá-la. Quando ela entrou na casa de Flávia, Lauren contou sobre a doença de Carla.

— O que você acha?

— Eu acho que pode ser verdade, sim — disse Sônia de modo calmo — ela lançou um feitiço para a Flávia ficar doente. Eu fiz uma magia para que a doença da Flávia fosse embora, assim como você fez a magia da luz amarela — explicou ela, olhando para Flávia. — É perfeitamente aceitável que a doença tenha se voltado para a Carla.

Lauren e Flávia ficaram olhando para Sônia.

— Você quer dizer que mandamos para a Carla o que ela mandou para mim? — perguntou Flávia, com a testa franzida.

— Basicamente. Eu já te falei várias vezes da lei do tríplice retorno. O que se faz volta para você três vezes mais forte. A Carla vem fazendo muita magia desnecessariamente e para prejudicar as pessoas. É óbvio que um dia isto tudo vai voltar contra ela.

Lauren estava quieta, mas se lembrou de algo rapidamente.

— Ei, pode ser verdade, sim! Eu me lembro na cachoeira, em Tiradentes, ela reclamando do cabelo e das unhas, que andam quebrando, sei lá. Falou que aconteceu de uma hora para outra. A Carla anda muito estranha, ela sempre foi, mas ultimamente está mais.

Sônia concordou e Flávia começou a entender o que as duas diziam.

— Ela está começando a pagar pelo que tem feito, é isto?

— Sim, Flávia. Acredito que ela esteja realmente doente e pode estar muito mal.

— Isso quer dizer então que ele nunca vai terminar o namoro? — Lauren quis saber.

— Vai, claro que vai. Ainda mais agora que ele sabe que a Flávia o ama. Ele só ficou assustado, eu acho. — Sônia olhou para Flávia. — Você vai ter de ser paciente.

— Sinto muito, mas minha paciência já está se esgotando... Ele vai ter de decidir.

— Bom, isto também pode ser uma forma de ajudar. Se você o pressionar, ele terá de tomar uma atitude logo.

— Sim. Faça isso, mostre que ele tem de se decidir. — Lauren sorriu animada.

Capítulo 20

Era quarta-feira e Flávia sabia que veria Luigi na aula de Física Mecânica. Pensou em não ir ao PVA naquele dia, mas, depois da conversa com Lauren e Sônia, decidiu enfrentar Luigi e mostrar que não iria esperá-lo. Precisava pressioná-lo a tomar uma decisão, não deixaria seu relacionamento ficar sob a influência das magias de Carla.

Flávia entrou na sala e viu Luigi sentado. Ele a olhou e esboçou um sorriso, mas Flávia virou o rosto e se sentou no final da sala, longe dele. Luigi abaixou a cabeça e ela sentiu uma pontada no peito ao ver a sua tristeza, mas precisava ser firme.

Depois da aula, Flávia saiu apressada do PVA e foi em direção ao estacionamento, mas, antes de chegar lá, sentiu alguém segurar seu braço. Ela se virou e viu Luigi.

— Por favor, não foge de mim — suplicou Luigi e sentiu que fez efeito.

— Não quero ficar perto de você. Dói.

— Eu sei — ele abaixou a cabeça, se sentindo mal. Podia ver a dor no rosto de Flávia. — Desculpa essa situação. Mas vou resolver.

— Então resolva logo. Não vou ficar esperando eternamente — disse ela de modo decidido. Luigi levantou a cabeça e encarou Flávia, com os olhos cheios de angústia.

— O que você quer dizer?

— Isso mesmo que você ouviu. Ou você fica comigo ou com a Carla. — Flávia foi firme e Luigi viu o semblante dela mudar de tristeza para determinação.

— Eu já falei que quero ficar com você, mas com a Carla doente fica difícil terminar.

Flávia deu um longo suspiro.

— Sinto muito. Não vou ficar esperando que ela melhore. Como te falei ontem, cada dia vai ser uma coisa diferente. Ela não vai deixar você terminar o namoro, vai ficar prolongando isto até não poder mais.

— Não, não vai não. Assim que ela melhorar, eu termino.

— Então, até lá, é melhor a gente manter distância.

— Você não pode estar falando sério — ele tinha a voz ofegante.

— Estou, sim. Não fale comigo e não chegue perto de mim até estar solteiro. Flávia saiu e deixou Luigi ali, parado. Ele sentia uma angústia muito grande por dentro, que ia crescendo conforme ela se afastava dele.

— Não, isso não. Eu preciso fazer algo — disse, indo em direção ao seu carro.

Luigi chegou ao apartamento de Carla determinado. Precisava terminar o namoro e acreditava que ela já estaria melhor.

Carmem atendeu a porta e olhou-o com o semblante fechado.

— Você não voltou ontem. — A voz dela era de desaprovação.

— Não pude vir.

— Eu tentei falar com você, a pedido da Carla, e não consegui.

Luigi virou os olhos e manteve a calma. Já não bastava aquela situação com Carla, ainda tinha de aguentar sermão da mãe dela.

— Como ela está? — Luigi ignorou o mau humor de Carmem.

— Na mesma. — Carmem deu de ombros. — Estava indo agora até a cozinha preparar uma sopa para ela.

— Faça isso. Vou ver como ela está.

Luigi foi para o quarto de Carla e a encontrou igual ao dia anterior. Ele se sentiu desmotivado porque não conseguiria terminar o namoro daquele jeito. Sentiu-se também um pouco culpado por querer ficar livre do compromisso logo.

— Oi, Carla — disse baixinho, se aproximando da namorada.

— Oi, Luigi — ela sorriu. — Você me abandonou.

Ele suspirou e segurou a mão de Carla, com o sentimento de culpa crescendo cada vez mais dentro dele. Carla sempre fora boa para ele e agora o que mais queria era ficar livre dela.

— Não te abandonei. Apenas estou com alguns problemas.

— Que problemas?

— Nada de mais. São as provas na UFV — mentiu.

— Você vai ficar comigo a tarde toda? — ela fez uma voz manhosa.

— Não posso. Tenho uma aula agora a que preciso assistir.

— Você disse a mesma coisa na segunda-feira e desapareceu, nem foi assistir à aula — ela estava visivelmente chateada.

— Você está me espionando? — ele ficou um pouco sem paciência e ela percebeu.

— Não, que é isso! Só fiz um comentário. — Carla sentiu um frio percorrer a espinha. — Desculpa. Não quis te pressionar. Não me importo de você sumir para resolver seus problemas, desde que volte para mim depois.

Ela viu que deu certo, o sentimento de culpa dele estava aumentando.

— Eu volto depois da minha aula, está bom?

— Sim — ela sorriu.

— Agora preciso ir. Ainda nem almocei. — Luigi deu um beijo na mão de Carla e se levantou.

— Almoce aqui comigo.

— Não, obrigado — ele estremeceu só de pensar na sopa de Carmem, o que ela poderia colocar ali dentro, a quantidade de suas ervas. — Tenho de passar em casa para pegar algumas coisas.

Luigi deu um beijo na testa de Carla e deixou o quarto se sentindo arrasado. Não entendia por que não conseguia terminar logo. Sabia que o fato de Carla estar mal ajudava, mas também tinha Flávia e ele não podia mais se ver longe dela. Acordou de seus pensamentos e encontrou Carmem na cozinha.

— Estou indo. No final do dia eu volto.

— Sei... Bata a porta quando sair.

Ela mexia a sopa e não se deu ao trabalho de se virar para trás para vê-lo. Luigi deixou o apartamento e Carmem balançou a cabeça. Não gostava das atitudes que ele vinha tomando nos últimos dias, mas no momento tinha Carla com que se preocupar. A recuperação dela era mais importante do que manter o namoro.

Carmem escutou a campainha tocar e sentiu um pouco de raiva.

— O que esse garoto esqueceu agora? — disse baixo e depois gritou para que ele entrasse. Ouviu passos na cozinha. — O que foi, Luigi? — perguntou sem paciência, ficando de frente para a entrada. Seus olhos se arregalaram e Carmem ficou petrificada.

— Não é o Luigi. — Sônia sorriu. — Olá, Carmem.

— O que você quer aqui? — ela foi ríspida. Não podia acreditar que Sônia tivera a coragem de entrar em sua casa.

— Vim ver a Carla, soube que ela está doente.

— Fique longe da minha filha. — Gritou Carmem.

— Só vim ajudar. — Sônia levantou as mãos, como se estivesse se defendendo.

— Ajuda mais ficando longe.

Sônia respirou fundo. Não ia deixar a ira de Carmem afetar o que ela tinha ido fazer ali.

— Você não se perguntou ainda o que ela tem?

— O que você quer dizer? — Carmem franziu a testa. — Ninguém sabe o que ela tem.

— Exatamente. Mas eu sei. — Sônia deu um sorriso para Carmem. — Eu sei que vocês fizeram magia para deixar a Flávia doente, e eu a ajudei e agora a Carla está provando do próprio veneno.

Carmem levou alguns segundos para processar o que Sônia acabara de falar. Ela arregalou os olhos e sentiu o sangue ferver e foi para cima de Sônia, batendo nela.

— Sua bruxa miserável, eu mato você!

— Modere suas palavras. — Sônia conseguiu controlá-la, segurando os braços de Carmem, que bufava e soltava uns gemidos de raiva. — E pare de fazer magias para a Flávia. Você nunca vai conseguir separá-la do Luigi e deveria saber muito bem disto. Estou avisando.

Sônia foi firme em suas palavras. Encarou a antiga amiga, soltou-a e deixou o apartamento. Carmem ficou parada, ofegante. Desligou o fogo que aquecia a sopa e correu para o quarto de Carla.

— De onde a Sônia conhece a Flávia?

Carla se sentou na cama, assustada com a atitude da mãe.

— Elas são vizinhas, por quê? O que aconteceu?

— A Sônia esteve aqui, disse que você está doente porque ela reverteu a magia que fizemos para a menina.

— Aquela bruxa idiota! Sempre se metendo na minha vida.

— O que você sabe sobre esta menina? Por que a Sônia a ajudou?

— Não sei, mãe. — Carla deu de ombros. — Sei que elas são vizinhas, devem ter ficado amigas.

— E o que mais? — Carmem se sentou na cama, de frente para a filha.

— Não sei muito mais. Ela é amiga da Lauren, não sei como se conheceram, talvez através da Sônia, que é o mais provável. O melhor amigo dela agora namora a Lauren e mora na casa do Luigi. — Carla não entendia o que sua mãe tentava descobrir, mas se esforçava para se lembrar de alguma coisa relevante referente à Flávia.

— Não estou perguntando esse tipo de coisa. Quero saber da vida da garota, quem é ela, por que a Sônia a ajuda tanto. Ela é bruxa?

— A Flávia? Sei lá. Nunca prestei atenção a isso.

— Mas é importante! Você precisa saber com quem está lidando, sempre te falei isso.

— Eu não sei nada da vida dela, só sei que ela é de Lavras. Até isso a ajuda, ela mora em uma cidade perto do Luigi. — Carla fez uma careta.

— Lavras? — Carmem se levantou espantada. — Meu Deus, Lavras?

— O que isso tem de mais? — Carla não entendeu a reação da mãe. Nunca houve nada sobre Lavras relacionado às suas vidas.

— Qual o sobrenome dela? Quem são seus pais? — Carmem se aproximou rapidamente de Carla, assustando-a.

— E eu sei isso? Nunca me interessou.

— Como ela é? — Carmem segurou os ombros da filha, que a olhou espantada.

— Você está me assustando. O que isto tem a ver com o fato de eu estar doente?

— Como ela é? — Carmem repetiu a pergunta aos berros.

— Ela é baixa, deve ter um metro e sessenta e cinco, por aí, porque ela é um pouco mais alta que eu. É magrinha, ruiva com os cabelos cacheados.

— Ruiva? Cabelos cacheados? Meu Deus, ela deve ser filha da Lizzy! — Carmem levantou e ficou andando de um lado para o outro.

— Quem é Lizzy?

Carmem continuou andando de um lado para o outro por alguns instantes, até parar e olhar séria para a filha.

— Uma antiga amiga. Ela e a Sônia me ensinaram os segredos da *Wicca.*

— E daí? — Carla deu de ombros novamente. Aquela conversa a estava entediando.

— Daí que se essa menina for uma bruxa, ela é forte porque é ruiva. As bruxas ruivas são poderosas. Se ela for mesmo filha da Lizzy, então... — Carmem se aproximou vagarosamente de Carla. — A Lizzy era forte demais, Carla. Se ela tiver puxado a força da mãe...

— O que você quer dizer?

— Que acho que seu namoro está com os dias contados.

— Não! — gritou Carla, chorando.

— Se isso tudo for verdade, não há nada que você possa fazer para manter o Luigi ao seu lado. Ela vai conseguir tê-lo porque ela é mais forte que você. Será apenas uma questão de dias.

— Não! — disse Carla aos prantos, abraçando a mãe.

Luigi se preparava para sair de casa quando Felipe apareceu na sala.

— Vai jantar hoje?

— Não, estou sem fome. Vou até a casa da Carla. — Luigi suspirou desanimado.

— Parece mais que você está indo para a forca. — Felipe riu, se sentando no sofá e ligando a TV com o controle remoto. — Bom, não deixa de ser mais ou menos a mesma coisa — olhou o amigo. — Cara, termina logo este namoro ao invés de ficar assim.

— Não dá. A Carla está mal, não tem como terminar.

— Só terminar e pronto. Deixa ela doente para lá, você não é médico, então não tem nada que fazer na casa dela. Vai ficar esperando ela melhorar eternamente?

— Você me conhece. Não consigo. Eu olho a Carla e não consigo terminar. E ela não vai ficar a vida toda doente, daqui a pouco estará melhor.

— Tenho minhas dúvidas.

Luigi desistiu daquela conversa. Era fácil falar, mas ele não seria cafajeste de deixar Carla agora que estava mal. Antes de fechar a porta, Felipe o chamou.

— Vai ao torneio de sinuca hoje?

— Nossa, nem me lembrava mais! — Luigi ficou alguns segundos parado e sorriu. — Claro que vou, a Flávia vai estar lá. Talvez eu consiga conversar com ela.

— Manera, cara. Não vai deixar um clima ruim lá.

— Eu sei o que faço — ele ficou chateado.

— Não parece. — Felipe não percebeu a reação do amigo. — Passa aqui antes de ir e leva o Gustavo e o Mauro que eu vou levar a Flávia, já combinei com ela.

— Por que você não os leva também?

— Acho que você não vai querer que a Flávia te veja chegando lá sozinho, vindo da casa da Carla.

— Bem pensado. — Luigi agradeceu ao amigo. — Assim, ela pensa que eu estava aqui.

— Justamente. — Felipe sorriu e Luigi saiu de casa para visitar Carla.

Eram oito e meia e Luigi se levantou após checar o relógio.

— Já vai embora? — Carla franziu a testa, chateada.

— Já. Hoje é dia do torneio de sinuca.

— Não acredito que você vai deixar sua namorada doente para jogar sinuca — disse ela com a voz manhosa, tentando deixá-lo com culpa, mas não adiantou. Luigi não perderia o torneio naquela noite.

— O torneio é uma vez por semana só. Você sabe o quanto eu gosto de jogar, e além do mais, você parece estar melhor.

Ela sentiu o habitual gelo percorrer sua espinha e fez uma careta.

— Só por fora. — Ficou pensativa, enquanto ele se aproximou e deu um beijo na sua testa. — Quem vai?

— Só o pessoal lá de casa — mentiu.

— A Lauren não vai torcer pelo namorado dela?

— Provavelmente não. Nunca vai mulher com a gente — mentiu novamente, como se o que falasse fosse algo natural. — Ficamos sempre tão envolvidos que nem dá para dar atenção às namoradas lá.

— Entendi. — Carla balançava a cabeça, mas não estava totalmente convencida.

— Deixa eu ir que ainda tenho de buscar o Gustavo e o Mauro lá em casa.

— Luigi ia saindo do quarto quando Carla o chamou.

— E o Felipe? Por que não leva os dois?

Luigi ficou encarando a namorada, mudo por alguns instantes ao perceber o fora que havia dado.

— Ele vai direto da casa do Bernardo. — Luigi agradeceu silenciosamente por Bernardo morar perto do Leão. Acenou para Carla e saiu antes que ela fizesse mais perguntas. Estava se sentindo mal por mentir tanto para ela.

Rapidamente Luigi chegou em casa e encontrou Mauro na porta.

— Achei que não vinha mais.

— Desculpa, mas a Carla começou um interrogatório danado na hora em que eu estava saindo de lá.

— Posso imaginar. — Mauro riu, atravessando a rua.

— Aonde você vai? — Luigi perguntou pela janela do carro que estava aberta, estranhando a atitude do amigo.

— Vou chamar o Gustavo aqui na casa da Lauren. Eles me pediram para tocar lá quando você chegasse.

— Eles? — Luigi arregalou os olhos e viu Lauren saindo de casa junto com Gustavo. Todos entraram na caminhonete e Luigi virou o corpo na direção do banco de trás, olhando para ela. — Posso pedir um favor?

— Depende — ela o encarou, séria.

— Não fala para a Flávia que eu estava na casa da Carla. Só vai piorar as coisas.

O semblante de Luigi era de súplica e ela sentiu um pouco de pena. Sabia o porquê de ele ainda não ter conseguido terminar o namoro.

— Nem você, Gustavo — pediu Luigi.

— Isso vai depender da Lauren — disse Gustavo calmamente. — Se ela não contar, eu também não conto.

— Pode deixar. Mas é só desta vez.

— Valeu. — Luigi sorriu em agradecimento e seguiu para o Leão.

Flávia e Felipe estavam observando um grupo de rapazes jogar sinuca na mesa mais ao fundo no Leão. A outra foi ocupada pelos dois. Felipe às vezes ensaiava algumas jogadas, como se fosse um pré-aquecimento para o torneiro que começaria dali a alguns minutos, mas Flávia estava dispersa, perdida em seus pensamentos.

— Com medo, baixinha? — perguntou Felipe, tentando provocá-la.

— Não tenho medo de você — disse ela, se aproximando dele.

— Eu sei muito bem disso — ele fez uma careta e a abraçou, beijando-a na testa. Os dois se encararam. — Acho uma pena, sabe. Às vezes gostaria que você tivesse medo de perder para mim.

— Mas eu perco.

— Mas não tem medo e isto é frustrante — ele abriu seu largo sorriso. — Perde um pouco a graça e tira o gostinho saboroso da vitória.

— Posso fingir. — Disse ela.

— Aí não vale — ele ia falar algo, mas viu seus amigos entrarem no bar e desistiu. — Até que enfim. Achei que venceria por W.O.

— Como W.O. se vocês são dois? — brincou Gustavo.

— Nunca se sabe. — Felipe levantou os ombros.

— O Luigi que demorou — disse Mauro. Todos o olharam com os olhos arregalados e Flávia franziu a sobrancelha, sem entender. Mauro percebeu o fora. — Luigi ficou um tempão no banho e depois se arrumando. Parecia que ia para um baile. — Mauro tentou consertar. Deu resultado, porque Flávia foi abraçar Lauren, não parecendo se importar. Gustavo e Felipe, ambos rindo, foram pegar uma cerveja, enquanto Luigi se aproximou do amigo.

— Quase que você me entrega.

— Foi mal. Mas consegui consertar a tempo.

— É. A emenda não foi tão boa, mas é melhor que a verdade.

— Ela sabe que você tem visto a Carla, afinal, vocês ainda estão namorando.

— Mauro não conseguia entender aquela situação, mas preferia não se meter.

— Saber é uma coisa, escancarar é outra.

Alguém se aproximou, interrompendo a conversa dos dois. Era um dos rapazes que jogava na outra mesa.

— Oi, Mauro! Não sabia que você frequentava o Leão durante a semana. Mauro reconheceu o colega de curso.

— Oi, Rafael — eles se cumprimentaram com um aperto de mão. — Raramente venho. Os caras da minha república vêm aqui jogar às quartas e eu às vezes acompanho. Aliás, este é o Luigi. Aqueles no bar são o Gustavo e o Felipe.

— Mauro mostrou os dois no balcão. Luigi e Rafael se cumprimentaram.

— É, já os vi aqui algumas vezes. — Rafael olhou para Lauren e Flávia. — Também já vi a ruiva aqui, a loirinha que é nova na área.

— A loirinha é a Lauren, namorada do Gustavo. Veio hoje pela primeira vez ver nossa disputa. A ruiva é a Flávia, grande amiga de todos na república.

— Ela joga muito bem, já reparei. — Rafael olhou para Flávia e Lauren.

— Apenas a loirinha é comprometida, certo?

Luigi sentiu o sangue ferver com os comentários de Rafael. Ele olhou para as duas, que conversavam sem prestar atenção neles.

— É, a Flávia é solteira — disse Mauro relutante, e olhou para Luigi, que o encarava com o semblante sério.

— É uma informação interessante. Eu ia te pedir para me apresentar a loirinha, mas já que ela tem namorado... A ruivinha é bonita e joga sinuca, isso é uma grande qualidade — comentou Rafael, balançando a cabeça e observando

Flávia. Felipe e Gustavo se aproximaram e Mauro apresentou-os a Rafael. — Você pode me apresentá-la?

Mauro hesitou e olhou novamente para Luigi, que balançava a cabeça negativamente.

— Apresentar quem? — perguntou Gustavo, com a testa enrugada.

— A Flávia — explicou Mauro.

— Ah, bom, pensei que era a minha namorada.

— Imagina, não mexo com mulher comprometida. — Rafael se defendeu. Antes que Mauro desse uma resposta a ele, Flávia e Lauren se aproximaram.

— Esse jogo sai ou não sai? — perguntou Flávia.

— Estamos tentando — disse Luigi pela primeira vez, com a voz cheia de raiva. Todos o olharam assustados. Rafael não percebeu nada e se aproximou de Flávia, estendendo a mão.

— Oi, eu sou o Rafael. Faço Veterinária junto com o Mauro.

— Oi, Rafael. — Flávia foi simpática, tentando entender o que acontecia ali.

— Eu já te observei aqui. Você joga bem.

— Obrigada. Treino muito com meu tio em Lavras.

— Ah, você é de lá? — Rafael falava enquanto os outros olhavam a cena. Luigi respirou fundo, para não demonstrar a raiva que sentia, e se colocou entre os dois.

— Olha, cara, depois vocês conversam, tá? Todo mundo aqui está esperando para jogar.

Rafael olhou em volta um pouco sem graça.

— Puxa, desculpa. Não quis atrapalhar o jogo de vocês — ele sorriu para Flávia e se afastou. Ela se virou para Luigi com um olhar de reprovação.

— Grosso. — Disse Flávia e saiu de perto dele. Luigi deu um passo à frente, mas Felipe o segurou.

— Vai com calma — pediu Felipe.

— Qual é? O cara dando em cima dela descaradamente e você quer que eu não faça nada? — Luigi ainda estava com muita raiva.

— Você não é nada dela — disse Felipe com calma e Luigi teve vontade de voar no pescoço do amigo.

— Como é que é?

— É a verdade e você sabe disto. Desculpa se a verdade dói, mas você não é nada dela. No máximo um amigo. E olhe lá.

Luigi ficou quieto, pensando no que Felipe disse. Sabia que ele tinha razão, mas não conseguia acabar com aquele sofrimento interno.

— Eu não sei até quando vou aguentar — disse ele baixinho.

— Só depende de você.

— É complicado. — Luigi levantou os ombros.

— Descomplique. — Felipe o encarou. — O que te prende a Carla?

— A doença dela, você sabe disso.

— Não é o suficiente.

— É sim. — Luigi ficou quieto. — Não sei, de verdade não sei.

— Vem, vamos jogar, mas acho melhor você manter um pouco de distância da baixinha.

Capítulo 21

Após o jogo na quarta à noite, Flávia não viu mais Luigi. Era sexta-feira e ela deixava o prédio de Biologia ao lado de Gustavo, receosa de um encontro, pois sabia que ele também tinha aula no prédio naquele horário.

Ela sentiu um pouco de alívio quando chegou ao estacionamento e verificou que a caminhonete dele não estava ali.

— O que foi? — perguntou Gustavo, olhando na mesma direção que ela.

— Nada. — Flávia apenas observava os carros aleatoriamente.

—Você anda estranha, Flavinha.

— Impressão sua — ela destrancou o carro e entrou, mas não o ligou.

— Não é não, e você sabe disso. — Gustavo se sentou ao lado dela, no banco do passageiro, e fechou a porta. — Olha, eu sei o que está acontecendo, mas se você não quiser tocar no assunto, tudo bem.

— Nem tem o que falar — ela deu de ombros.

— Eu não entendo. Você está aí sofrendo, o Luigi está lá em casa sofrendo. Por que ele não termina logo e vocês ficam juntos?

— Não é tão fácil.

— Claro que é!

— Deixa para lá. Tudo tem sua hora.

— Vocês são duas pessoas estranhas. Nunca vi isso na minha vida. Flávia sorriu para o amigo e ligou o carro.

— Vai para casa?

— Vou — ele concordou e ficou pensativo. — O que acha de irmos direto para o Lenha e tomarmos um porre de cerveja?

— Acho uma boa ideia — ela sorriu e seguiu para o restaurante. — Acho que preciso me desligar um pouco disso tudo.

— Nada melhor que uma geladinha no fim de tarde de uma sexta-feira.

— Gustavo tirou o celular do bolso. — Vou ver se a Lauren quer ir junto. Ainda bem que ela não liga se eu exagerar na cerveja.

— Ela bebe junto, não é mesmo? — Flávia riu.

— Sim. A menina é uma boa companheira. Você também é.

— Valeu pela força, Gust.

— Amigos são para isso. — Gustavo ligou para Lauren, que estava na casa de uma amiga. Ficou combinado que ela os encontraria depois no Lenha.

— Hoje eu só saio do Lenha quando o restaurante fechar — brincou.

— Isso aí, Flavinha! Se quiser, chamo o Felipe.

— Sim. Ele é uma boa companhia, bem animado. Vai me ajudar a dar boas risadas.

— E o Luigi?

Flávia suspirou e ficou um pouco triste. Só a menção do nome dele já a fazia sentir um aperto no peito.

— Deixa ele quieto. Deve estar na casa da Carla e não quero saber. Também não o quero lá. Dói ver e não poder fazer nada. Além do mais, o propósito hoje é esquecer a existência dele.

Flávia balançou a cabeça. Não queria estragar a felicidade que estava sentindo naquele momento. Estacionou em frente ao Lenha e desceu do carro.

— Vai, liga para o Felipe e diz que ele está umas duas cervejas atrasado.

No sábado, Flávia havia voltado do Lenha, onde almoçara, e estava na sala assistindo à televisão. O sofá-cama estava desdobrado, com ela deitada ali. Tentava não pensar em nada, apenas se distrair com alguma coisa na televisão naquela tarde de sábado, quando a campainha tocou.

Flávia franziu a testa, tentando imaginar quem poderia ser. Sabia que Gustavo estava almoçando com Lauren na casa dos avós dela.

Quando abriu a porta, ficou feliz ao ver Felipe.

— Oi, baixinha, posso passar a tarde com você?

— Claro, entra aí, estou assistindo à TV.

Felipe entrou no apartamento e hesitou, enquanto Flávia fechou a porta.

— O que foi? — perguntou, com a testa franzida.

— Nada — ele olhou para os lados. — Posso deitar com você? — perguntou um pouco sem graça.

— Claro, que pergunta! — Flávia riu do jeito de Felipe.

Ele sorriu e se deitou, abrindo os braços como se chamasse Flávia. Ela balançou a cabeça, ainda rindo, e se deitou encostando o rosto no peito de Felipe, que a abraçou. Aquele abraço apertado a fez se sentir segura.

— Já estava com saudades deste sofá-cama — disse, beijando a cabeça de Flávia. Ficou um instante em silêncio, depois falou baixinho. — Sabe, acho que não teria dificuldades para gostar de você.

— Um tempo atrás eu daria tudo para ouvir isso — disse sem olhar para ele.

— Desculpa se não correspondi ao seu sentimento e te magoei.

Flávia levantou a sobrancelha e encarou-o, encostando o queixo no peito dele.

— Não se preocupe. Já passou.

— Eu sei, mas me sinto culpado toda vez que penso que você sofreu por minha causa.

— Não precisa ficar. Não era para acontecer. E, se serve de consolo, agora estou sofrendo mais por outra pessoa.

Felipe assentiu com a cabeça. Sabia de quem ela estava falando.

— Foi bom você ter tocado neste assunto.

— Por favor, não vai começar a defender seu amigo.

— Não, longe disso. Eu acho que ele está errado, mas entendo o ponto de vista dele.

— Eu também entendo, o pior é isso. — Flávia suspirou, ficando alguns instantes quieta. — Esse é um assunto complicado de vários modos.

— Imagino.

Você nem imagina, pensou. Lembrou das conversas com Sônia, do quanto a magia influenciava o namoro de Luigi com Carla.

— Só que eu não vou ficar parada. Não vou ficar esperando, porque sei que a Carla não vai facilitar.

— Sim, eu também acho isso. Ela não vai dar folga para o Luigi.

— É, e ele tem de ser forte para colocar um fim em tudo. Os dois ficaram em silêncio vendo TV até o final da tarde.

Depois que Felipe deixou o apartamento, Flávia foi até seu quarto e pegou a foto da viagem para Tiradentes, de onde havia cortado Carla para fazer a magia de proteção. Ela observou Felipe e pegou uma tesoura.

— Desculpa. — Disse, cortando Felipe da foto.

Flávia se sentou na cama, olhando para ela ao lado de Luigi. Sentiu um pequeno aperto no peito e lembrou-se de tudo que Sônia já havia falado para ela sobre seu passado, sua força e o fato de Luigi ser sua alma gêmea. Decidiu tentar algo, que poderia não funcionar, mas não faria nenhum mal. Se era realmente uma bruxa, estava na hora de usar isto a seu favor.

Olhando fixamente para a foto, Flávia começou a projetar na mente uma cena de Luigi terminando o namoro e indo ficar com ela. Pensou nos dois juntos, felizes. Ela ficou repetindo aquelas cenas durante um longo tempo, até se sentir exausta mentalmente.

Luigi estacionou em frente ao prédio de Carla e desceu rapidamente do carro. Ajeitou a jaqueta e subiu as escadas até o apartamento da namorada. Sabia que ela faria um escândalo quando ele falasse que ia à festa no Galpão, mas naquele momento isto pouco o incomodava.

Se ela brigasse demais, terminaria o namoro e ficaria livre. Sentia-se um pouco mal ao desejar que ela fizesse isto, mas não conseguia mais controlar seus sentimentos.

Ele tocou a campainha e esperou um pouco mais do que o normal. Chegou a pensar que Carla poderia ter piorado e Carmem a tivesse levado ao hospital, mas seus pensamentos foram interrompidos pela porta abrindo. Do outro lado, Carmem o olhou dos pés à cabeça e fez um sinal de reprovação ao perceber que ele iria para uma festa depois da visita à namorada. Luigi se controlou ao ver a reação dela.

— A Carla está?

— Está no quarto. — Carmem foi seca, como sempre.

Luigi entrou e já ia em direção ao quarto de Carla quando Carmem o segurou pelo braço.

— Ela está se arrumando, melhor você esperar aqui.

— Arrumando? — Luigi franziu a testa.

— Sim. Ela teimou que você iria para a festa que vai ter no Galpão e quer ir junto. Vejo que ela estava certa.

Luigi percebeu o tom de recriminação na voz dela, mas deixou passar. Não tinha de dar satisfação da sua vida para Carmem.

— Mas ela não está doente?

— Está um pouco melhor, mas ainda precisa de repouso. A Carla é teimosa e disse que iria sair com você de qualquer jeito — ela deu de ombros.

Luigi ficou alguns segundos olhando para Carmem e depois se sentou no sofá. Ela saiu da sala, deixando-o sozinho. Carla demorou um pouco a aparecer.

— Oi, amor — disse, dando um abraço e um beijo em Luigi. Ele percebeu o rosto abatido da namorada.

— Você é doida de sair sem ter melhorado completamente.

— E você acha que vou te deixar sozinho em uma festa com a quantidade de mulher solta por aí?

— Com saúde não se brinca — ele preferiu ignorar o comentário dela. Já havia se acostumado com os ciúmes exagerados de Carla.

— Nem vem. Eu vou ao Galpão com você e está decidido. Eu sabia que você iria para lá, não vou ficar aqui sozinha enquanto você se diverte. — Carla começou a alterar a voz.

— Não é questão de me divertir. A banda que vai tocar lá hoje é formada pelos caras da minha turma. Estou indo prestigiar.

— Tem gente demais lá para prestigiar, não precisam de você. Luigi virou os olhos, mas se controlou e não falou nada.

— Vamos. Se eu não estiver aguentando, a gente volta — encerrou a conversa, puxando o namorado pelo braço.

❧❦☙

Flávia conversava animadamente com Felipe e Mauro perto do bar no Galpão. Ela tomou um gole de refrigerante e olhou para a porta, arregalando os olhos.

— Eu não acredito nisso!

Felipe e Mauro se viraram para a porta e viram Luigi entrar de mãos dadas com Carla. Felipe balançou a cabeça, desaprovando.

— Eu vou lá fora procurar a Lauren e o Gustavo — disse Flávia e saiu, passando pelo casal e esbarrando de propósito no braço de Luigi, que parou ao lado de Felipe.

— Mandou mal, cara — cochichou Felipe.

— Ela quis vir, o que eu podia fazer? — disse Luigi baixo, para Carla não escutar.

— Você realmente quer que eu responda? — Felipe foi sarcástico, mas Luigi não percebeu. Seus olhos estavam grudados em uma cena na porta da entrada para o salão do Galpão. Flávia conversava com Rafael ali.

Carla viu e gostou, mas não demonstrou nada. Ela abraçou o namorado e ficou assim o tempo todo. Sem poder falar com Luigi, Felipe e Mauro apenas lhe pediam calma.

Luigi olhou Flávia e seu coração ficou cada vez mais apertado, até Rafael a puxar para a varanda, longe dos olhos dele. Uma onda de pavor tomou conta do corpo de Luigi e ele tentou controlar o pânico que sentiu. Não conseguiu pensar em Flávia nos braços de outro e não estava preparado para ver aquilo. Carla falou alguma coisa com ele, mas Luigi não prestou atenção. Um turbilhão de pensamentos passou pela sua cabeça e ele sentiu como se seu peito fosse explodir de tanta dor.

— Eu disse que vou ao banheiro — disse Carla mais alto e saiu. Luigi olhou para Mauro.

— Aquele babaca, ele... — Não conseguiu completar a frase.

— Calma! — pediu Mauro.

— Eles vão ficar, eles vão ficar. — Luigi repetia a frase.

— Cara, calma, você nem sabe se isso vai acontecer — pediu Felipe, segurando o braço de Luigi, que o tirou com força, se soltando do amigo.

— Isso não vai acontecer.

Luigi saiu rapidamente. Encontrou Rafael encostado na parede da varanda, com Flávia parada em frente a ele. Os dois apenas conversavam, mas Luigi não pensou duas vezes, se aproximou de Flávia e puxou-a pelo braço, levando-a na direção da saída do Galpão.

— Ei, o que você está fazendo? — perguntou Flávia, espantada com a atitude dele. Luigi não respondeu e continuou puxando-a pelo braço. Ele não percebeu que a apertava muito e que isto a machucava, só queria tirá-la de perto de Rafael.

Quando chegaram do lado de fora, Luigi parou em frente à sua caminhonete e soltou Flávia, que o olhava furiosa enquanto esfregava o braço no local em que ele a havia segurado.

— O que foi isso?

— Você não vai ficar com aquele idiota.

Flávia levantou as sobrancelhas e deu um sorriso irônico.

— Não vou? E quem me proíbe? Você?

Luigi não respondeu. Não conseguia pensar em nada para falar, só sabia que tinha de manter Flávia perto dele.

— Eu acho que você não está em condições de proibir nada, nem de me impedir de ficar com o Rafael ou com quem quer que seja. Pelo que me consta, você está aqui com sua namorada.

Luigi percebeu sarcasmo e fúria na voz de Flávia e aquilo o feriu profundamente, mas ela estava certa. Ele estava naquela festa acompanhado, por que ela não poderia estar também?

— Eu te amo — balbuciou.

— Não parece — ela foi firme.

— Você sabe que eu te amo — ele agarrou os braços de Flávia com as duas mãos. Seus olhos estavam úmidos e quase teve certeza de que os dela também estavam. — Eu te amo.

— No momento, isto não parece ser o suficiente para você ficar comigo. A voz dela era de dor e as palavras atingiram Luigi. Ele soltou-a, reagindo ao que foi dito. Flávia suspirou, olhou-o com tristeza e virou as costas para ele, voltando para o Galpão.

Luigi observou-a e ficou se perguntando o que estava fazendo ali parado. Ele se debruçou na caminhonete e sentiu algumas lágrimas escorrerem pelo rosto.

— Parece que o idiota aqui é você — disse baixinho, para si mesmo. Carla saiu do Galpão e encontrou Luigi debruçado sobre sua caminhonete.

— O que aconteceu? Eu te procurei lá dentro e me disseram que você estava aqui fora.

Ele não a olhou. Carla encostou a mão em seu ombro e finalmente Luigi a encarou.

— Me deixa sozinho.

— O que aconteceu? — ela repetiu a pergunta, um pouco temerosa.

— Já disse que quero ficar sozinho — disse ele um pouco alto, assustando-a. Abriu a porta da caminhonete e entrou.

— Aonde você vai? — Carla tinha a voz um pouco engasgada e algumas lágrimas começaram a escorrer pelo seu rosto.

— Vê se me esquece — disse Luigi e saiu com o carro, sem deixar tempo para Carla falar algo mais.

Felipe apareceu na porta do Galpão e viu Luigi sair de carro e Carla parada. Ele se aproximou.

— O Luigi foi embora?

— Não enche! — Carla foi andando pela rua, passando reto pela porta do Galpão. Mauro encontrou Felipe ali.

— A Carla vai embora a pé? É uma longa caminhada...

— Droga. — Disse Felipe indo pegar seu carro. Estacionou em frente a Mauro. — Você vem?

Mauro entrou no carro de Felipe.

— O que está acontecendo?

— É o que pretendo descobrir. Acho que o Luigi e a Carla brigaram feio, porque ele foi embora e a largou aqui.

— E nós vamos atrás dele?

— Atrás dela. — Felipe apontou Carla e foi parando o carro.

— Você vai levá-la para casa? — Mauro se espantou com Felipe. Sabia o quanto ele não gostava de Carla.

— Eu sei que amanhã o Luigi vai se arrepender de ter largado a chata aqui sozinha. Estou fazendo isso por ele.

Felipe desceu do carro e foi até Carla.

— Vem, eu te levo para casa.

— Prefiro ir andando. — Carla não parou e ele foi atrás dela.

— É longe, garota. Entra no carro logo que eu te levo.

— Não vou com você. — Carla deu um grito histérico. Felipe suspirou e pegou-a nos braços, jogando-a sobre seu ombro esquerdo.

— Abre a porta de trás, Maurão.

— Seu troglodita, seu brutamontes. — Gritou Carla enquanto batia nas costas de Felipe. Ele a colocou no banco de trás do carro e encarou-a, sério.

— Fica quietinha aí. Vou te levar para casa por bem ou por mal, você escolhe. Estou fazendo isso pelo Luigi, porque sei que ele não vai se perdoar amanhã se souber que você foi para casa a pé ou se algo te acontecer.

As palavras dele a acalmaram. Felipe entrou no carro e Carla tirou o celular da bolsa e tentou falar com Luigi.

— Ele não atende a droga do celular.

— Provavelmente porque não quer falar com você agora.

As palavras de Felipe fizeram Carla fuzilá-lo com o olhar. Ele ignorou os olhares dela pelo espelho retrovisor do carro. Logo parou em frente ao prédio dela.

— Pronto. Está entregue.

— Eu não vou descer. Quero ir para sua casa falar com o Luigi. Felipe virou para trás.

— Eu não vou te levar para minha casa. O Luigi não quer falar com você agora. Por que não vai dormir um pouco e se acalma?

— Eu quero falar com ele! — Carla falou como se fosse uma criança fazendo pirraça. Felipe virou os olhos e Mauro balançou a cabeça.

— Se você falar agora com o Luigi, vocês vão brigar ainda mais. É o que você quer? — perguntou Mauro de maneira calma e Carla apenas o olhou assustada, enquanto soluçava.

— Não — sussurrou.

— Então dorme e amanhã você conversa com ele com mais tranquilidade.

— Tá — ela desceu do carro e abriu o portão do prédio.

— De nada, viu? — gritou Felipe, arrancando com o carro.

— Que mala — comentou Mauro.

— O Luigi é doido de continuar com essa garota. Estou começando a achar que realmente ela o enfeitiçou.

— Você não pode estar falando sério. — Mauro o olhou incrédulo.

— Eu não entendo por que o Luigi não consegue terminar o namoro. — Felipe balançou a cabeça, desanimado.

Os dois chegaram em casa e viram a caminhonete de Luigi estacionada na garagem. Mauro entrou e foi para seu quarto. Sabia que era melhor Felipe conversar com Luigi.

Felipe entrou no quarto do amigo, mas não o encontrou ali. Ele franziu a sobrancelha e foi para seu quarto. Lá, encontrou Luigi sentado na cama.

— Desculpa a invasão — disse Luigi sem graça.

— Que isso! — Felipe pôs a chave do carro em cima da mesa de estudos e olhou para Luigi. — Eu deixei a Carla em casa.

— Obrigado.

Os dois ficaram quietos e Felipe se aproximou de Luigi.

— O que aconteceu?

Luigi contou para Felipe a rápida conversa com Flávia e depois a chegada de Carla.

— Bom, pelo menos meio caminho andado para terminar.

— É, acredito que a Carla esteja me odiando agora.

— Acho que isso não. Ela parecia desesperada, com medo de te perder. Com um pouco de raiva, mas não ódio.

Luigi ficou quieto e Felipe decidiu falar.

— Olha, você não pediu minha opinião, mas já que está no meu quarto e é meu amigo desde que veio ao mundo, eu vou dar assim mesmo. Acredito que é o que o Ricardo faria se estivesse aqui. Cara, sai dessa, manda a Carla para o espaço logo e fica com a Flávia. Esta é a sua chance.

— Será que ela ainda me quer?

— Meu Deus, quanto drama! Claro que quer, ela te ama.

— Ela pode estar nos braços de outro neste momento. — Só de pensar nisso, Luigi sentia o coração apertar.

— E se estiver? O que você pode fazer?

— Nada — ele deu de ombros.

— Resposta errada. — Felipe se sentou próximo de Luigi. — Você pode terminar o namoro e ficar com ela. É só isto que vai impedir você de sofrer e ela de ficar com outro. Simples.

Luigi ficou pensando no que Felipe falou.

— Eu não aguento mais.

— Então acaba logo com isso.

— Por que eu não consigo terminar o meu namoro?

— Eu não sei... — Felipe se sentiu impotente diante do amigo. Queria ajudar, mas a única coisa que podia fazer era dar conselhos.

Luigi balançou a cabeça e se levantou. Deu um abraço em Felipe e foi para seu quarto. Felipe pensou em ir atrás, mas sabia que o amigo precisava de um tempo sozinho.

Luigi demorou a dormir depois da conversa com Felipe. Ele foi para seu quarto e pensou em tudo que o amigo falou e em tudo que acontecera na sua vida até aquele momento.

A angústia que sentia era grande demais e parecia apertar seu peito a cada instante. Só conseguiu dormir quando o dia estava clareando.

Acordou sobressaltado, percebendo que estava sentado, encostado na cabeceira da cama. Ele se levantou, esticando as costas doloridas por causa da posição em que adormecera. Foi até a mesa de estudos e pegou o relógio, vendo que já passava das duas da tarde.

— Meu Deus, dormi o dia todo! — disse para si mesmo.

Checou o celular e percebeu que havia várias ligações não atendidas de Carla. Verificou o volume, que estava no modo silencioso. Luigi franziu a testa e saiu do quarto, encontrando Felipe na cozinha.

— Bom dia! Ou devo dizer boa tarde? — Felipe preparava um sanduíche e estava de bom humor. — Quer um?

— Vou aceitar. Estou faminto.

— Imagino, depois de dormir tanto.

— Não consegui pregar o olho durante toda a noite. Vi o dia amanhecer.

— Luigi se sentou e ficou observando Felipe montar o sanduíche.

— Chegou a alguma conclusão?

— Sim. — Luigi suspirou e ficou quieto, pensativo. Percebeu Felipe o encarando.

— E?

— Vou terminar com a Carla. De hoje não passa.

— Aleluia!

Luigi riu do amigo, que levantava as mãos para cima.

— Hoje ponho um fim nisso e vou ser feliz com a Flávia. Se ela ainda me quiser.

— Vai querer. — Felipe entregou um dos sanduíches para Luigi e se sentou em frente ao amigo, enquanto dava uma mordida no seu. — Eu acho até que vai ser mais fácil terminar o seu falecido namoro — comentou com a boca cheia.

— Do que você está falando?

— A Carla ligou umas mil vezes para cá. Eu disse que você não estava — explicou Felipe calmamente.

— Você o quê? — Luigi arregalou os olhos.

— A princípio pensei que você não estava mesmo. Depois vi que ainda estava dormindo. Sabia que a Carla viria aqui te perturbar, e se você ainda dormia era porque estava cansado.

— Ela deve estar uma fera comigo. — Luigi não conseguiu segurar o riso, mas se mostrou desanimado.

— Não mais que ontem. — Felipe deu de ombros. — Ah, eu também tirei o som do seu celular. Imaginei que não pararia de tocar.

— Então foi você! Eu vi quando acordei, mas não me lembrava de ter feito isso. E realmente tem várias ligações da Carla.

— Mas é uma chata mesmo essa garota.

Luigi balançou a cabeça. Gustavo entrou na cozinha.

— E aí, gente? — disse, abrindo a geladeira e pegando uma garrafa de água.

— Vindo da casa da Lauren? — perguntou Felipe, levantando e colocando o prato dentro da pia.

— Sim. Nossa, a mãe dela cozinha bem demais!

— Eu imagino. — Felipe ficou pensativo. Luigi olhou Gustavo e se levantou.

— Posso fazer uma pergunta?

— Acho que sei o que é...

— Se sabe, facilita. — Luigi hesitou. — A Flávia ficou com o Rafael ontem? Felipe deu uma gargalhada e Gustavo ficou calado.

— Olha, acho melhor perguntar isso para ela.

— Achei melhor perguntar antes para você. — Luigi deu um sorriso sem graça.

— Eu sou seu amigo, mas sou mais da Flávia. Desculpa, mas não quero me meter nisso.

— Tudo bem. Vou ficar sabendo mesmo. — Luigi deu de ombros e pegou o celular e a chave do carro. — Deixa eu resolver minha vida de uma vez por todas.

Capítulo 22

Luigi chegou ao apartamento de Carla e tocou a campainha insistentemente. Carmem atendeu a porta.

— Onde a Carla está?

— No quarto, claro!

— Ela melhorou?

— Um pouco. — Carmem deu de ombros. Luigi foi andando rápido em direção ao quarto de Carla. — Não vai piorar o estado de minha filha.

Luigi encontrou Carla sentada na cama.

— Você me abandonou ontem lá no Galpão. — disse Carla com a voz chorosa. Ele a olhou sério e ela ficou temerosa. Percebendo que havia algo errado, levantou os braços para Luigi, mas ele a interrompeu com uma das mãos estendidas.

— Carla, só vim aqui para te falar que agora acabou mesmo. Você pode chorar, fazer o que quiser, mas não dá mais. Desculpa.

Luigi saiu antes que ela falasse algo.

— Não, não! — Carla se levantou e foi até o corredor do prédio, de onde viu Luigi descer as escadas. Entrou no apartamento para pegar a chave do carro e se encaminhou para a porta.

— Você não pode sair, ainda não está bem. Você nem sabe dirigir direito, nem tem carteira ainda — disse Carmem, que estava na sala.

— Mãe, faça algo, o Luigi acabou de terminar o namoro, eu vou atrás dele antes que seja tarde demais. — Sem esperar a resposta de Carmem, ela desceu rapidamente as escadas.

Flávia estava sentada no capô do seu carro, pensando em tudo que aconteceu desde que chegara a Viçosa. Não tinha certeza se sua vida havia tomado o rumo certo, mas não podia negar que os acontecimentos daquele ano a deixavam feliz. Ela se lembrou de Luigi e do fato de ele não ter terminado com Carla. Sabia que ele a amava, que eram almas gêmeas e que ele não conseguiu terminar o namoro por causa das magias que Carla sempre fazia para mantê-lo preso a ela. Isto interferia no relacionamento deles e ela precisaria ser forte para encerrar esta influência, mas Luigi também precisava ser, só que ele não sabia nada sobre os feitiços e isto atrapalhava. Mas como falar sobre o assunto?

Ela observava as águas da cachoeira correr enquanto o sol se punha naquele fim de tarde e seus raios iluminavam o lago à sua frente. O barulho da queda no lago dava uma sensação de paz e ajudava-a a pensar com clareza. Sentia-se um pouco mal por ter brigado com Luigi na noite anterior, sabia que deveria ter ficado e conversado com ele e o ajudado a encerrar o assunto "Carla", mas deixou que o sangue quente e a raiva interferissem.

Sua concentração foi interrompida por um barulho de carro se aproximando. Ela fechou os olhos e sorriu. No exato instante em que o carro se aproximava, soube quem dirigia. Não pelo forte cheiro do perfume que dominou todo o lugar, mas pelo ritmo acelerado com que seu coração começou a bater.

— Você demorou — disse ela quando Luigi parou ao seu lado direito. Flávia continuou sentada em cima da frente do carro e manteve os olhos fechados por mais alguns segundos. Depois virou em sua direção.

— Estava resolvendo um assunto importante. — Luigi tinha o semblante triste.

— Como soube onde eu estava?

— Não soube. Apenas dirigi pela cidade, desorientado. Pedi que algo me guiasse e, sem perceber, vim parar aqui. Nunca pensei que você pudesse vir para cá.

— Por quê? Por que é o seu refúgio secreto? — ela sorriu. — Precisava pôr a cabeça em ordem e me lembrei daqui. Imaginei que você pudesse vir para cá se eu precisasse, bastava te chamar com o pensamento. E foi o que eu fiz.

Ele balançou a cabeça e olhou para o chão. Chutou uma pedra enquanto pensava no que dizer.

— Eu perguntei para o Gustavo se você ficou com o Rafael ontem.

— O que ele respondeu?

— Disse para eu te perguntar.

Ela levantou a sobrancelha e balançou a cabeça.

— E você vai me perguntar?

— Não. — Disse ele sério. Ela estranhou.

— Não?

— Não. Porque eu cheguei à conclusão de que não me interessa. Não interessa se você ficou com ele ontem. Se eu souber que isto aconteceu, só vou ficar com mais raiva de mim do que já estou sentindo. Então não quero saber, não interessa o que você fez até este minuto. Interessa o que você vai fazer a partir de agora.

Os dois ficaram em silêncio por um tempo, se olhando.

— Flávia, desculpa. Desculpa pela minha atitude ridícula de ontem, desculpa por não ter ficado com você assim que voltamos de Ponte Nova. Você tem razão, fui um covarde. Mas agora está tudo resolvido e espero que você possa me perdoar. Não tenho mais nada com a Carla, terminei tudo, estou livre. Não há mais nada que me faça voltar o namoro. Eu te amo demais e espero que você possa aceitar este meu pedido de desculpas e ficar comigo.

Flávia sorriu e estendeu sua mão, mas antes que ele pudesse segurá-la, uma voz próxima deles gritou, interrompendo a conversa.

— Que cena mais tocante! — Era Carla que se aproximava.

— O que você faz aqui? — Luigi estranhou, mas Flávia parecia esperar por aquilo. Ela reparou na raiva que saía do olhar de Carla e estremeceu.

— Eu te segui, é claro. Ou você acha que vou te perder assim tão fácil para ela?

— Já conversamos, pare de tornar tudo tão difícil. — Luigi suspirou, visivelmente sem paciência.

— Se afaste — disse Carla para Luigi. — Este assunto é entre nós duas — ela olhou para Flávia, que permanecia sentada no carro.

— É melhor para todos você aceitar o que aconteceu — disse Flávia calmamente.

— Nunca e você sabe disso, não é mesmo, bruxa? — Gritou Carla bem alto. Luigi franziu a sobrancelha.

— Você sabe que não há nada que possa fazer. Não há magia neste mundo que possa afastar o Luigi de mim. Nós somos almas gêmeas e nosso destino irá sempre se cruzar.

Carla ficou parada, enquanto a fúria crescia dentro dela após escutar as palavras de Flávia. Luigi olhou para as duas, sem entender nada.

— Do que é que vocês estão falando? — perguntou ele, mas nenhuma delas o olhou.

— Você nunca devia ter vindo para cá, devia ter ficado em Lavras.

— Eu não vim aqui procurar por ele, mas aconteceu. Aceite isto.

— Nunca! — Berrou Carla e voltou para seu carro.

Flávia e Luigi ficaram olhando, sem entender. Pensaram que ela ia embora, mas Carla veio com o carro na direção dos dois. O movimento dela foi tão rápido que eles não conseguiram fugir. Carla bateu no carro de Flávia que, com o toque, caiu do capô e bateu no chão. Luigi, que estava próximo, foi jogado para cima de sua caminhonete quando a frente do carro virou em sua direção. Ele bateu a cabeça e caiu.

❦

Flávia acordou sentindo uma dor imensa por todo o corpo. A luz do sol batia forte em seu rosto, impedindo que abrisse os olhos por alguns instantes. Enquanto isso, foi percebendo tudo ao seu redor. Sentiu a terra levemente úmida embaixo das costas e dos braços e algumas folhas secas que estavam caídas no chão, além do barulho da água da cachoeira caindo. Depois de muito esforço, conseguiu abrir lentamente os olhos, até se acostumar com a luz forte do sol. A primeira coisa que viu foi a copa das árvores. Não fazia ideia de quanto tempo ficou desmaiada, apenas sentia aquela dor latejando da ponta do pé até o topo da cabeça. De repente, se lembrou de onde estava, do que acontecera.

— Luigi! — disse baixinho. Até o movimento dos lábios causava dor. O próprio ato de respirar doía. Moveu a cabeça levemente para a esquerda e viu Luigi ao seu lado. Ele também estava deitado com as costas no chão. Sua cabeça pendia para o lado direito do corpo e ela notou a linha fina de sangue que escorria pela sua testa. — Meu Deus! — disse em um sussurro, rezando para que ele estivesse apenas inconsciente. Fechou os olhos e não conseguiu evitar que algumas lágrimas escorressem. *Minha culpa, tudo minha culpa*, pensou. Sabia que o que acontecera até aquele momento estava relacionado com sua vida e sua ida para aquele lugar. Sabia exatamente quando começara.

Flávia olhou em volta e viu Carla um pouco mais à sua frente. Ela estava agachada, abraçada às pernas e balançando. Balbuciava alguma coisa, mas Flávia não conseguia entender nada.

Sem que Carla visse, apalpou o bolso da calça jeans e ficou feliz ao sentir o celular ali. Mesmo com toda a dor que afligia seu corpo, ela o tirou discretamente e digitou uma mensagem de texto.

Flávia enviou a mensagem para Sônia. Sabia que, naquela situação, era a única pessoa que poderia lhe ajudar. Voltou com o celular para o bolso, tirando a campainha, e ficou quieta novamente. Queria levantar e ver como Luigi estava, mas não tinha forças para isso. Achou melhor esperar por Sônia, não sabia o que Carla poderia fazer se percebesse que ela estava acordada. Flávia não tinha mais condições de lutar e só queria sair dali.

Sem ter noção de quanto tempo havia se passado, começou a escutar um barulho de carro se aproximando. Era provável que tivesse adormecido por alguns minutos, mas não tinha certeza. Rezou para que fosse Sônia e foi atendida. Ela viu a vizinha sair do carro e correr em sua direção. George estava junto e foi até Luigi.

— O que aconteceu? — Sônia ajudou Flávia a se levantar.

— É uma longa história. — Flávia olhou para George. — Como ele está?

— Está inconsciente, mas respirando. Vou chamar uma ambulância, acho melhor do que tentarmos removê-lo. Não sabemos exatamente o que aconteceu e o que ele tem.

George se afastou, tirando o celular do bolso. Flávia olhou na direção de Carla e Sônia acompanhou.

— Acho que você precisa ajudá-la. Ela está assim desde que eu acordei. Sônia se aproximou de Carla.

— Você está bem?

Carla não respondeu. Continuou agachada, balbuciando palavras indecifráveis. George foi até elas.

— O que ela tem?

— Não sei...

— Ela parece uma maluca.

Sônia olhou espantada para George e depois se virou para Flávia.

— O que aconteceu aqui?

— Ela bateu o carro dela no meu. A última coisa de que me lembro é isto. Eu estava sentada no capô do meu carro e fui parar longe. Não sei o que aconteceu com o Luigi.

— Pelo visto ele também foi atingido — disse George.

Flávia foi até Luigi e se sentou ao lado dele. A ambulância chegou algum tempo depois. Removeram Luigi e um dos paramédicos foi até Carla.

— Ela parece fora de si — disse o paramédico. — Vou levá-la até o hospital para alguns exames. Vocês são parentes?

— Amigos. — Respondeu Sônia.

— Acho melhor chamar algum responsável por ela — disse o paramédico, levando Carla para a ambulância.

— Flávia, é bom você ir até o hospital também, fazer alguns exames — disse George.

— Eu vou, mas para acompanhar o Luigi. Estou bem — ela foi para a ambulância, ignorando as dores no corpo, e se sentou perto de Luigi. — George, você pode levar o carro dele?

— Sim, claro. E não se preocupe com o seu, vou pedir ao meu mecânico que venha buscá-lo e já arrume o amassado que a Carla fez.

Flávia sorriu e a porta da ambulância foi fechada. Sônia se virou para George.

— Vou até a casa da Carmem. Preciso contar a ela o que aconteceu.

— Quer que eu vá junto?

— Não. É algo que preciso fazer sozinha. Vá para o hospital, a Flávia pode precisar de você lá. Ligue para a Laura também, ela e o Phill podem ajudar.

Carmem organizava algumas coisas em seu quarto quando a campainha tocou. Foi atender, imaginando que era Carla. Lembrava que a filha não havia levado a chave de casa quando saiu atrás de Luigi. Como ela não voltou logo, não se preocupou, pensou que os dois tinham reatado e ela havia ido para a casa dele.

Quando abriu a porta, Carmem levou um susto.

— Sônia?

— Oi, Carmem.

— O que você faz aqui? O que você quer? — Carmem foi seca.

— Eu vim falar sobre a Carla. Não vai me convidar para entrar?

Carmem ficou um pouco desorientada com a presença da ex-amiga ali e demorou em liberar a entrada do apartamento. Sônia entrou e ficou parada na sala.

— Olha, se você veio falar aquelas bobagens que tenta enfiar na cabeça da Carla, está perdendo seu tempo.

— Não é sobre isso. Bem, em parte é. A Carla foi atrás do Luigi e encontrou-o com a Flávia.

— Sim, e daí? — Carmem estava receosa sobre o que iria ouvir.

— Eu já falei isso várias vezes, mas você deve saber que a Flávia é a alma gêmea do Luigi e que não há nada que você e a Carla possam fazer.

— Ninguém pode nos impedir de tentar. — Carmem deu de ombros. Já estava se irritando com aquela conversa de Sônia.

— Você sabe quem é a Flávia?

— Desconfio. — Disse Carmem como se fosse algo que não a interessasse.

— Ela é filha da Lizzy, Carmem. Por isto você deve imaginar que a Carla jamais conseguirá separar os dois.

Carmem não quis demonstrar o quanto aquela informação a afetara, mas não conseguiu esconder isso de Sônia. Ela se apoiou na mesa que havia ali na sala para não cair. Uma coisa era desconfiar, outra era ter a certeza.

— Minha filha ainda não voltou para casa, então ela está com ele. — Carmem tentou se manter firme, mas sua voz falhou algumas vezes.

— Não, não está. Não da maneira que você pensa. A Carla encontrou os dois e parece que houve uma discussão. Ela jogou o carro para cima deles.

Carmem sentiu um calafrio percorrer seu corpo e começou a entender a presença de Sônia ali.

— O que aconteceu com minha filha? — Gritou em desespero.

— Calma. A Carla está viva, sem ferimentos aparentes. Mas parece um pouco desnorteada no momento.

— Onde ela está?

— No hospital. Eu vim aqui te buscar.

— Pela Deusa, minha filha! — Carmem estava desorientada. Pegou a bolsa e foi até a porta do apartamento. — Me ajude, Sônia.

No hospital, o clima era tenso. Flávia aceitou com relutância que um médico a examinasse. Foram tirados vários raios-x, mas ela não apresentava nenhuma fratura, apenas arranhões e pequenos cortes pelo corpo, além da dor interna em alguns músculos. Após tomar remédios para a dor, ela foi liberada.

Flávia encontrou George com Laura e Phill na recepção do hospital. Por sorte, George era amigo de infância do médico que atendia Luigi e Carla, o que poupou longas explicações sobre o ocorrido.

Lauren, Gustavo, Felipe e Mauro chegaram logo depois de Flávia voltar da sala de exames. Eles a cercaram para se certificarem de que ela estava bem.

— E o Luigi? A Lauren não soube falar como ele está — disse Felipe, com o semblante tenso.

— Eu não sei, o médico ainda não veio dar notícias. — Flávia estava visivelmente cansada e abatida.

— Ele estava muito machucado quando veio para cá? — perguntou Mauro, aflito.

— Não. Ele tinha um corte na testa, estava inconsciente... Não sei se ele tem algo mais grave. — Flávia tentava conter as lágrimas. Estava feliz com a presença dos amigos.

— O que foi que aconteceu, afinal de contas? — perguntou Gustavo e todos ficaram em silêncio. Neste instante, o médico chegou para dar notícias de Carla e Luigi.

— Os parentes da menina?

— Ainda não chegaram, Valter — disse George, mas logo viu Sônia entrar com Carmem. — Ali está a mãe dela.

— Minha filha, como ela está? — Carmem se aproximou, chorando.

— Fique calma, senhora. Dentro do possível pode-se dizer que ela está bem.

— O que isso significa?

— Ela sofreu algum tipo de trauma psiquiátrico. Está desorientada e não fala nada que tenha nexo.

— Minha filha, pobrezinha. — Carmem levou as mãos ao rosto, em sinal de desespero. Sônia a abraçou e ela não impediu. Laura se aproximou e afagou-a no ombro.

— Ela vai precisar de acompanhamento médico por enquanto, até que o distúrbio psiquiátrico que ela apresenta melhore. Sugiro que fique em observação alguns dias aqui no hospital, até seu estado estabilizar. Depois veremos qual procedimento tomar.

— Eu quero vê-la. — Carmem não parecia entender o que o médico falava, o que a preocupava naquela hora era apenas ver a filha.

Valter chamou uma enfermeira, que levou Carmem até onde Carla estava. Depois que ela saiu, Sônia se aproximou dele.

— O estado dela é grave, Valter?

— Receio que sim. Nunca vi algo parecido, ela parece estar em outro mundo, está bastante desequilibrada.

— Você quer dizer que a Carla ficou maluca? — perguntou Felipe. Todos o olharam com expressões atônitas.

— Em linguagem de leigo pode-se dizer que sim.

— Nossa... Eu sempre achei que ela não batia bem da cabeça, mas não a este ponto.

Flávia olhou para Sônia.

— Tudo culpa minha — disse ela baixo, sem que os outros escutassem.

— Não diga isso. A culpa é toda dela, está colhendo o que plantou. É a lei tríplice, o que se faz, volta para você três vezes mais — sussurrou Sônia para somente Flávia escutar.

— E o Luigi? — Mauro se adiantou, aparentemente sem perceber a conversa de Flávia e Sônia.

— Os parentes dele estão aqui? — perguntou Valter.

— Não, eles moram em Alfenas. Ainda não avisei os pais dele, quis saber como o Luigi estava antes de ligar. É uma situação delicada, o irmão dele faleceu no final do ano passado... — disse Felipe, sentindo um nó crescer em sua garganta.

— Entendo. Fez bem. — Valter consentiu.

— Eu fico responsável por ele até os pais chegarem, se for o caso para isto. — sugeriu George.

— Não é nada demais, apenas preciso que alguém assine os papéis da internação. Burocracia.

— Você ainda não disse como o Luigi está. — Flávia se mostrava temerosa com a enrolação do médico. Este sorriu.

— Ele está bem, apenas ainda se mantém inconsciente. Sofreu algumas contusões, mas nada de grave. O mais sério foi um corte na testa, onde levou oito pontos.

Todos se abraçaram e respiraram aliviados. A apreensão havia se dissipado.

— Eu posso vê-lo? — perguntou Flávia, ansiosa.

— Creio que não há problemas quanto a isto. Mas apenas uma visita por vez.

— Você se importa se eu entrar antes de você? — perguntou Flávia a Felipe.

— Imagina, baixinha. Ele vai ficar mais feliz em ver você do que eu. Eu, pelo menos, ficaria.

Todos riram, o que ajudou a descontrair o ambiente. Valter chamou uma enfermeira que passava por ali.

— Leve a jovem para visitar o paciente do quarto dezessete. E você, George, venha comigo preencher a papelada. Aos demais, peço que esperem aqui, caso também queiram visitar o paciente.

George seguiu Valter e Flávia acompanhou a enfermeira. Laura e Phill foram embora após se certificarem de que Sônia não precisaria mais deles. Gustavo, Lauren, Felipe e Mauro ficaram com ela, mesmo sem a certeza de ver Luigi.

Flávia entrou no quarto e viu Luigi deitado em uma cama cercada por aparelhos eletrônicos. A visão dele ali, dormindo preso àquelas máquinas, a fez estremecer. Parecia pior do que o médico falara. Ela entrou no quarto, fechou a porta e se aproximou vagarosamente da cama. Puxou uma cadeira que havia ali e se sentou próxima de Luigi.

Flávia segurou uma das mãos dele com suas duas mãos e fechou os olhos. Ela se lembrou da conversa com Sônia quando estava em Ponte Nova. Imaginou uma forte luz amarela saindo dela e indo para Luigi, envolvendo todo o corpo dele. Não soube quanto tempo ficou assim, até se sentir exausta e parar, sem soltar a mão dele.

— Fica bem logo. Não vou me perdoar nunca se algo te acontecer — sussurrou.

Flávia passou uma de suas mãos no cabelo dele e desceu percorrendo seu rosto com a ponta do dedo indicador, contornando todos os traços do rosto de Luigi até parar nos lábios. Suspirou e voltou a segurar a mão dele com suas duas mãos.

Ela sentiu o coração acelerar ao ver as pálpebras de Luigi se mexerem. Depois de alguns segundos, ele abriu os olhos e sorriu ao vê-la ali.

— Flávia...

— Você não imagina o susto que me deu!

— O que aconteceu? Onde eu estou?

— Você caiu e bateu a cabeça, mas agora está tudo bem. Você está no hospital.

— E você? Está bem? — perguntou, ao ver alguns arranhões superficiais no rosto dela.

— Sim. Meu corpo está um pouco dolorido, mas é só isso.

— O meu também está. — Luigi gemeu ao tentar se mexer na cama. — E a Carla?

— Acho que ela vai ficar bem — mentiu. — Está um pouco atordoada, mas está sendo cuidada pelos médicos. A mãe dela está aqui. Aliás, os meninos da sua república também estão, todos ficaram preocupados.

— Meu Deus, diga que o Felipe não avisou meus pais que eu estou no hospital! — ele fez uma careta perante a possibilidade de seus pais estarem sabendo.

— Ainda não.

— Por favor, não o deixe fazer isto ou minha mãe vai surtar. Eu nem sei falar com ela o que aconteceu comigo... — ele ficou um tempo quieto, como se tentasse se lembrar. — Eu me lembro da gente na cachoeira. A Carla chegou lá... Meu Deus! Ela jogou o carro em cima da gente, não foi?

— Foi, mas não aconteceu nada sério. Não fala nada agora, Luigi, você tem de descansar.

— Eu me sinto bem, apesar de tudo — ele sorriu, mostrando as covinhas e isto fez Flávia se derreter. — Eu me lembro de vocês falando umas coisas estranhas, de bruxa, magia, alma gêmea. Você vai explicar o que significa tudo isto ou vai ficar me enrolando como está fazendo agora?

Ela estremeceu, arregalou os olhos e teve a impressão de parar de respirar por alguns instantes, além de seu coração bater muito mais rápido que o normal. Pensou que ele não se lembrava mais do que foi dito na cachoeira. Não soube o que falar. Como explicar tudo sem parecer que tinha enlouquecido? Provavelmente Luigi jamais acreditaria se ela falasse a verdade.

— Luigi, você primeiro tem de se recuperar.

— Acho que, depois do que aconteceu, eu tenho o direito de saber. Flávia balançou a cabeça concordando.

— Eu sei que tem e não tenho intenção de te esconder nada, só acho que ainda não é hora nem este é o lugar mais apropriado para conversarmos sobre isto.

Eles ficaram em silêncio por alguns minutos. Apenas o bip da máquina presa ao peito de Luigi cortava a quietude do quarto. Ele levou a mão ao rosto dela.

— Ok, eu não tenho pressa. Vamos ter todo o tempo do mundo para você explicar. Não vamos?

— Vamos, sim — ela sorriu e beijou a mão dele, que depois puxou a mão dela e repetiu o gesto.

Epílogo

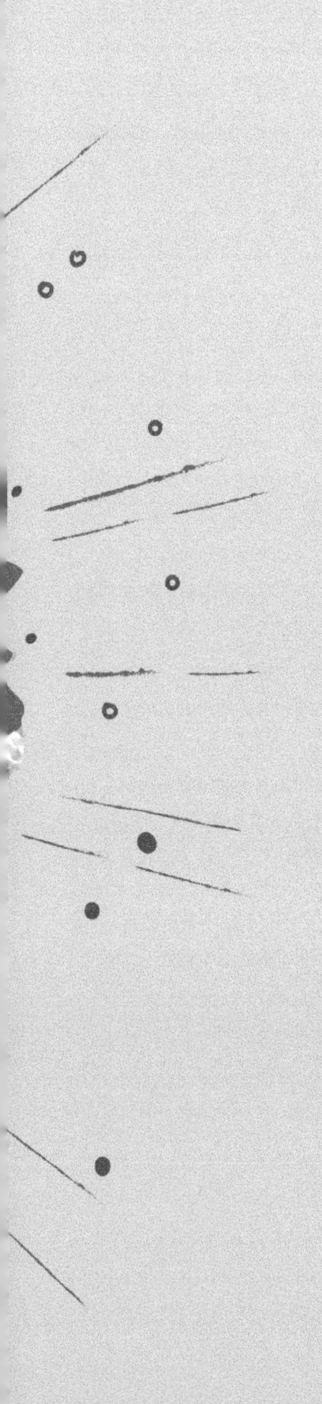

Flávia estava em casa, andando de um lado para o outro com o celular na mão, aflita. Já era a quarta vez que falara com Luigi e ele só dizia que estava chegando, mas nunca chegava de verdade. Estava ficando tarde, já passara horas do almoço e ela havia planejado sair de Lavras bem antes disso. O telefone tocou, tirando-a de seus pensamentos.

— Alô, Luigi?

— Oi, Flá, não é o Luigi não, sou eu.

— Lauren, que alegria falar com você!

— Estou morrendo de saudades, quando você chega?

— Não sei. Ia sair daqui cedinho, mas o Luigi precisou ir ontem para Alfenas, era para ter voltado ontem mesmo, só que não deu. Já devia ter chegado...

— Pelo visto, você vai vir só amanhã.

— É. — Flávia deu um suspiro triste. — Queria ir hoje porque prometi passar o dia de amanhã com a tia Abgail em Ponte Nova, já que o baile é só depois de amanhã, no sábado.

— Já estou em Viçosa; quando chegar, venha aqui na casa da minha mãe me ver.

— Vou sim. Como está a vida de casada? Sua barriga deve estar imensa!

— Sim, sete meses de gravidez, daqui a pouco meu filho nasce.

— Nem acredito nisto! Parece que foi ontem que me formei e não cinco anos atrás.

— Ainda bem que você e o Gustavo se formaram juntos e tem este baile de ex-alunos para podermos nos encontrar.

— Ah, ano passado fomos para Ribeirão Preto visitar vocês.

— Eu sei, mas te ver uma ou duas vezes por ano é pouco. Eu sinto sua falta.

— Também sinto. Sua e do Gustavo.

— E o Felipe? Deu notícias?

Desde que Felipe se formara, dois anos antes de Flávia, que ele estava fora do Brasil, estudando e trabalhando em sua área. Ela o vira apenas uma vez, quando foi com Luigi visitar os pais dele em Alfenas e Felipe estava lá. Ele raramente dava notícias e os pais também não tinham muita informação sobre a vida do filho.

— Não. Ele caiu no mundo e sumiu. O Luigi que fala mais com ele, mas o Felipe é desligado demais; se a gente não o procura, não fica sabendo dele. Tem vezes que passa meses seguidos sumido.

— Sei como é. E o Ricardo? Deve ter crescido bastante.

— Está bem grandinho já. Tão esperto que às vezes até me assusta, mas um doce de menino.

Após se formarem, Flávia e Luigi se casaram e foram morar em Lavras. Lá, eles administravam juntos com Heitor a fazenda dela e Luigi ia com frequência para Alfenas ajudar o pai. Ricardo, filho dos dois, estava com três anos e era a alegria de todos. Luigi ficara muito comovido quando Flávia quis dar o nome de seu irmão para a criança. A mãe dele também e Ricardo era o xodó dos avós. Era uma criança tranquila, que não dava trabalho, além de ser muito amável e carinhosa com todos.

Flávia escutou um barulho do lado de fora da casa.

— Acho que o Luigi chegou. Vou lá tentar apressá-lo para irmos ainda hoje, embora já esteja tarde. Não gosto de pegar estrada de noite com o Ricardo.

— Ok, vai lá. Um beijo.

Ricardo entrou na sala correndo.

— Papai chegou, papai chegou!

— É? Como você sabe que é o papai? — Flávia se abaixou e deu um beijo na bochecha do filho. O menino lembrava muito Luigi, mas estava mais parecido a cada dia com seu irmão, que Flávia só conhecia através de fotos.

— Eu sei que é o papai. — Ricardo deu de ombros e levantou as mãos. Flávia riu, pelo menos alguma coisa dela ele tinha, nem que fossem os pressentimentos.

Luigi entrou na casa e logo ergueu as mãos em sinal de defesa. Flávia cruzou os braços e ficou batendo o pé no chão, enquanto Ricardo correu para os braços do pai, que o pegou no colo.

— Eu posso explicar o atraso.

— É bom mesmo, já vi que vamos ter de deixar a viagem para amanhã — ela se aproximou e deu um beijo nele. Não conseguia brigar com Luigi.

— É por uma boa causa.

Ele se afastou da porta e Flávia mal pôde acreditar no que via. Felipe acabara de entrar.

— Felipe, não acredito que você está aqui! — ela deu um forte e longo abraço no amigo.

— Oi, baixinha. Que saudades! — ele abraçou-a e deu um beijo em sua bochecha.

— Você some, não dá notícias... Isto não se faz com os amigos.

— Eu o encontrei em Alfenas e consegui convencê-lo a vir comigo para irmos todos para Viçosa — disse Luigi.

— Sério? — Flávia olhou para Felipe, que balançou a cabeça concordando. — Que ótima notícia, assim colocamos o papo em dia e matamos a saudade.

— E eu tenho uma surpresa. — Felipe saiu da frente da porta e fez um sinal. Uma jovem loira entrou, carregando uma linda menininha de cabelos lisos e loiros. — Esta é a Viviana, minha esposa, e esta é a Jacqueline, minha filha.

Flávia abriu a boca em um sorriso de espanto.

— Jura que finalmente você se casou? E que linda menina! — ela cumprimentou Viviana e pegou Jacqueline no colo, que começou a brincar com os cachos ruivos de Flávia.

Felipe colocou o braço em volta dos ombros de Viviana, mas desta vez reparou no menino no colo de Luigi.

— Não me diga que este é o Ricardo? Ele está imenso!

Felipe se aproximou de Luigi e Ricardo apertou o nariz dele. Todos riram.

— Ele parece demais com o... — Felipe engasgou e seus olhos se encheram de lágrimas.

— Eu sei. — Luigi sorriu.

— Parece até que é o próprio Ricardo que está aqui. — Felipe deu um abraço forte no menino e Luigi e Flávia se entreolharam, emocionados. Flávia colocou Jacqueline no chão e fechou os olhos, agradecendo novamente por Ricardo, que ela considerava um presente para os dois.

— Nem preciso falar que minha mãe está enlouquecida com ele — comentou Luigi.

— Eu posso imaginar. — Felipe sorriu e colocou Ricardo no chão e ele começou a brincar com Jacqueline. Todos ficaram observando as duas crianças.

— Acho que aqui começa uma linda e forte amizade — disse Flávia.